中国专业作家小说典藏文库

中国专业作家小说典藏文库

肖克凡卷

天津大雪

肖克凡 ◎ 著

中国文史出版社

图书在版编目（CIP）数据

天津大雪／肖克凡著. — 北京：中国文史出版社，
2020.3

（中国专业作家小说典藏文库·肖克凡卷）

ISBN 978 - 7 - 5205 - 1634 - 1

Ⅰ. ①天… Ⅱ. ①肖… Ⅲ. ①中篇小说 – 小说集 – 中
国 – 当代 Ⅳ. ①I247.5

中国版本图书馆 CIP 数据核字（2019）第 262203 号

责任编辑：蔡晓欧　薛未未

出版发行：**中国文史出版社**

社　　址：北京市海淀区西八里庄 69 号院　邮编：100142

电　　话：010 – 81136606　81136602　81136603（发行部）

传　　真：010 – 81136655

印　　装：北京新华印刷有限公司

经　　销：全国新华书店

开　　本：720×1020　1/16

印　　张：24.25　　字数：318 千字

版　　次：2020 年 3 月第 1 版

印　　次：2020 年 3 月第 1 次印刷

定　　价：69.80 元

目录

天津大雪

1

天津的大经路，南起三岔河口的金钢桥，向北——通往北宁铁路旁边的一座大花园。大花园的名字叫宁园。袁世凯督直的时候，直隶总督行辕坐落在河北窑洼。因此大经路成了一条著名的大街。有那么一天，几个洋人工程师指挥着一大群中国苦力，在这里铺设了两道铁轨，之后就叮叮当当跑起了比国（比国就是比利时）的电车。天津的比国租界地盘很小，其规模远远不可与英法租界同日而语。然而比利时人却在天津开办了比国电车电灯有限公司。距离大经路不远的地方，就有一座比国电灯房。电灯房就是发电厂。比国电灯房就是比国发电厂。（比国发电厂里潜伏着一个名叫"抗倭会"的工人秘密团体，属于中共天津地下党的外围组织。）

因此，我们必须回到公元一九三八年冬天，方能会晤那场惊世骇俗的大雪，只要不错过十二月二十九号这个日子，故事就有得可讲了。

那时候天津是一座很有出息的城市。然而比这座城市更有出息的是热血青年张延祜。多年之后人们回忆往事，发现张延祜留给大家的最深印象是他爱好演剧。关于演剧，张延祜是深受兄长影响的。他的哥哥张延年早在加入三青团之前就迷上了文明戏。相貌俊秀身材挺拔的张延年

1

出演《玩偶之家》里的娜拉，从天津演到上海并在那里加入"蓝衣社"。多年以来张延祜并不晓得张延年的真实身份，他只知道远在重庆的哥哥属于爱国主义者。正是在这种情形之下，七七事变之后的一个夜晚扶轮中学青年教师张延祜开始写作《庸医》剧本。生活是创作的唯一源泉。剧本作者的舅舅生前曾是天津男科大夫，张延祜幼年哼唱的童谣，其中不乏《汤头歌》。尽管如此，动笔之前他还是阅读了大量医书，甚至还啃了啃《医宗金鉴》。天气转凉进入冬季，剧本终于脱稿。张延祜胸中激情荡漾难以平静，立即离开学校教师宿舍前往奥国租界（奥国就是奥匈帝国）。奥国租界二号路一条没有太阳的小巷里，住着张延祜的女友赵苋。赵苋的姐姐赵菲失踪多日，杳无音信。因此父母视赵苋为独生女儿，看管甚严。张延祜与赵苋交往，总是偷偷摸摸的，颇有几分地下工作者的味道。张延祜认为这种生活十分有趣，他自幼向往神秘世界。

张延祜拜访赵苋途中，必须路经中国股份的通济堂大药房。他看到通济堂大药房门外竖立"大清御医章博古之子章保罗，留美学成归来今日坐堂应诊"的大字招牌，随即放弃前往奥国租界二号路看望女友的初衷，推门走了进去。这时候坐在案前的章保罗正在为患者诊脉。只见这位西服革履的清廷御医之子，脸色鲜润眉清目秀，显得很有营养。张延祜腋下夹着《庸医》剧本，目光定定注视着对方。

（其实，章保罗学成归国已经八年。）

无论身份、年龄、学历以及长相，通济堂大药房的坐堂大夫章保罗与剧本《庸医》里的乔马博士都是如出一模。现实生活与艺术世界的暗合，令张延祜惊诧不已。

戴着金丝眼镜的章保罗大夫闲下来，抬头发现了张延祜，就微笑着问张延祜哪里不舒服。这时张延祜猛然觉得章保罗的面貌似曾相识，一颦一笑都显得熟悉，就呆呆看着对方。

章保罗目光炯炯注视着张延祜，然后问他近来是不是脾胃不和。

这会不会影响我的消化呢？张延祜不由自主坐到章保罗的案前，成为一个名副其实的患者。医生耐心为患者讲解着关于脾胃不和的病因。张延祜充耳不闻，腋下夹着《庸医》剧本，却绞尽脑汁回忆着从前究竟在什么地方见过章保罗大夫。

手里拿着药方走出通济堂大药房的时候，张延祜还是没能想起从前到底在什么地方见过章保罗医生。这时有人拍了拍他的肩膀。

身材高大的沈阿尚嘿嘿笑着，伸手从张延祜腋下抽出《庸医》剧本，不言不语拿在手里看着。张延祜知道沈阿尚酷爱演剧，即使充当无名无姓的小角色也乐此不疲。沈阿尚手捧《庸医》剧本爱不释手，然后告诉张延祜失学之后自己就来到通济堂大药房当了店员。

张延祜感到意外。

沈阿尚一目十行读着剧本，并且建议将《庸医》第三场"恨病吃药"改为"恨药患病"。这个建议令张延祜感到吃惊，他不得不对沈阿尚刮目相看。对《庸医》而言这个建议的确属于点睛之笔。于是，他使劲儿握着沈阿尚的手，连声说好。沈阿尚局促起来，说明天是通济堂大药房首任董事长李通济先生的忌日，依照惯例药店歇业一天，以示纪念。

这时候，情况出现异常——只见一个头戴鸭舌帽的男子，神色不定地徘徊在通济堂大药房门前，久久不肯离去。

心中充满警惕的爱国青年张延祜顿时变了脸色，他压低声音与沈阿尚约定了晚间会面的地点，就匆匆离去了。热爱演剧的沈阿尚面对张延祜的突然离去颇感不解，呆呆望着张延祜的背影。聊得蛮好的，怎么说走就走呢？关于剧本《庸医》，其实沈阿尚还是有话要说的，譬如"贪食人参"一场，他认为台词多有不妥之处。人参毕竟是好东西，编剧不应当对它抱有偏见。

这时候头戴鸭舌帽的男子终于推门走进通济堂大药房。沈阿尚站在柜台里主动跟顾客打着招呼。头戴鸭舌帽的男子不言不语，远远地看了看坐堂医生章保罗，然后转身走出药房。

（沈阿尚是一个店员，他并不认为这是一件反常的事情。）

晚上九点钟，沈阿尚离开通济堂大药房，只身前往约定地点。途经东浮桥的时候，迎面一位身穿裘皮大氅的时髦女子款款走来。她就是赵觅失踪多日的姐姐赵菲。沈阿尚并不认识赵菲，双方擦肩而过。沈阿尚走向约会地点，远远看见路灯下面张延祐的身影。

药房店员认为张延祐是一个心浮气躁同时又富于牺牲精神的人。渐渐走近了，沈阿尚蓦然觉得这位青年教师的相貌其实与坐堂医生章保罗颇有几分相似。

张延祐领着沈阿尚走进一座门楼，压低声音告诉他这就是话剧《庸医》的全体演员。沈阿尚挨个儿看着，总共六个人，五男一女。

张延祐指着身材修长的女子说，她就是赵觅，扮演戏里的女主角。

赵觅朝着沈阿尚灿烂地笑了。她的笑容终于使店员沈阿尚痛下决心：即使丢了饭碗，明天上午也要在通济堂大药房现场排戏。

2

日本帝国华北驻屯军最高长官松本连太郎将军，在侵华日军之中拥有"儒将"美誉。温文尔雅的松本连太郎不远万里来到中国，虽说从未直接杀人，双手也染满了鲜血。人间善恶，总是要有报应的。俗话所说的恶有恶报，其实松本将军已经初步尝到滋味，那就是他多年无嗣。对此，他抿紧嘴角保持沉默，心中却有几分焦急。

他的妻子松本君代从日本神奈川来到中国天津，住在日租界明石街的樱花寓馆。爱妻的到来，使得松本连太郎将军越发愁眉不展。妻子认为这是武士道精神的体现，对丈夫的郁郁寡欢并未在意。然而松本连太郎的失常表现，引起了日本驻屯军特高科长小岛武夫的注意。多年从事秘密工作的小岛确信，松本君代从本土来到中国，松本连太郎却闷闷不乐，其中必有深层原因。经过一番侦察，小岛科长对松本的家事了然于胸。

小岛武夫是一个有所作为的日本军官。通过内查外调，他获得了独家情报——松本将军闷闷不乐的原因是妻子的不孕。小岛决定深入调查，全面接触事情真相。此时就连小岛武夫本人也不明白，自己为什么对松本将军的家事如此关心。这时有人（汉奸）送上一册《天津名医录》。小岛大喜，立即就将《天津名医录》通过三木副官之手呈送松本连太郎将军。这情形很像《三国演义》里的"张松献地图"。

天津是一个名医辈出的地方。松本将军读罢这本小册子，似乎看到了窝藏在这座城市里的那群形形色色的医生。（中国是一个善于生育的国度，因此妇科名医如云。）走投无路的松本连太郎怀着这种认识，毅然决定让妻子接受中国医生的治疗。于是，松本君代离开本土来到中国的天津。

请哪位名医为妻子诊病呢？松本连太郎犹豫不定。《天津名医录》仿佛一个黑洞，博大精深，令人难以测量。通过副官三木，松本将这个任务交给小岛武夫。

事情终于有了进展。接受任务之后特高科长感到万分荣幸。日本军人自有日本军人的逻辑。小岛武夫拟订的行动方案充满军事色彩，代号"短促突击"。

松本连太郎对于"短促突击"一无所知。这位将军思考的只是如何全面蚕食中国华北地区并使之达到"自治"。正在这种时候，腰肢纤细的松本君代床笫之间越发温存——她对自己不孕的焦急，其实远远胜过丈夫。作为一个已经开花六年的女人，她急于结果。

特高科长小岛武夫前来拜见松本夫人。这次拜见正是实施"短促突击"计划的开始，松本夫人则是这次行动的女一号。小岛选中了中西医结合内外科皆通的天津名医章保罗。

松本君代对小岛科长的日程安排表示赞赏。拜见结束时小岛告诉将军夫人，明天天气不错。松本君代似乎对天气状况并不关心，她急于买到一只陶钵用来煎制中国的汤药。

小岛武夫挑选六名精干的日本宪兵，脱下黄呢军装统统换为便衣。行动之前宪兵们接受上司训话，个个庄严肃穆。于是这更像是一场连夜排演的话剧（舞台监督当然就是小岛武夫）。

"短促突击"计划，就这样开始实施了。

3

民族工商业者李通济先生的忌日，通济堂大药房歇业一天以示纪念，乃是多年惯例，业内人士广为知晓。（前来买药的顾客，绝大多数属于头疼医头脚痛医脚的平民百姓，对李通济先生以及李济通先生的忌日一无所知。）

清晨，宿在店里的沈阿尚起床之后头一件事情就是将写着"今日歇业"的木牌子摆到门外，然后点燃了店堂里的炉火。

对于酷爱演戏的沈阿尚来说今天是一个不同寻常的日子——通济堂大药房今日歇业恰恰是排演话剧《庸医》的大好时机。如果此事被经理得知，沈阿尚无疑要被当作一条鱿鱼炒掉，但沈阿尚绝不后悔。人生能演一出戏，值。因此，素有"财迷"之称的沈阿尚居然拎着篮子上街，买来了烧饼油条，等待着以张延祜为首的《庸医》剧组的到来。等待之中，店堂里的炉火越烧越旺。这时候大街上飘起了雪花儿。

燕山雪花大如席。沈阿尚诗兴大发，提前进戏。当张延祜率领演员们走进通济堂大药房的时候，沈阿尚已经完全处于兴奋状态。这就是戏瘾的魔力。

剧本是油印的，一人一册。正式排练之前，编剧兼导演张延祜要求演员们临场再读一遍剧本，以求甚解。沈阿尚被指定扮演伙计柴安，这是一个只有几句台词的小角色。戏瘾极大的沈阿尚心中失望，对张延祜非常不满。

《庸医》中的医生乔马博士由张延祜亲自扮演，角色脸上唯一的道具就是金丝眼镜。其实这个角色正是沈阿尚所向往的。导演中心制使心怀不满的沈阿尚毫无办法，就一口气吃了三个烧饼。

店堂里，静悄悄。

手捧剧本静心默读的赵觅突然嘤嘤哭了起来。（这个速溶型的女演员长相并不十分漂亮却具有极高的演剧天赋，对她来说生活本身就是一座即兴表演的大舞台。）

张延祜指着泪流满面的赵觅大声说，这太好了这太好了，你已经进戏啦。

虽然充当一名微小的角色，沈阿尚还是接受了这个现实。他读罢剧本，对自己扮演的角色自有独到的见解。落幕之前乔马博士遇害，伙计柴安应当保持沉默而不应当高声吼叫，这就叫作"哀莫大于心死"。有了这种心得，沈阿尚对自己扮演的角色充满信心。

排演之前，张延祜发表了一番导演阐述。他说，什么是话剧？话剧就是将打碎的生活重新捏合起来，然后放置在一个特定的空间里展示给观众。既然话剧是重新捏合起来的生活，那么话剧的排演就应当打破生活常规而逼近生活的真谛。

赵觅问，怎么打破生活常规，怎么逼近生活真谛？

风度翩翩的张延祜笑了笑，说中国的话剧导演都是按照剧本的场次进行排演的，其实这是愚蠢的做法。沈阿尚如听天书，就问什么是聪明的做法。

张延祜又笑了笑。沈阿尚发现张延祜身上散发着一种力排众议的领袖气质。

扮演日本翻译官的谢小天出身梨园世家，大声说，无论是法国的莫里哀还是英国的萧伯纳，话剧的排演都是按照场次进行的。无论是东洋还是西洋，概莫能外。

外面的雪，越下越大。张延祜在屋里踱步。无论是法国的莫里哀还是英国的萧伯纳甚至俄国的果戈理，都是过去的事情了。今天我们排演《庸医》必须要突出时代精神。什么时代精神呢？人人自有看法。我是注定要为自己所追求的时代精神而献身了。生命诚可贵，爱情价更高，若为自由故，二者皆可抛。

赵觅终于忍无可忍，擦干泪水问道，无论是要爱情还是要自由，你总不能从最后一场开始排演吧？

赵觅你说得太对啦。我排戏就是要从最后一场开始，然后是第三场、第二场、第一场、序幕。

演员们听罢这惊世骇俗的导演阐述，面面相觑。赵觅惊讶得叫了起来，觉得张延祜变成了一个陌生人。

《庸医》的排演，就这样开始了。按照张延祜的方式，从最后一场开始排演，一切都在逆时针运转。通济堂大药房的店堂，完全沉浸在戏剧的规定情景之中。

（大街上，已经飘起了鹅毛大雪。一个衣衫褴褛的叫花子匆匆走过通济堂大药房门前，顺手抄起"今日歇业"的木牌子，跑到避风的地方烤火去了。）

一个头戴鸭舌帽的男子冒着大雪赶到通济堂大药房门前，徘徊不定的样子。此时，通济堂大药房的店堂里，以张延祜为首的《庸医》剧组演员统统入戏。因此，头戴鸭舌帽的男子即使形迹可疑，也难以引起这群热血青年的警惕了。

乔马博士（张延祜饰）：高太太，您丈夫的病恐怕……

高太太（赵觅饰）：您是坐堂医生，请您直言不讳地告诉我，我丈夫到底患的是什么病？

【乔马博士沉吟不语

【伙计柴安匆匆上场

柴安（沈阿尚饰）：高太太，请您赶快回去吧！我看高先生根本就没有什么病！您呢也根本就不该到这里来的。

高太太（勃然作色）：柴安，你说高先生没有病，难道是我有病不成？

柴安（十分诚恳）：高太太，无论是谁有病，这天气马上就要下雪啦，您还是赶快回家吧！

高太太（十分伤感）：家？我哪里还有家啊！

乔马博士（猛然站起）：高太太，你丈夫的病我看并不是药物所能医治的……

高太太（十分感慨）：乔马医生，您在日本留学多年，又获得了博士学位，怎么说出话来总是吞吞吐吐的呢？难道您忘了中医的望闻问切啊！

【翻译官上场

翻译官（谢小天饰）：天气寒冷，强化治安，你们不要在这里大声喧哗……

漫天大雪。两辆黑色小轿车缓缓停在通济堂大药房门前。车门悄悄打开，七个身穿便衣的男子鱼贯而出。为首者正是小岛武夫。（面色严峻的小岛随手拍打着身上的落雪，动作显得十分中国化。身着便衣的六个随从纷纷效仿着，拍拍打打。）天上的雪越下越大了。

通济堂大药房门前徘徊已久的头戴鸭舌帽的男子，此时已经没了踪影。

对于特高科长小岛武夫来说，这是一场突如其来的大雪。在此之前日本皇军华北驻屯军气象部提供的天气预报之中并没有提及这场大雪。气象部门的失误势必产生不良影响。小岛武夫患有哮喘症。交叉感染，一路上就连"短促突击"计划似乎也跟着咳嗽起来。这令小岛感到恼火。

门前"今日歇业"的木牌子被叫花子拿去烤火了。因此特高科长并未发觉情况异常，他率领六位精干的宪兵推门走进通济堂大药房，这时《庸医》的排演进入第三场。这场戏再现了通济堂大药房的日常景观。

《庸医》的排演并未因七位观众的突然闯入而中止。张延祜入戏了，演员们也入戏了。生活的本身就是一个大舞台，入戏的演员在这个大舞台也就忘我了。

小岛武夫面无表情，目光紧紧盯着伏案开方的坐堂先生。面前这位西服革履的先生当然就是名医章保罗了。（天气的突变，使小岛的哮喘病蓦然复发，嗓音沙哑，近乎失语。失语的小岛指挥这场被他称为"短促突击"的行动依然得心应手，因为手下六名精明强干的宪兵，对他的每个手势每个眼色，都能做到心领神会。）

日翻译官（谢小天饰）：你是留学海外的医学博士，怎么可以随便使用民间偏方呢？高太太认为，高先生患的是思乡症啊！

乔马博士（张延祜饰）：你是日本翻译官，不要以为谁是东北人谁就患有思乡症。我在日本留学的时候……

【乔马博士伏案疾书，片刻就开出了处方。

小岛武夫觉得是时候了，走上前去指着坐堂医生："有请……"

嗓音沙哑的小岛几乎无法说话。一位身着便衣的宪兵立即行动起来，大步走到坐堂医生面前，操着生硬的汉语说："先生，请吧！"

【伙计柴安走上前来：你们怎么可以随便抓人呢！你们怎么可以随便抓人呢！

【坐堂医生乔马博士摘下金丝眼镜，满脸视死如归的表情：

10

走，前面带路！

【高太太惊恐地环视着四周，脸色惨白，双唇颤抖。

张延祜随着身着便衣的日本宪兵走出通济堂大药房，然后猫腰钻进停在漫天大雪里的黑色小轿车。

"短促突击"计划居然如此顺利，小岛武夫感到非常意外。他从心底厌恶这场突如其来的大雪，连声咳嗽着。

两辆黑色小轿车一前一后，缓缓驶离通济堂大药房门前。

片刻，赵苋从通济堂大药房冲了出来，朝着远去的小轿车尖声号叫起来。她清醒地意识到，这突如其来的插曲绝对不是《庸医》剧本的内容。

沈阿尚呆呆望着漫天大雪说，一场戏还没排完，怎么日本人就来啦！他们到底是来请医生呢还是来请导演呢？真是莫名其妙……

4

小轿车驶进日租界的时候，雪更大了。这里虽然不是燕山，却有雪花大如席的趋势。特高科长小岛武夫与请来的医生并肩坐在轿车后排，双方均无言语。此时，张延祜对这场突如其来的大雪似乎并不感到意外，令他感到意外的是排演之中的《庸医》剧情发生巨大变化——突然闯进来一群身穿便衣的日本人，抓走了坐堂医生乔马博士。日本人究竟要干什么，张延祜一时还猜不透。作为一个单纯的热血青年，他对日本帝国主义的本质并没有多么深刻的认识。

小轿车停在日租界一座园林的大门前。漫天大雪将这座庞大的建筑群装点出一派简单的模样，并以此夺得人们对它的信任。园林门前小岛武夫遣散卫兵，亲自陪同张延祜。（走进别墅大门之后张延祜就不是乔马博士了。他的头脑清醒起来，心中暗暗确定了以不变应万变的方针。）

沿着雪中小径，来到一座楼阁的门前。小岛要张延祜原地等待，整饬衣冠大步走进楼阁。这是一座宏大的楼阁。走上二楼见到"清心斋"的横匾，小岛知道这里正是松本夫人的住处，就喊了一声报告。松本夫人立即应声，身穿和服款款走了出来。

松本夫人等待天津名医的到来，望眼欲穿。小岛立正说道，天津名医章保罗大夫已经到达，请夫人过目。

将军夫人环视左右，表情茫然。小岛立即双手奉上一架军用望远镜，说章保罗大夫此时正在楼前待命。

站在窗前，松本夫人举起小巧玲珑的望远镜，目不转睛注视着楼前伫立的天津名医。漫天大雪之中，望远镜将张延祜的面孔放大了十二倍。（漫天大雪之中的天津名医章保罗看上去心慈面善，年轻有为，据说尤其擅长妇科。）松本夫人满意地笑了。

小岛武夫敬礼告辞，走出清心斋。他引导着张延祜朝着远处一座日式平房走去。走进小院，小岛环视着苍松翠柏笑着用汉语说，这里环境很好，请您先休息吧。

就这样小岛告辞了。

走进房间张延祜终于发现，自己手里竟然拎着一只鼓鼓囊囊的书包。这是《庸医》里的一件道具——乔马博士无论走到哪里手中总是拎着母亲当年为他亲手缝制的书包。张延祜笑了，戏里戏外我真的成为医学博士了。

信步走到屋外，大雪之中看到远处有一间矮屋。走上前去，渐渐听到一连串日语。是仆人们在说话。日寇在中国沦陷区的学校里强行实施日语奴化教育，因此张延祜懂得东洋语。仆人们说上司指示午餐一定要送到客人房间里。

张延祜认为，仆人们所说的客人指的正是自己。尽管他不喜欢日本料理，临近中午肚子还是饿了。大雪依然不停，却不见仆人将午餐送到房间里来。张延祜等待着，开始怀疑自己的判断。终于来了一个老仆，说的是中国话，请他到小餐厅用饭。张延祜问老仆这里总共住着几位客人。老仆摇了摇头，默不答话。张延祜哪里知道，这座园林的清心斋里还住着一位最为尊贵的女宾，她就是松本将军的夫人松本君代。

当天下午，五短身材的小岛武夫终于露面。此公脸色铁青，居然显出几分消瘦。宾主共进晚餐，主食是天津包子，这令张延祜感到惊讶。

经过日本厨师改造的天津包子，显得小巧玲珑而暗藏祸心。席间，双方依然无话可说，似乎都在以守为攻等待对方开口。既然已经确定了以不变应万变的方针，张延祜心中越发踏实，一个接一个吃着包子。

小岛毫无食欲，似有难言之隐。在此之前，特高科长刚刚得知，"短促突击"行动犯了张冠李戴的错误。这对小岛来说是一个极大的打击。

张延祜吃得很饱，他放下筷子，拿起餐巾擦着嘴角。

小岛叹了一口气，目光定定注视着食欲极佳的客人，突然嗓音沙哑说道："您应当是一位医生啊！"

张延祜暗暗思忖着小岛的含义，心底渐渐理出几分头绪。剧本《庸医》蕴含的反日倾向其实是明显的，剧中的男主角是乔马医生，几起几落后来成为抗日义士。排演具有抗日倾向的话剧，无疑是导致自己被捕的直接原因。生当作人杰，死亦为鬼雄。默默背诵着李易安的诗句，张延祜的心情渐渐悲壮起来。他抬头望着踱来踱去的小岛武夫，朗声说道："你就认为我是乔马医生好啦！"

小岛武夫听了这话，似乎突然受到启发，目光滞滞地注视着张延祜。蓦地，这个日本人脸上泛起喜色，伸手抄起餐桌上的日本清酒一饮而尽。

（张延祜哪里知道特高科长为何而烦恼。对于多年从事秘密工作的小岛来说，大雪的天气里他犯了一个低级错误：误将扶轮中学青年教师张延祜当作天津名医章保罗抓来，并且已由松本夫人过目首肯。待到小岛恍然大悟，一切都无法挽回。小岛无法面对这个尴尬的现实，小岛更不愿意喝下这杯自酿的苦酒——主动坦白自己犯了一个无比荒唐的错误。那样，他将彻底失去大日本帝国华北驻屯军最高长官松本连太郎将军的多年信任而且葬送自己平步青云的军旅生涯。这场突如其来的大雪所酿造的大错令小岛不寒而栗。木已成舟，他已经无法为将军夫人更换医生。他必须千方百计采用魔术手段，将青年教师张延祜摇身一变成为天津名医章保罗。除此之外，别无良策。）

此时，青年教师张延祜主动表示愿意成为坐堂医生，对小岛来说不啻于福音降临。这个日本鬼子对中国热血青年的悲壮心理毫不理解，只知道自己已经走出低级错误造成的泥沼。他十分兴奋地拍着张延祜的肩膀连声说，祝贺你成为一名医生。

小岛当即安排特高科的日本照相师为张延祜拍照。按动快门之前小岛叫了暂停，递上金丝眼镜。张延祜认出这是《庸医》的道具，接过来就戴上了。这时他也弄不清楚自己是生活中的章保罗还是话剧里的乔马博士。

特高科长笑了。

连夜冲洗胶片。第二天小岛武夫赶到治安科，用张延祜的照片制作了一张名为章保罗的良民证。一个中国人的身份巨变，就这样轻而易举宣告完成。小岛武夫将这张特殊的良民证交给张延祜，说，你必须毫无条件地接受这次身份的巨变，否则性命不保。

张延祜看着良民证怎么也弄不明白，自己一夜之间就变成了天津名医。他知道这里必有文章，就陷入沉思。

然而小岛武夫面临第二个难题：张延祜只是一个冒牌的名医。松本夫人的不孕症究竟怎样医治呢？

望着窗外大雪，张延祜讳莫如深地笑了。

5

李通济先生的忌日，章保罗医生并没有在家休息。他谎称前往大药房坐堂，上午八点钟就走出家门。出门之前他依照惯例吻了太太。（太太温妮出身天津名门。其叔父温世珍先生即将出任天津特别市市长要职。）生活之中夫妻举案齐眉，相敬如宾，颇有超凡拔俗的境界。久而久之，医学博士对这种无菌的生活感到厌倦，颇有高处不胜寒的苦恼。章保罗是擅长妇科的医学博士，从这个意义上说温妮是女人。同时章保罗也是男人，从这个意义上说冰清玉洁的大家闺秀就难以胜任了。章保罗从事的研究课题是"风骚女性与不孕症"。就其人文意义而言，章保罗的研究课题令医学界感到震惊。正是在这种情形之下，他结识了小家碧玉的赵菲。

这个赵菲就是赵苋的姐姐。

赵菲与赵苋虽是一奶同胞，然而姊妹性格迥然不同。妹妹对姐姐的评价是：赵菲是一个彻头彻尾的女人。随着"风骚女性与不孕症"课题的不断深入，章保罗越发感到身边应当拥有一位女性充当研究对象。咏春茶会上赵菲朗诵涅克拉索夫的诗，章保罗一下就激动起来。赵菲的身材告诉他这是一个极善生育的女子。赵菲的眼神又告诉他什么叫作风骚。仿佛醍醐灌顶，章保罗终于看到生育与风骚的辩证关系。他曾用两句唐诗记载他与她的相识：好雨知时节，当春乃发生。就在天津大经路附近的一条名叫三思里的胡同里，治学严谨的章保罗租了一个小院，成为一名地下工作者。天性浪漫的赵菲知道自己只是章保罗的外宅而已，但她并不认为这有什么不好。一连串的日子过去了，她仍然沉浸在同居生活的新奇体验之中，就连《天津时报》上连续不断刊出的"急寻爱女启事"也难以唤起她对父母的思念之心。同居生活中令赵菲感到有趣的事情很多，其中最为有趣的就是章保罗每天都要对她的身体进行全面检查。面对风流女性的胴体，留洋归来的医学博士充满激情，"风骚女性与不孕症"的研究颇有进展。他与她的同居，既是灵与肉的结合，也是理性与感性的统一，男女双方各得其所。入冬之后，章保罗的医学论文完成了第三章：暴力与生育。

这时，赵菲仍然没有怀孕。

十二月二十九日是李济通先生的忌日，天降大雪。清早章保罗走出家门叫了一辆人力车，前往坐落在大经路三思里的外宅。他习惯称这里为自己的"实验室"。这样，学术气息就显得更加浓郁。当然，走进实验室的医学博士并不排斥孤独者的温柔之乡。

实验室里，赵菲还没有起床。章保罗就催她起床。这令赵菲感到意外。她认为窗外大雪正是情侣拥衾交欢的大好时光。章保罗则认为漫天大雪令人心情漂浮，这样的坏天气是什么事情也做不成的。赵菲知道医学博士今日歇工，只得快快穿衣下床。

章保罗坐在案前，构思《风骚女性与不孕症》的第四章：男性的点石成金与女性的化金为石。

赵菲捧上一杯热茶，娇声娇语提出一个要求，说自己当了三个多月的室内动物，不见天日。今天大雪也是天意，不妨前往宁园踏雪，趁机享受新鲜空气。

掩卷沉思的章保罗居然答应了赵菲的要求。这令她喜不自禁，立即坐在镜台前唱着美国情歌，精心梳妆起来。

（外面的雪越下越大了。）

临近正午，这对前生有约今生有缘的乱世鸳鸯悄悄走出三思里的小院，迎着漫天大雪来到充满悬念的大经路上。赵菲身穿裘皮大氅挽着先生走路，兴高采烈的样子。为了避免暴露目标，章保罗提出乘坐人力车前往宁园。赵菲小章保罗九岁且天性浪漫，坚持乘坐叮叮当当的比国电车。章保罗无奈，只得随着赵菲攀上高高的车厢。电车开动了，一个头戴鸭舌帽的男子冒着风雪追了上来，大声喊叫着，企图让电车停下。电车不睬，叮叮当当朝着天津北站方向驶去。

不知为什么，电车驶近北站的时候，章保罗蓦然对偎在身旁的赵菲产生了强烈的厌恶心理。他推了推鼻梁上的金丝眼镜，偷偷侧过脸去注视着她，竟然觉得这张面孔有些陌生。赵菲的目光投向窗外，突然轻轻

16

惊叫了一声。她无意之中看见自己的妹妹赵苋身穿蓝布棉袍站在漫天大雪的邮局门前，似乎正在等待什么人的到来。赵菲心底泛起亲情的涟漪。

电车叮叮当当走了四站，到达终点天津铁路北站。这里距离宁园并不太远。下了电车，漫天大雪的天气里竟然有人不辞辛苦叫卖着《天津时报》。赵菲走上前去买了一份报纸，看到第五版上父母仍在继续刊登寻人启事，一下就被感动了。她噙着眼泪随手将报纸递给章保罗，哭泣着朝前小步跑去。章保罗接过报纸，看到"最后消息"四个黑体大字，就被吸引了。读着读着，医学博士仿佛看到死人复活，惊得目瞪口呆。

　　本报开印之前最后消息：今日早午九时许七名身份不明的黑衣男子闯入中国股份的通济堂大药房，强行绑架在此坐堂应诊的著名医生章保罗先生，漫天大雪之中乘坐两辆轿车匆匆离去。据目击者称此次绑架疑为日方所为。截至发稿时止，章保罗医生下落不明。

天啊！我已经被日本人绑架啦？章保罗手持报纸一阵眩晕，脚步也踉跄起来，看上去很像一个中风前兆的老人。

泪眼汪汪的赵菲看到前面有一家女子商店，心情开朗起来。她对章保罗说我去买一支唇膏，就小鹿似的跑进女子商店。章保罗抬头发现天上猛然飘来更大的雪花。大街上的人们随即发出惊人的呼喊。章保罗定住目光仔细一看，原来漫天大雪之中飘舞着许多传单。章保罗下意识地伸手去接，心头又是一惊。

这是一张抗日传单：强烈抗议日本特务强行绑架爱国青年教师张延祜！

这是一个陌生的名字。章保罗呆呆看着这张抗日传单，心里寻思着。漫天大雪的天气里，日本人先是绑架了我这个医生，一转脸儿又绑架了一个名叫张延祜的青年教师。日本人到底想干什么呀！好汉不吃眼前亏。先躲过初一，再躲过十五。三十六计，走为上计。这样想着，章保罗快步走向天津铁路北站售票处。

远处，一个头戴鸭舌帽的男人气喘吁吁沿着大经路朝着这里追来。雪大路滑，这人摔倒之后又爬起，爬起之后又摔倒，一路不知跌了多少筋斗。章保罗回头看到这个场景，心中更加恐慌起来。他在售票处买了一张车票，脚步匆匆检票进站，登上了六十九次客车。章保罗六神无主，颇觉狼狈，同时又隐约感到离家出走的快意。他坐在十三车厢靠窗的位置，说不清楚心里究竟是什么滋味。

女子商店里赵菲精心挑选着唇膏，有日本货美人牌的，也有国货。赵菲犹豫良久，买了一支沪产西施牌的。她掏出小镜子试了试——唇膏鲜红。走出女子商店，身穿裘皮大氅的赵菲环顾左右，不见章保罗的身影，心里慌了。（这时六十九次客车缓缓驶出天津北站，呜呜拉了几声汽笛，冒着漫天飞雪朝着东北方面驶去。）

6

择仁公寓五楼窗口抛撒出来的抗日传单，与漫天大雪共同飞舞，显得蔚为壮观。撒光传单，赵苋匆匆离开房间走出择仁公寓大楼举目四顾，决定自行撤退。（事先约定，赵苋抛撒传单之后，谢小天站在择仁公寓大楼门前接应。如果谢小天没有到位，那么赵苋自行撤退，投奔安全地带。赵苋既不是中共党员也不是中共团员，她只是一个颇具正义感的爱国女性。尤其是男友张延祜的被捕，赵苋更是怒火满腔，家仇国恨同时涌上心头。赵苋抛撒传单的目的就是为了引起社会各界的义愤，发起营救青年教师张延祜的运动。）

撤退到哪里属于安全地带呢？身穿蓝布棉袍的赵苋踌躇不已。她沿着大经路朝着天津北站的方向走了几步，无意之间回头望去，只见一个头戴鸭舌帽的男人跌跌撞撞朝着这里跑来。赵苋一惊，立即意识到来者的巨大危险。她不再犹豫，小步颠儿颠儿向北跑去。

赵觅从女子商店门前跑过。赵菲正在里面购买唇膏。（此时姐姐的嘴唇被西施牌唇膏染得鲜红。妹妹的嘴唇则由于精神的高度紧张而泛出白色。）

六十九次客车正在检票。赵觅买了一张车票匆匆上车。她的舅舅刘越清是开滦矿务局的董事。慌不择路的赵觅选择了东北方向。

登车之后，她心神不安来到十三号车厢。这里是一等车厢，没有酒糟与旱烟的味道，满眼都是高尚人士。茶房为她拎着提包，对号入座来到四十四号位置。她心里还在思忖着。（头戴鸭舌帽的男子到底是什么人物呢？每当紧要关头总是出现这个可疑的身影。）赵觅掏出手帕擦着额头的冷汗，暗暗庆幸自己的临危脱险。

临窗坐着身穿皮袍的章保罗。赵觅的到来，起初并未引起医生的注意。章保罗心怀余悸，仿佛一只惊弓之鸟，目光久久注视着窗外，时刻警惕着头戴鸭舌帽男子的出现。火车渐渐开动了，他终于松了一口气。这时他才发觉对面坐着一位身穿蓝布棉袍的女子，就缓缓将目光移到对方脸上。

章保罗惊得啊了一声，懵懵懂懂注视着坐在对面的女子。这女子显然受到他叫声的惊吓，慌忙起身坐到远处去了。

医生随即站起追了几步，不知所措的样子，然后摘下金丝眼镜擦了擦，又满脸狐疑坐在原位，用力咬了咬舌头——疼。这绝不是梦境，躲到远处去的那位女子分明就是赵菲。转念一想，又觉得事情的蹊跷。他记得非常清楚，讲究身份爱好虚荣的赵菲明明身穿太太式裘皮大氅，怎么转眼之间换成了学生装束的蓝布棉袍呢？令人更加不解的是，即使赵菲换了一件蓝布棉袍，可是她身上的轻浮气质也已荡然无存，取而代之的是眉宇之间深深的忧郁。我从来也没有听说赵菲拥有一个孪生姊妹啊。思来想去，章保罗越发感到神秘女郎的不可思议，一时不知如何是好。

一等车厢的茶房送水来了。章保罗心不在焉叫了一壶香片。茶房点头哈腰问他还用什么。他灵机一动，指着六排之隔的十八号座位，说请给那位小姐送杯咖啡。章保罗记得赵菲平时爱饮清咖啡，就吩咐茶房不要加糖。

茶房端着咖啡送到十八号座位。女子摘下毛线围巾，对这杯突如其来的咖啡感到意外。茶房说这是身穿皮袍的先生奉送的。听了这话她显出几分惊慌，连连摆手说自己从来就不喝咖啡。茶房以为这是一对正在恼气的情侣，就端着咖啡回到章保罗面前。章保罗照例赏了小费，心里踏实了。

这不是赵菲。赵菲见到咖啡是不会拒绝的。赵菲对待生活的态度是一饮而尽。"蓝布棉袍"只是一个相貌酷似赵菲的女子而已。想起漫天大雪之中身穿裘皮大氅而渐渐远去的赵菲，章保罗坦然待之。看来这场突如其来的大雪，已经使他变成一个铁石心肠的男人。

车到胥各庄，停车三分钟。身穿蓝布棉袍的女子拎着提包目不斜视走了过去。章保罗看着她的背影，怅然若失。他鬼使神差般站起身来，披着皮袍紧紧追去。出了一等车厢，他随着蓝布棉袍婀娜的身影走下了火车。

胥各庄离唐山只有一站地，是个小站。月台上冷冷清清的，身穿蓝布棉袍的青年女子与身披高级皮袍的男子，一前一后走着。这时候呈现在章保罗面前的是一个晴朗的下午。无论天上还是地下都不见一丝雪花儿的痕迹。那场突如其来的漫天大雪，时过境迁，戛然而止，仅仅属于天津而已。章保罗心绪极其复杂，暗暗咒骂天津是个鬼地方。

他不远不近跟随着蓝布棉袍的倩影走进小小的候车室。这里虽然生着炉火，气温还是很低。她坐在临近炉火的地方，抬头看到了章保罗。怜香惜玉的医生唯恐这位小姐再度受到惊吓，连忙向她笑了笑。她看出身披皮袍的男人既不是日本特务也不是中国汉奸，心里渐渐镇定下来，下意识地朝里挪了挪身子。

章保罗顺势坐在长椅上。

就这样，他与她操着天津腔调的国语开始了车轱辘似的对话。生硬的天津口音引起旁边一个挎着篮子叫卖香烟的男孩儿的注意。机警的男孩儿很像一头小毛驴，转绕着这两扇磨盘转悠起来。

章保罗说十分荣幸能够在这样一个小火车站的候车室里相逢，事实上我们已经成为同路人了。既然成为同路人就应当结伴而行，大步朝着前方走去。

"同路人"引起了赵觅的警觉。在此之前，她多次从张延祜口中听到这个名词。想到张延祜她心中不由得一阵酸楚。恋人身陷牢狱，自己远走异乡，何时得以相见，恐怕只能在梦中聚首了。

看到赵觅陷入沉思，章保罗就趁机问她是不是有个相貌酷似的孪生姊妹。赵觅怀着敌情观念摇头否认，说孤独一枝，无亲无故。

章保罗的好奇心越发强烈，微笑着请教赵觅芳名。赵觅虽然不是中共地下工作者，但还是深知乱世无常、人心险恶的道理，自然不肯道出真名实姓。然而她自幼接受诚实做人的正统教育，迟迟不能练就一身撒谎的本领。书到用时方恨少，面对章保罗的发问，赵觅绞尽脑汁也无法当场编出一个假名。可无论阿猫阿狗，做人总是要有一个名字的。于是她急中生智，脱口说出姐姐的名字——赵菲。

赵菲。听到这个名字章保罗感到脑海一片空白。世界，在他心目之中越发变成一个不可思议的黑洞。他匆匆逃离天津与年轻貌美的赵菲不辞而别，没承想登上火车立即遇到容貌酷似赵菲的女子。一个身穿裘皮大氅，一个身穿蓝布棉袍，一颗女人的灵魂游走于两者之间，彼此互为替身。最令章保罗感到恐怖的就是这位面色忧郁的"蓝色棉袍"竟然自称姓赵名菲。章保罗不能不承认这是上苍的暗示：年轻风流的赵菲是我前生前世拖欠的孽缘，到了今生今世也永远不可摆脱。即使我登上火车逃离天津，她的灵魂脱下裘皮大氅换上蓝布棉袍，也要紧追不舍。

章保罗笑了，他认为这就是宿命。

卖香烟的男孩儿经过一段时间观察终于凑上前来，压低声音问赵觅海边是不是下了一场大雪。赵觅木然，反问男孩儿这里为什么没有下雪。男孩儿笑了，转过脸去盯着章保罗，问他想不想家。章保罗觉得男孩儿很可爱，伸手从篮子里拿了一盒香烟，说，如今是有家难回啊。男孩儿随即转身离去，径直跑到候车室门外的烧饼摊前，说暗语对答如流，无论是男是女。卖烧饼的汉子放下心来，递给男孩儿一个烧饼，低声吩咐着。男孩儿使劲儿嚼着滚烫的烧饼，呲呲吸着冷气，吃相显得贪婪。卖烧饼的汉子哪里知道这是一次错误的接头，所谓暗语对答如流完全出于巧合。真正来自天津的地下工作者，女的在塘沽车站被捕，男的跳车身亡。

吃完烧饼的男孩儿挎着篮子重返候车室，样子很像一只学舌的鹦鹉。

鹦鹉走到章保罗和赵苋的近前，操着唐山口音一板一眼说：你们去吧，翟庄的人好水甜饭香炕头热。

一男一女听了鹦鹉的话语，面面相觑。

卖香烟的男孩儿完成了任务，跑去领烧饼了。这一男一女先后站起身来，做出准备离去的样子。章保罗煞有介事告诉赵苋说，翟庄是一个好地方。

赵苋拎起提包，突然询问同路人的尊姓大名。章保罗猝不及防。对他来说当场为自己编造一个名字也并非易事。他猛然想起逃离天津之前在抗日传单上看到的青年教师，就顺口说出"张延祜"的名字。

赵苋怔了怔，同样感到莫名其妙。想到大千世界的离奇古怪，她只得苦笑。

就这样，章保罗自愿变成一个自己并不认识的人——张延祜。面对自称赵菲的女子，他似乎意识到人生的转折已经拉开了序幕。

男（此时化名张延祜）在前，女（此时化名赵菲）随后，就这样一前一后走出候车室。男在前女在后的行走方式，在中国话剧舞台上比较常见。这种人物的行走方式随着情节的推进又往往发展为夫妻关系。戏剧模式与现实生活的混淆往往令人啼笑皆非。这时候天气晴朗，这一男一女同样对晴朗的天气毫无感知——心头依然飘舞着天津上空的雪花（这就是大雪的魔力）。

一路无话。化名张延祜的男人与化名赵菲的女人竟然朝着男孩儿所说的翟庄方向走去。

翟庄处于敌我对峙的（拉锯）地带。

7

漫天大雪之中那个头戴鸭舌帽的男子姓夏名志国，二十九岁，未婚。未婚其实不是不愿意结婚而是娶不起媳妇。夏志国在比国电灯房里做工，真正的无产阶级。截至二十八岁之前，他还没吃过一顿真正的大米饭。

穷，使得年轻力壮的夏志国渐渐擦亮了眼睛。擦亮眼睛的夏志国深知中华民族的最大敌人就是日本帝国主义。因此他参加了中共外围组织"抗倭会"。抗倭会的最大任务就是跟日本鬼子对着干。夏志国是在中秋节的夜晚加入抗倭会的。遥望空中朗月，他想起古人八月十五杀鞑子的传统，暗暗发誓杀贼报国。进入冬季之后抗倭会首领终于给他下达了一个艰巨的任务。东四经路八十八号住着一个名叫谭二苹的破鞋，与高丽人崔一平姘居，七七事变之后崔一平摇身一变成了日本翻译官，谭二苹也打扮得花枝招展，很是得宠。高丽人崔一平身为日本翻译官，抗倭会自然将他列为重要目标，伺机猎取情报。抗倭会首领深知，床前枕边，历来都是机密情报的重要来源。夏志国的任务就是寻机接近谭二苹，力争得到这个风骚女人的信任。至于如何取得谭二苹的好感，抗倭会首领要求夏志国酌情处理。如果必须上床工作，裤带可以适当放松。比国电灯房的工人夏志国接受了这个任务，颇有钢刀剁棉花的感觉，不知如何用力。他虽然已届而立之年，但不曾婚娶，自然不谙风情，难以驾驭风骚女子。至于如何与谭二苹结识，对夏志国来说很是为难。

天赐良机，谭二苹家里的电灯坏了。恰巧崔一平出差。夏志国被传唤上门，修理电灯。这时候天气已经很冷。夏志国经过精心准备，背着工具兜子走进谭二苹的家门。

23

谭二苹咻咻笑着，看着朴实憨厚的夏志国。夏志国不敢与谭二苹对视，站在屋里不知如何是好。风情万种的女子大声说，我家的灯泡不亮啦。夏志国嗯了一声就开始检查电路。（谭二苹的房间粉刷得雪白，充满令人陶醉的温馨气息。夏志国对这种女人的气息缺乏防守能力，一下就陶醉了。）

屋里的电灯修好了，一切都变得亮堂堂的。谭二苹突然问他，电灯为什么会亮呢？在此之前从来没有女人向他提出这种问题。他告诉她电灯发亮是因为有电。谭二苹又问电是什么。夏志国想了想，告诉她电是看不见摸不着的一种东西。谭二苹咻咻笑着说，什么时候看见了摸着了，人也就给电死了。谭二苹的这句话对夏志国的震动很大。

夏志国收拾着工具，然后显出一派手足无措的样子。谭二苹非常喜欢男人手足无措的样子，就告诉他说崔一平跟随日本长官到玉田县，说是视察冀东自治去了。

夏志国认为这是一个重要情报，立即牢记在心里。谭二苹沏了一碗香茶，告诉他崔一平即使不随日本长官出差，平时也不经常住在这里。高丽人就是这样无情无义而且满嘴大蒜的味道。夏志国背起工具兜子说无论什么时候，只要是电灯坏了，他随叫随到。

谭二苹突然声音颤抖着说，我家的电灯现在又坏了，你给我好好修理修理吧。

夏志国终于鼓起勇气看了看谭二苹。这是一个面容姣好的女子，眉宇之间荡起的春风扑面而来，沁人心脾。童子之身的夏志国一阵眩晕，抬手碰翻了那碗香茶。他克制着发自身心深处的冲动，暗暗告诫自己：女人是祸水，我必须远离祸水，我必须马上把"汉奸崔一平跟随日寇长官前往玉田县视察冀东自治区"的情报送到抗倭会首领手里。

夏志国脚底下仿佛踩了棉花，懵懵懂懂走出谭二苹的家门。他坐不起电车，只能深一脚浅一脚朝前走去。这时候他感到心里空空落落的，若有所失（他知道这是因为自己认识了谭二苹）。

抗倭会首领于江水住在新大路贫民区的一间破瓦房里。于江水正在自斟自饮，身边坐着一个骨瘦如柴的女人。白酒与女人的气息混合在一起，使得于江水贫穷的生活充满活力。夏志国站在首领面前，呼呼喘着粗气。于江水命令女人再拌一块豆腐，给夏志国添一只酒盅。

手里拿着情报心里却盛着谭二苹的影子，夏志国对白酒没了兴趣。他小声对于江水说有情报了。于江水也是文盲，闭目静听夏志国的情报内容，一字一句默默记在心里。之后于江水大声表扬夏志国，说这个情报十分重要，一定要紧紧抓住谭二苹这个线索，继续猎取更多的情报。

（一夜不眠。夏志国第二天来到比国电灯房上班。工头儿见他神情恍惚，上前大声斥责。夏志国并不理会，沉浸在莫名其妙的喜悦之中。就连抗倭会的首领也认为夏志国是因获取情报抗日有功而喜悦。只有夏志国心里清楚，自己的喜悦是出于认识了谭二苹。认识谭二苹才懂得了什么是女人。）

第三天晚上，夏志国叩响谭二苹的家门。风骚女子开门看见满面绯红的夏志国，嘻嘻笑着问他有什么事情。

夏志国说，我想你家的电灯又坏了吧？

谭二苹大喜过望，伸手将他拉进家门。这一夜，二十九岁的大龄青年夏志国终于失去了童贞。谭二苹得知自己良宵之夜超度了一个童男，兴奋不已，认为做了一件轰轰烈烈的事情（但是良宵之夜夏志国感到力不从心）。

日本翻译官崔一平从玉田县回来了。谭二苹没有说谎，崔一平果然并不经常回来过夜。鲤鱼跃过龙门，崔一平已经拥有了更为广阔的天地。

夏志国就来填空。他从谭二苹枕边获得的第二个情报是日本准备发起新的强化治安运动。这个情报使中共地下党的三个联络点免遭破坏。于江水准备发展夏志国加入中共天津地下党，开始暗暗考验他。

正是在这种时候，夏志国猛然发现自己缺乏男人的旺盛斗志。黑夜之中谭二苹泪眼汪汪告诉他，她需要一个本领高强的男人而他恰恰能力不足。夏志国陷入极端自卑的苦海之中。这个赤贫的电灯匠深知，如果自己屡战屡败，那么生性风骚的谭二苹极有可能中途换马，将他拴在路旁的木桩上然后扬长而去。如果那样，自己就连情报也无法为组织窃取了，成了真正的废人。无产者夏志国生性刚强，绝不接受命运的摆弄。他开始了痴心不改的求医问药的人生之旅。

通济堂大药房的坐堂医生章保罗大夫成了夏志国心目之中的救星。然而，男子汉的自尊心迫使他难以启齿。入冬以来他多次来到通济堂大药房门前，就是没有勇气推门而入走到章保罗医生的案前，诉说自己的病情。就这样，他成了通济堂大药房门外一道徘徊不定的风景。

天津大雪那天，夏志国一大早儿就从谭二苹家里溜出来，朝着通济堂大药房走去。连日以来他觉得谭二苹对他越来越不满意，床上基本形成背对背的局面，无言无语无情义，因此就连获取情报也断了来源。夏志国终于下定决心，丢掉男子汉的自尊，不再讳疾忌医。冒着漫天大雪他赶到通济堂大药房门前，等待章保罗大夫的到来。夏志国并不知道今天正是李通济先生的忌日，更不知道通济堂大药房今天歇业以示纪念。既然决心已定，冒着大雪他也要耐心等候着。

临近上午十点钟，还是不见章保罗的身影，可是通济堂大药房的店堂里却热闹起来。平日坐堂医生的椅子上换了一个陌生面孔，煞有介事为求诊的病人开着药方。头戴鸭舌帽的夏志国疑惑不解，不由得站在门外窥视着。

小岛武夫的突然出现，使这场漫天大雪越发扑朔迷离。夏志国目睹了坐堂医生的被捕，越发燃起他心头的抗日怒火。同时他心中暗暗庆幸，被日本便衣队逮捕的并不是章保罗医生。夏志国已经将恢复男性尊严的全部希望寄托在医学博士身上。他必须立即找到章保罗。

夏志国是在大经路上远远看到章保罗的身影的。大雪之中这位医生与一位身穿裘皮大氅的年轻女子并肩走在一起，背影看着很是和美。夏志国气喘吁吁追赶上来，却没了章保罗的身影。夏志国看见身穿裘皮大氅的年轻女子走进一家女子商店，他牢牢记住这个女子的模样。但是夏志国永远也不会知道天津名医章保罗是怎样随着漫天大雪从这座城市里消逝了。

　　就这样，夏志国开始了对章保罗医生的漫无休止的寻找。

8

　　张延祐变成章保罗的第二天，就被迫开始行医。小岛武夫此时已经成为这场活剧的幕后导演，他十分恭敬地称张延祐为章大夫。章大夫的一切行动都是按照小岛的事先安排进行的。（这时候章大夫觉得自己是在按照一个蹩脚的剧本演戏，而自己在这场戏里绝对是一个庸医。）

　　他苦笑了。

　　诊室是由一间会客室改造而成的，墙体雪白却显得不伦不类。窗外的大雪渐渐歇止，天地之间明显缺乏动感。天津名医章保罗在小岛武夫陪同之下走进诊室。大雪一停，小岛的哮喘病就好了。说话自如，仿佛他从来不曾失语。恢复了嗓音的小岛低声告诫医生应当迅速进入角色。医生觉得小岛的声音十分陌生。

　　传来一阵木屐的声音。小岛起身迎接。患者是一位已届中年的高贵日本女子。她走进门来微微屈身向天津名医行礼。章保罗大夫无法判断患者的身份，只能从她白皙的肤色上猜测患者优越的生活。

　　小岛与高贵的女患者用日语对话。（这是特高科长一个重大疏漏，他忘记了或者他根本就不知道扶轮中学青年教师张延祐粗通日语，即使青年教师张延祐被他改造成为天津名医章保罗，他也仍然粗通日语。于是两个日本人的对话，医生当场听懂了八成。于是，剧情的发展也就脱离了小岛规定的方向而发生突然变化。）

　　小岛的蓝本是首先请将军夫人诉说病情，然后由他担当翻译，天津名医根据主诉再问病情，就这样一来一往继续下去。然而当患者缓缓说罢病情，小岛武夫准备张口翻译之际，天津名医徐徐扬起手臂，打断了小岛剧情的发展。

　　诊室里的空气蓦然凝固成一块巨大的石头。

（恶作剧的念头渐渐涨大，充满医生心间。）他轻轻咳了一声，抬起目光注视着小岛武夫。小岛武夫怔了怔，一下乱了导演的方寸。

天津名医笑了笑，说，西方医学讲究以器械检查患者身体，从而确诊。中国医学自古就有望闻问切的传统，因而独树一帜。

特高科长以导演的霸气打断医生话语，假笑着用汉语问他到底想上演什么把戏。

天津名医说，既然中国医学讲究望闻问切，那么不妨就这位夫人的病情讲一讲我的初步印象。小岛听罢不知所措。这时天津名医微笑着对患者说，您结婚至少已经六年，我判断婚后您不曾生育。您青少年时代生活在一个寒冷地区，极有可能是日本的北海道。如今您生活在温湿的海滨地区。

小岛武夫已经无法驾驭剧情，只得如实翻译给将军夫人。将军夫人听罢小岛的翻译，终于露出高贵的笑容。她觉得面前这位天津名医不但精通医术，而且还是一位相术大师。倘若在战时的日本，这样的人物也要重点保护的。可惜他是一个中国人。

将军夫人对天津名医一下就信赖起来。

夫人，您需要生育。您的生育不仅使您拥有后代，通过生育同时还可以清除潜伏您体内多年的顽疾，那就是寒凉症。寒凉症在中国民间也称为"姑娘凉病"，通常是结婚之前患病，婚后的临床表现即为不孕。每逢冬季您是不是经常感觉小腹或双腿有暖流通过？其实那恰恰是寒气正在奔走。庸医往往以为是热症，愈治愈重。这是非常遗憾的事情。生活之中我们常常遇到庸医。这也是没有办法的事情……

小岛武夫呆呆望着口若悬河的医生，想起中国的那句名言：假作真时真亦假。这位冒牌的天津名医竟然对将军夫人的病情做出了极其精确的判断。剧情的突变已经将一个由假变真的天津名医推到小岛面前。小岛毫无思想准备，不知是悲是喜。这时将军夫人急于知道天津名医究竟说了什么，就催促小岛立即翻译。

将军夫人轻轻为天津名医鼓掌。她认为这是一番惊世骇俗的话语。

她十分激动地要求接受天津名医的治疗。天津名医为她细细诊脉，借助昔日中医药学知识的功底，大笔一挥开了处方。

（汤药三剂，煎服。）

小岛接过药方，满目狐疑看了看天津名医。特高科长蒙了，无法判断剧情的发展是否符合自己的利益。

手里拿着药方，小岛戴着墨镜穿着便衣只身前往通济堂大药房。（为了将军夫人的安全，此章保罗开具的药方，必须经过彼章保罗的验证方能实施。此章保罗与彼章保罗之间，小岛武夫仿佛一个尴尬的小丑儿，手持药方往返奔走。生活的舞台上特高科长终于扮演了一个荒唐的角色。）

通济堂大药房的伙计沈阿尚神色忐忑站在柜台里，望着门外路边的残雪。（自从张延祐被捕，《庸医》剧组人员立即四散而走，躲避着日寇的魔爪。沈阿尚本是南方人，无处可去只得硬着头皮留在店里，随时迎接厄运降临。这不啻灵与肉的煎熬。沈阿尚甚至在心底高呼：只求速死！然而他必须如此惊悸地活着，等待一个无法确定的时刻的到来。惶惶不可终日的光景使得年轻店员的精神濒临崩溃。）

沈阿尚觉得这位戴墨镜穿便衣的矮个儿男人面熟。这几天心惊肉跳的生活使沈阿尚记忆衰退，思维迟钝，呆呆望着顾客。

小岛轻声问沈阿尚，章保罗大夫今天在不在这里坐堂应诊？

沈阿尚摇了摇头，说章保罗恐怕永远也不会在这里坐堂应诊了，他是大雪那天失踪的，已经四天了。

小岛武夫处变不惊，心中却暗暗叫苦。

（这个世界上的事情有时几近酷似。狼狗变成细狗——特高科长小岛武夫与抗倭会成员夏志国几乎同时成为急于寻找章保罗大夫的人。殊途而同归。）

不可回避的事情就是将军夫人必须服药。将军夫人的这个药方又恰恰出自一个冒牌医生之手。小岛武夫认为人间万物此时都应当重新给予确认，就匆匆离开通济堂大药房，前往王氏诊所请当代名医王介臣大夫对药方给予验证。（于是，一代儒医王介臣又成了章保罗的替身。）

鹤发童颜的王介臣大夫认为这只是一个无关痛痒的"太平药方"，性温，有益而无大碍。特高科长心里踏实了。将军夫人来中国天津就诊，每一个环节小岛都要亲手操持，以防不测。

小岛返回通济堂大药房中药柜台，照方抓了三剂汤药。（这时，沈阿尚终于认出这个戴墨镜穿便衣的家伙就是逮捕张延祐的元凶。）小岛拎着三剂汤药匆匆离去。沈阿尚一时不敢发作，只是望着他的背影恨得咬牙切齿。

9

那场大雪之后，小岛武夫成了通济堂大药房的常客，三天两头儿前来抓药。沈阿尚永远也不会知道，小岛手中的药方居然出自张延祐之手。沈阿尚认为张延祐已经被日本宪兵秘密处决。因此，虽然他天天站在柜台里抓药，心里却随时准备被捕。

就这样等待着。命运的残酷就在于随时准备被捕的沈阿尚永远也没有被捕。（公元一九七八年春天，有人看到白发苍苍的沈阿尚依然站在柜台里为顾客抓药。当然这是后话。）

沈阿尚终于行动起来。（他采取的抗日手段是往小岛武夫的汤药里偷偷加入几颗名叫阿木萨的药材。其实阿木萨本是产自爪哇岛的一种坚果，性热。沈阿尚始终认为汤药是小岛武夫自己服用的，阿木萨必然在这个日本鬼子体内渐渐产生燥热从而造成阴阳失调。沈阿尚哪里知道阿木萨的药力实际是被身患寒凉症的松本夫人受用了。）

一辆人力胶皮车缓缓停在通济堂大药房门前。车上款款走下一位身穿裘皮大氅气度高雅的女子。通济堂大药房的襄理童立宁认出这就是坐堂医生章保罗博士的妻子温妮，连忙迎出门来。

天色晴朗。温妮女士脸上无喜无悲。童立宁自我介绍说是大药房的襄理。温妮女士告诉这位襄理，她的丈夫失踪多日，据说章保罗最后是从通济堂大药房走失的。听了这话童立宁襄理大惊失色，连连摇头说对此事一无所知。温妮果然大家闺秀，面无愠色，只要求通济堂大药房配合警方全力寻找失踪者的线索，不得怠慢。

温妮女士乘坐人力胶皮车，走了。马路的残雪上留下一串破碎的车痕，无声无息。

沈阿尚站在柜台里自言自语，难道章保罗医生就这样销声匿迹啦？羽化而登仙——仿佛融进那漫天大雪里去了。

头戴鸭舌帽的夏志国又徘徊在通济堂大药房门前。他痴心等待章保罗的归来，他知道章保罗是天津治疗阳痿的唯一专家。他痛恨自己的怯懦，为什么迟迟不敢走到章保罗大夫面前接受治疗呢？如今医学博士下落不明，自己的疾病恐怕永远难以得到医治。夏志国就这样徘徊着，心头布满阴霾。

温妮女士离去之后，又一位身穿裘皮大氅的女子乘坐一辆人力胶皮车缓缓停在通济堂大药房门前。童立宁襄理并不知道来者的身份，当然也就没有迎将出来。这位身穿裘皮大氅的女子走下人力车之后，面无表情走到药房橱窗前，呆呆看着陈列在里面的海龟标本。夏志国在她面前踱来踱去，丝毫没有引起她的注意。

（这个女子就是货真价实的赵菲。她认为章保罗的不辞而别其性质属于始乱终弃。尽管如此，她对待章保罗依然一往情深并幻想有朝一日鸳梦重温。于是，继日本鬼子小岛武夫、中国抗日义士夏志国、章氏正室温妮女士、药房店员沈阿尚之后，这位风骚女子也加入了寻找抑或等待章保罗的行列。短短几天之内章保罗居然成了一件众人寻找的宝贝。）

夏志国觉得站在橱窗前观看中药标本的女子十分面熟。这时他终于想起几天之前的那场大雪。这位身穿裘皮大氅的女子曾经与章保罗医生并肩行走。

终于有了寻找章保罗的线索。（有了线索就等于有了治愈顽疾的希望，治愈顽疾就能够从谭二苹枕边获取更多情报，情报越多日本鬼子就越倒霉，于是夏志国激动起来。）

望着药房橱窗里的海龟标本，赵菲轻声呼唤着章保罗的名字，极其深情的样子。不知道为什么她的呼吸急促起来，突然发出一声尖叫倒在地上。地上残雪未尽。夏志国闻讯扑将上来，猫腰从地上抱起昏厥的女子，起身朝着大经路上诊所跑去。

怀里的女子仍然念叨着章保罗的名字。夏志国有生以来不曾接触富家女子（谭二苹出身底层），奔跑之中与裘皮大氅显出几分隔膜。他鼓起浑身劲头儿朝前跑去，紧紧抱住怀里的赵菲。很快就要跑到大经路了，夏志国猛然感到自己恢复了男人的冲动。这冲动显得野性十足，周身乱窜，仿佛燃起一场大火。同时他又感到自己怀里抱着一棵巨大的人参，药性正在发作。

抗倭会成员夏志国终于懂了，人是病，人也是药。人与人的搭配，总是要依照一张处方的。

夏志国抱着裘皮女子一口气跑到铁路天津北站。好在此时没车，否则夏志国冲动之下登车而去，汽笛一响他肯定就变成另外一个人了。

10

为松本夫人治病的天津名医章保罗，其实也行动起来了。他开具的药方悄然变化，往往是增添几味性寒的药材，慢攻。依据病理，如此下去，日本鬼子的妻子也就越发不能怀孕。

特高科长仍然身先士卒，跑到通济堂大药房抓药。事无巨细，只要是与将军夫人治病有关的事情，每个环节他都要亲自动手。

小岛累瘦了。

天津名医对医道的理解，居然也日见精深。他发现自己爱上医生这一行了。从前所热衷的演剧，渐渐淡忘。

春暖花开的时候，已经服用六十剂汤药的松本将军的夫人松本君代经天津日本陆军总医院检查，宣布怀孕。（该医院的主楼如今尚在，大门已然斑驳，看上去很像一张老年囚犯的面孔。）

松本君代怀孕的消息传来，软禁之中伏案苦读医书的天津名医章保罗目瞪口呆。

这简直令人难以置信。他永远也不会知道，这正是沈阿尚偷偷添加阿木萨的缘故。阿木萨神奇的温热效应，渐渐驱尽松本夫人青少年时代聚集在体内的寒凉之气。

（顽皮的阿木萨坚果又跟抗日义士开了一个莫大的玩笑。）

松本君代十分感激天津名医章保罗。他请求丈夫给章保罗医生授予三级帝国勋章。未出十天，果然举行了授勋仪式。

既然如此，依照中国俗理就应当卸磨杀驴了。果然如此，小岛武夫决定除掉这位天津名医。具体方案就是将氰化钠投入章保罗的午餐红烧牛肉里。小岛认为，既然自己亲手制造了一个冒牌的章保罗，事成之后自己就应当亲手抹去这个虚拟的人物。就在小岛决定动手的前夜，他被紧急调往印度支那，第二天一早立即动身。这是一次明显的提升。举荐者正是喜得贵子的松本连太郎将军。

小岛武夫到达印度支那的第三个月，就因误食腐肉而暴死暹罗南部。天热，一定要把住病从口入关。

（松本君代的回忆录《天津怀孕》公元一九七二年出版。这位夫人在书中对小岛武夫只字未提，对天津名医章保罗以及那座园林的雪景称赞有加。松本夫人一生只生了这么一个孩子，真可谓精品收藏版。）

就在小岛武夫为嘴殒命的当天，我冀东抗日根据地渤海分区政治部下属的冲锋剧社，正在一座农家大院里排演话剧《庸医》。该剧由张延祜（即章保罗）导演。随着这部话剧的上演，冀东抗日根据地的演剧事业达到空前繁荣。

这部《庸医》的剧本是赵菲（即赵苋）根据回忆整理而成的。当年在通济堂大药房现场排演的《庸医》剧本，随着编剧张延祜的消逝而亡佚，永无下落。冀东抗日根据地的《庸医》与原版《庸医》相比，已然面目全非。看来流传下来的东西未必都是真品。

翻阅《抗日战争时期的根据地话剧事业》一书，冀东抗日根据地冲锋剧社显然十分醒目。这个剧社总共创作话剧十三部（其中三部写于翟庄堡垒户），上演九百六十二场，功不可没。导演是张延祜，女主演是赵菲，夫妻关系。建国初期夫妻创作三幕七场话剧《模拟时代》，上演受到好评但随即遭到批判，最后定性为"写中间人物"的急先锋。张延祜在劳改农场填表的时候，"曾用名"一栏工工整整写着"章保罗"三个字。赵菲则在这一栏里填写"赵觅"二字。（农场劳改干部说，知识分子的毛病就是多，这两口子一人一个"曾用名"，也他妈的不嫌费事儿。）

旧社会将人变成鬼，新社会将鬼变成人。就说为松本君代治愈不孕症的天津名医章保罗吧，后来成为杏林一代宗师。（他研制的"开心顺气丸"为广大更年期妇女喜闻乐见，好评如潮。）然而据业内人士说，此公乃是天津最大的庸医。看来只能见仁见智了。全国解放以后他每次填表，都在"曾用名"一栏里工工整整写上"张延祜"三个字。他的现用名则是"章保罗"。

据小道消息说，"文革"之中在翟庄农场劳改十年的话剧导演张延祜毫无医学常识，为了医治自己的口疮他几次服下槐角丸，闹出了天大的笑话。

天津的中医妇科一代宗师章保罗老先生，对话剧则毫无兴趣，有一次陪同外国专家观看田汉先生话剧《名优之死》，此公竟然坐在剧场里呼呼大睡，遭到市政府外事办公室的点名批评。

其实真正的章保罗早已不复存在，真正的张延祜也早已不复存在。每一场大雪之后，世界总是要换个样子的。

工人夏志国娶了货真价实的赵菲，果然不是伪劣产品，一口气生了六个孩子。尽管如此，夏志国仍然痴心不改寻找着正版章保罗。这一切都发生在公元一九三八年十二月二十九日那场大雪之后。时到如今，那场积雪早已融化了。积雪融化为水，滴滴汇成小溪，小溪冒出一连串小小的气泡儿，稀里糊涂朝前流去。

前方未必就有大海。

天津俗人

1

天津自从明朝建卫，奇事还是不少的，尤其开埠以来成为华洋杂处的水陆大码头，八方人马一拥而来，可谓全神下界，奇事更是迭出不穷，令人瞠目结舌。大人物譬如曹锟先生，居然通过贿选荣任北洋大总统。小人物譬如刘手儿，居然巧借送茶之机从大舞台戏院包厢里摘走了北洋政府海军总长刘冠雄母亲手腕儿上的大镯子——台上谭富英正唱《摘缨会》呢。也有令人啼笑皆非的，譬如东泥沽的农夫柴二宝，居然选了个黄道吉日坐在家里土炕上登基称帝，国号大汤，黄脸老婆成了正宫娘娘。还有使人感慨世风日下的，譬如闸口街上的药王庙里住着个大胖和尚，居然娶妻纳妾一鼓作气生了五男二女总共七个孩子，香火旺盛。说起发生在天津华洋两界的奇事，举不胜举。然而天津有句老话说，奇人做了俗事，你还是奇人；俗人做了奇事，你还是俗人。颇有几分血统论的味道。然而真正的奇事，往往发生在俗人身上。天津卫处处都是俗人。

这里要讲的天津俗人，生活在六十年前的天津南市。他姓李名菊五，街面儿上俗称李五儿。天津这地方称呼男人喜欢使用数目字儿。王二张三赵四朱五杨六丁八刘九曹十……简明粗放通俗易记，正是天津语言的风格，有时甚至显得牙碜。

生活在社会底层的李菊五属于识文断字的文化人，因此受到几分尊重，市井草民们叫他李五爷。有人说他不是满洲人，也有人说他不是鲜族人，还有人说他跟著名京戏老生言菊朋先生一样，是蒙古族。更有人说他只是化名李菊五，其真身乃是天津魔术大师金猴子的高足——落魄文人李翼飞。就这样，李菊五的真实身份几乎成了茫茫历史迷雾之中的无解谜团。就连专门研究天津地方史志的专家也众说纷纭，挺乱乎的。

其实，天津俗人是李菊五，李菊五是天津俗人，足矣。

李菊五喜欢喝茶。那时候天津俗人多饮徽茶，福建被称为海土，闽茶当时无人问津。南市大名鼎鼎的玉壶春茶楼，李菊五是常客。

李菊五嗜茶嗜烟，情性之中也饮几盅老酒。当然每天三顿饭也要吃饱，尽量不委屈自己的胃口。人近中年，李菊五更加喜欢行走。不过也有人说李菊五不是喜欢行走而是寻找饭辙。三十年代初期天津南市的大街小巷，几乎随时都能见到他精细大长的身影。那时候天津南市的主要大街已经铺了士敏土，下雨之时虽然免于泥泞，晴天走路则显得费鞋。一九三八年在日本本土出版的《天津志》（作者西村正树）第二十六章"天津民间人物录"里记载，李菊五的绰号叫"天气先生"。

说起天气，三十年代初期的天津华界已经出现天气预报，不过不太准确。天气预报主要是通过商业电台播报，每天一次。当时覆盖天津南市一带的是私营的宏唱商业广播电台，后来才有了仁唱电台。无论宏唱还是仁唱，都以播放广告为主，其间也配有梅兰芳和马连良的京戏以及小蘑菇的相声，补乐是江南丝竹。但宏唱电台的发射功率太小，往东南方向走，只要进了日租界就听不见音儿了。李菊五祖居天津西头永丰屯，落脚南市谋生主要是给宏唱广播电台撰写广告词儿。六十多年过去了，他撰写的大量广告词儿，只有两个佳句流传下来，已经被收入《本世纪中国广告词语精品选》，至今无以匹敌，堪称绝响。

明天你结婚，千万不要忘记大媒人——明光玻璃行的镜子，一手托两家。

早看东南，晚看西北，今天下午两点请看丹桂电影院的新片儿《情场暴风雨》，您不用带伞。

幽默轻松，风趣亲切。这就是李菊五的文风。

或许李菊五在宏唱电台撰写广告词儿，经常接触气象方面的人士，反正他熟知天气情况。冬景天人们不出门。可是到了春夏秋三季，尤其是五黄六月走在街上，人们总是向他打听天气情况。

李五爷，今儿有雨吗？我看您带着伞哪。

今天下晚儿老天爷没脾气吧李五爷？

这大风一刮起来，恐怕天气就上来了吧？

李菊五身穿灰布大褂匆匆走着，有问必答从无慢怠。他总是首先说明自己是个凡夫俗子，不敢预报天气。然而他对翌日天气的报道，又总是八九不离十，贴谱儿。就这样人们称他"天气先生"。其实这不是好话。天津民间俚语里隐喻暗讽的句子很多，内容肮脏不堪。譬如天津人认为乌龟能够预报天气，那么赞扬李菊五为"天气先生"就等于是骂他当了"王八"。李菊五不曾婚娶，想戴绿帽子也没处买去。因此他对天津方言的恶毒含义，似乎并不介意。即使有人装傻充愣大声喊他"天气先生"，他也只是笑而不怒，仍然脚步匆匆赶往宏唱广播电台去写广告词儿——这是他的饭碗。

除了给电台写广告词儿，李菊五还给协成书局抄稿子，说是茶资。

话说民国二十四年华历六月十七的一大早儿，李菊五匆匆走到文华斋饭馆旁边的凉厦下，稳稳当当坐在"张记饭桌"的桌前吃着锅巴菜。说起锅巴菜这宗粗食，全中国天津独有。据说它的来历与朱元璋早年的乞丐生涯有关。朱元璋将这顿早饭传给李菊五，他必须吃得瓷瓷实实，因为中午那顿饭还没有指望呢。早饭要吃饱，整天满街跑。李菊五未雨绸缪，一口气吃了四个烧饼、一大碗锅巴菜，大汗淋漓。天津人的生活习惯，富贵人家睡得晚起得也晚，颇有夜生活的味道，第二天过了晌午才露面儿呢，根本用不着吃早点；穷苦人家则不敢晚睡，怕饿了吃不起夜宵，天一亮就爬起来，急匆匆出门觅食。所以说一大早儿满街乱跑的都是穷人。

李菊五吃着锅巴菜，脸色依然苍白，颇显疲惫。其实他的长相不错，就是左眼睛显小，右眼睛显大，天津话称为"龙凤目"。他眯缝着左眼走在街上，人们总觉得是在朝着前方瞄准，可他又不是端着长枪的大兵。于是他的样子既庄严又滑稽，给人们留下难忘印象。

天气已经热了。明天就是华历六月十八。天津有民间谚语云：六月十八，老李回家。老李是谁啊？老李是传说中的一条秃尾巴小龙，逢六月十八回家省母。龙行天而生风云，所以年年这天一定是要下雨的，这就叫节气。

一大早儿广兴大街上的人流不断，十分热闹。引车卖浆者最为关心的就是天气。来来往往的人们看见天气先生坐在"张记饭桌"前细嚼慢咽，就大声询问着。

明儿，你说有天气吗李五爷？

李五爷你给做个主，明儿有雨吗？

李菊五埋头吃着锅巴菜，朝着身后的人们摇了摇头，声明自己是个凡夫俗子，不敢预报天气。

大街上的行人们就接茬儿追问明天究竟有没有雨。李菊五摆了摆手，然后连声说没雨。

大街上的行人们感到非常意外。天津这地方，每年六月十八必然要下雨的。人们明知故问，没承想李菊五竟然预报明天没雨，这就产生了轰动效应。大街上腿多嘴杂，鸡一嘴，鸭一腿，一会儿就将"明天没雨"的消息散布开了，比飞机都快。

六月十八秃尾巴老李回家，每年都是电闪雷鸣阵雨倾盆。难道今年变成干碗儿的啦？南市的人们听到这个消息，都哈哈大笑，认为李菊五是牙床上铺铁道——满嘴跑火车。

六月十八不下雨，天气先生成了大街上的笑柄。

李菊五不以为然。他稳稳当当吃罢早饭，眯起左眼瞄准撒落桌上的芝麻，一粒接一粒捏起来放进嘴里嚼着，回味无穷的样子。然后他跟"张记饭桌"的主人张十三说了声"记账"就站起身来。张十三咧开大嘴，宽厚地笑了笑。这笑意里多少含有几分无奈。

吃饱了肚子的李菊五身材高瘦，面色依然苍白，只是漆黑铮亮的头发说明他正值壮年。正值壮年的李菊五抖了抖月白色粗布大褂，煞有介事问张十三，今年我赊了多少饭账啦？

张十三再次咧开大嘴，宽厚地笑了笑说李五爷走好。

李菊五却又坐下了。他从怀里掏出一盒"粉锡包"，递给张十三一颗。对方接过烟卷儿夹在耳朵上，一边擦桌子一边说，李五爷抽的可净是好牌子啊。您这一盒好烟能顶上我二十碗锅巴菜。

李菊五笑了笑，说烟卷儿是男人的名片，登堂入室的，万万马虎不得。说着，李菊五突然笑了，轻声问张十三想不想明天发一笔小财。张十三脑袋大，身子小，看上去很像戏台上的武大郎，只可惜他是个素丸子——家里没有荤腥儿潘金莲。武大郎抬头看了看李菊五，说我天生就是穷命鬼，别说明天，就是明年我也发不了小财啊。

李菊五笑了笑，压低声音问张十三明天到底想不想发一笔小财。张十三连连点头说想。李菊五伸手蘸着水迹在桌上写了四个大字：卖冰棍儿。他写罢匆匆起身，赶往宏唱广播电台，写广告词儿去了。

张十三呆呆望着李菊五的背影，一时犯了犹豫。明儿六月十八年年都是下雨的日子，您让我茋冰棍儿来卖？李五爷您这是让我脱了裤子进当铺啊。

张十三摇着大脑袋寻思着。李菊五虽然一眼大一眼小，却不是天上一腿地上一脚的那种人。他劝我明天卖冰棍儿，八成有根。张十三认为李菊五是南市鹤群里的一只大鸡。

这时候奚正树沿着广兴大街不紧不慢走了过来，一屁股坐在饭桌前对张十三说，劳您大驾请给我盛一碗锅巴菜，外加两个烧饼。

奚正树无论跟谁说话都挺客气。

张十三若有所思地看了看奚正树。您说明儿是六月十八，老天爷不会不下雨吧？

四十多岁的布衣寒士奚正树身材不高，瘦脸淡眉，鬓角已见霜丝，属于苦相。他身穿蓝布大褂儿也不嫌热，说话略带东北口音，虽然形单影孤在南市游荡多年，身上总是透出一股难以察觉的风度。

奚正树拿起筷子，沉着面孔问张十三是怎么知道明天不下雨的。

张十三说出李菊五的名字。

奚正树听了，面孔更加阴沉，天津话管这种面孔叫"账主子脸儿"，好像人人都借他钱不还似的。奚正树勉强吃着锅巴菜，似乎是消化不良。其实他来到天津南市多年，肠胃还是难以适应这类透熟的粗食。自幼养成爱吃生冷鲜嫩食物的习惯，这已经很难改变。尽管身为布衣寒士，生活在底层社会的奚正树吃饭不露穷相。张十三目光定定注视着他，心里很是敬佩。人家奚正树也是俗人，可吃饭从不赊欠，规规矩矩，绝不是冒牌的正人君子。

奚正树吃饭总是现金付账，然后讨一碗清水漱口，很是讲究卫生。张十三举双手欢迎他这样的顾客。如果都像李菊五那样赊账吃饭，张十三的小本生意早就没法儿做了。跑到南市这地方混光景的汉子，寅吃卯粮就算不错了。

张十三认为奚正树是南市鸡群里的一只小鹤。

2

六月十八一大早儿，多云。根据往年经验，早晨多云，午后必然变天，雷鸣雨落。张十三身为小贩儿，竟然具备几分胆识。他决定押宝。早上八点多钟他就收了饭桌，背起箱子独自前往日租界制冰厂。一路上他看到出售纸伞的小贩儿已经上街，等待老天爷大雨骤降，趁机卖伞赚钱。张十三到了制冰厂门口，果然冷冷清清。由于年年六月十八这天下雨，冰棍儿必然滞销，因此制冰厂今日近乎歇业。张十三叩开大门，一个高丽人操着中国话告诉他今天是六月十八。张十三嘿嘿笑着，大声说要二百支冰棍儿。高丽人感到十分意外。交钱的时候，制冰厂的华账管事说话很损，问他脑子是不是有毛病。他顺水推舟说小时候得过大脑炎。

张十三背着冰棍儿箱子一路疾走回到南市。多云天气闷热难挨。人们纷纷掏钱买冰棍儿吃，驱一驱暑气。张十三心里非常得意，越发扯开嗓子大声吆喝。其实南市的冰棍儿贩子总共五六十人，然而他们看的还是去年的老皇历，六月十八老李回家，南市卖冰棍儿的小贩儿们自动歇业。殊不知，今年的六月十八，偏偏老天爷歇业。就这样，偌大的南市只有张十三在卖冰棍儿，独一份。上午十点钟，张十三已经卖出一百多支冰棍儿，堪称俏货。天气更加闷热，著名妓院"天宝班"的鸨母小李妈派来小伙计，说天气闷热就像进了澡堂子，南市只有张十三卖冰棍儿，真正成了缺宝儿。小伙计让张十三马上就把冰棍儿送到天宝班，小李妈全部高价收购。这时，青帮头子袁文会的第十二号徒弟名叫孙子森的小混混儿突然出现，说袁文会的四姨太想吃冰棍儿。张十三没辙，只得先济着袁公馆伺候。剩下的冰棍儿送到天宝班。张十三心里偷着乐，没承想今儿的冰棍儿不是侍奉姨太太，就是伺候窑姐儿。

一时间，张十三清清凉凉成了女人们嘴里的名人。

果然不出李菊五神算，张十三在六月十八这天真的发了一笔小财，他心里对李菊五佩服得五体投地，又不知道如何表示谢意。李菊五告诉张十三，一个人的命运就是一个定数，你命里有大财，必然发大财，你命里有小财，只能发小财。你命里没财，别人使劲儿帮你也是枉然。听李菊五这么一说，张十三心里坦然了。

一连过了好多天没见李菊五的身影。张十三断定李菊五近来银根越发吃紧，不好意思继续赊账，只得委屈自己的胃口，免了早晨这顿。其实李菊五这阵子恰巧手头宽裕——不知他从哪儿赚到一笔佣金，一头扎进翠香院，从早到晚跟窑姐儿打牌。手气极好，动不动就捉五儿龙。

李菊五没了踪影。奚正树倒是每天一早儿都从张十三的饭桌前经过，特别准时。奚正树漫不经心问张十三，李菊五他怎么能够料定六月十八那天没雨呢。

张十三不由得意起来。李菊五不是孔明胜似孔明，孔明上通风水天文，下晓气象地理，手持宝剑脚踏坛台只不过借一借东风而已。李菊五身怀绝技远非古代圣贤所能比拟。奚正树问道，李菊五身怀什么绝技？张十三也觉得自己的大话把屠宰场的活牛都给吹死了，只得压低声音十分神秘地告诉奚正树，李菊五不但懂得日本话而且还懂得英国话。

奚正树听罢怔了怔，并不言语。

南市卖冰棍儿的小贩儿们对李菊五更是奉若神明，每天都有人跑到张十三的饭桌前，打听李菊五的下落，恨不能立即见到这位天气先生，请他测算测算哪天刮风哪天下雨。因为卖冰棍儿是小本生意，靠天吃饭。于是李菊五在他们心目之中成了仙儿。

三不管游艺场里撂地说相声的艺人不少，其中"大面包"和"小搓板儿"的对口相声，"现挂"最为精彩。他们面对生活之中的真人真事，往往信手拈来即兴发挥。关于六月十八的故事，"大面包"和"小搓板儿"就编成河南坠子唱了出来，取得轰动效应：

六月十八，秃尾巴老李他回家。可是今年啊老李他不回家！南市的张十三他逛来冰棍儿卖，咿哎呀咿哎呀，张十三的冰棍儿独一份啊独一份，全部卖给了小李妈！李菊五是当代的小诸葛啊，天宝班窑姐儿们攥着冰棍儿乐哈哈……

就这样李菊五在南市一下有了大名气。沿街的大小店铺几乎都在谈

42

论他的事迹。这消息自然也惊动了盘踞东兴市场的老混混儿王丰池。一旦惊动了王丰池，李菊五离倒霉就不远了。

王丰池在南市与袁文会井水不犯河水，独霸一方，人称老王爷。他的徒弟王金刚掌管着开明电影院，年轻气盛心毒手狠，人称少王爷。王丰池听说南市冒出一个懂天文识地理的天气先生，愣是测出六月十八老李不回家，于是很想见一见这位真人。王金刚血气方刚，立即领着一群打手上街，四处寻找天气先生李菊五的踪迹。先是找到赵家冰窖对面的宏唱广播电台，播音小姐"大座钟"说李菊五写完了元隆布铺的广告词儿，走了。王金刚又找到荣业大街上的协成书局，书局张经理说这几天没见李五爷来。

王金刚一连找了几天，还是不见踪影。中秋节到了，王金刚忙着"飞贴打网"搜刮钱财，就把李菊五给撂在一边儿了。过了八月十五，天气不太热了。一天晚上王丰池猛然想起天气先生，便命令王金刚继续寻找。人老了，总是一阵两伙的，说风就风说雨就雨。此时李菊五的新闻效应已经过了高潮。王金刚只得遵命行事。

这一天上午，王金刚一身短打扮，带领着几个喽啰前往平安戏院讨账，远远看见官沟街口聚着一群闲人，议论纷纷的样子。王金刚走上前一打听，才知道官沟街上出了一件奇事儿，已然上了昨天《实报》的头版新闻。

李鸿章出任直隶总督期间，官方投资顺着南城墙开挖排水沟入海河，官沟街因此而得名。官沟街东口临近日租界，住着一个老西儿，外号"贾员外"。贾员外的院里原有一口废弃的水井，盖着石板沉睡多年。九月九重阳节，是天津民间登高的节日。贾员外白天登上古楼观景，还吃了两块年糕，心情不错。睡到后半夜只听一声巨响，贾员外以为天神降临，吓得不敢出屋拜见。天色大亮来到院里巡视，猛然看到原先废井上的石板迸裂，井口裸露，井中传出阵阵水声。贾员外惊了，连忙报告警察局。警察局长王玉田亲临现场，鼓足勇气扒着井台探头儿往井里看，一不留神金壳怀表掉进井底，连声高喊倒霉。贾员外不敢怠慢，马上雇了一个要钱不要命的二愣子，拴紧绳子下到井里去给警察局长打捞怀表。水凉，二愣子硬是沉到井底也没摸着怀表，反而逮着一条大鲤鱼，足有一斤多沉。二愣子出水之后坐在井沿上打着喷嚏说，井底有一只泉眼突突冒水。这只泉眼一定是连着海河，涨潮落潮的声音哗啦哗啦，井中听得清清楚楚，人呢好像就在海河里凫水。《实报》见习记者闻讯赶来采访，当场写稿"贾家井奇闻"，派人跑步送往报馆发排。

听罢这段奇闻，王金刚觉得是在听评书，心里将信将疑。他是文盲，只认识钞票上的那几个字。什么《益世报》啊《大公报》啊他一概不摸，就更甭提《实报》了。俗话说耳听为虚眼见为实，王金刚一定要亲眼看一看"贾家井"到底什么样子，才算定论。于是他伸手拨开人群挤向院门。身穿黑色制服的警察伸手拦住王金刚，说戒严了。王金刚随口说找李菊五。不知为什么警察竟然闪身放行。王金刚懵懵懂懂进了贾家大院，抬头看见一群人围着井台争论不休，其中滔滔不绝的正是天气先生李菊五，仿佛正在给别人说书。踏破铁鞋无觅处，得来全不费功夫。远远看着李菊五，王金刚心里特别纳闷，这个李菊五平日里不擅言谈，挺木的，今儿怎么得了话痨啦？

李菊五打着手势对《庸报》著名记者吴朗夫说，这口井既然潮涨潮落连通海河，有鱼有虾有蛤蜊，八成是口宝井。当年燕王扫北路经此地，这里很有风水啊。

满嘴南方口音的吴朗夫摘下眼镜擦了擦说，燕王朱棣扫北不假，后来面南背北登基当了皇上也是真事。可井里出鱼出虾出蛤蜊，这就跟天上掉馅饼一样，纯粹是胡诌白咧。

先得月饭庄经理辛本财急了，大步走进贾员外的厢房，很快就拎出一条大鲤鱼，拍着胸脯大声做证说，二愣子为了给警察局王局长打捞怀表，从井里摸上来的就是这条活蹦乱跳的大鲤鱼，没舍得吃放在水缸里养着呢。这怎么能是胡诌白咧呢。

《庸报》著名记者吴朗夫连连摆手，认为井里钓出一条鲤鱼纯属偶然，不足为凭。

王金刚等得不耐烦了，走上前去拽了拽李菊五的袖口，轻轻叫了一声李五爷。

李菊五当然知道面前这个大混混儿是南市大名鼎鼎的少王爷，就问有何见教。王金刚说借一步说话。于是，王金刚一步三摇引着李菊五离开贾家大院奔南，前往东兴市场拜见老王爷王丰池。

一路上，人们对李菊五指指点点，说这位天气先生算定六月十八天不下雨，就真的没下雨，张十三卖冰棍儿发了一笔小财。如今贾家大院出了奇事，这位天气先生兴许又算定了废井里住着龙王爷失散多年的小儿子。

听着一路上的纷纷议论，李菊五板着面孔，一派不苟言笑的书生表情。少王爷王金刚大摇大摆对李菊五说，您老人家上知天文下晓地理，六月十八你敢说不下雨，贾家井里你敢说有大活鱼，李五爷您明明是当今天津卫的小诸葛啊。

身材细高面色苍白的李菊五不紧不慢地说，愧不敢当，我只是一个凡夫俗子。

3

老混混儿王丰池的客厅里养着一只安南八哥儿，经过镇南关长途运到天津，身价不低。可惜这只巧嘴八哥儿没几天就脏了口，跟着王丰池学会了骂街。王丰池曾经开出高价延请鸟把式为这只浑蛋八哥儿捋舌头净口，可是积习难改，八哥儿依然当庭口吐脏字儿，令人尴尬不已。

江山代有才人出。王丰池是南市的老混混儿，八哥儿是南市的小混混儿。后继有人。

王金刚大摇大摆领着李菊五走进客厅。八哥儿看了看客人，竟然破天荒闭口不语，没说脏话。李菊五走进客厅就与八哥儿对视着。八哥儿落在架子不停地挪动着双爪，显得很不自在。

老混混儿王丰池手里搓着铁球脚下迈着四方步，从内庭里缓步踱出，看上去活像京剧里曹孟德出场。王金刚立即变成龙套，上前躬身禀报说天气先生来了。

王丰池早年加入理门，不烟不酒，看上去是个干干净净的胖老头儿，其实人面兽心。他坐在太师椅上掏出鼻烟壶嗅了嗅，打了一个很响的喷嚏，然后抬头看了看李菊五。今天兴师动众把你这位天气先生请来，我只想问一问你怎么提前就能知道六月十八那天没雨呢？你是跟天上有联系啊。

王金刚立即跟屁，说，你又不是诸葛亮你怎么能够测出那天秃尾巴老李不回家呢？

李菊五不卑不亢站在老混混儿面前说，我是个凡夫俗子，六月十八的天气碰巧让我给说准了，就跟瞎猫逮着死耗子一样。

王丰池啪地一拍桌子，犯了混混儿脾气。李五儿啊你不要以为我老糊涂了，假模假式几句话就把我敷衍啦。告诉你吧今天你要是不把实话说出来，休想从东兴市场竖着出去。说吧，你是跟谁学会掐算天气的？

李菊五毫无思想准备，脸色变得惨白。

王金刚拍了拍李菊五的肩膀，说，这南市是老王爷的地盘，在这块地盘上，不能有老王爷看不透的事，也不能有老王爷看不透的人。你李五儿眨眼之间成了南市的名人，总得让我家老王爷心里有数啊。

李菊五说，我是个凡夫俗子。您要是非得让我说话，我只能屈打成招啦。

王金刚急得大声说，我一根毫毛也没碰你，你倒来了个屈打成招？真他妈的是恶人先告状！

这时，落在架子上的八哥儿突然破口大骂：妈×！妈×！

王丰池心里起了邪火，指着八哥儿大声说，这玩意儿真堵心，我早晚有一天得拿它炒了辣子，当菜吃了。

八哥儿不思悔改，继续脏话连篇：妈×！妈×！

王丰池气得霍地站起身来，觉得八哥儿给自己丢了面子，属于十恶不赦。

李菊五嘴里突然发出一串儿吱吱呀呀的声音，尖刻而响亮。八哥儿立即认识到自己犯了下流的错误，露出满脸窘相，蔫了。

李菊五趁着王丰池蒙头涨脑的工夫，想溜号儿。他朝着八哥儿挥了挥手，说了声"古德白"。八哥儿似乎受到西洋文明的感召，嘴里立即迸出三个字：古、德、白。

老王爷怔了，小王爷也怔了，师徒二人面面相觑。

李菊五趁机躬身朝着王丰池行礼，说，老王爷您要是没有别的事儿小人就告辞啦，然后转身走出客厅。

王丰池猛然清醒过来，大声吩咐王金刚立即把李菊五这家伙追回来。

王金刚追到院里，大声说，李五爷留步，我家老王爷问你这古德白到底是吗意思。李菊五告诉王金刚古德白是英国话，也就是回见的意思。

王金刚硬拉着李菊五重新回到客厅。王金刚向王丰池报告，说，李菊五敢情还会说英国话呢。

王丰池望了望落在架子上的八哥儿，又看了看站在面前的李菊五，突然嘿嘿笑了。

我说李菊五啊，咱们是出家人不打诳语。你小子是个鸟把式吧？你瞒不过我。你一步迈进客厅，这只八哥儿就被你给降住啦。现在我也不问你六月十八的事儿啦，我要你用两个月的工夫把这只八哥儿的舌头捋顺了，行吗？

李菊五表情茫然。您说我是鸟把式？我一介书生怎么会是鸟把式呢。我真的不是鸟把式啊。

王丰池目光倏地变得冰冷，嗖嗖泛着寒气，他手里揉着铁球朝着李菊五缓缓走来。六月十八的事儿还没跟我说清楚，你怎么又跟我装大尾巴鹰呢？我看你是活腻了，作死啊！

李菊五立即张皇起来，连忙说这只八哥儿内热太大，夏天歇伏应当败一败心火，待到秋风一起，请个正儿八经的鸟把式梳理羽毛调教性情，不难成才。

王丰池嘿嘿笑着，说从今往后你就是我的鸟把式，只要你把这只八哥儿调理好啦，我老王爷是不会亏待你的。

李菊五被逼无奈，只得走到八哥儿跟前轻声打了声响哨。鸟儿果然听话，展翅落在他的左胳膊上。王丰池哈哈大笑，认为李菊五终于变得乖巧。

李菊五看了看王丰池，面有难色说，我是个凡夫俗子，不求有功但求无过，调教您这只鸟儿估摸得用三个月的工夫。

王金刚说，还说吗三个月五个月啊，你是老王爷的鸟把式，必须随叫随到。把鸟的舌头捋顺了，我家老王爷是不会亏待你的。

王丰池坐在太师椅上说，六月十八的事儿迟早你还得跟我说清楚啦。不过我看你也撒不出一丈二尺的尿来。

李菊五左胳膊上架着一只混账八哥儿，饿着肚子快快走出东兴市场大门。巡警吕二狗看见天气先生摇身一变成了鸟把式，伸出警棍拦住他嘻嘻哈哈。李菊五心里挺烦，恨不能立即动手掐死这只八哥儿。其实这一程子李菊五正在谋划一件大事儿，很忙，根本没有工夫调理这只不可救药的八哥儿。但在南市这地方除了恶霸袁文会，是没人敢惹王丰池的。李菊五自幼玩鸟儿是个行家，却从来没有像今天这样痛恨鸟类。一路走着，他想起中午自己还没地儿吃饭呢，伸手摸了摸兜儿里的钱，够吃一碗焖饼的。心里这样盘算着也就敲定了晌午的食谱，然后咽下一团口水。

走过白记布铺门前，一个蓬头垢面的叫花子突然跪在他的面前，连声说李五爷你架着鸟儿上街已然成了南市的大名人，我爹病了没钱抓药您就行行好吧。之后叫花子咧咧哭了起来。

李菊五看出这叫花子是假哭，可也没辙，只得伸手掏出兜儿里的钞票扔给叫花子，赶紧大步离去。他一边走一边心里说，妈的，当一回慈善家，中午吃焖饼的钱可就没啦。

路过瓷器店，远远听见身后有人喊叫。自幼他即受父亲教诲，人生路上乱世险恶，听到背后有人紧呼慢喊的，不可轻易回头。父亲生前爱听北京评书艺人张杰鑫的《三侠剑》，从绿林好汉的事迹里获益匪浅。此时李菊五谨遵父诲，径直朝前走去。

气喘吁吁追赶上来的竟然是奚正树。李菊五停住脚步，眯起左眼睁大右眼，做出瞄准的样子，问奚君有何见教。

奚正树表情诚恳，说请李菊五到天一坊吃饭，吃完了饭玉清池二楼泡澡，叙一叙友情。李菊五知道天一坊是天津菜馆，当家大菜是"八大碗"，特别解馋。倘若暴饮暴食，八大碗最为合适。李菊五表示婉拒，声明自己是个凡夫俗子，无功岂能受禄。奚正树执意相邀，坚持说叙一叙友情。同为南市游荡人，彼此之间其实毫无交情可言。然而李菊五知道礼下于人必有所求，这顿饭奚正树一定是有事儿要说。既然中午没饭，不妨借机救一救肚里的馋虫。南市这地方几乎没人知道，李菊五当过两年小报记者，笔名鬼难拿。已经卸任的鬼难拿此时似乎嗅到久违了的八大碗的香气，笑着说奚君既然如此我就恭敬不如从命了。

于是，李菊五胳膊上架着鸟儿，与奚正树肩并肩沿着东兴大街朝着天一坊饭庄走去。

凡夫俗子李菊五果然是南市的名人。一路上人们纷纷向他打听天气情况。

4

天一坊饭庄对面儿，一街之隔是著名的先得月饭庄。俗话说同行是冤家。这几年两家饭庄彼此之间竞争非常激烈，仿佛《三国演义》的姜维与邓艾，明争暗斗此起彼伏。不知为什么，先得月饭庄这一程子总是处于下风。因此，经理辛本财看见李菊五胳膊上架着八哥儿走进天一坊的大门，顿时心生狐疑。妈的，老生改唱小花脸，这位李五爷怎么变成鸟把式了啊？

奚正树果然请李菊五吃的是天津名菜"八大碗"，这八大碗分别是：元宝肉、烩三丝、独面筋、海杂拌、拆烩鸡、熘鱼片、炒虾仁、清汤肉丝。酒呢则是直沽高粱。李菊五连声说破费了。奚正树对人对鸟儿一视同仁，让小伙计跑到鸟市买来苏子，喂饱了落在椅背上的安南八哥儿。李菊五喝了二两高粱酒便脸色涨红，心底对奚正树生出敬佩之情。这又是人又是鸟儿的，人家奚君可是没少花钱，又没有什么事情相求。李菊五被感动了，就眯缝着左眼伸出筷子瞄准元宝肉，夹起一块放进嘴里。

这两人都不善言谈，于是就抬头喝酒埋头吃菜。这时候报童跑进饭馆来了。李菊五伸手买了一张《实报》，晕晕乎乎看见头版新闻是"贾家井奇闻"连续报道之三，还是见习记者写的。他知道事情越弄越大，就连南市的小报也群起效仿，据说《半夜报》甚至开辟专版，记者姚壮阳撰文认为贾家井乃是一座海眼，镇守津门百年。《国强报》则独家报道"贾员外"因连日劳累过度而突然昏厥，住进日租界扶桑街上的东洋医院。

奚正树不看《实报》，他已经喝了半斤高粱酒，脸色惨白。酒逢知己，这时候他的话匣子打开了。

李君，我很想跟您交个朋友。我在东南城角的草厂庵胡同赁了一个小院儿，两间北房，两间南屋。如果您不嫌弃，就请搬过来住好啦。还请菊五君赏光。

李菊五勉强站起身来，表情十分兴奋，说今世若与奚君为邻，真是三生有幸了。他端着酒盅连连声明自己只是一个凡夫俗子。

奚正树笑了笑说，我也是一个凡夫俗子。

一个身穿靠纱褂子的中年汉子走进天一坊饭庄。尽管来者脸上戴着墨光眼镜使人难见庐山真面目，但跑堂的小伙计还是看出这位爷并不是常来常往的熟客。

吃完了八大碗儿，奚正树说请李菊五去玉清池泡澡。李菊五喝高了，忘了那只落在椅子背上的南安八哥儿，摇摇晃晃走出门去。八哥儿急了，呱呱大叫。李菊五转过身来，嘴里突然发出吱吱呀呀的古怪声音。八哥儿听到命令立即飞了起来，乖乖落在李菊五伸出的左胳膊上。

跑堂的小伙计惊了，大声说李五爷敢情您还懂得鸟语啊。奚正树似乎对李菊五通识鸟语并不感到意外，起身径直走出天一坊饭庄。

戴墨光眼镜的汉子悠悠吸着香烟，手里玩弄着一把黑色折扇。扇子上写着两个金字：色空。此公看到奚正树走出天一坊饭庄，随即手持折扇紧跟而去。

李菊五似乎并没喝高，趁机打听戴墨光眼镜汉子的身份。饭馆跑堂的小伙计摇了摇头说不知道，反问他下晚儿有没有雨。李菊五说有，然后迈着大步走出天一坊饭庄。

这时候南市的大街上艳阳普照。

南市的玉清池澡堂至今仍是天津最大的浴池。当年它的三楼是贵人出没的雅间，设有男女同浴的"对盆儿"，观念非常开放。二楼则是宽敞的男部大堂，属于广大民众赤身裸体共同沐浴的场合。客人们走进二楼大堂，当堂的小伙计便高声喊道："财物交柜，衣帽靠篓!"这种火爆的场面浓烈的气息，龟缩在三楼雅间里的客人永远难以体验。李菊五左胳膊上架着八哥儿走进二楼大堂，立即引起人们哄堂大笑，纷纷说三楼雅间是男女同浴，天气先生是"人鸟同浴"。与李菊五相比，奚正树则属于不易被人察觉的角色。李菊五嘴里吱呀一声，鸟儿乖乖落在衣架上，他坐在木榻上脱光衣裳，然后随着奚正树走进滚烫的塘池里泡澡去了。

李菊五看到，奚正树胸前有一块褶纹狰狞的疤，暗红色，足有糖饼大小，令人怦然心悸。

　　这时候那位戴墨光眼镜的汉子款款走进玉清池二楼大堂，不远不近选了一条木榻，叫伙计沏了一壶香茶切了一个青萝卜，然后坐在木榻上脱衣裳。即使脱成赤条条，此公仍然不摘墨光眼镜。他看了看落在衣架上的八哥儿，猫腰从地上捡起一小块儿胰子，脸上泛起一股嘎笑。他走上前去伸手挑逗着八哥儿，突然将胰子塞进它的嘴里。胰子很滑，八哥儿顺利地咽了下去，不声不响。

　　发了坏，他嘿嘿笑着摘下墨光眼镜，立即露出一张呆板的面孔。他抄起毛巾围在腰上，迈着两条细腿穿过大堂走向雾气腾腾的浴池。

　　李菊五泡在滚烫的池水里，满头大汗。酒劲儿渐渐消退，他的头脑清醒起来。透过雾气他瞥了瞥闭目养神的奚正树，突然觉得对方显得十分陌生。

　　其实双方并不熟悉。李菊五心里空空荡荡，找不着依托。此时他发现自己根本就没有朋友。

　　滚烫的池子里又来了一个精瘦的男人。李菊五佯作闭目打盹儿，眯着左眼早已看清对方呆板的面孔。这家伙有一只眼是假的，假眼射出呆滞的凶光，咄咄逼人。李菊五心里暗想，这家伙从天一坊跟随到玉清池，到底是踪着我呢还是踪着奚正树呢？

　　江湖险恶啊。

　　这时候大堂的小伙计跑了进来，朝着满池氤氲大声喊道，我说这是哪位先生的八哥儿啊？这么一会儿工夫它怎么满嘴冒泡儿跟吃了胰子似的？

　　李菊五泡在池子里不慌不忙说，那一定有人给他清肠洗胃啦。

　　奚正树仍在闭目养神。这时候又来了两位浴客。高个儿是先得月饭庄经理辛本财，矮胖子是《庸报》著名记者吴朗夫，两人拎着毛巾一前一后进了池子。

李菊五暗暗问自己，今儿澡堂子里唱的是群英会吧？

吴朗夫是浙江人，他与李菊五肩儿挨肩儿泡在热池里，压低声音操着蓝青官话问天气先生，过几天大戏就要开场了你怎么突然变成了王丰池的鸟把式？

李菊五无可奈何地摇了摇头，苦笑着说一不小心被老混混儿抓了壮丁，然后他轻声问吴朗夫泡在池子里的那位"假眼"何许人也。《庸报》著名记者眨了眨眼睛，说不知道。

这时泡在池子里的辛本财突然扯开嗓子唱起了河北梆子《打金枝》，这是银达子的著名唱段：

这一件蟒龙袍真真是合体，它本是你丈母娘亲手绣来的……

李菊五蓦然觉得池子里泡着的男人们，其实都是《群英会》里的角色。可是这出大戏究竟能够唱出什么名堂，李菊五心里没谱儿。

5

《实报》刊出整版广告，版面十分爽眼：一条鲜活的大鲤鱼摆在盘子里，一行黑体大字写着"先得月饭庄独家经营贾家井鲤鱼"。经过这些天的宣传，贾家井早已成了家喻户晓的地方。贾家井的鲤鱼更是妇孺皆知，就连井中捕得大鲤鱼的二愣子也一举成名。

先得月饭庄的经理辛本财抓住时机，不惜重金独家买断贾家井鲤鱼，及时隆重推出天津名菜"三吃贾家井鲤鱼"。所谓"三吃"，即金钵炸鱼头、紫铛烹鱼身、银池煮鱼尾。金秋时节好风光，一条贾家井鲤鱼三吃，下酒、佐餐、啖汤，举家酒足饭饱，老幼遂心顺意，其乐也融融。先得月饭庄的举动很快就轰动了津门。素负盛名的华界四大美食家罗隐伯、卢笨生、徐独婴、郑临窗，联袂前往先得月饭庄，近水楼台先品为快。关于贾家井鲤鱼的美味，四位高士异口同声赞道：此鱼只应天上有，不枉此生先得月。据业内人士透露，"三吃贾家井鲤鱼"这道大菜的价格，令人咂舌。

第二天《庸报》发表社论"官沟街奇观贾家井，先得月佳肴三吃鱼"。其中引用了四大美食家的言论，并无溢美之词。圈内人士一看便知，此文显然出自吴朗夫之手。天津南市街面上有句俗语：商家要想发大财，新闻记者把轿抬。说的就是广告效应。《庸报》是天津的大报纸，影响不小。贾家井鲤鱼的消息随着《庸报》传进了租界，顿时成为新闻。那一座座小洋楼里，无论是颐养天年的前清遗老，还是风头正劲的洋务新贵，纷纷打通先得月饭庄的订餐电话，无论价格多么昂贵也要尝一尝贾家井鲤鱼。一时间，熊掌燕窝反而没了行市。

不过本埠文化界仍然有人持将信将疑的态度，认为一口普通水井即使果真连通海河，恐怕也难以出产欢蹦乱跳的大鲤鱼。

《国强报》发表署名"耳顺"的文章，笔锋雄辩，说理有据，与《庸报》社论文风实无二致。"耳顺"写道："四川省有自贡地方，盛产井盐，海内闻名。既然巴蜀之国井中产盐，堂堂天津大都会也，井中为何不可产鲤鱼耶？贾家井出产鲤鱼味道鲜美，已成定论。然此井乃镇守津门之海眼，属淡咸两合水，忽一日倘若井中捕得刀鱼，也绝非天方夜谭。"

贾家井不但出产鲤鱼，还有可能出产脍炙人口的刀鱼。《国强报》虽然是小报，但它的文章仿佛点燃了除夕之夜的爆竹，"贾家井鲤鱼"轰响津沽上空。吉林省前督军孟恩远是天津南郊人，沙场征战多年，酷爱吃鱼，外号"腥猫儿"。此公下台之后定居天津英租界，听说"贾家井鲤鱼"的消息，旋即全家老少倾巢而出，前来看景儿吃鲜儿。黄昏时分孟公馆的三辆黑色轿车威风八面停在先得月饭庄门前，遂成南市一景。孟督军安排家眷们坐在二楼雅间里喝着龙井茶，自己非要亲眼看看贾家井里的景致不可。两个保镖一左一右护着督军大人，先得月饭庄经理辛本财慌里慌张前面领路，朝着官沟街去了。孟督军行伍出身性格外向，大声说如今虽然民国了你们也别犯欺君之罪啊。

南市的小报记者们以姚壮阳为首，紧紧跟在后面追踪着重大新闻线索。

进了贾家大院，经多识广的孟督军不禁肃然，小报记者们也鸦雀无声。只见黄昏之中井台前面摆着一张桌子，桌上供着一张紫檀牌位，上面刻着四个金光大字：海眼在此。紫檀牌位前面摆着一只青铜香炉，香炉里燃着三炷高香，只见烟气缭绕，袅袅不散。

一个白净脸儿的中年男子，身穿肥大的黑色棉袍坐在井边的一只高凳上，右眼瞪大，左眼眯小，手中紧握一支长长的渔竿儿，瞄准井口，正一心一意钓鱼呢。

这就是贾家井啊。孟督军心中好奇，压低声音问着饭庄经理。辛本财表情颇为神秘，伸出食指竖在嘴上嘘了一声，示意孟督军万万不可惊动静若虚谷的垂钓先生。随后，辛本财小心翼翼从怀里掏出一个札子呈给孟督军，轻声轻语说已经有十几家大公馆打来电话订桌。这位下野军阀接过札子看了看，上面果然都是华洋两界深宅大院里的知名人士。

辛本财面露难色，告诉孟督军贾家井乃是海眼，天天烧香磕头祈求海神娘娘开恩，一天顶多钓着两三条大鲤鱼，有时一条也钓不上来。供不应求，已经引起各界顾客的强烈不满。至于孟公馆的贵宾今天能否吃着贾家井鲤鱼，辛本财表示毫无把握，全凭天意。孟督军看了看身穿黑色棉袍的垂钓先生，轻轻说了一声拜托。

辛本财不敢惊动垂钓者，小心翼翼告诉孟督军，贾家井本是海眼所在，寒气逼人，虽然时值秋季井旁垂钓必须棉衣御寒。海眼之水毫不亚于甘露，这正是贾家井鲤鱼味道极其鲜美的原因。据说莲宗寺方丈三年之前就测出贾家井里有鱼。这贾家井鲤鱼，受佛光道气点染，日精月华滋润，乃是人间奇珍。男人啖之壮阳，女人啜之滋阴，孩童助长，老者益寿，实为吉祥如意之物。辛本财娓娓道来，说得孟督军恨不得立即得而食之。

小报记者们埋头速记着所见所闻，随时准备跑回报馆发稿——这无疑是本埠头号新闻。

天色渐渐黑了，猛听得一声喊喝，坐在井台高凳之上的垂钓先生突然甩起渔竿儿——只见一条欢跳的鲤鱼倏地从深井之中钓了出来。辛本财立即高声喊叫起来，说孟督军真是口福不浅啊。然后先得月饭庄经理指着功勋显赫的垂钓先生说，孟督军啊为您钓得这条鲤鱼的是李菊五先生啊。

李菊五看了看孟督军，说李某人只是一个凡夫俗子。

孟恩远满面欢喜，大声喊了一个赏字，转身就走。两个保镖还想接着看热闹，无奈主子走了，只得紧紧跟上。

身穿肥大黑色棉袍的天气先生李菊五，面若止水坐在高凳上，对孟督军的"赏"字无动于衷。暮色深沉，他不慌不忙从鱼钩儿上摘下挣扎不止的鲤鱼，随手投进井边的木桶里，溅起一片水花儿。辛本财猫腰拎起木桶，大步流星追赶督军大人去了。

小报记者们面对李菊五先生的隐士风度，不禁高声喝彩起来。李菊五手握渔竿儿闭目养神，喃喃自语：我听见井里的声音啦，鱼不吃食了，钓鱼只能等到明天啦。

李菊五缓缓收起渔竿儿。这时天色大黑了。

奚正树站在贾家大院角落的黑影儿里。不声不响欣赏着这幕活剧。李菊五已经成了奚正树的房客，住进那两间南屋十几天了。两人相处和谐，清明淡泊，属于贫贱之交。自从成为邻居，奚正树对李菊五的财力有所了解。李君是个穷人，他唯一贵重的物品就是一台日本电匣子，吱吱嘎嘎只能收到两个台的播音。不过这几天李菊五的财运颇见起色——先得月饭庄重金聘任他为贾家井的垂钓高士，已然成为不可或缺的人物。

这时李菊五双目微闭还在喃喃自语：我听见井里的声音啦，鱼儿不吃食了，钓鱼只能等到明天啦。

《半夜报》记者姚壮阳蹿上前去大声发问，李菊五先生您究竟听见井里什么声音啊？

李菊五猛然睁开眼睛，瞥了瞥姚壮阳。井里的事儿也是你应该问的吗？阁下真是不知深浅啊。

姚壮阳遭到讥讽立即反问，我倘若将您的这番言论见诸报端您将做何感想呢？

李菊五回答得平平淡淡：明天我照常来这儿钓鱼。别人是听不懂井里的声音的，因此根本就钓不上鱼来啊。天津卫只有我能听懂井里的声音。您说见诸报端？那您爱怎么写就怎么写吧。今儿我用孟督军的赏钱请你们这些小报记者上大福林饭馆喝酒。

说着，小报记者们看到李菊五的屁股离开高凳，稳稳当当走了下来。天气先生目光敏锐，看见了站在角落里的奚正树，立即笑着说请奚君去永元德饭馆吃羊肉馅饼。

奚正树表情郑重，微微躬身对李菊五所说的羊肉馅饼表示感谢。

这时候《庸报》的著名记者吴朗夫突然出现，人们甚至觉得他是从地缝儿里钻出来的。吴朗夫快步走上前去，鞠躬行礼问话十分恭敬。请问李先生明天还来这里钓鱼吗？

李菊五面露疲惫之色说，我巴不得休息几天，可是辛本财经理不同意啊。他说先得月饭庄接连接到订桌电话，供不应求，压力太大，就让我能者多劳啊。其实鄙人只是一个凡夫俗子啊。

身材矮胖的著名记者吴朗夫伸手推了推鼻梁子上的眼镜，表情突变，颇为不屑地操着蓝青官话问道，我听说偌大天津卫除了您这个凡夫俗子，眼下尚未找到第二位能从这口井里钓上鱼来的高人。

李菊五点了点头，说海眼里的鲤鱼并非人人都能钓得。吴朗夫听罢嘻嘻笑了，走到井台上拿起渔竿儿说，明天您老人家就歇着吧，吴某人偏偏不信这一套歪门邪道。我这个凡夫俗子也要尝一尝姜太公的滋味。

半路杀出个吴朗夫，就连小报记者姚壮阳也感到意外。

李菊五十分平静地对吴朗夫说了声谢啦，转身朝着奚正树点了点头。两人一起走出贾家大院，前往永元德吃羊肉馅饼去了。

永元德的羊肉馅饼属于正宗北京风味——奚正树的肠胃难以适应。但是他不说，照吃不怠。因此李菊五认为奚正树的肠胃很泼，从不忌口。用一句天津俗话来说，带毛儿的不吃掸子，带腿儿的不吃板凳，带壳儿的不吃怀表，带皮儿的不吃账本儿，带气儿的不吃皮球……其余海陆空全吃。

6

第二天李菊五果然歇了，到了下午仍然躺在家里蒙头大睡。昨儿晚上在永元德饭馆与奚君喝了三壶老酒，醉了。连日以来井旁垂钓身心疲乏，一觉睡到翌日过晌，还是难以醒来。那只巧嘴八哥儿老老实实落在架子上，这家伙进步极大，已经连续十天没骂街了，颇有浪子回头步入正途的表现。据说老混混儿王丰池闻讯甚感欣慰，竟然派小喽啰给李菊五送来二斤"小八件儿"，以示恩典。李菊五颇有不食周粟的气概，当天便将老王爷的点心转赠张十三。张十三受宠若惊，逢人便讲自己吃了老王爷的"小八件儿"，仿佛这点心是御赐的。这二斤"小八件儿"使奚正树对李菊五外软内硬的处世哲学有所了解，于是越发引起他对李菊五的研究兴趣。奚正树喜欢研究别人。

奚正树就住在这座小院里的两间北房里。应当说他是房东，李菊五是房客。奚正树并不向李菊五收取租金。即使这几天李菊五成为垂钓高士，兜儿里有了钞票，奚正树依然故我。每天下午是奚正树练功的时间。他席地而坐不声不响练着"瑜伽"。他在地上铺了一块方方正正的草毯，很像日本家庭的"榻榻米"。奚正树当年到达缅甸，曾在仰光学会这种印度功夫。天津南市这地方人多嘴杂，根本无密可保，然而没人知道奚正树的真实年龄，更没人知道奚正树的真正来历。

李菊五也不知道奚正树的真实年龄和真正来历。此时他躺在自己屋里的床上蒙头大睡，梦见死去多年的父亲。父亲款款走来，笑着说天堂很好，一天三顿饭有荤有素四菜一汤，就是没有鱼吃。李菊五惊醒了，躺在床上思索着。父亲逝世多年，偏偏今天托梦说天堂里没有鱼吃。看起来只有人间这种肮脏的地方才有鱼可吃，而且是大鱼吃小鱼。想到这里，李菊五的心情忧悒起来。

咚咚传来一阵叩击院门的响声。这时已经临近黄昏，李菊五闭上眼睛，佯寐。

院子里有人应声，听脚步一定是奚正树前去开门。很显然，一大群人拥进了院子，吵吵嚷嚷的说是求见李菊五先生。

李菊五从床上坐了起来，看了看摆在床头的电匣子，然后伸长脖子观察着院儿里的动态。

先得月饭庄的经理辛本财站在院儿里，大声说有请李菊五先生出屋，大伙有话要说。

奚正树小声儿告诉辛本财，李菊五连日劳累正在歇息。

李菊五知道应当出场了，他披着黑色棉袍，眯缝着左眼走出屋门。他的出现引起一阵欢呼。李菊五看见人群里站着几个小报记者，立即打着哈欠说，大家别闹哄，我只是一个凡夫俗子。

他的这句话引来哄然大笑。

身材高大的辛本财说，李五爷您除了这句话，还会说别的吗？

李菊五并不介意，颇为认真说道，我真的只是一个凡夫俗子。

这时候，屋里那只巧嘴八哥儿突然说了话：凡夫，俗子！凡夫，俗子！

人们再度哄然大笑。

辛本财朝着小报记者们哈哈大笑说，你们都听见了吧？这就叫什么人养什么鸟儿。

小报记者们七嘴八舌邀请李菊五重返井台垂钓。这时李菊五才弄明白，敢情《庸报》著名记者吴朗夫今天一大早儿就坐在井台前，充当垂钓高手，结果连鱼鳞也没见着一片。饭庄经理辛本财还没说话，南市的小报记者们先急了，联手将稳坐高凳之上的吴朗夫拽拉下来，纷纷指责他居心不良逼走李菊五，独霸井台。可怜吴朗夫鱼没钓着，混乱之中还吃了几记耳光。辛本财连忙劝止，吴朗夫得以抱头鼠窜。

李菊五神情散淡告诉小报记者们，既然吴朗夫独霸井台那就让他独霸吧。辛本财一听就急了，说吴朗夫一片鱼鳞也没钓上来，华洋两界的达官显贵们总共预订三十二桌"三吃贾家井鲤鱼"没了指望，先得月饭庄不出三天就得宣布倒闭。

解铃还须系铃人。既然是吴朗夫抢了我的位子，那必须是吴朗夫亲自请我归位。李菊五轻描淡写说着，突然回头朝着奚正树问道，奚君以为如何啊？

人们的目光齐刷刷投向奚正树。

奚正树表情局促，皱着眉头想了想，转身对辛本财说道，既然贾家井底的泉眼连通海河，那你们直接去钓海河里的大鲤鱼这事儿不就结啦？反正一样呗。

奚正树的这种想法实在古怪，令人猝不及防。辛本财与李菊五面面相觑。

小报记者们纷纷发出奇异的笑声。奚正树的一番话，似乎使原本简单的事情突然产生了戏剧性变化，一下子成为尴尬的僵局。

奚正树听到小报记者们发出的怪笑，越发局促起来。他看了看辛本财，又看了看李菊五，最后看了看小报记者们，还是弄不明白自己的言论究竟有何谬误。于是他又补充说道，这几天我经常在海河边转悠，总是看见浮桥那边有几个汉子挑花篮儿呢，专门逮大鲤鱼。

辛本财终于清醒过来，为了摆脱尴尬局面他大声喊道，海河里的鲤鱼怎么能跟贾家井鲤鱼相提并论呢？贾家井是一座海眼！我说李五爷您也该老帅归位啦。明天一大早儿我就让吴朗夫前来给您赔罪，这样您心里舒坦了吧？

李菊五显出十分豪爽的样子，说只要吴朗夫先生知错改错，自然万事大吉。明天李某人井台继续垂钓。

辛本财大喜过望连连拱手致谢，说先得月饭庄终于得救了。

小报记者们觉得已经达到高潮，小声儿商量着晚上的饭局。辛本财大声邀请诸位今晚聚会先得月饭庄，热烈庆祝李菊五先生明天重返井台，再钓贾家井大鲤鱼。

辛本财领着小报记者们正要走出奚家小院，猛然听见屋里八哥儿又说了话：走好！走好！

真是一只弃恶从善的好鸟儿。

这时天色渐黑，院子里景物朦胧。只见一个汉子大步走进院子，直奔李菊五脚下扑通一跪，连声说李五爷劳您大驾啦。

李菊五低头一看，面熟。辛本财一眼认出这是南市大恶霸袁文会的第十二号徒弟，名叫孙子森。李菊五连忙拉起这位小混混儿，说您进门就跪这是从哪儿说起啊。

孙子森哭丧着脸，告诉李菊五自己的老娘得了"噎隔"，请了南市名医王介臣，大夫说不出十日即汤水难进，只待料理后事。孙子森回家问老娘最想吃什么，老娘说想吃刀鱼。孙子森又去请教泰一先生。这位占卜大师听罢沉吟片刻，面露一丝喜色，说刀鱼的"刀"字甚好，取其义，锋刃足以割除瘤子，因此料定性命尚存一线生机。孙子森悲中见喜，四处寻求刀鱼。然而刀鱼出自春水，秋汛难见踪影。孙子森几乎急疯了。

李菊五终于听明白了。看来小混混儿孙子森果然是个孝子。李菊五不知如何援之以手，孙子森泪流满面拱手恳求，说请求李五爷从贾家井里给我老娘钓上一条刀鱼来。

李菊五一惊，顿时出了一身冷汗，扭头呆呆望着辛本财。

奚正树站在旁边心中暗自发笑，他认为缘木求鱼的孙子森是个四肢发达头脑简单的蠢材。

61

孙子森见李菊五无动于衷，再次跪倒大声请求李五爷为他老娘从贾家井里钓上一条刀鱼来。

　　天色渐黑。院子里鸦雀无声。就连平时唯恐天下不乱的小报记者们也纷纷哑口，一时不知如何收拾局面。

　　巡警吕二狗晃着膀子走进院子，身后跟着横眉立目的警长金大牙。金警长当头就告诉李菊五，无论是黑道白道，都以孝字为先。孙子森为了一条刀鱼长跪不起，恐怕没人不给这个面子吧。

　　李菊五连忙解释，说是有心无力。尤其是老王爷的八哥儿，军令如山，这几天必须调教出来。孙子森听了李菊五的推辞理由，腾地站起身来朝着李菊五一抱拳，两眼充满血丝说，我老娘的一条人命竟然比不上王丰池的一只鸟儿。说罢他从怀里嗖地抽出一把闪着寒光的攮子，一头冲进屋去。

　　奚正树反应奇快，大声说孙子森要杀鸟儿。李菊五听罢大惊，随即冲向屋里，高喊刀下留鸟。

　　孙子森毕竟是打手出身，手疾眼快，挥刀就宰了黑影儿里的八哥儿。然后他一手握刀，一手拎着死鸟儿，大步出屋走到院子里。

　　李菊五只觉得眼前发黑，颤颤巍巍跟随着孙子森，如丧考妣。

　　孔武有力的孙子森挺起刀子迎着李菊五说，王丰池的鸟儿我杀啦，天大的事情由我承当。可是我老娘的刀鱼，你李五儿是万万推辞不得啦！

　　李菊五看了看身材高大的辛本财。辛本财已经矮了一截，也是无计可施的样子。李菊五知道今天唱的是《挑滑车》，只有一条道了。于是他咬紧牙关告诉孙子森，只要贾家井里出产刀鱼，李某万死不辞也要把它钓上来。

　　警长金大牙哈哈大笑说，这还像一句人话！

　　李菊五话锋一转说，不过王丰池的那只八哥儿，小人可就承担不起啦。

孙子森鄙夷地笑了笑说，王丰池的鸟儿是我宰的，跟你李五儿毫无干系。王丰池那老邦子算个屁呀！你问一问他敢惹我师傅袁文会袁三爷吗？

李菊五心里叫苦不迭。这就叫窑姐儿发兵——乱营啦。

7

事情出乎意料，终于闹大了。一九三八年在日本本土出版的《天津志》（作者西村正树）第三十二章"年度大事记"里记载着发生在一九三五年深秋天津南市的流氓斗殴事件。日语没有"混混儿"词语，这如同上海滩的青皮，均为土特产品。关于这场黄昏发生夜晚结束的流血大战，《天津志》作者史笔简练，仅仅记载了事件起因与双方参战人数。袁文会方面投入一百二十八人；王丰池方面投入九十九人。可见后者人数明显处于劣势。此次群殴袁文会与王丰池均未出面，装聋作哑隐身幕后，随时准备出面调停。群殴事件的起因系袁氏之徒孙子森血刃王氏爱鸟。然而令人感到意外的是参战人数处于劣势的王氏账下猛将王金刚居然一刀捅死孙子森。此役继东汉末年曹操与袁绍的官渡之战之后再度成为以少胜多的光辉范例。血案发生之时，天津警察局长王玉田率领短枪队一百余人赶往群殴现场，双方参战流氓四散，仅抓获倒地呻吟伤员共三十三名。杀人元凶王金刚连夜逃往大连。此案震动南市，殃及华洋两界。但损失最大者不是混混儿袁氏也不是混混儿王氏，而是先得月饭庄经理辛本财。在此之前，华洋两界名门望族竞相预订的"贾家井鲤鱼宴"总共三十六桌，前来就餐的已达八桌。天津的达官显贵意欲一掷千金，这惊人的利润简直就是一座金矿。然而案发之后李菊五随即被警察局拘捕，流氓斗殴的南市也成为无人敢来的是非之地。既然没了李菊五这位唯一的垂钓高士，众所周知贾家井鲤鱼当然难以上钩。先得月饭庄遂成"无鱼之宴"，预订的宴席全部泡汤。辛本财捶胸顿足，痛不欲生。情急之中他果断决定放弃李菊五，发动小报记者另行塑造一位垂钓高士，可惜来不及了。辛本财只得眼巴巴瞅着即将到手的一叠叠钞票付诸东流，几乎寻了短见。他泪水横流，对芝罘口音的妻子说，我穷了大半辈子，好不容易找到这个赚大钱发大财的机会，全毁啦。

厨子出身的辛本财一夜之间就疯了。他满街乱跑哈哈大笑，一大早儿就坐在张十三的饭桌前，目光呆滞，不住地念叨着。

我的金矿银矿全毁啦。我的金矿银矿全毁啦。

张十三看着这位饭庄经理不禁顿生疑窦：辛本财疯了，莫非井台垂钓的李菊五真是大骗子啊？

残秋的大街上，人们脸上提前露出对寒冬的畏惧。奚正树脱下大褂换上棉袍，面孔阴沉地上街溜达。他与血案毫无瓜葛，成了冷眼旁观的闲人。坐在张十三的饭桌前，奚正树想起"秋风吹渭水，落叶满长安"的诗句，心头不禁泛起"日暮乡关何处是"的浓烈思乡之情，不禁惆怅起来。张十三晃着脑袋向他求教，问李菊五到底是不是大骗子。

奚正树放下乡愁，开始思考这个难解之题。这时候报童大声吆喝着跑了过来，说是《庸报》发表著名记者吴朗夫的文章，揭露"贾家井鲤鱼"真相。

奚正树叫过报童，掏钱买了一份报纸仔细阅读起来。张十三大字不识又急于了解细情，擦着桌子连声催问，恨不能立时就给李菊五定性，究竟是不是大骗子。

奚正树一门心思阅读《庸报》，并不理睬张十三的追问。

吴朗夫这家伙果然刀笔，血口喷人，倒打一耙。其实事发之前奚正树已经看出骗局的底细。分明是饭庄经理辛本财买通《庸报》记者吴朗夫，两人狼狈为奸设置骗局，然后拉扯南市颇有名气的天气先生李菊五入伙，三人联手制造"贾家井鲤鱼"的新闻，造成声势，传遍华洋两界。然后三人各司其职，李菊五垂钓，吴朗夫新闻炒作，辛本财推出豪华宴席牟取暴利。此举可谓天衣无缝，三人紧密配合一步步走向财神爷的口袋儿，伸手提款。岂料中途突发流血事变，王金刚捅死孙子森。于是三人联手设置的骗局难以继续实施。眼看就要到手的钞票，竟然灰飞烟灭，辛本财急火攻心神经失常，于是骗局露了马脚。最可恨的就是这个吴朗夫，本是骗局的同谋却摇身一变成了清白人士，仿佛与此案毫无干系。这个无耻之徒撰写文章揭露所谓真相，竟然弄成独家新闻还卖了个大价钱，可谓旱涝皆收。三人之中，辛本财发疯，李菊五入狱，只有吴朗夫毫毛无伤并且得到了正人君子的名分。吴文称自己对李菊五的垂钓之技早已看破，所谓贾家井大鲤鱼均为海河岸边购得，缸内饲养。井台垂钓之时藏于李菊五肥大的棉袍之下，看似甩起渔竿儿钓得一尾尾井中活鱼，分明是一次次变戏法的"手彩儿"。（这种偷天换日的绝技，其实师承天津魔术大王金猴子的拿手节目"现场钓鱼"。）吴朗夫分明是骗案的同谋，文章里却称自己曾经当场揭露李菊五骗局，不料遭到小报记者们痛打云云。

张十三急得抓耳挠腮，连声追问奚正树，李菊五到底是不是大骗子。奚正树放下报纸，不偏不倚告诉张十三，李菊五曾经骗过别人，不过最后他还是被吴朗夫给算计了。因此他根本称不上大骗子。

张十三眨了眨眼睛连声说明白了，李菊五不是大骗子是小骗子。可转念一想又觉得情理不通。李菊五算定六月十八没雨，果然就没雨。因此李菊五还是颇有真才实学的，不能一概而论。这样思来想去的，张十三的心头越发迷乱起来。

奚正树起身走了。广货铺里窜出一个戴着墨光眼镜的汉子，紧紧跟随而去。张十三看见这里头有事儿，便暗暗为奚正树担心。

起风了。临近正午时分，李菊五突然出现在张十三的饭桌前。张十三毫无思想准备，手忙脚乱，说李五爷您不是屈死的冤鬼回来讨债的吧？

李菊五面色惨白，瘦得弱不禁风，但他还是鼓足劲头儿挤出几丝笑容挂在脸上。

李菊五坐在饭桌前抓起个烧饼眨眼之间就吞进肚去。他喝了一口水然后喘着粗气说,张十三啊我真的是个凡夫俗子。

张十三听到"凡夫俗子"就苦笑了,说李五爷这句话真够您说一辈子的。

李菊五狼吞虎咽一共吃了六个烧饼,然后眯缝着左眼,表情颇为尴尬地向张十三询问自己究竟赊了多少饭账。张十三掏出账本儿拢了拢,说他前些天井台钓鱼赚钱不少,赊欠饭账全部还清。李菊五听了这话松了一口气,颇为欣慰地喝了一大碗白水。

鄙人能活着从警察局里放出来,真是万幸啊。李菊五自言自语摸遍全身也找不着一支烟卷儿。张十三递上一支烟袋锅儿,说若不嫌弃您就抽两口儿吧。扛了几天烟刀的李菊五毫不犹豫,接在手里吧嗒吧嗒抽了起来。

张十三环顾左右,趁着四周没人压低声音问道,吴朗夫在《庸报》上写文章说您跟辛本财合谋行骗,您到底是不是大骗子啊?有一件事情您必须告诉我,您究竟怎么能够预测六月十八的天气呢?我这给您作揖啦,您就告诉我吧,别让我糊涂一辈子啊。

李菊五抽了两口旱烟叶儿,呛得咳嗽起来。张十三递上一碗白水,表情非常迫切。

这时候,只见五六个身穿黑衣黑裤的小混混儿顺着广兴大街走了过来,不声不响站在李菊五身后,形成合围的局势。

李菊五浑然不知,再接再厉咳嗽着。张十三看出来者不善,连忙示意他身后有人。李菊五停止咳嗽,转身回头瞥了瞥这群小混混儿,看出他们都是孙子森的徒弟。

一个刀疤脸儿的小混混儿走上前来,使劲拍着李菊五的肩膀大声告诉他,孙子森死了可是孙子森的老娘没死还活着呢。

李菊五寻思着,抬头问"刀疤脸儿"此番前来到底是什么意思。"刀疤脸儿"硬声硬气告诉李菊五,孙子森死了,可孙老太太照旧想吃刀鱼。俗话说，君子一言驷马难追。孙子森托梦，叫我们找你要刀鱼来啦。

"刀疤脸儿"说着，甩腕儿嗖地将匕首插在桌上。李菊五刚刚走出警察局的小黑屋，转眼又落到南市的流氓手里。此时他心里明白，这群小混混儿背后的最大靠山就是一跺脚南市地皮乱颤的青帮头子袁文会。

李菊五霍地站起身来，眯起左眼瞄着"刀疤脸儿"大声说，我李某人虽然是个凡夫俗子，落难之时依然讲究一诺千金。既然孙子森给你托了梦，今天我就向孙老太太献上一条刀鱼，祝她老人家起死回生。你们现在满大街传信儿吧，就说我今天下晚儿贾家井前接着垂钓，不就是一条刀鱼吗？我保啦。你们到了时辰就来拿鱼吧。不过我丑话说在前头，刀鱼这东西出水儿就死，我不保活鱼。

"刀疤脸儿"嘿嘿笑着，从桌上拔起匕首说，这节气无论你怎样变戏法儿我也管不着，反正到了时辰咱得见着一条刀鱼。

李菊五说了声不见不散，便不再理睬"刀疤脸儿"。"刀疤脸儿"跺了跺脚，率领众人扬长而去。关于李菊五重操渔竿儿井前垂钓刀鱼的消息，立即在南市大街上传开了。

张十三吓得白了脸色。李菊五却不慌不忙逮着话题，说张十三刚才你问我什么事儿来着？

张十三擦着额头汗水说，刚才我问您六月十八预测天气的事儿。可没承想"刀疤脸儿"又找碴儿跟您过不去。我看您是走了倒霉字儿啦。

李菊五似乎并不在乎"刀疤脸儿"的出现。说破大天不就是一条刀鱼嘛。不知为什么李菊五很想说一说心里话。他俯下身子凑到张十三耳前，十分神秘地说，事到如今我也不瞒你了。不过这事儿你得保密，千万别告诉外人。若是大街上都知道了，人们就不信服我啦。告诉你吧我有一台电匣子，东洋货。我每天清晨一睁眼先听租界广播电台的天气报告，然后才上街呢。尤其人家日租界广播电台报告的天气，那是日本华北驻屯军气象部提供的，往往是八九不离十，挺准。

张十三恍然大悟。敢情您有一台电匣子呀！这可是贵重玩意儿。这么说您当年是豪门富户的公子哥儿啊。依我说既然您精通日本话，干脆去当日本翻译官，吃香的喝辣的万事不用愁。

李菊五摇了摇头，不以为然地看了看张十三，说了一句"我是个凡夫俗子"，然后起身离去。

戴着墨光眼镜的汉子坐在玉壶春茶楼里，临窗注视着李菊五远去的背影。

8

得意大弟子王金刚躲避杀人血案，外漂了。这就等于折了王丰池的胳膊，遇事儿老王爷只能亲自出马，因此他显得比清朝军机大臣还累。黄昏时分王丰池听说李菊五从警察局的拘役所里放了出来，立即长袍马褂穿戴整齐，坐着自家包月车，威风凛凛出了东兴市场大门。两个小混混儿跑在前面开道，四个小混混儿左右两侧保镖。

王丰池恨不得立即找到李菊五。绕着南市转了一圈儿，这才知道李菊五下晚儿在贾家井台继续垂钓，兑现"一条刀鱼"的诺言。坐在车上的王丰池乐了，知道李菊五属于白菜冤大头，不宰白不宰。

前面开道的小混混儿终于探来消息，李菊五为了兑现"一条刀鱼"的承诺，此时正在贾家大院井前垂钓。王丰池惑然不解，说贾家井钓鲤鱼不是李菊五变戏法的手彩儿吗，怎么还有人相信这套把戏啊。小混混儿告诉老王爷，孙子森的徒弟们仰仗袁文会的势力，不依不饶，非让李菊五献上一条刀鱼满足孙老太太的心愿。

王丰池听到袁文会的名字，顿时心生怯意。老混混儿知道自己的势力日见萎缩，论文论武都不是后起之秀袁文会的对手。尤其自己的徒弟王金刚捅死袁文会徒弟孙子森的这笔血账，时至今日尚未清算。此时狭路相逢唯恐凶多吉少。俗话说光棍不吃眼前亏。想到这里王丰池改了主意，此时胶皮路过玉壶春茶楼门前，王丰池随即停车迈步进了茶楼，踏踏实实坐下了。

玉壶春的茶博士惊了，马上报告茶楼经理。茶楼经理三步并作两步跑了出来，迎接稀客到来。这时候坐在临窗桌前的戴着墨光眼镜的汉子高声喊叫结账。王丰池虽然老眼昏花，还是看清了这位爷的身份，心中不禁一惊。南市今天这是怎么啦？全神下界啊。

茶楼经理亲自动手伺候王丰池，端来一壶香气四溢的碧螺春。王丰池细品慢咽，寻思着如何逮住李菊五——逼他赔鸟儿。

此时，南市众人瞩目的地点不是玉壶春茶楼，而是官沟街上的贾家大院。李菊五获释出狱的消息并不令人感到意外，令人惊诧不已的是李菊五"贾家井鲤鱼"曝光之后，戏法儿的伎俩已然众所周知。公众舆论纷纷谴责，李菊五销声匿迹方为上策，可是他却公然故伎重操，竟然宣称要从贾家井里钓上一条刀鱼，兑现诺言。

消息传遍南市的大街小巷。李菊五的举动激起强烈反响。以前人们聚集贾家大院观看钓鱼，可谓雾里看花不知骗局。此番人们前来观看，则是眼里不揉沙子。正是由于这种不同以往的新闻效应，黄昏时分官沟街上已经挤得水泄不通。以"刀疤脸儿"为首的小混混儿们却被一层层人墙挡在外面，无法走近贾家大院。南市这地方，无论男女老少都想挤进贾家大院去目睹李菊五"井里钓刀鱼"的绝技。这就是天津话所说的"起哄架秧子"。

人群里有人演讲。"刀疤脸儿"挤上前去，看见站在台阶上的演讲者是吴朗夫。这家伙操着蓝青官话，告诉大家"钓鱼"乃是天津魔术大王金猴子的拿手节目——其中奥妙就是提前将活鱼挂在棉袍的袖子里或衣襟下，甩起渔竿儿钓着的正是这条活鱼。练就这种偷天换日的戏法儿，最少要用八年功夫。

奚正树挤在人群里大声发问：深秋初冬根本就不是讯季，李菊五藏在棉袍里的刀鱼从何而来呢？

口若悬河的吴朗夫，一下子就被问住了。

官沟街上突然一阵骚动。一队黑衣警察在警长金大牙的率领下，大嚷大叫挥动着警棍，硬是打出一条通道。奚正树踮起脚尖儿远远望去，只见人们夹道欢迎着一个赤膊上阵的汉子。走近了奚正树终于看清楚，赤膊上阵的汉子正是李菊五。初冬季节，李菊五赤膊袒胸，露着两条大腿，浑身只穿着一条白色短裤，完全是三伏炎天的打扮。

奚正树心里猛然明白了，李菊五赤身露体上阵，这是打出最后一张绝牌啊。

这时候人群里发出一阵质问，呼地朝着吴朗夫拥去。

吴朗夫，你不是说李菊五变戏法儿穿棉袍吗？现在人家光着身子来啦！

吴朗夫你得给大伙一个交代！人家李菊五光着身子怎么变戏法儿呢？

你说话呀吴朗夫！李菊五只穿了一条裤衩，那条刀鱼他能藏在什么地方啊？

吴朗夫被众人问得无以答对，连连挣扎着朝后退去。

奚正树抓住这个时机，鲇鱼似的挤进贾家大院。

贾家大院里也已经挤成一锅肉粥。最令奚正树感到意外的是南市大恶霸袁文会亲临现场，身穿古铜色棉袍坐在一张太师椅上，悠悠饮茶。袁文会左右站着四个保镖，横眉瞪眼环视着四方。

天津卫的大小报纸记者足有三十多位，人人表情庄严，院里气氛肃穆。

李菊五只穿着一条短裤，浑身冻得透红，手持渔竿儿坐在板凳上，全神贯注盯着井口。时光仿佛凝固了——凝固成为井台的石头。

天色渐渐黑了下来。李菊五缓缓抬起头来，突然大声吩咐拉上一只电灯，以便大家看得清清楚楚。他的这种坦荡风度，赢得了人们的好感。

"刀疤脸儿"低声请示袁文会，到底拉不拉电灯。贾家大院里人们的目光也一起投向袁文会。这情景很像一群猴子在看老虎的脸色。

袁文会点了点头。不一会儿电灯匠就从屋里拉出两根电线，挂了一只二十五瓦的电灯泡。井台被照亮了。这情景使人觉得这是在看一出独角戏，只是剧情进展很慢。

李菊五口中念念有词，但没人能够听清他念叨的是什么词儿。

李菊五隐隐念叨着：袁文会我×你姥姥！王丰池我是你大爷！

这样反复骂着，李菊五竟然不觉得冷了。暗暗咒骂自己所痛恨而又不敢当面得罪的人，这就等于是给自己穿了一件贴身小棉袄儿。

李菊五心里说，如果继续咒骂下去我可就穿上皮大氅啦。

在电灯泡的照耀下，人们看到李菊五冻得咳嗽起来。他手里的渔竿儿也因咳嗽而颤抖起来。他伸手捋了捋喉结，似乎想抑制咳嗽的发作。但他还是猛烈咳嗽起来。这时见渔竿儿一甩，一道白光从井里闪腾而出。人们不由一声惊呼，鱼钩上已然挂着一条刀鱼。

这是一条尺许长的白鳞刀鱼！

人群里又爆发出一阵惊呼。袁文会霍地站了起来，扔了手里的茶盅。这个青帮头子立即意识到自己的失态，又重新坐在太师椅上，做出一派不动声色的样子。

李菊五并不急于表现自己。他十分认真地将这条刀鱼从鱼钩上摘下来，扔进身旁的陶罐儿里。

"刀疤脸儿"冲上来捧起陶罐儿，送到袁文会面前。袁文会看了看，起身离开太师椅，走到李菊五近前面色阴沉大声说道：好戏法儿，这真是一条刀鱼！

袁文会大步走出贾家大院。"刀疤脸儿"捧着陶罐儿紧紧跟随。大小报纸的记者们也随着拥了出去。

消息传出好比飞弹爆炸，于是官沟街上顿时乱了起来。无论是不是戏法儿，反正李菊五再次向世人展示了自己的垂钓绝技。

贾家大院里，只有孤零零的李菊五赤膊露体呆呆坐在井台前。奚正树走上前来，给他披上一件温暖的棉袍。李菊五抬头看了看奚正树，浑身颤抖双唇僵硬目光凝滞，颇为费力地说出一句话。

奚君，我只是一个凡夫俗子啊。

说完这句话，李菊五就晕了过去——倒在奚正树怀里。

很少有人知道贾家大院有个后门儿。奚正树搀起李菊五出了后门儿，来到南马路上。叫了一辆胶皮，他将李菊五扶到车上。路不远，奚正树前面徒步引道，朝着东南城角的草厂庵胡同走去。

李菊五已经清醒过来，坐在车上使足气力说，奚君，明天我请你吃饭……

奚正树并不知道，戴墨光眼镜的汉子不远不近跟踪着这辆人力车。天气虽然冷了，这家伙手里仍然拿着折扇，扇面上仍然是那两个金字：色空。

9

奚正树东北口音，果然具有东北汉子的抗寒经验。尽管他在旅顺只待了两年。

他扶着李菊五走进院子，累得气喘吁吁。进了屋子李菊五迷迷糊糊躺在床上，说浑身燥热。奚正树立即动手为他解冻、驱寒、保护皮肤……显得训练有素。揉、按、擦、包扎，动作极其规范，分明就是一位经验丰富的战地军医。最后，他让李菊五喝了两口药酒。李菊五喝罢，倒头便睡着了。

凌晨时分，奚正树极其困乏，躺在李菊五身旁也睡着了。

李菊五却醒了。他是疼醒的。他睁开眼睛并不呻吟，不声不响看着夜色里的屋顶，然后突然瞥见睡在身旁的奚正树。

李菊五被奚正树的义举深深感动了。如果没有奚君及时送来棉袍，自己必然冻死无疑。我为什么打出最后这张绝牌呢？李菊五深夜自省，仍然理不清思绪。变戏法儿的倘若玩到这种份儿上，也算是山穷水尽了。天下无人知晓，李菊五将那条从沈公馆室内花园养鱼池里买来的鲜活刀鱼，隐藏在身上的什么地方。当他井前奋力甩起渔竿儿之际，原本的鱼线鱼钩已经偷天换日抛进井里，取而代之的则是另一套鱼线鱼钩——还有那条高价购来的刀鱼。

夜色之下的李菊五静静躺在床上，侧脸看了看熟睡的奚君，很想立即将这套苦练十年的戏法儿以实相告。看到奚君睡得很熟，又不忍心叫醒他。

这时，突然从奚正树嘴里传出一串古怪的声音。李菊五没有听清，但他知道这是奚君在说梦话。男人说梦话，是常事儿。男人梦见女人，更是常事儿。

奚君又在说梦话。李菊五终于听清了，心中骤然大惊。他本能地坐起身来，呆呆看着奚正树，然后小心翼翼重新躺下。他告诫自己必须冷静下来，万万不可惊醒这位正在梦呓的先生。

李菊五北洋大学肄业，精通日语。奚正树梦里说的正是日语：我一定要回到故乡去，芳子，我一定要回到你身边！芳子啊鹿儿岛是咱们的故乡啊……

夜静极了。李菊五听得清清楚楚。他知道，一个人即使会讲多种语言，但在梦里所说的必定是母语。母语是婴儿时代母亲温暖怀抱里的歌谣。尤其当你独自远行流落异国，母语越发成为不可磨灭的心语。

奚正树无疑是一个日本人。李菊五感到不可思议。天津的日本居留民绝大多数居住在日租界，即使居住在华界也都拥有固定职业，譬如药剂师或者牙科医生。奚正树则属于终日无事的闲人。李菊五从来没有见过这种游荡在中国底层社会的日本人。夜色里静静注视着梦入故乡的奚正树，李菊五深深感到自己的见识短浅。

第二天李菊五醒来的时候，奚正树已经出去了。他并不知道奚正树去了日本驻天津领事馆。不但李菊五认为奚正树是个不可思议的日本人，就连日本驻天津总领事松田满雄先生也认为奚正树是个极其古怪的大陆浪人。

奚正树回来的时候，依然面孔阴沉。由于常年阴沉着面孔，李菊五对他的脸色并未感到异常。看到李菊五的身体恢复了，奚正树感到高兴，咧了咧嘴角，算是笑了。李菊五说晚上请奚正树吃饭，并且提出去吃日本料理。奚正树并不谢绝，说如果想吃日本料理最好去日租界浪速街上的樱花餐馆。

李菊五知道樱花餐馆，连忙说那里的日本女招待根本就不拿中国顾客当回事儿。

奚正树郑重了脸色，说中国顾客也是人啊。樱花餐馆的女招待有什么了不起的。

李菊五听了这话顿时高兴起来，大声说那就樱花餐馆吧。

距离晚饭还有一段时间，两人坐在屋里开始聊天儿。这是两个本质上不善言谈的男人。生活在有嘴没腿的时代里，这种男人之间的生死搏击并不凭借口若悬河的话锋，而是依靠隐而不露的牙齿。其实男人的牙齿是用来撕咬的，然后吃肉。

李菊五眯起左眼瞄准对方说，奚君，你怎么就不问我昨天究竟把那条刀鱼藏在身体什么地方啦？

奚正树紧皱着眉头说，那条刀鱼不是你从井里钓上来的吗？

李菊五听罢，十分开心地大笑起来。他觉得奚正树的表达方式真的跟中国人大不一样，冷硬之中透出一股天然的味道。

李菊五又问道，奚君你说我是不是精通鸟语啊？王丰池的那只八哥儿见了我就变得老老实实的啦。

奚正树认真思索着说，所谓鸟语其实就是鸟儿的各种叫声。李君如果自幼玩鸟儿，应当能够听懂各种鸟儿的叫声。王丰池的那只八哥儿虽然死了，但是他老人家不会善罢甘休。你应当准备一笔钱，赔他的鸟儿。

李菊五不说话了，心里对奚正树的判断力钦佩不已。他知道王丰池不会轻易结账，否则就不是老混混儿了。李菊五开始暗暗揣摩奚正树的真实身份，认为此君绝非普通日本人。

黄昏时分，两人都认为应该上街了。李菊五换了一件深蓝色缎子棉袍，平添几分富贵之气。奚正树则穿了一套黑色西装，是旧货，但看得出做工精良。他们走在街上，小报记者姚壮阳跑上前来，告诉李菊五说那条刀鱼送到病榻之前，正逢孙老太太弥留之际。于是熬成鱼汤，她老人家喝了两口便驾鹤西去了。

李菊五认真听着，表情颇为感慨，然后说了声"功德"，就随着奚正树朝着南市牌坊走去。经过这几天的风风雨雨，李菊五越发成了南市的超级名人。他的出现引起人们的议论，说的还是预测天气和海眼钓鱼的事儿。李菊五眯缝着左眼侧着身子站在大街上，活像猎人瞄准着前方。

疯子辛本财光着双脚嘴里不停地嘟哝着，从李菊五面前跑了过去。

这时奚正树叫来了两辆能够进出租界的人力车，说去日租界浪速街。天津的人力车必须挂上六道捐牌儿，方可通行于华界与租界之间。奚正树在前，李菊五在后，两辆胶皮出了南市牌坊拐上旭街，沿着电车道向东南方向疾驶而去。

戴着墨光眼镜的汉子站在高丽大烟馆门前，一只眼睛目送着那两辆胶皮渐渐远去。

浪速街上的樱花餐馆小有名气。由于距离华界并不太远，因此华界人士偶有光顾。李菊五很少进入日租界，对樱花餐馆更不熟悉。樱花餐馆女招待的脾气，李菊五只是久有耳闻。胶皮进了日租界，李菊五心里怯了。大恶霸袁文会有恃无恐大肆倒卖华工，有多少良家子弟从此下落不明。因此日租界好似鬼门关，给人们心里投下沉重的阴影。

终于到达浪速街。两人一前一后迈下胶皮，肩并肩走进了庭院式的樱花餐馆。

沿着小径来到后庭，游廊里是一间间日式木屋，专供三五知己聚餐，小巧而融洽。一个身穿和服皮肤白皙的女招待款款走了过来，拉开一间木屋的门扇，操着中国话说了声请。李菊五今天做东，就伸手请奚君先行。奚正树稍作谦让，十分熟练地脱了皮鞋，走了进去。李菊五模仿着奚正树，脱下鞋子跟了进去。他已经从日本女招待的面孔里看出几分冰冷，心里暗暗骂了一声小日本儿。

一张黑色金花大漆矮脚餐桌，摆在榻榻米上。李菊五学着奚正树的样子，正襟跪坐。菜单令人感到惊奇，美味佳肴写在精美的团扇上，一面日文，一面中文，颇有脱俗的意境。李菊五将团扇递给奚正树，说奚君走南闯北见多识广，一定是个美食家，请点菜吧。

奚正树并不推辞，接过团扇然后看了看女招待的冷冻脸蛋儿，说要三份生鱼片。李菊五一听就慌了，压低声音说自幼不食生冷。奚正树说了声对不起，告诉女招待改成两份生鱼片，他一人享用。然后奚正树避开生冷，从团扇上点了几种适合中国人肠胃的菜品。女招待听着，脸上毫无表情。奚正树向她郑重强调，一定要喝日本清酒。

菜品陆陆续续送了上来。最不能令人满意的菜品就是女招待的冰冷脸色。然而这毕竟没有妨碍李菊五与奚正树的推杯换盏。

日本清酒的味道与中国白酒迥然不同，果然独具东瀛风格。李菊五做出东道主的样子，连连向奚正树敬酒。奚正树的酒量显然大于往日，逢杯必饮。他啖生鱼片，佐以清酒，兴致极高，不经意之间竟然流露出几分孩子般的贪食神态。

奚正树究竟是怎样一个日本人呢？李菊五苦思不得其解，就继续劝酒。这时奚正树红头涨脸汗水淋漓，乐呵呵笑眯眯看着李菊五。李菊五从未见过奚正树常年阴沉的面孔上拥有如此温暖的表情。

奚正树突然举起酒杯，神情激动起来。

李君，这几天我就要返回故乡了。故乡很远，我已有三十年未归。

人到中年，我觉得自己应当回到故乡去。今夜李君设宴，就算是为我饯行吧。

李菊五举起酒杯注视着奚正树。奚君返回故乡一定是要乘坐海轮吧？路远浪大，还望多多保重身体。

奚正树回答说，返回故乡必须乘坐海轮。天津英租界的太古码头船班很多，明天就有轮船。

李菊五听说明日奚君即将起程，不禁心怀感伤，端起清酒一饮而尽。这时候，女招待拉开木屋门扇，端着一盘果蔬走了进来。

奚正树颇为不满，大声对女招待说，作为日本餐馆的女招待你进门送菜的时候，理应说一声对不起。

女招待气哼哼将一盘果蔬放在矮桌上，立即反唇相讥：你这个中国人怎么这样麻烦呢？真是让人讨厌！说罢她转身离去。

奚正树的脸色倏地变得惨白。

李菊五看着对方，心里思忖着。既然樱花餐馆的女招待如此蔑视中国人，为什么奚正树不向她说明自己是日本人呢？

奚正树真有涵养，渐渐冷静下来，重新端起酒杯十分通达地对李菊五说，孔夫子说唯女子与小人难养也。这句圣言用在日本女招待身上也很合适吧？

李君与奚君继续喝酒。

隔壁房间也来了顾客。李菊五听出这是几个日本男子，讲着带有口音的日语。这几个日本男子一边喝酒一边聊天，七嘴八舌议论着一个名叫西村正树的人。

李菊五佯作敬酒，竖起耳朵听着隔壁的议论。声音时高时低，伴着阵阵笑声。有时听得明明白白，字清句楚；有时听得模模糊糊，语义含混。

两人喝了两大瓶清酒，微醺的样子。李菊五掏出钞票扔在榻榻米上然后摇摇晃晃站了起来，朝着奚正树说咱们回家吧。

奚正树喃喃着，目光凝滞说回家啊回家。

李菊五并没有真正喝醉。奚正树也没有真正喝醉。真正喝醉的却是隔壁的那几个日本男子——大声唱起了歌，然后发出一阵吼叫，尽情宣泄着。

出了樱花餐馆，奚正树要求步行回到华界的居所。李菊五知道他的心思，欣然同意。明天奚正树就要起程返回故乡，这是最后的夜晚。最后夜晚漫步天津街头，心头五味俱全。

回到东南城角草厂庵胡同的小院门前，奚正树醉眼惺忪摸到门锁，知道有人来过。走进院子，奚正树径直走向自己的房间，连声说夜深了歇息吧。

李菊五没有看出门锁的异样，却看出奚正树的异样，于是随声附和说夜深了歇息吧。

一夜无话。李菊五彻夜无眠，绞尽脑汁还是琢磨不透奚正树究竟是个什么样儿的日本人。

10

第二天一大早儿，住在南屋的李菊五起床的时候，看见奚正树身穿棉袍踱出北屋，手里拎着一只铜梁白瓷茶壶。李菊五连忙出屋，说我去水铺沏茶吧。奚正树脸上露出少有的笑容说让我去沏吧，然后从从容容走出院门。

那年月天津底层市民的生活习惯，早晨一睁开眼头一件事儿不是洗脸漱口而是拎着茶壶去水铺沏茶。除了三民主义，早晨喝茶几乎成了天津草民的信仰。

李菊五坐在屋里等待奚正树和茶壶。他认为奚君沏茶回来吃罢早点，也说该动弹着上路了。英租界太古码头的船班，往往是上午靠岸过午开航。

还是不见奚正树回来，李菊五走出屋子站在院里寻思着，渐渐觉出事情不大对头，抬腿朝着院门走去。

迈步走出院门迎面就遇到一个黑洞洞的枪口。对方压低声音命令他退回院里不许出门，口气冷硬。李菊五不敢反抗，一步步退了回来。两个手持短枪的汉子一步步跟了进来，迅速掩上院门。

其中那个戴墨光眼镜的汉子，手里的折扇此时已经变成短枪。李菊五暗暗寻思，一只假眼也能打枪啊？真是秃子当和尚——将就材料。

戴墨光眼镜的汉子拎着短枪埋伏在院门左侧，他的矮个儿同伙手持短枪隐蔽在院门右侧。他们不声不响等待奚正树拎着茶壶走进院门，然后逮捕。

李菊五呢，呆头呆脑木手木脚伫在院子中央，仿佛庄稼地里的稻草人儿。

院里院外静悄悄，丝毫不见奚正树归来的迹象。院门左右两个拿枪的汉子并不着急，就这样耗着。

李菊五的脑海里蓦然迸出灵感火花：奚正树手里拎着茶壶出门恰恰是为了麻痹对手，此时他肯定直接前往太古码头登轮而去了。

这样想着，李菊五觉得戴墨光眼镜的汉子设置的这个守株待兔的场面不仅愚蠢而且可笑。

两个手里有枪的汉子面露焦急之色。李菊五搬来一只凳子坐在院子中央，点燃一支烟卷儿悠悠抽了起来。

戴墨光眼镜的汉子伸出手枪指着李菊五说，你老实坐着不许动弹。然后两人拎着手枪冲出院门，疾速奔向街上的刘记水铺。

李菊五急于知道事情的结果，前脚儿跟着后脚儿跑出院门奔向水铺。刘记水铺坐落在居士林附近的小街上。

李菊五的判断基本准确。两位差爷跑到刘记水铺的时候奚正树已经绝尘而去。那只铜梁儿白色瓷壶摆在水铺灶台上，茶壶里还放了一包儿香片。两个持枪的汉子为了不惊动市面儿，已经将武器揣进怀里，盘问着刘记水铺的刘大。刘大告诉二位差爷，奚正树撂下茶壶之后微微一笑，然后就朝着东南城角方向去了。

东南城角一街之隔，就是日租界的大和街。戴墨光眼镜的汉子小声对同伴说，这好比鱼儿游到大海里去了。

李菊五赶到刘记水铺门前，看见摆在灶台上的白瓷茶壶就知道奚正树已经悄然离去。不知为什么他认为这只茶壶正是奚正树留给自己的纪念品。每逢端杯品茶，他都会想起那个日本人的。

戴墨光眼镜的汉子抓不着大鱼逮小虾——突然揪住李菊五的棉袍领子问道，你知道奚正树跑到什么地方去啦？

李菊五摇了摇头说不知道，然后他使劲儿挣脱对方的揪扯反问墨光眼镜，请问您是哪个衙门里的差爷，我这棉袍可没招您惹您啊。

戴墨光眼镜的汉子突然松手，李菊五的身子猛地朝后仰去。对方趁机抡圆胳膊捆了他一个大嘴巴。天津话称为"满脸花"。

李菊五不但吃了"满脸花"，还被人家给逮走了。水铺的刘大从未见过"便衣儿"打人的场面，吓傻了，根本就没弄明白这两位差爷究竟是哪座庙里的神。刘大所能做的事情只是将那只铜梁儿白瓷茶壶妥善保管起来，但愿它不要成为遗物。

李菊五吃官司的消息，随着初冬的小风儿刮到南市。小报记者姚壮阳头一个儿跑来采访。水铺刘大笨嘴拙腮描述着那两位差爷的穿装打扮模样长相，姚壮阳只能认为玉皇大帝派来了天兵天将。

紧跟而至的是大报记者吴朗夫。此公毕竟在《庸报》见过大棒槌，熟悉军警宪特，还懂得"中统军统"。听了水铺刘大的一番复述，吴朗夫二话没话扭头就走。小报记者追着大报记者请教个中缘由。吴朗夫嘱咐姚壮阳赶紧找个没苍蝇的地方忍着，别掺和这事儿。这一定是"蓝衣社"的人，CC系的贺衷寒先生的势力在中国北方是手眼通天的。

姚壮阳心里思忖。李菊五被逮走了，奚正树失踪了，只剩下一只茶壶存在刘记水铺。这里头到底是怎么回事儿谁也说不清楚。添灶撤兵，我赶紧走人吧。

李菊五当天傍黑儿就被放了出来。他直接去了日租界浪速街，为了防止戴墨光眼镜的汉子的跟踪，故意绕道意大利租界。李菊五来到樱花餐馆那间木屋里，独自喝着日本清酒，操着日语向冷脸儿女招待打听昨晚隔壁房间喝醉的那几位日本男子在何处高就。他的日语和小费起了作用，冷脸儿女招待告诉他，那几位日本男子都是横滨正金银行的职员，为首者是高桥先生。李菊五知道横滨正金银行坐落在天津英租界中街，心里踏实了，就独自饮酒。喝高了，他告诉冷脸儿女招待昨天举杯同醉的那位先生是日本人，对方连连摇头根本不信。

走出樱花餐馆，夜色之中未见有人跟踪，李菊五乘坐人力车回到东南城角草厂庵胡同的小院门前。不知为什么，夜深人静颇有恍若隔世的感觉。

奚正树居住的两间北房显然遭到搜查，凌乱不堪。李菊五呆呆望着人去屋空的景象，心里寻思着奚正树，仿佛是百年之前的人物，已然十分遥远。然而他被墨光眼镜汉子逮走的经历却十分清晰地留在脑海里，永生不忘。

李菊五是被狠狠塞进一辆小汽车然后驶往河北金家窑方向的。一座深宅大院的狭小房间里，一个身穿蓝色制服的白面书生模样的男子审问了他。对方语气平缓，显得有板有眼。李菊五在接受审问之前暗暗告诫自己，无论如何也不能招认自己知道奚正树是日本人，那样罪过就大了。历时两刻钟的单独审问，对念过北洋大学的李菊五来说是一次严峻考验。

问：李先生，您知道奚正树是什么人吗？

答：知道。奚正树是个闲人。

问：什么叫闲人呢？

答：一天到晚什么事儿也不干，四处溜达。有时手里拎着鸟笼子，有时手里搓着两个山核桃，有时……

问：您不要说了。我问您知道奚正树是哪里人吗？

答：知道，东北人。

问：您为什么说奚正树是东北人呢？

答：因为他东北口音。

问：您有没有想过奚正树根本就不是东北人？

答：没有。他满嘴大楂子味儿，为什么不是东北人呢？

此时，李菊五知道奚正树是日本人，但并不知道奚正树的真实身份就是一九一〇年来到中国的著名日本浪人西村正树。

审问似乎是在例行公事，不痛不痒就结束了。审问者突然绷起面孔，警告李菊五回家之后闭紧嘴巴不要说出今天的事情，否则只能给自己招灾惹祸。李菊五市井之徒懂得表里，朝着身穿蓝色制服的白面书生深深鞠了一躬，说多谢教诲。

听说李菊五被放回来了，第二天一早儿水铺刘大就把那只茶壶送了回来，并且打听奚正树的消息。李菊五心里说这辈子你也见不着奚正树啦。刘大说奚先生昨天嘱咐了，不要往壶里沏水。李菊五听了这话猜中壶里有东西，心跳骤然加快。

抱着茶壶坐在床前，他从壶里倒出一包儿香片。打开之后看见一张房屋租赁字据。奚正树已经交了全年租金。李菊五又被感动了。奚君留下这张字据用心良苦，无疑是关照他继续住在这座小院里而不用花钱。这个早日冒充中国人多年的小日本儿到底是什么人物呢？

这个念头促使他前往横滨正金银行拜访高桥先生。他脱下棉袍换上奚正树留下的西装，虽然半旧还是显得挺括。乘坐胶皮通过日租界路卡的时候遭到盘问，他称前往横滨正金银行，日本兵随即放行。但是李菊五在银行会客室里却受到冷遇。他操着日语向高桥先生打听奚正树其人，并且请求对方明确回答"奚正树"是否就是"西村正树"。身材瘦小的高桥避而不答李菊五的提问，却高谈阔论起来。他十分狂妄地给李菊五讲了一个故事。

李菊五听罢，问高桥先生这个故事是从哪里听来的。高桥刁蛮地笑了笑告诉李菊五，二十年前有个日本浪人给他讲了这个故事。

您说的这个日本浪人是谁呢？

高桥明确答道：西村正树。

李菊五眯缝着左眼瞄准高桥先生，说了声后会有期便起身告辞。

一路行走着，李菊五觉得晕头涨脑，好像喝醉了酒，但心里特别明白。他咒骂着自己，朝着回家的方向走去。出了英租界进入日租界，出了日租界进入华界，他恍恍惚惚走在南市东兴大街上。路过先得月饭庄的时候他想起自己穿的是奚正树的衣服，当即脱了西装上衣，随手扔进街边的泔水缸里，然后一屁股坐在"瘸子刘"门前的树墩上，扒下西装裤子，狠狠抛在地上，踩在脚下。他点燃一支烟卷儿使劲抽着，双唇微微颤抖起来。

李菊五穿着单衣单裤，一路上冻得哆哆嗦嗦，朝着东南城角走去。大街上的人们以为李菊五发烧，试探着向他打听天气。他放开嗓子大声喊叫。

从今往后谁也不许跟李某人打听天气啦！从今往后李某人再也不听日租界电台广播啦！

南市大街上的人们不知内情，都以为天气先生发疯了。

当天下午，水铺刘大看见李菊五背着一只大包袱，气哼哼从奚正树租赁的那座小院里搬了出来。他扔给刘大一串儿铜钥匙，大声说告诉房东这里没人住啦，租金也甭退啦。

水铺刘大不知李菊五怒从何来，眼瞅着他背着那只大包袱登上南马路上的白牌电车——消失了。

11

王丰池听说李菊五消失的消息，心里挺窝火。起初王丰池是想找到李菊五，讹他一只八哥儿的钱。后来闹出"贾家井骗案"，王丰池坐山观虎斗，没承想自己的得意弟子王金刚捅死了袁文会的徒弟孙子森，于是找李菊五讹钱的事儿也给耽误了。如今就连李菊五本人也消失了，好比竹篮打水一场空。人愈老心胸愈狭窄，王丰池一拨接一拨派出小混混儿，非要逮着李菊五不可。这真应了天津那句俗话：冬天逮蛐蛐儿——没影儿。

一天过午，玉壶春茶楼的经理满头大汗跑到东兴市场给老王爷送来一封信。王丰池以为是徒弟王金刚从外埠捎来的，捺下没拆。晚上请来心腹先生拆开一念，才知道是李菊五。信中李菊五先给老王爷请安，然后表示那只八哥儿虽为孙子森所杀，但菊五承担赔偿绝无二话。李菊五声称正在外埠商号充当司账，腊月返津当面谢罪云云。

念完这封信，心腹先生告诉王丰池，李菊五保证腊月还账。天津人素有"当年欠债当年还"的习俗。王丰池嘿嘿笑了，认为自己虎老而虎威犹在。他对李菊五的来信感到满意。

其时李菊五隐居在天津西头永丰屯老宅的一间厢房里，似乎是在闭门思过。家道中落，院里冷冷清清，屋里空空荡荡。他则足不出户，训练着一只大八哥儿，给它起名儿叫炸弹。堂弟充当他的助手，对"炸弹"这个名字很不理解。堂弟帮他驯鸟之余还为他研墨。堂弟不叫他菊五而是叫他真名翼飞。他苦笑说，这辈子是飞不起来啦。他伏案习字改写变体小楷。他左手执笔化名梁凤贞，颇有津西才女的味道，给《庸报》著名记者吴朗夫写了一封信，假借请教日本东亚同文会发起者近卫公爵生平事迹，拐弯抹角涉及大陆浪人西村正树其人。李菊五断定，吴朗夫极有可能不知道奚正树就是西村正树，但作为资深记者他应当粗晓日本浪人西村正树的有关资料。作为"贾家井鲤鱼"大骗局的同谋，李菊五非常了解吴朗夫的人品，只要女士来信，这家伙必复。吴朗夫的好色讲究品位，主要目标是猎取知识女性。

"梁凤贞"等待着吴朗夫回信的期间，就集中精力训练大八哥儿。想起自己当年养鹰玩鸟的公子哥儿生活，他颇为脸红的同时也庆幸自己拥有训练八哥儿的一技之长。

吴朗夫终于回信了，称梁凤贞为方家，并约"她"拨冗莅临报馆晤谈，交流治学心得。吴朗夫的来信谈及西村正树——奚正树的真身终于走出迷雾，容许李菊五仔细端详。

这就是曾经比邻而居的奚正树啊！李菊五感觉浑身发冷，然后他渐渐战栗起来。

西村正树，日本鹿儿岛人。出生之年适逢中日甲午战争爆发。十二岁开始学习汉语。一九一零年十六岁，他变卖家私自费来到中国，成为谍报志愿者。他扮成乞丐只身潜入旅顺口刺探情报被俄军抓获，后逃脱。从此西村正树以旅行家身份开始踏勘中国东北地区。他从山海关起步，经锦州到奉天，北上开原、铁岭和伊通，抵达吉林。经延边进入朝鲜北部，然后又北上宁古塔，沿牡丹江右岸到依兰，沿松花江走宾州、阿什河流域，随后又渡松花江到呼兰，西去齐齐哈尔……西村正树踏勘中国东北地区，乃是日本发现俄国正在修建远东新兴城市哈尔滨第一人。在此之前日本朝野无人知晓松花江畔出现了一座大型城市。三十年间西村正树不但全线踏勘了中国东北地区，而且徒步行走川陕云贵及长江三峡，总共云游中国十二个省，甚至到达缅甸、暹罗以及东南亚地区。西村正树间谍生涯的惊人壮举就是日俄战争期间他将旅顺要塞的地图文在胸前，昼伏夜行竟然爬回大连。完成任务之后他手持尖刀割去胸前皮肤声称"地图"献给天皇陛下，因此留下饼大的伤疤。西村正树鼓吹侵华战争，叫嚣日本新界就在中国大陆。三十年来他始终苦行僧般生活在中国底层社会，获取大量情报。他汉语流利，无人知晓他的真正身份。志愿者谍报生涯的花销巨大，他家财耗尽，一贫如洗。人到中年，他终止远行，主要活动范围停留在中国京津唐地区。

李菊五读罢吴朗夫信中关于奚正树的资料，目瞪口呆，受到无比强烈的震撼，他彻夜屋中踱步，不时发出自责的尖叫，仿佛受了重伤。

忠厚无知的堂弟以为堂兄是在排练剧本。李菊五中学时代就迷上了文明戏，是南开学校演剧队的头牌小生。

第二天一早儿他让堂弟去布铺扯二丈黄布，是那种被称为屎黄的斜纹儿。堂弟说这种颜色的黄布很少，最后跑到估衣街的瑞蚨祥，总算买着了。李菊五见到黄布非常高兴，当天晚饭桌上还跟堂弟喝了几盅酒。堂弟十分憨厚地问堂兄，既然能写能画为什么没有找到好差事做。李菊五被问窘了，只得承认自己是个凡夫俗子，终无大用。堂弟十分同情地笑了，说喝酒吧。

李菊五喝醉了，掩面大哭。堂弟束手无策，说堂兄不用发愁，你不是跟金猴子学会了变戏法儿吗？实在没辙你还能到邮局门口摆张桌子，代写书信。李菊五听堂弟说得这么实诚，便止住泪水说堂弟你哪里知道堂兄的心思啊。

李菊五关门闭户当上了裁缝。他隐在屋里调动着那两丈黄布，眯缝着左眼一针一线缝制着黄衣黄裤，还做了一顶黄帽子。说是为了驯鸟儿。他做针线活儿的神情看上去倒像是个木匠。冬季是漫长的，李菊五陷入沉思。有时就呆呆看着摆在桌上的那只铜梁儿白瓷茶壶，脸上露出苦笑。这个西村正树年富力强，三十年甘心充当无名英雄为什么突然离开天津返回祖国呢？作为民间谍报志愿者，天津乃是中国北方第一商埠，正是他侵华立功报效天皇的用武之地。奚正树你为什么急流勇退呢？奚正树你为了实现侵华理想不计名利不图安逸不近淫色，你究竟是个什么样子的男人呢？

李菊五久久沉浸在苦思冥想的深谷之中，难以自拔。

"三九"那天李菊五终于意识到，自己根本无法跨过"门槛"而走进西村正树的内心世界。这无形的"门槛"，仿佛就是难以逾越的山界，区分了两个种族：这边是中国人，那边是日本人。

李菊五觉得此时自己蹲在"门槛"这边儿，正闲着没事儿抽烟卷儿呢。不知为什么，他就是抬不起头来。

进入腊月之后，李菊五不得不承认自己是真正的俗人。这时候那只大八哥儿毕业了，学会了十几个单词并且有了记性。此时，李菊五并不知道奚正树已经安全回到日本的鹿儿岛，少小离家老大回。虽然家贫如洗并且营养不良，西村正树休息数日随即伏案撰写《天津志》，以此为大日本帝国的扩张宏图增砖添瓦。在此之前这位化名奚正树的志愿谍报者总共积累有关天津的资料八百六十八公斤，提前邮寄回国。（西村正树的《天津志》详细记载着这座中国北方大都市的全貌：水文地理、户籍人口、码头漕运、金融盐业、海产矿务、各国驻军、民间行会、监狱官衙……日本官方人士读罢该书初稿，称赞西村正树"远远比中国天津人更了解中国天津市"。）

话说腊月十六那天，李菊五胳膊上架着一只大八哥儿，出现在南市的东兴市场门前。小混混儿报告王丰池，说李菊五送八哥儿来了。这令王丰池感到惊喜。在此之前他以为李菊五是来送现金的。见到这只训练有素的大八哥儿，王丰池说了声发财，它立即跟着说发财。王丰池乐了，说这只八哥儿一定是大学毕业啊。李菊五说它能顶上一个留洋回来的博士。

李菊五告辞而去。回到天津西头永丰屯老宅，他眯小左眼，瞪大右眼，摊纸蘸墨给南市芦庄子的袁文会公馆写了一封匿名信，还是左手变体小楷。

堂弟出去寄信了。李菊五坐在桌前满面羞惭自言自语说，我这人真没劲，小打儿小闹儿弄出这阿猫阿狗的响动，还觍着脸藏在家里硬充好汉呢。

四天之后，阴狠毒辣的袁文会陪着日本宪兵队岛田大佐突访东兴市场。王丰池毫无思想准备，慌忙出迎。岛田大佐身披黄呢大衣，径直走向王丰池的客厅。

落在架子上的大八哥儿颇受王丰池宠爱，因此它心情很好。岛田大佐身着黄呢军装，身后跟着两个卫兵，咔咔走了进来。八哥儿看见这种熟悉的黄色，立即张口说话。这其实是鸟类的条件反射。

操，小日本儿！操，小日本儿！操……

岛田大佐听了个满耳，匿名信提供的情报果然不虚。这位宪兵长官倏地变了脸色转身离开客厅。袁文会老鹰似的目光死死盯着王丰池。老王爷你的八哥儿辱骂大日本帝国，是一只共产党派来的鸟儿吧？

王丰池浑身颤抖，脸色成了白纸。

袁文会嘿嘿笑着请王丰池前往海光寺的日本宪兵司令部走一趟。

王丰池的大宅院，已经被袁文会的便衣队给包围了，不费一枪一弹老混混儿王丰池就被袁文会拿下。就这样南市彻底成了袁文会的独家天下。

十天之后正是腊月三十儿，五十八岁的王丰池病死狱中。这个老混混儿连年关也没闯过去，真可谓英雄气短。

李菊五是大年初一听说王丰池死讯的。明明是除暴安良可他依然面无喜色，一派郁郁不得志的表情，整天独自闷在屋里喝着闷酒。

我李菊五小打儿小闹儿干的这点事儿，跟人家比起来算个屁呀！

后来，李菊五又不声不响干了几件事情，譬如他在汉奸袁文会的父亲七十大寿那天寄去一张"恕报不周"的丧报儿，气得袁老太爷"弹了弦子"。譬如他用日文给日本宪兵司令部岛田大佐写匿名信，指责"海河浮尸案"系日本特务所为，杀害华工罪恶滔天。这所谓小打儿小闹儿在芸芸众生眼里简直就是惊天动地的壮举了。可李菊五还是沉着面孔欢喜不起来，总是对自己极不满意的样子。堂弟以为堂兄的脑子出了毛病，心里很为他着急。李菊五果然添了毛病，总是喃喃不止，说自己是个窝囊废。

李菊五知道自己是被一个影子给罩住了。

七七事变的前半年，长期处于自我责难之中的李菊五在天津西头永丰屯的祖传老宅里郁悒而死，终年三十八岁。据说他生前认定自己是个小事儿做不来大事儿又不敢做的庸才，因此早早就给自己写好了墓碑：天津俗人李菊五之墓。

李菊五的字儿，不错，在颜柳之间。

日本国鹿儿岛，隐居乡间专心著书的西村正树（奚正树）对此一无所知，但是他在日文《天津志》第二十六章"天津民间人物录"里还是将李菊五写了进去。

关于李菊五的职业，西村正树秉笔写道：变戏法儿的。

天津娃娃

天津方言里的"娃娃"跟西北方言里的"娃娃"有所不同。西北的"娃娃"指的是小孩儿,口语里无论男孩儿女孩儿都叫"娃娃",生动形象经久耐用。天津的"娃娃"则不是寻常意义的小孩儿。天津的娃娃是一块泥巴。泥巴?无论什么事情只要到了天津就会变得纷繁复杂。关于"天津娃娃"的典故解释起来也绝非三言两语。这事儿只能从头说起。

宋朝末年出生于福建莆田的林默娘,"生而神异,有殊相,能知人祸福,拯人急难",她只活了二十七岁即升天成为海神。浙闽粤沿海的渔民奉她为"天妃",台湾及澎湖列岛的船家供她为"妈祖"。自从元代南粮北运改走海路,南方船队千里迢迢驶进大沽口,天津当时名为"海津镇",成为重要的卸粮码头,然后转港运往元大都(今天的北京)。林默娘的神灵随着千里樯帆抵达海河主航道。水手们传说夜航遇到狂风巨浪,海天随即升起盏盏红灯,这便是天妃妈祖前来救难。因此南来北往的渔户船家遂在天津海河两岸建立庙宇,称为"天妃宫"。建于一三一六年的坐落在大直沽的天妃宫称为"东庙",多年之后被八国联军战火所毁。建于一三二六年的坐落在小直沽的天妃宫称为"西庙",幸免于难保存下来。有竹枝词为证:庙貌权舆泰定中,今年卜得顺帆风;三岔河口如云舶,都祷灵慈天妃宫。

尽管有竹枝词为证,事情还是起了变化。人家林默娘原本是保佑船

89

夫渔民的海神，落户三岔河口之后受到天津群众的顶礼膜拜，渐渐被改了身份——变成送子娘娘。同时增加豆浆哥哥和王三奶奶诸位本埠神灵，天妃宫内涵扩而大之。从此以后，前来天妃宫跪拜祈祷一帆风顺的赤脚船老大，逐渐变成焚香乞求生儿育女的花袄小媳妇。这正是本埠文化与外来神灵的融溶。天妃宫这座庙宇的主题悄然遭到替换：万里碧波的英勇航行变成了三尺炕头的呻吟分娩。

可是天妃宫与天津娃娃究竟有什么关系呢？

当然有。既然海神妈祖已经转业成为送子娘娘，天妃宫的"娃娃"应运而生。天妃宫大街也随即出现几家"娃娃铺"，泥巴生意一本万利火爆兴隆。这就形成了天津独有的"拴娃娃"民间习俗。

天妃宫俗称"娘娘宫"，正殿里的"拴娃娃"其实就是世俗的求子方式，这种场面非常有趣，甚至显出几分滑稽：前来求子的小媳妇上香许愿，然后跪拜天妃，祈祷早得贵子。天妃宝座前面的供案上摆着一堆泥娃娃，小媳妇起身走到功德箱前掏钱捐了香火。此时站立一旁的道士故意闭目悠然击磬。小媳妇呢则趁机伸手偷得一个泥娃娃，揣进怀里转身疾去。快步走出正殿随即掏出一根红绒绳儿将娃娃拴住，谨防走失。出了天妃宫大门这事儿就妥啦。您就回家等着怀孕吧。令人感到滑稽的是，小媳妇偷偷摸摸"拴娃娃"弄得空气十分紧张，其实道士只是佯作不知而已。人家小媳妇捐了香火钱，拿个娃娃实属公平交易。不过这仅仅是开始，大头儿的花销还在后边呢。有道是天妃慈航有求必应。小媳妇拴娃娃回家，翌年喜得贵子，这娃娃可就是"大哥"了，婴儿则排行在二，是弟弟。随着弟弟的成长，年年都要将"娃娃大哥"送到天妃宫大街上的娃娃铺去"洗"。所谓"洗娃娃"就是花钱从娃娃铺里换个新的"娃娃大哥"回来。天长日久年年洗，娃娃大哥长大成人穿上长袍马褂，渐渐留起胡子变成大伯伯，逢年过节全家供奉。久而久之娃娃大哥甚至"洗"成了老太爷——享受着儿孙满堂的天伦之乐。一直到弟弟老终，娃娃大哥这才被家人厚葬升天。那年头天津卫四世同堂的家庭很多，因此百岁高龄的"娃娃大哥"并不鲜见。

由于几乎家家拥有"娃娃大哥"，因此天津卫的男孩儿在家行大的极少。当时天津大街上若是两位素不相识的男子初次结交，拱手行礼彼此互称"二爷"。为什么互相称呼二爷呢？因为大爷乃是蹲在家里供案上的泥胎娃娃大哥。那时节大街上天津男人与外埠老客儿嚼呛起来，也总爱挑起大拇哥自称"天津卫娃娃"，其时这只是炫耀城里人的身份，并不是将自己比喻为一块泥巴。

这就是天津卫娃娃大哥的掌故。

1

话说民国六年也就是一九一七年九月间天津洪水泛滥全城淹没，十万百姓沦为水族，无家可归。天妃宫神灵所在果然神灵，洪水不犯门槛，沿街而去。四十天之后大水退尽，天妃宫神灵避水的消息轰动天津四城十八乡七十二沽，于是香火更盛，善男信女谢恩祈福人流如织。进了腊月海河结冰大地封冻，临近过年的天妃宫大街上更是热闹。卖闷葫芦的卖吊钱儿的卖灯笼的卖簪花儿的卖窗户眼儿的，胡同里还有卖闺女的……大灾之后无大疫，天津卫的老百姓照样儿迎接新年。没味儿的日子被严寒冻得嘣嘣作响，既结实又脆弱。

一辆崭新的马拉轿车过了官银号嗒嗒驶进宫北大街，朝着天妃宫方向来了。不一会儿，马拉轿车缓缓停在天妃宫门前的小广场上。精瘦的车夫伸手撩开门帘儿，一个穿着蓝缎子棉裤红缎子棉袄的小媳妇走下车来。她不胖不瘦不高不矮，圆脸蛋杏核眼，模样周正身段俏美，显得特别受看。她走下马车伸手拢了拢乌黑的纂发，扭儿扭儿走进天妃宫。她是谁呀？这位红袄蓝裤的小媳妇立即引起天妃宫大门两侧小摊贩们的注意。

无论是年是节，前来天妃宫求子的小媳妇，要么跟着爷们，要么由娘家妈陪着，顶不济还有姊妹伴随。蹦单儿的极少。今儿这位独来独往的小媳妇显然不是来自贫苦人家。人们纷纷猜测着，猜了六榖也没猜出子丑寅卯来。

其实只要说出她是河北大街"兴奉军衣庄"王家少奶奶——乔氏，也就无人不知无人不晓了。但是人们也会撇嘴一笑说："嗨，这是六月十八的财主啊！"平民百姓的表情里明显流露出几分蔑视。

天津文化底蕴不深，偏偏却有掉书袋的臭毛病。"六月十八的财主"是什么意思呢？这难免又要解释一番。

公元一九〇〇年七月十三日，正是华历六月十八，八国联军以强凌弱攻陷天津城。攻击南门的是日本敢死队，他们炸开瓮城冲向鼓楼，沿途清兵与义和拳民死伤无数，积尸成山，流血成河。就在这种危难时刻，不知从哪儿冒出一群不忠不义不仁不孝的天津汉子趁乱哄抢北门里大街上的四家金银首饰楼。八国联军的子弹满天乱飞，这一群王八蛋满心窃喜背着装满金银财宝的大口袋，四散了。有的半道上被流弹击中，搭上了性命。有的福大命大造化大，一路狂奔安全回家可就发了横财。话说家住北门里油房胡同的嘎小子王瑰三就是这么一个幸运儿。贼人傻相的王瑰三回到家里将那只沉甸甸的大口袋藏在小阁楼里，搂着媳妇孟氏不住地亲嘴儿，说这次咱家可发了横财啦。十七岁的孟氏激动得从小阁楼的大口袋里抓出一堆金溜子，一只只往手上戴，金光灿灿总共戴了十只，美得小媳妇浑身乱颤，连声说我这是两只金手啊。王瑰三说，金手金腿金屁股，我现在就能让你变成金人。孟氏扑在丈夫怀里撒娇，说我给你生个金孩子。王瑰三嘎笑着指了指自己裤裆说，那我得有根金棒槌。孟氏就骂丈夫是坏种。

一连几天王瑰三足不出户，躲在家里伪装没事儿人。兵乱平息市面趋于太平，二十二岁的王瑰三也跟那拨子幸运儿一样，成了"一口吃个胖子"的暴发户，腰缠万贯一步登天。天津人那年月还是颇具正义感的，众口一词将这拨儿来路不正的暴发户贬称为"六月十八的财主"，以此区别庚子兵乱之前已然事业有成家境殷实的富豪士绅。

不过王瑰三更为幸运，庚子兵乱之前他是日本仁记洋行的伯役，为东洋人挑水扫地干杂活儿。庚子事变之后八国联军遂向清廷索赔战争损失，也就是"庚子赔款"。于是各国在天津开设的洋行纷纷行动起来，竞相开列"战争损失赔偿细目"，趁机狮子大张口讹诈清廷。不讹白不讹。仁记洋行的日本襄理小山勉之，早年是个日本浪人，他无一日不醉，两眼充满血丝。这个酒鬼嘿嘿笑着称赞王瑰三的媳妇孟氏标致，王瑰三立即将小山襄理请到家中做客，终于见到孟氏。第二天小山就将王瑰三列入索赔人员名单。于是已然发了国难财的王瑰三又俨然以战争受害者的名义开出索赔细目，声称自己由于拳匪祸乱损失出口德国猪鬃六十大包、出口日本麻油一百二十大桶以及进口英国轧花机一台。八国联军都统衙门管辖津郡事务的第三个月，王瑰三如数得到"战争赔偿"。年轻力壮的王瑰三异常兴奋，不失文雅地大声欢呼：我×的！

事成之后为了感激酒鬼小山勉之，装傻充愣的王瑰三将自己媳妇孟氏献上，以尽地主之谊。十七岁的孟氏初为人妇，又鲜又嫩好似一枝花。醉醺醺色眯眯的小山勉之欣然笑纳，迁往山东威海卫供职。转让妻子之后，王瑰三成为一条崭新的光棍。

王瑰三随即携带钱财隐居起来，说是去了盛产美女的鱼米之乡胜芳。反正人们三年没有见到他的踪影。正是在这三年里，那拨儿被人们称为"六月十八的财主"的暴发户们，由于小人乍富，不善理财，十有八九人及时行乐一掷千金，吃喝嫖赌抽，未及两年光景便将手中钱财挥霍殆尽，坑蒙拐骗偷，重返狗食行列。天津俗话说，来得不明，去得模糊。"六月十八的财主"虽然天降红运，但是来也匆匆去也匆匆，在这纷杂混乱的世道上只是充当了过路财神而已。王瑰三可不是过路财神。天津卫"六月十八的财主"纷纷遭到"现世报"，唯他硕果仅存。他小心翼翼奠基着王氏家业。三年之后重出江湖，也不知道他动用什么手段竟然跟奉系军需部被服处的麻德田处长攀上关系。王瑰三拿出这几年的积蓄在河北大街上买了一拉溜儿六间大门面，不动声色挂出"兴奉军衣庄"的招牌，专门为张作霖的奉系部队制作军衣。"奉张"雄踞中国北方兵多卒广，赛过当年曹孟德下江东的八十三万人马。俗话说当兵的是"夏穿布、冬穿棉；七尺裤子八尺袄"，王瑰三的兴奉军衣庄利润可想而知。就这样出身贫寒的王瑰三去邪归正，摇身变为津门故里的正统富绅。尽管如此，知根知底的人们私下还是称他"六月十八的财主"。看来中国的"出身论"颇有历史传统。

王瑰三依然不动声色。这家伙真有一股子韧劲儿，埋头创业过了而立之年他才娶亲。他妻子小他十几岁，就是南河沿"烧锅乔家"的乔二小姐，乳名莞儿。在此之前他悄然在北门里大街的报功寺胡里置了一座大宅院，不知何意还在院里矗天矗地立了一根粗大的旗杆。王瑰三真是人物，一改天津人大办喜事的旧俗，只请了奉系军需部被服处的麻德田处长以及几位知己，喝一喝喜酒闹一闹洞房。王瑰三指着旗杆顶端请麻德田处长抬头观看。原来新婚之日王家大院旗杆上飘扬的是奉军军旗。麻德田大喜，说这事情要是让张大帅知道了兴许就封你个文职参议。王瑰三拱手表示，吃张大帅的饭就要挂张大帅的旗子。新娘子趁机为麻德田处长捧上热茶，楚楚可人。乔莞儿羞羞答答的表情使婚宴气氛达到高潮。过了而立走向不惑的王瑰三，可谓功成名就，金屋藏娇。

美中也有不足。那就是爱妻乔莞儿结婚两年腹部依旧一马平川不见丘陵。年近不惑的王瑰三心里起急，莫非我这个"六月十八的财主"非要遭到断后的报应不可？年方二十的小媳妇心里也不平静，唯恐别人讥讽自己是个实芯子。危机日深，两口子坐在一起商量生育大计。王瑰三说，当初我娘也是婚后不孕就到天妃宫拴了个娃娃回来，第二年就生下了我。千头万绪归根结底就是一句话，娃娃大哥好。乔莞儿从小就知道送子娘娘。听了丈夫的话她仿佛得了令箭，拿定主意前往天妃宫上香求子。

红袄绿裤的乔莞儿跪在娘娘宝座前奉香祈祷，发心许愿企盼早日立子。她依照规矩往功德箱里捐了香火钱，趁着道士闭目击磬，伸手从案上拿了个娃娃揣进怀里，然后扭摆着细腰儿快步走出天妃宫大殿。

经过四大金刚的前殿，乔莞儿忽然看见一个熟悉的身影，就喊了一声表哥。这时候神情恍惚的郭吟秋转过身来，目光凝凝注视着表妹乔莞儿。乔莞儿走上前去问身材细高脸色苍白的表哥跑到天妃宫做什么。郭吟秋皱着眉头说作诗。乔莞儿听罢哧哧笑了。她的笑声环绕在四大金刚脚下，香味扑鼻。

乔莞儿二话不说走出天妃宫大门，远远看见车夫正跨在朝阳的车辕上冲盹儿。她小步一串儿走到车前掏出银圆扔给车夫，说天冷去茶馆里暖和个时辰。车夫接过赏钱连连谢恩，一溜烟儿跑向候家后妓院打茶围去了。

郭吟秋住家不远，就在天妃宫附近的袜子胡同。乔莞儿怀里揣着拴来的娃娃，心中暗说这才叫搂草打兔子呢。她不慌不忙随着诗兴大发的表哥走进那条清静小巷。

2

一九一八年十一月十四日凌晨，天津北门里大街报功寺胡同一座高大宅院里王家少奶奶乔莞儿难产，疼得她哭爹号娘，差一点儿喊出表哥的名字。天津城里的著名接生婆郝姥姥严防死守六个时辰，终于从母体里拽出一条小性命，瘦得活像一只狸猫。屋外苦苦等候的王瑰三得知媳妇乔氏生了男孩儿，放声大笑遂即起名王恭，说这是天妃娘娘的恩典。不惑之年终于得子，王瑰三喜不自禁。这时候的"兴奉军衣庄王家"已经成为天津北门里大街上数一数二的新进富户。

王恭行二。王恭没法儿不行二。老大是蹲在供案上的娃娃大哥，人家整天不言不语颇有兄长风度。过了"百岁儿"，乔莞儿看出王恭不是寻常孩子。他不哭不笑不扑不闹，似乎生来就有城府，即使偶尔露出笑容，那八成是往外掏坏呢。譬如吃奶的时候他往往慢慢吮着令人放松戒备，猝不及防突然狠咬母亲乳头，疼得乔莞儿差一点儿又喊出表哥的名字。这到底是个什么孩子呢？兴许是饿死鬼投胎——见了肉就咬。乔莞儿暗自思忖着，认为自己没有对不起送子娘娘的地方。谁让天妃宫紧挨着袜子胡同呢。可不知为什么她思来想去心里总是不踏实。到了春暖花开的节气，王瑰三去外埠购货，一走就是十天。乔莞儿独自在家成了自由新女性。一大早儿她给王恭喂饱奶水让孩子睡了，吩咐小丫头桂花用心看守着小家伙。这时院里车夫早已套好车马，她扭着发胖的腰肢坐上轿车。天津卫俗话说，许愿必还，日子赛过蜜甜，许愿不还，日子赛过黄连。乔莞儿急匆匆出了家门就是去天妃宫还愿。

乔莞儿前脚儿出门，屋里的王二爷就醒了。这个年龄只有半岁的天津娃娃不像寻常孩子那样醒了就哭，而是眨着小眼睛南观北望东瞅西瞧，活赛小探子。

桂花只有七岁，她是春天乔莞儿从大街上花四块银圆买来当丫头的。同时这位大少奶奶还花两块银圆买了一只波斯猫。七岁的桂花寄人篱下懂事很早。她看出王恭不是寻常孩子，站在床前小心小意伺候着。

嘿嘿……小王恭小嘴一咧竟然乐了。桂花慌了，如临大敌不知所措。

仿佛玩了一把兵不厌诈的游戏，眨眼之间人小鬼大的王恭又睡着了。桂花站在床前心里寻思着，这孩子一惊一乍真是吓人唬啦的。

春风融融撩人心动。乔莞儿的轿车一路小跑儿到了天妃宫门前。她依然扭摆着腰肢走进天妃宫大殿，却没了昔日的纤细，显出了此时的丰腴。天妃依然天妃，慈眉善目注视着由瘦变肥的乔莞儿。满怀虔诚的乔莞儿跪拜娘娘宝座，心中高呼天妃慈航赐子，保佑吾儿安康。之后她起身走到道士面前，双手敬上一张官银号的银票，说是要为娘娘重塑金身。道士接过银票一眼瞥见数额巨大，连忙请教大少奶奶宝宅何处。乔莞儿微微一笑告诉道士只为还愿不为留名。道士默然，目送她走出大殿。

郭吟秋站在大殿门外的院子里，远远注视着乔莞儿。似乎是心有灵犀，自从她分娩以来这是表哥与表妹首次会面。他看出表妹胖了；她看出表哥瘦了。胖了的乔莞儿朝着瘦了的郭吟秋走过去。双方不言不语对视着，好一番充满诗意的沉默。此时的郭吟秋越发显得文弱，脸色苍白，张口就说有诗献给孩子，说着就从怀里掏出一只丝绸手帕。乔莞儿连连摆手说，有话就到家里去说吧。郭吟秋怔了怔，顿时面露喜色，转身前面引路。乔莞儿面带微笑目不斜视，如过无人之境，从从容容跟着表哥走向袜子胡同。

郭吟秋其实是个半文半商的人物，"之乎者也"的同时经营着一家南纸局，就在天妃宫大街上。乔莞儿天性活泼好奇，穿衣裳呢喜欢赤橙黄绿青蓝紫，杂色；吃东西呢喜欢酸甜苦辣咸，五味俱全；接触男人呢喜欢郭吟秋这样的角色——有时局促有时勇猛有时斯文有时鲁莽……有荤有素有肉有汤，不伦不类的郭吟秋在乔莞儿心目之中恰恰胜似一桌满汉全席。她平时坐在家里咂嘴回味，暗暗认为表哥的味道好极了。

郭吟秋的住家是一座青砖小院。他二十四岁不曾婚娶，雇了一个哑巴老头儿管理家务。表哥领着表妹走进院子，径直来到书房。郭吟秋进了书房一把就将乔莞儿搂在怀里，力气极猛。他连声问她孩子长得像谁。乔莞儿最喜欢表哥这种文人的粗劲儿，咯咯笑着说孩子长得像袁大总统。郭吟秋更是喜欢表妹这种泼劲儿，就抱她坐在身上喘着粗气问，你怎么知道袁大总统长得什么样子。乔莞儿伸出手指戳着表哥的脑门儿说，你这个书呆子哪块儿银圆上没有袁大头啊。一句话说得郭吟秋恍然大悟。两人滚作一处，颠鸾倒凤。

郭吟秋在丝绸手帕上题了《喜得贵子》的四句打油诗，他胆大妄为敢于偷偷给王瑰三制作绿色头盔，却不敢使用过于显眼的"藏头法"，只是将"郭吟秋"三字散乱分布在诗里，以此表明自己身为王恭生父的地位。

姓王名恭字敬之，秋光乍泄不觉迟，

天妃宫里吟心愿，城郭喜逢旧巷识。

郭吟秋的四句打油诗，已然将王恭的身世说得清清楚楚。这个来历不同寻常的天津娃娃必将拥有不同寻常的经历。

喜得贵子的郭吟秋得寸进尺，渐渐不愿意跟乔莞儿做这种偷偷摸摸的"泥窝夫妻"，打算浮出水面。他将自己的想法告诉了对方，说一定要把你们娘儿俩娶回来，咱们正式成为一家人。没承想他的宏图大志只得到表妹一个笑吟吟的回答：你放狗屁！

郭吟秋知道乔莞儿过惯了衣来伸手饭来张口的富贵生活，自己这个半文半商的南纸局经理恐怕难以养活娇娘贵子。他只得怨恨自己无能。文人脆弱，郭吟秋心灰意冷自暴自弃，添了个酒后痛哭的毛病。哭完了还不耽误吃饭。乔莞儿觉得很好，认为表哥愈变愈有味儿了。她隔三岔五地就到郭吟秋住的胡同去补袜子。这种露水夫妻的生活就这样维持着。

人间万事总是要变化的。

光阴荏苒。王恭七岁那年，父亲四十八。一天晚上王瑰三醉酒归家，夜间勉强上马，早晨起床遽然中风，半身不遂"弹了弦子"。此时兴奉军衣庄鼎盛时期已经过去，生意渐不如前。一时间内外告急，郭吟秋终于赢得大好时机，堂而皇之以王恭"表舅"的身份大步走进王家大院，辅佐乔莞儿管理家政。乔莞儿一手把持着兴奉军衣庄的权力，亲自出马跟奉系麻德田处长打交道谈生意，别人根本插不进手脚。这就是女人的精明之处。

初露峥嵘的乔莞儿临时走上领导岗位，也不知身后有谁给她撑腰，反正她竭尽全力保本固元，未使王家基业遭受致命伤害。与此同时，暗恋多年的表哥郭吟秋也顺理成章走进家门，真是两全其美。

王家大院里的旗杆底下，伶牙俐齿的王恭瞪大眼睛看着从天而降的表舅，仿佛是在观赏着一只老马猴儿。郭吟秋终于见到了自己的亲生儿子，不禁"发乎情"热泪盈眶。他伸手摸着王恭的头顶，悲喜交加。

王恭奶声奶气说，表舅你烧香了吗就摸我佛头啊？

童子口中出箴言。郭吟秋心头一惊，憋着嗓子不敢出声儿。他不由自主退了两步，仔细端详着这个姓王的天津娃娃。

王恭奶声奶气接着说，表舅你看吗？我脸上又没写着大悲咒。

郭吟秋惊得五官挪位双手颤抖，连声念叨着佛祖慈悲。这大悲咒可是佛经啊。六岁娃娃万事通，八成是天上的童子转世吧？

心里这样寻思着，郭吟秋围绕着王恭转悠了两圈儿。

王恭还是奶声奶气说，表舅你这是转圈儿磨豆腐呢？

郭吟秋又急又气说，你小子当我是拉磨的驴啊。

王恭的脸蛋儿好似一块石头，毫无表情注视着这个亦文亦商的表舅。乔莞儿跑过来叫王恭回屋去喝莲子羹。郭吟秋趁机小声告诉她，王恭兴许是天上童子转世。乔莞儿毕竟是天津卫的小媳妇，朝着表哥飞了个媚眼儿骂了声书呆子，说孩子要是天上童子投胎，你可就是神仙的亲爹啦。表妹一句话说得郭吟秋浑身热血沸腾四肢难以自持，摇摇晃晃进屋歇着去了。

这一幕活剧王瑰三全都看在眼里，可是一点儿辙也没有。英雄垂暮最可怜。昔日精明强干的"六月十八的财主"，此时嘴歪眼斜坐在木轮车上，淌着涎液含混不清说着：我……×……的……

天地之间有杆秤。这个来路不正的财主终于遭到报应，眼巴巴看着人家表兄表妹明铺暗盖里出外进，有滋有味过起了小日子。

乔莞儿手一份嘴一份，是个骚嘴不骚心的女人。她对王瑰三并不虐待，知冷知热有食有水，比饲养牲口更为精心。

郭吟秋为人也不歹毒，一大早儿王瑰三坐在木轮车上，郭吟秋推着他在院里转悠，极尽扛长工之职责。下午呢他必然吟诵一篇古文给王瑰

99

三开蒙，尽管这是酸腐文人的对牛弹琴。吃晚饭的时候郭吟秋总是要喝两盅小酒儿，绝不醉。他端起酒盅从来不忘主家，必须对王瑰三说一声我敬您啦，然后一饮而尽。吃完晚饭郭吟秋推起木轮车送王瑰三前往北马路的园子里看戏。半身不遂的王瑰三从来就不爱看戏，只要木轮车一推进戏园他就呼呼大睡。其实是王瑰三陪着郭吟秋看戏。人到中年却患了这种不能自主的疾病，"六月十八的财主"真是受了洋罪。散了戏，郭吟秋推着木轮车回家，进了院门径直将王瑰三推进那间"寡人独居"的东厢房，床前依次摆好水杯和尿壶，这就算是道了晚安。出了东厢房，郭吟秋的本职工作正式开始——走进主妇屋里搂着乔莞儿睡觉。这个半吊子文人经常梦见长大成人的王恭大声叫他爸爸。醒了他将美梦讲给被窝里的女人听。乔莞儿就犯骚发浪，然后哧哧笑着说王恭的亲爹不是别人就是银圆上的袁大总统。

独居东厢房里的王瑰三疾病缠身不能自理，除了含混不清地骂上几句，只得苟且偷生。然而令他唯一感到欣慰的就是王恭的小模样儿越长越像自己。无论是五官身段还是神情举止，都能说明王恭是王瑰三的亲生儿子。宏伟的目标鼓舞着他。因此王瑰三顽强地存活着，仿佛一棵永不枯死的老树。他心里盼望着儿子快快长大收复失地中兴家业，重整河山待后生。

小二爷王恭对大人们的心思一无所知。他在这样的环境里一天天长大。蹲在供案上的娃娃大哥也是年年"洗"年年长，哥儿俩一块儿成长起来。

好酒不怕埋得深，挖出来更好喝。好菜不怕桌子大，站起来夹菜更好吃。好娃娃的故事还在后头，伸长脖子更好听。必须说明的是，七岁那年天津娃娃王恭已经从王瑰三嘴里学会这句惊世骇俗的感叹词：我×的！

王家大院里专门伺候王恭的是小丫头桂花。这个细眉细眼的女孩儿必将成为王恭成长的见证人。王恭长到八岁，一天突然抓住桂花的胳膊低声问道，你说谁是我爹。桂花不知如何回答，只得搪塞说，这还用问吗你爹就是你爹呗。王恭目光凶狠盯着桂花。这目光令桂花不寒而栗。

这是公元一九二六年秋天的事情。

3

几年时光如流水。王家大院专门伺候王恭的还是小丫头桂花。其实她已经是大丫头了，十七。细眉细眼的桂花营养不良身材干瘪，如同一株缺水的小树儿。王恭平日里倒不缺少滋润，可是看上去活赛瘦猴儿。

王瑰三早在当年就立下规矩，小孩子吃饭不上桌。这条规矩使王恭赢得了空前自由，一日三餐只有桂花陪他。小小饭桌上瘦猴儿王恭俨然落草为寇的山大王，十七岁的桂花绞尽脑汁也斗不过十一岁的王恭。她以为小孩儿听不懂的话，王恭早听懂了；她以为小孩儿看不透的事，王恭早看透了。桂花也不知道王恭究竟随谁，这孩子从小就喜欢荤腥儿，满嘴臭话。王恭也不隐讳，公然宣称自己是曲久的徒弟。桂花问他曲久是谁。王恭说曲久是他姥姥家酒坊里的账房先生。桂花认为教小孩儿学坏的人，将来一定是要下地狱的。曲久就是。

端午节了，吃粽子。桂花给王恭剥开个枣泥馅儿的。王恭不吃，非让桂花猜谜语。为了让这位小二爷吃粽子，桂花同意猜谜。

王恭一本正经大声说出谜面：

"一个白馒头掰两半儿，里面夹着黄豆馅儿。"

十七岁的桂花皱着眉头想了想，嫣然说猜着了，然后胸有成竹大声说，是过年吃的"豆馅儿馒头"。

十一岁的王恭嘻嘻笑着说不是豆馅儿馒头。桂花急了，说没错就是豆馅儿馒头。

王恭摇头晃脑说出谜底，桂花就是你蹲在茅厕里的白屁股。

桂花腾地满脸通红，她为自己暴露无遗的白屁股而感到羞臊。接着她想到茅厕里的"黄豆馅"，不禁胃里一阵恶心，蹲在地上大口呕吐起来。

王恭慈善家似的站在桂花面前慢条斯理说，你以后要是怀了我的孩子，害口时也得这么呕吐。

桂花终于爆发了，霍地站起身来大声说，小二爷你十一岁的孩子怎么吗事儿都知道呢？我看你早晚也得变成呼风唤雨的妖孽！瘦猴儿似的王恭不急不恼说，我要是变成妖孽啊，就先弄你去做压寨夫人。

王恭嗜谜成瘾，经常逼着桂花猜这种令人难以启齿的谜语：

"撩开被窝儿，伸手往里摸，扒开两条腿，直奔眼儿上搁。"

桂花毕竟十七了，一听这猜语就知道说的是男女之间摸黑儿的事情。她双手捂脸央求王恭闭嘴。王恭嬉皮笑脸说，你猜啊你猜啊。桂花的脸越捂越严，说太牙碜啦我不猜。

王恭主动说出谜底。我告诉你吧桂花，这是个老头儿打开眼镜盒儿，撩起绒布拿出老花镜，掰开两条眼镜腿儿，然后呢戴在脸上。

桂花听罢松开双手，瞪大眼睛呆呆看着王恭。小二爷我又让你给涮啦！这段儿也是那个混账曲久教给你的吧？

就这样，十一岁的小二爷王恭轻而易举欺负了十七岁的大丫头桂花。桂花虽为丫头也曾劝诫王恭，说你念一念《千字文》《名贤集》吧，总比满嘴臭话强得多。王恭龇牙笑着说，念书？你这是害我呢。桂花就在心里寻思，王恭这路空前绝后的小怪物儿到底是谁的后代呢？天津建卫设府几百年来兴许也没见过这种活宝。

桂花跑到大少奶奶面前告状。乔莞儿听罢显得十分开心，咯咯笑着说这孩子真哏儿啊。桂花知道王恭没治了。

不冷不热的节气，正是王恭作妖的大好时机。这天一大早儿，小二爷没影儿了。他睡觉的屋里并不凌乱，只是娃娃大哥被他罩在尿盆儿里，不知是何用意。其余地方均无厮打迹象。为了寻找有关王恭的线索，全家闹得人仰马翻鸡飞狗跳。

乔莞儿虽然具有樊梨花的风采，但情急之中还是抬手打了桂花一个大嘴巴，骂她是个废物丫头，连个小毛孩子都看守不住。

院子里王瑰三坐在木轮车上含糊不清连声喊着：我儿啊……我儿啊……

郭吟秋犯了文人性情，颇为失态地围绕院里的大旗杆喃喃不止：我的儿子跑到哪里去啦？我的儿子跑到哪里去啦？

桂花捂着被大少奶奶打疼的脸蛋儿，心里暗暗思忖着。这么一会儿工夫就冒出来俩亲爹，王恭这小子到底是谁的儿子啊？

无人知晓。

精明过人的乔莞儿坐在屋里暗自抹泪儿。宝贝儿子分明是被绑票的给弄走了。我预备现金盯着赎人吧。临近正午时分，身披薄呢斗篷的乔莞儿高挺胸脯走出屋门，坐车前往英租界西湖饭店拜见奉系官员麻德田处长。

乔莞儿走了。王家大院里真正心急如焚的只剩下王瑰三和郭吟秋这两个男人。于是两人之间展开一场伤心痛哭的竞赛。既然遭到绑票，那么必然面临着撕票的危险。这两个男人同时认定王恭是自己亲生儿子，因此号哭起来情真意切催人泪下。一旁观阵的丫头桂花终于懂得了什么是父子连心。同时她也迷惘起来：这二位到底谁是王恭的亲爹呢？除非孙悟空的火眼金睛，此情此景肉眼凡胎根本无法判定真相。兴许这二位都是亲爹？营养不良的桂花越寻思越迷糊，不由偷偷笑了。

天色渐渐黑了，还是不见乔莞儿打道回府。王家大院里参加痛哭竞赛的这两个男人望眼欲穿，恨不得儿子立马儿回家。

一石击起千层浪。王恭这个小孽障搅乱了王家大院原本平静如水的生活。

乔莞儿归来的时候，已经将近九点钟了。她说已经报案，官方让在家听信儿。厨房的老妈子伺候大少奶奶吃饭，乔莞儿说在英租界的维格多利跟麻德田处长一块儿吃的西餐。王家大院里的两个男人泪眼红肿望着乔莞儿，不知说什么好。

乔莞儿心里很烦，叹了口气也不知应该对这两个男人说什么。她独自回房歇息。桂花小步儿跟随着来到床前，给大少奶奶捶腿。乔莞儿自言自语，说我儿子王恭是钢铸铁打的娃娃，一定能够平安回来。桂花连声附和说吉人自有天相。就这样捶了大半宿的腿，桂花看出乔莞儿睡着了。她从小就在王家大院当丫头，懂得偷懒的窍门儿，蹑手蹑脚溜出大少奶奶卧室，走到院里呼吸新鲜空气。

深更半夜王家大院静寂无声。适逢月盈银光泻地。桂花看见大旗杆底下停着一辆木轮车，王瑰三披着棉被坐在车里，惦念爱子低泣着。游廊上郭吟秋倚栏而立，抬头望着旗杆顶端的方斗，思子心切表情悲凉。桂花心头倏地一紧，想一想屋里酣睡梦乡的大少奶奶，越发认为院里这两位长夜无眠的男人可敬又可怜。王恭这个小孽障无论多么可恨，毕竟有两个爸爸为他牵肠挂肚彻夜悲泣。这样的天津卫娃娃真是福分不浅啊。

桂花溜回自己小屋。当丫头的就是没心没肺，很快她便睡着了。她梦见王恭没羞没臊掏出小鸡儿朝她哗哗撒尿。

第二天上午，乔莞儿躺在卧室床上，等待着麻德田的消息。郭吟秋几次走进卧室向她询问王恭的情况，显出亲生父子的血缘之情。令他感到意外的是乔莞儿竟然抽起了烟卷儿，喷云吐雾颇为苦闷的表情。这时候看大门的老杨头儿急匆匆跑进来禀报，有人咣咣叩门架子挺大，口口声声说要见王瑰三。

乔莞儿十分诧异，立即起身下床，手里夹着烟卷儿朝外走去。她还没走到大院门口，一个外埠打扮的中年妇人脚步嘚嘚迎面走了进来。乔莞儿一眼看出这个中年妇人当年是个美人坯子，心中顿时警惕起来。来者不善，果然是个见过世面的人物，她进了王家大院根本不睬女眷，径直朝着正房走去。乔莞儿似乎看出她的来意，大步赶上前去询问，说这位姑奶奶好像是位稀客，大驾光临请问有何吩咐啊？

104

环视着王家大院的景致，中年妇人依然不睬乔莞儿。乔莞儿主持家政以来，首次遇见这种神高气傲凡人不理的女宾，一时显得束手无策。

中年妇人终于看见旗杆底下停着一辆木轮车，木轮车上坐着表情呆板的王瑰三。她突然尖叫一声，朝着昔日的丈夫扑将过去。

乔莞儿心里蓦然明了，这位女宾应当就是当年王瑰三献给日本浪人小山勉之的媳妇孟氏。

果然，风韵犹存的孟氏与疾病缠身的王瑰三紧紧拥抱。二十年之后的重逢，两人泪流满面哭作一团。

终于哭得没了景致，孟氏渐渐冷静下来。她给王瑰三擦干泪水，提高嗓门大声说，瑰三啊这次回家我就不走啦，我孟大妮跟你是结发夫妻，今儿我对天发誓伺候你王瑰三一辈子！你看你现在这窝窝囊囊脏脏乎乎的样子，平常哪有人疼你啊！

孟大妮转身指挥看大门的老杨头儿，说快快打开大门让那辆车进来卸东西。老杨头儿被孟大妮的气势所震慑，连连点头遵命。

乔莞儿说了声慢着。快走走到孟大妮面前，问，你是谁啊？孟大妮笑了笑，说，你是我爷们从哪家妓院里赎出来的窑姐儿啊。说罢孟大妮突然出手，狠狠给了乔莞儿一巴掌。孟氏动作迅捷力量沉重落点准确，看来至少拥有十年的打人经验。乔莞儿有生以来首次尝到耳光的滋味，蒙了。

郭吟秋看到心爱的表妹遭到无名泼妇的痛打，气得浑身颤抖连声说道，斯文扫地斯文扫地啊。

孟大妮哈哈大笑指着郭吟秋说，你这个白面儿也不是个好东西！等姑奶奶我卸了车再收拾你。

王家大院里没有省油的灯。乔莞儿终于反击了——披头散发反扑过来。孟大妮尽管年长乔莞儿十几岁，由于平时训练有素临战毫无惧色。就这样，双方当场上演"关黄对刀"，扭作一团滚翻在地，撕、抓、掐、咬，酣斗五十余回合不分胜负。这种大打出手，远远胜过京戏《三岔口》里的任堂会与刘利华。

坐在木轮车上的王瑰三有心收兵，却无力鸣金，只得号啕大哭起来：大老婆……小老婆……都是我老婆……

这时候，院里的人们啊的一声惊得目瞪口呆：王恭仿佛从天而降——抱着粗大的旗杆悄然溜下，倏然落地，活像一只小猴儿。

人们恍然大悟，敢情小二爷这两天住在旗杆上了。

王恭板着面孔双手叉腰，活脱脱一个小大人儿。他朝着那两位战斗犹酣的妇人大声喊道：妈的，你们别打啦。从今以后王家大院归我掌管啦！

孟大妮与乔莞儿气喘吁吁爬起身来，伤痕累累胜似火线上的伤兵。王恭走上前来大声呵斥说，你俩胡打乱闹搅得家宅不宁，这成何体统啊！

乔莞儿与孟大妮同时遭到娃娃训斥毫无思想准备，面面相觑。

王恭哼了一声，倒背双手大步走上台阶——小二爷进了正房。

桂花看着这幕闹剧，心里思忖着：莫非小二爷王恭从此就要掌管朝纲啦？可这坏种今年只有十一岁啊。妖孽出马，必有魔法。王家大院八成要出乱子了。

4

翌年初冬。报功寺胡同王家大院门前停下一辆黑色小汽车，身穿长袍马褂的麻德田哈哈大笑从车里迈出，这个五十来岁的胖子一双小肉眼儿透着精明，手里搓着两只紫亮的山核桃走进王氏深宅大院。其实麻德田只是姓麻，满面红光的脸上一颗麻子也没有。

王家大院张灯结彩。今天是王恭的生日。麻德田的莅临就是来给王家小二爷祝寿的。王恭周岁十二。这么个小屁孩子过生日怎么会惊动麻德田这样的大人物呢？

这里有分教。

　　且说今年春夏之交王恭突然失踪，乔莞儿以为爱子惨遭绑票，曾经前往西湖饭店面见麻德田，泣不成声。麻德田当即动用军警宪特各方势力，保证三天之内解决。没承想王家小二爷寸步未离王家大院，携带五斤糖炒栗子一袋儿酸梅，趁人不备爬上了院里的旗杆。这根粗大的旗杆不是寻常之物，它是王瑰三暴富之后从天津北郊宜兴埠温家"请"来的，当时就花了八百大洋。根据温家老人说这根旗杆咸丰年间即蠹在天尊阁门前，临近顶端位置装有旗斗，可见历史悠久。连年战火旗杆流落民间。王瑰三耗资购得，可谓用心良苦。他深知自己是"六月十八的财主"，既然发了横财，就要严防横祸。他在自家院里竖起这根镇宅之宝就是为了驱邪避祸。旗杆竖起之后，他曾经悬挂奉系军旗以谄媚麻德田。王瑰三当时万万不会想到，多年之后自己的宝贝儿子王恭爬上旗杆钻进旗斗藏身，跟王家大院开了个天大的玩笑。

　　王恭爬进旗斗，带着平时爱吃的糖炒栗子原本打算躲藏三天，看一看乐儿而已。等乐儿看够了，他现形显身不迟。除了看乐儿，王恭还想趁着这个机会弄清自己的亲爹究竟是谁。然而令王恭感到困惑的是，王瑰三思子心切，郭吟秋心切思子，同样焦急同样痛哭同样彻夜不眠。此情此景，弄得藏在旗斗里的王恭是真伪难辨亲疏难分，傻了眼。他躺在旗斗里吃着糖炒栗子看着天上的星星说，一个人总不会有俩亲爹吧？我妈妈这辈子到底跟几个男人钩打连环呢？

　　孟大妮的出现使得王恭的计划骤然改变。他高高在上看着乔莞儿与孟大妮打得难解难分，越看心里越气。我有俩爹已然不少啦，这又添了个妈。我爸爸这辈子到底跟几个女人缠头裹脑呢？

　　王恭怀着对王家大院的莫大失望和对自己身世的迷惑不解，哧溜一声顺着旗杆滑下来，既大义凛然又无可奈何地返回人间。

　　乔莞儿赶紧亲自跑去给麻德田报信儿，说儿子从天而降安然无恙。也不知什么出于什么缘故，王恭旗斗藏身的事迹令麻德田大感兴趣，连声称赞少年奇才。他非要认王恭为义子不可，并且定于华历十一月十四王恭生日这天在王家大院设宴，正式举行认亲仪式。

消息传来，王恭找到乔莞儿，说妈妈我怎么又冒出个爹来？总共仨啦。乔莞儿咯咯笑着骂王恭混账，说一人只一个爹。

王恭咧嘴笑了笑，似乎嘲讽着乔莞儿。一人只一个爹，为什么我有俩妈呢？

儿子一句话问到母亲的痛处。自从孟氏一步迈进王家大院，径直住进王瑰三的东厢房，一心一意伺候着半身不遂的丈夫。孟氏告诉王瑰三，一日夫妻百日恩，百日夫妻似海深。这些年她暗暗思念故乡亲人，逢年过节总是偷偷哭泣，被小山勉之打得鼻青脸肿。今年这个日本鬼子终于病死威海，她犹如鸟儿出樊笼，当即乘船返回天津。王瑰三感激涕零，紧紧抓住大妮的双手，唯恐这只在日本笼子里关了十几年的小鸟儿再度走失。王瑰三对当年自己拱手将大妮献给日本浪人的无耻行为深表忏悔。孟氏不计前嫌，说自己千里返回王瑰三怀抱属于物归其主。王瑰三这个"六月十八的财主"被大妮的肺腑之言感动得死去活来。毕竟是结发夫妻，王瑰三自从有了孟氏精心照料，身体居然硬朗起来。这时候由孟氏做主，王瑰三终于搬回朝阳正房，居住环境得到彻底改善。

乔莞儿虐待夫君自知理亏，不但不敢阻拦反而赔着笑脸。

孟氏终于摊牌。她牢牢抓住乔莞儿与郭吟秋的奸情并且以此为把柄，提出平分天下的要求，也就是说王氏家业要有我孟氏半壁江山。孟大妮咄咄逼人势不可当，乔莞儿理屈词穷无以招架，明显处于被动局面。

王瑰三半身不遂，艳福委实不浅。天上掉下个孟大妮。这位"六月十八的财主"于知天命之年拖着病残之躯再发横财——竟然有了两个老婆。乔莞儿年轻风情万种，孟氏半老风韵犹存。北门里大街的人们议论纷纷，说王瑰三应了那句俗语：拥左抱右，燕肥环瘦。只可惜他半身不便消受不起。

孟大妮的归队使郭吟秋顿时失去"表舅"特权，再不敢与乔莞儿明铺暗盖同床共枕，遂沦为王家大院杂务总管，偏房落脚。

小二爷王恭欣赏着王家大院的风雨变幻，觉得挺哏儿。他幸灾乐祸地认为，无论王瑰三与郭吟秋，还是乔莞儿与孟大妮，男男女女统统都不是什么好玩意儿。王恭这孩子从来就没有什么雄心壮志。他最大的本领是随弯儿就弯儿，活着就是活着。小二爷的最大爱好就是爬到旗杆上往下看。看什么呢？看乐儿。看什么乐儿呢？看爹的乐儿，看娘的乐儿，看天下人的乐儿。

善哉。也正是在这个时候，小二爷王恭十二岁的生日到了。

于是，华历十一月十四自称干爹的麻德田哈哈笑着走进王家大院，亲自出马主持干儿子王恭的生日宴会并且当场写帖，确认义父义子关系。

乔氏兴奋异常，忘记天冷穿了一件露着大腿的红色丝绒旗袍，仿佛今天是她"二婚"的大喜日子。孟氏身穿蓝缎裤袄以王恭"长妈"身份出现，表情不卑不亢，伴坐王瑰三身左。王瑰三穿了一套藏蓝色西装，不中不洋显得不伦不类。坐在王瑰三身右的乔莞儿瞥了瞥孟大妮，心里暗说您老人家陪着日本人睡了十几年开了洋荤，往这里一坐派头儿就是不一样。

乔氏身旁坐着心宽体胖的麻德田。麻德田旁边则是小寿星王恭。这位小二爷穿着长袍马褂，人模狗样儿地坐在酒席宴上，令众人忍俊不禁。王恭小鼻子小眼儿，很有大将风度，他朝着丫头桂花招了招手，说把表舅也请来坐席吧。众人面面相觑，只有麻德田哈哈大笑连声说好。然后这位以王恭干爹自居的胖子放下手里两颗紫色山核桃开始主持酒席。他说今天是敬之的十二岁生日，天寒地冷的不能在院里搭棚坐席，因此没请外人，天津俗话管这叫"耍家鞑子"。今天是敬之的生日酒席，咱们就耍一耍家鞑子吧。

王恭伸手拦住麻德田，说今天是我十二岁的生日您怎么说给敬之摆酒席呢？敬之这小子到底是谁呀。

身穿棉袍的郭吟秋已然落座入席，洞洞如塾馆先生。他似乎是为了讨得王恭的欢心，满面堆笑说小二爷你姓王名恭字敬之啊。

王恭作恍然大悟状，说敢情我姓王名恭字敬之啊。我×的！

麻德田看了看乔氏，由衷地哈哈大笑起来。这时候根本没人发现桌子下面的麻德田大手已经悄然伸进乔莞儿的旗袍，尽情揉摸着她肥而不腻的大腿。就这样，小二爷王恭的生日宴会实际上已经成为老色狼的"开斋节"。

乔莞儿对自己桌下的大腿毫不介意，她听到王恭"口吐莲花"脸色一窘，毕竟是谁的儿子谁操心。她低声呵斥王恭说，儿子，今天是你十二岁生日，说话可不许带脏字儿啊。

王恭谨遵母命，连连点头称是。一眨眼的工夫他又变得嬉皮笑脸，伸手朝着桌子画了一个大圆圈儿，说这桌前的女人都有丈夫；这桌前的男人都有媳妇。只有我王恭王敬之还是光棍一条，我也太素净啦。

麻德田从桌下旗袍里腾出一只手来，拍了拍干儿子的肩膀说，这婚事包在干爹身上，过两年我就给你娶一房。你想要什么样儿的媳妇啊？

王瑰三的身板支撑着一身藏蓝色西装，含混不清说：嘻嘻，给你娶个好媳妇……

王恭不依。他说远水解不了近渴。他指着桌旁侍候的丫头说，今天就让桂花冒充我媳妇，桂花桂花你现在就坐到我身边来。

十八岁的桂花面有难色，不知如何是好。

乔莞儿朝着桂花额首微笑，说桂花你快坐在小二爷身边吧，这不就跟过假家一样嘛。

王恭不以为然说，过假家？也兴许桂花真的就成了我媳妇。

郭吟秋连忙说，小二爷不可乱开玩笑，桂花没有名分是个丫头，再说她比你大七八岁呢。

桂花遵命搬着椅子坐在王恭身旁，显得十分拘谨。她压低声音对王恭说，小二爷我求求您别折我寿啦。

身穿长袍马褂的王恭两眼圆睁大声说，桂花啊别看你是丫头又大我七八岁，弄不好我真的就娶你当我媳妇！

满桌子的男男女女只得哈哈大笑。

小二爷王恭十二岁的生日酒宴，就这样开始了。生日酒宴的高潮并不是麻德田与王恭当场写帖确定义父义子关系，而是身为干爹的麻德田决定送给王恭一份生日礼物，问干儿子想要什么。

王恭想了想，然后语出惊人：我要一颗手榴弹！

孟氏终于说话了：手榴弹？小二爷你疯啦！

麻德田似乎对王恭这非同寻常的表现十分满意，颇为陶醉地看着自己的干儿子，击案叫好：果然不出我之所料，你小子真是好坏子。这颗手榴弹明天我亲自给你送来。你要德国的还是要日本的？

乔莞儿瞟了一眼孟氏然后大声对王恭说，儿子我告诉你咱家宁死也不要日本货！哼……

麻德田当场拍板说，对，就是要抵制日货。我们奉军张大师前年在皇姑屯就是让小日本儿给炸死的。王恭啊我就送给你一颗德国克虏伯兵工厂的大号手榴弹吧。

如此义父。如此义子。麻德田与王恭之间这颗惊世骇俗的大号手榴弹，令举座皆惊。

天津娃娃王恭嘿嘿笑了。王恭为什么笑呢？这是因为他看看王瑰三觉得自己长得很像爸爸；看看郭吟秋又觉得自己长得很像表舅；看看麻德田甚至觉得自己长得很像干爹。

全乱了。

5

北洋政府寿终正寝。"东北易帜"，中国北方真正进入民国。无论奉系直系皖系统统没戏，老牌军阀们偃旗息鼓销声匿迹，纷纷躲进天津租界，吃斋念佛颐养天年。有道是乱哄哄你方唱罢我登场。老军阀没戏，新军阀上台。蒋介石手下的将领们各自拥有嫡系被服厂，王瑰三的兴奉军衣庄没了生意，无可奈何"军转民"改成"兴奉成衣局"，为广大群众做衣裳。昔日王谢堂前燕，飞入寻常百姓家。可俗话说瘦死的骆驼比马大，王瑰三依然是天津北门里大街上的富户。

然而最令王家众人放心不下的还是义父送给义子的生日礼物。这颗德国克虏伯兵工厂生产的大号手榴弹是麻德田翌日派人送来的。它躺在紫绒衬底的礼盒里：铁黑锃亮的弹头，硬木油漆的手柄。看着威风凛凛，摸着杀气腾腾，王恭喜欢得了不得。他将这只礼盒摆在自己床头，昼夜相伴。桂花进来拾掇屋子，看见手榴弹总是吓得浑身筛糠。王恭笑眯眯安慰她说，只要不打盖儿拉环儿，它就不会爆炸。桂花不听还好，越听越怕，登时身子瘫软晕倒在王恭脚下。王恭竭尽全力将桂花抱到床上，然后端来一碗糖水喂她。他仔细端详着苦命丫头，觉得她模样儿不错，就是瘦点儿。好在王恭从小就不爱吃肥肉。喝了糖水桂花醒了过来，她目光呆滞着看王恭，突然哇的一声哭了起来。

王恭恼了。我也没破你身子，你哭哭啼啼这算怎么档子事儿呢？

桂花红了脸，从床上翻身坐起，低着头往外走。王恭拦住她，伸手摸着桂花的脸蛋儿。桂花虽然十八岁但是由于营养不良，个头儿跟十二岁的王恭相比，并无几分优势。

王恭问桂花，我要是真想破你的身子你让我破吗？

桂花低着头红着脸憋着嗓子说，小二爷你今年才十三岁啊。

王恭乐了。桂花你的意思是说我年岁太小没这份能耐？实话告诉你吧，我八岁看春宫画片儿，去年我姥姥家酒坊的账房先生曲久，从头到尾把男女的事情一样儿不剩全都教给我啦。咱们王家大院里男男女女的事儿，没有我看不明白的。我×的！

桂花嘤嘤哭了起来。

王恭又恼了。你哭吗？

王恭与桂花的这幕人间活剧，只有蹲在供案上的娃娃大哥看得一清二楚。不过人家娃娃大哥嘴严，十几年了一句话不说。

望着娃娃大哥，王恭嘿嘿乐了。我说泥胎哥哥啊，您是吃不能吃，喝也不能喝，这辈子就连尿也没撒过一泡，真是枉为男人啊。

蹲在供案上的娃娃大哥听了弟弟这番话，依然不言不语。

一九三二年秋天麻德田淡出军界，倚仗昔日官场的"关系网"在天津做起买空卖空的大生意。既然有了这层义父与义子的关系，麻德田有空就来王家大院坐坐，这等于是给王瑰三撑腰壮胆，极尽朋友义气。

王瑰三对麻德田感激不尽。只要麻德田来访，王瑰三必然要在孟氏搀扶之下，坐在客厅里接待麻德田。乔氏亲手为客人献上香茶。王瑰三与麻德田谈天说地拉东扯西，两人聊起当年奉军与直鲁联军的烽火大战，恍若隔世。孟氏与乔氏呢同时做出百听不厌的样子，肚里当然各有心事。

王恭呢，就这样随心所欲成长起来。

翌年春天，麻德田为了一笔大买卖，坐着火车去了上海。正在这个时候，王瑰三的"兴奉成衣局"遇见了意想不到的麻烦。

这天上午桂花陪着乔莞儿回了娘家，说是吃了午饭就回来。上午十点钟，兴奉成衣局的小伙计风风火火跑到王家大院报信儿，说上官有金领着一群小混混儿要抢兴奉成衣局，还说这是上官家的产业。

王瑰三坐在软椅上迷惑不解，上官有金是谁呀我怎么从来没听说过这个人啊。

小伙计说上官有金就是上官宝的大长孙。王瑰三听到上官宝的名字连连点头，说就是早先北门里大街聚昌号首饰楼的东家。可我王瑰三跟他家远日无仇近日无冤，上官有金为什么要抢兴奉成衣局呢？

小伙计催促说，您赶紧派人去镇乎镇乎吧，去晚了兴许就改字号啦。

113

王瑰三强行站起身来。孟氏立即挽住丈夫说，瑰三你这身子骨怕是打不过人家啊。

王瑰三连连叹气。这时候王恭嘴里含着糖橄榄，优哉游哉走了进来。王瑰三看见儿子顿时大发感慨，说什么时候儿子长大成人，为父也就不用操心了。

王恭漫不经心问父亲出了什么事情。小伙计嘴快，三五句就说出了事态的严重。王恭眉头紧锁，说了声我去看看吧，转身就走。小伙计慌忙跟随着。

王瑰三攒足气力朝王恭背影喊着说，儿啊你十五岁啦，可还是个小娃娃啊。

6

兴奉成衣局坐落在河北大街东侧，离三条石不远。"关上关下，混星子康八"，说的正是清末民初的这块地方。进入民国河北大街仍是繁华大道，这里越发成为青皮混混儿的乐园。

身穿靠色春绸大褂的王恭坐着胶皮赶往兴奉成衣局，离着门口老远他便跳下车，不声不响隐藏在人群里先探听一下虚实。这里已经围了二三百号人。天津卫素有看热闹的传统，美其名曰站脚助威，其实是趁机伸手"打便宜人儿"。咸丰年间火烧望海楼的"天津教案"，打死法国神甫丰大业的并不是"反帝骨干分子"崔福生等人，而是趁机出手的乱民。因此天津卫这地方经常出现无法侦破的无头案，譬如大街上打死人了，无论如何也找不着元凶。那元凶究竟是谁呢？末了验尸官无可奈何说，这一拳那一脚，就连摆茶摊的老太太也趁机掐一把，满大街的人就跟结婚凑份子一样，眨眼工夫活人就给打死啦。元凶是谁啊，元凶就是沿途起哄的老百姓。百姓百姓，总共一百个姓。你逮谁呀？于是天大的命案也只得不了了之。

兴奉成衣局门前已经形成了这种阵势。看热闹的人们手痒难耐，时刻准备着"打便宜人儿"。天津卫的习俗是"打便宜人儿"败火。据说有人闹牙疼不在家里忍着而是满大街乱转悠，就是为了找机会"打便宜人儿"败火止疼。天津卫这种习俗滋养的愚众，男是刁民女是泼妇，难以归化。此时聚在兴奉成衣局门前这二三百号看热闹的，闹牙疼的兴许就占去六成。

王恭暗暗看明白了，就伸手拨开人群走了进去，此时一派静寂。这种静寂说明小二爷距离挨打只有一步之遥了。

王恭站在兴奉成衣局的台阶上，环视着看热闹的人们，慢条斯理说，今天不是腊八啊没人舍粥，从哪儿跑来这么多没饭吃的穷人啊。

二三百号看热闹的人，一上来就被王恭的开场白给弄蒙了。说起天津卫这混账地方，假慈善家不少，真慈善家也有。多年以来形成腊月初八凌晨舍粥济贫的传统。为什么要凌晨舍粥呢？因为天津的穷人不但穷，而且穷要面子，本来吃不饱肚子，硬挺着冒充胖子。其实端盆出门打粥明明就是接受救济，却被公众认为是丢人现眼损祖败宗的事情。凌晨舍粥呢天色朦胧擦肩而过装成素不相识的样子，这样既喝了粥又保存了面子，真他妈的两全其美。这种自欺欺人的做法，正是天津卫笑贫不笑娼的有力佐证。

小小王恭的这一番开场白，一下击中了天津男人的心理。一时间那群想"打便宜人儿"的汉子，表情尴尬。因为大白天没事儿聚在人家成衣局门口，分明就是一群吃不上饭的叫花子。

这时候一个留着"中分"发型的二十来岁的小伙子大喝一声，走上前来。他就是聚昌号首饰楼第三代的代表人物——上官有金。

王恭知道上官有金学生出身，是个"业余混混儿"。他发挥自己从八岁开始学习骂街的优势，迎着上官有金大声问道，谁的裤裆开了——把你给露出来啦？

上官有金没想到面前这个十五岁的娃娃出口不逊，一下就被激怒

115

了，他挥手给了对方一记耳光，打得王恭原地转了一圈儿，踉踉跄跄扑倒在地。他嘴角淌出鲜血，缓缓站起身来朝着上官有金笑了笑说，你要是有种，今天你就把我打死吧。

上官举起拳头。王恭并不躲闪，仍然笑着说，今天你要是不敢打死我，那你就是我揍的儿子。

上官一脚将王恭踹倒。王恭坐在地上说，你接着打吧，今天你要是不敢把我打死，你爹就是我揍的儿子。

上官气得脸色惨白，扑上来朝着王恭身上狠狠踢着。

小二爷王恭被对方踢得满地翻滚，硬是一声不吭。

不用买票而白看热闹的人们顿时出现了倾向，大声为挨打而紧咬牙关的小二爷王恭叫好。

天津卫的娃娃，钢筋铁骨铜舌头！

好娃娃不走畸，经打！不尿！

王恭小二爷，好汉子！

这阵阵喝彩，使得上官有金停止殴打，呆呆望着围观的人群，一时不知如何是好。

一个中年汉子蹿了上来，连声说上官大少爷息怒，这就等于给上官下了台阶。王恭满脸是血从地上慢慢爬了起来，伸手指着上官有金说，你今天不打死我，你爷爷就是我揍的……

中年汉子猫腰扶起王恭，叫了一声小二爷。王恭抬手擦去眼角血迹终于看清，这人竟是曲久。曲久是南河沿酒坊的账房先生，他怎么掺和到这局里来啦？王恭从小就知道曲久是个无利不早起的小人，心里顿时警惕起来。他目光如锥盯着曲久小声说，愣的怕横的，横的怕不要命的。这话可是你教给我的。曲久愕然。

十五岁的王恭摇摇晃晃站了起来，从怀里掏出一把菜刀，挥刀指着

116

上官有金说，你打啊！你要是不打死我，可就轮到我打死你啦！

曲久拦住王恭的菜刀，说明明是一场文戏怎么唱成武戏啦。说着曲久朝着看热闹的人群拱了拱手，说有请上官大少爷给大伙说一说事情的来龙去脉。

小二爷王恭明白了，曲久离开酒坊之后当了上官的腿子。这就叫好汉子见风转舵，赖汉子傻驴转磨。

上官有金也学着曲久的样子，十分江湖地朝着四周人群拱手行礼，然后张口就说，王瑰三是"六月十八的财主"。听众立即哗然。"庚子事变"已经过去三十多年了，但"六月十八的财主"仍然含有极大贬义，显得挺臭的。既然得到了"碰头彩"，上官精神抖擞起来。其实他请来这群混混儿原本是想给自己撑腰，抢夺兴奉成衣局。然而兴奉成衣局门前拉开场面之后，人们怎么看他怎么不像小混混儿，分明就是民众集会上宣讲爱国道理的进步学生。看热闹的人们窃笑着，觉得上官有金的形象非常滑稽。

十五岁的王恭显然是被上官有金打得够呛，他放下菜刀坐在地上，听着对方说话。只听了十几句，小小王恭心里便明白了。

原来"庚子兵乱"那年王瑰三随同一群乱民哄抢北门里大街上的几家首饰楼。王瑰三脸上是蒙了黑布的，只露着两只眼睛。可是抢到聚昌号的时候，脸上黑布不慎脱落，聚昌号老掌柜上官宝一眼看见住在油房胡同的王瑰三，就牢牢记在心里。上官宝病逝之前将此事告诉独生儿子上官文章，要求上官文章一定设法严惩王瑰三。上官文章是个读书人，他认为庚子之乱造成聚昌号破产的罪魁祸首是万恶的八国联军，王瑰三只是个天津二流子而已。于是所谓复仇之事，随着上官宝的辞世也就搁置起来。上官文章的儿子也就是上官宝的孙子上官有金成长起来，与河北关上的小混混儿多有往来。上官有金听说庚子兵乱祖产遭到乱民哄抢这段往事，不禁耿耿于怀，遂起报仇雪恨之意，抢得兴奉成衣局事小，对祖父在天之灵却是莫大的安慰。于是上官有金摆酒请客，邀了河北关上以张疯子为首的一群小混混儿聚在兴奉成衣局门前，志在必得。

王恭从上官有金的滔滔不绝话语里，知道这小子念过高中。相比之下王恭就低了，他从小没进正经学堂，王瑰三只设了三年家馆，王恭也受了三年洋罪。

上官有金该说的话都说了，王恭拎着菜刀站起身来，大声招呼兴奉成衣铺的小伙计，说马上把裁缝案子搬到门外。然后他指着上官有金说，你刚才说了六毂都他妈的是放屁，你不是说当年我爹抢了你们聚昌号的金银首饰吗？那是我爹的本事！今天你不是想抢兴奉成衣局吗？你小子也得给我亮出真本事！我这兴奉成衣局总共六间门面，你必须给我撂下六根手指头啊。上官大少爷，是你先剁呀还是我先剁呀？

上官有金不是混混儿，哪里见过这种场面。他年轻气盛逞一时之勇只想夺得兴奉成衣局以告慰祖父亡灵。岂不知遇到王恭这种"滚刀肉"，当场傻眼。这时候，上官有金请来的小混混儿头目张疯子终于走出人群。

王恭将自己的左手摆在案子上，右手握着菜刀大声对张疯子说，他妈的都闪到一边儿去省得溅你一身血！

张疯子怔了怔，只见王恭抡起菜刀啪的一声剁下左手食指，血流如注。

二三百号围观者终于看见抡刀剁手的真功夫，爆发出一阵喝彩。

大东亚西药房的伙计怀里抱着玻璃罐子冲了上来，从地上捡起王恭的手指泡在玻璃罐子的药水里，大声说专门收藏英雄好汉身上的零件儿。

王恭面不更色，啪地把菜刀拍在案子上嘿嘿笑着说，上官大少爷，轮到您啦！你剁一根手指头，我奉送一间门面。我等您六根手指头剁齐了，这兴奉成衣局的六间门面就归您啦！

这种时刻就叫节骨眼儿。混混儿闹事讲究分工，有"卖血的"，有"顶雷的"，不会出现空白地带。上官有金只是请张疯子站脚助威，对王恭自残手指的菜刀毫无思想准备，一时见傻。张疯子的规矩是主家出多少钱，他办多少事儿。面对王恭的菜刀剁手，张疯子当然作壁上观。

上官有金鼓足勇气走到案前，咬紧牙关抄起菜刀。他从小就有晕血的毛病，过年的时候厨子宰鸡他都吓得大呼小叫。此时上官有金看着鲜血横流的案子，眼前一黑失手将菜刀掉在地上。

王恭从地上捡起菜刀，脸色铁青盯了盯上官有金，嘿的一声抢起菜刀照着左手中指啪地一剁——一节被剁掉的手指倏地飞落上官有金脚前。大东亚西药房的伙计伸手捡起又泡进药水里。

王恭大声说，这根手指头算是我替您剁的。上官大少爷我王恭这里候着您啦！

小混混儿头目张疯子走到上官有金面前，低声说了几句话。上官有金连连摇头。张疯子转身朝着王恭抱拳行礼说，上官大少爷尿啦。这局小二爷您大获全胜，赶紧上药止血，明天上官大少爷派人把银票送到您府上，赔偿全部损失。小二爷您看这事儿是不是就结啦？

王恭右手拍着菜刀说，别弄这儿跟我说评书，现在就给我立字据。说罢王恭一边往左手上糊着云南白药一边走上前去，轻蔑地看着上官有金，说上官大少爷您怎么就不陪我玩一玩呢？您可不知道这快刀剁手的滋味有多过瘾啊。

上官有金目光慌乱不敢言语，他终于明白了自己是屎壳郎爬进蛐蛐罐儿——不是这里的虫子。

桂花拨开人群冲了进来，迎面就递给王恭一颗大号手榴弹，大声嚷嚷说小二爷你打不过这群小混混儿，拉开环儿炸了他们。

看热闹的人们瞪大眼睛看清楚这颗大号手榴弹，立即嗡的一声吓得四散。这时候桂花看见王恭的左手已经残了，刺啦撕下自己衣裳的大襟为他包扎伤口，然后呜呜哭了起来。

王恭左手缠着止血的绷带，右手拎着大号手榴弹，大摇大摆走在河北大街上，嘴里骂骂咧咧。

天津卫的老爷儿们，怎么变成了一群尿货呢？我真舍不得用克虏伯手榴弹炸了他们。他们根本不值这颗德国手榴弹的价钱……

桂花紧紧跟在王恭身后，像个大媳妇。她心里又悲又喜。悲的是小二爷年纪轻轻左手就残了，喜的是小二爷是一条好汉坯子，长大之后绝非等闲之辈。

十五岁的王恭就这样以两根手指头为代价保住了兴奉成衣局。

河北大街一带已经给王恭取了雅号：快刀王手儿。

王恭懂得因势利导的道理。他选个黄道吉日，左手挎着绷带亲自主持更名仪式，摘下兴奉成衣局的招牌，改名"王手儿成衣局"。

一个十五岁的天津卫娃娃，就这样大响其名了。成名之后的王恭果然产生了名牌效应：老北开车行的经理阎二敢是个著名赌棍，最佩服的就是敢作敢为的汉子。天儿乍一热他跑到王家大院看望王恭，说他养了四百辆胶皮，要给车夫定做四百件号坎儿，前胸印着"老北开车行"，后背一定要印上"王手儿成衣局"。阎二敢表示要免费为王恭做一做广告，并且结成忘年之交。

四百件号坎儿。这是兴奉成衣局"军转民"以来最大的订单。这也是改名"王手儿成衣局"之后的"开门红"。

乔莞儿看见儿子如此英雄本色，激动得跑到河北大悲院烧香，祈求佛祖保佑儿子。

王瑰三坐在家里自言自语：我是"六月十八的财主"，命里能有这么出息的儿子？

7

从北大关到大红桥，从西北城角到官银号，方圆二十里的大街上跑着的胶皮，十有七八身上穿着"王手儿成衣局"制作的号坎儿。天津娃娃王恭被社会各界尊称为"手儿爷"的时候，只有十八岁。这时候桂花已经二十五了，仍然是他的贴身丫头。

王氏家业传到王恭手里不但没有败落而且得到巩固，"手儿爷"功不可没。不过人们私下议论王家大院的时候，总是说王恭有俩爹俩娘，这委实令他感到难堪。然而王恭对这类历史遗留问题显得超然物外。也不知道他是漫不经心还是束手无策。

表舅郭吟秋毕竟识文断字，属于半吊子文人。王家大院的客厅里他以长辈身份坐在王恭身旁，说十八岁的男子汉血气方刚正是建功立业的时刻，就劝进。郭吟秋认为既然"王手儿成衣局"响了万儿，王恭就应该亲自出马担任总经理，扩大门市经营并且逐渐向英法租界发展。

王恭伸出残缺两指的左手，抓起桌上的紫砂茶壶咂了一口，眨着一双小肉眼儿笑眯眯告诉表舅，我王手儿这辈子不工不农不商不学不兵，万事不做。一个人就是一个小泡沫，随波逐流奔向大海就算是一辈子。至于最后究竟死于何处并不重要。

说到这里王恭倏地沉下脸色说，您劝我去坐镇门市啊扩大经营啊就是把我绑在柜台上。表舅您这是害我啊。从今往后您要是还想在王家大院混饭吃，就请您给我闭嘴。

郭吟秋吓得目瞪口呆，连忙退了下去。

桂花拎着铜壶走进客厅，往桌上的紫砂茶壶里续水。她轻声轻语告诉王恭，曲久今天过了晌午就来拜见小二爷。

孟氏满面含笑走进客厅。王恭挪了挪屁股，叫了一声长妈。桂花搬过红木凳子请大奶奶落座。孟氏落座之后张口就说，男大当婚女大当嫁，小二爷的婚姻大事万万不可拖延下去啦。绸缎庄梁家的大小姐琴棋书画无所不通，念了中西女中还会说几句英国话……

王恭悠悠饮茶，心里寻思着曲久的事情。这时候孟氏问他什么时候见一见梁家的人，王恭无可奈何摇了摇头，说这辈子兴许不打算结婚，这事儿过十年八年再说吧。

孟氏面有愠色，你这孩子说话怎么星星不挨着月亮呢？

王恭笑了笑，说从今以后谁要是劝我结婚，我就把谁轰出王家大院，包括我爹。

孟氏气得脸色煞白，哼了一声起身走出客厅。

桂花立即劝说王恭，人家是长辈，劝你结婚呢也是疼你……

王恭嬉皮笑脸说，干脆我就娶你吧桂花，明儿咱俩就拜天地入洞房。

桂花早已适应了王恭的战术打法，也跟着嬉皮笑脸说，明儿咱俩去仓门口教堂举行洋式婚礼，不见不散。

王恭起身走到桂花面前，伸手拧着她的脸蛋儿说不见不散。桂花躲闪着说，这辈子只要你不把我卖到窑子里去，我就知足啦。

我有那么坏吗？王恭颇为认真问着桂花。

你今年十八，我估算着你学到我这个岁数，就称得上坏人啦。

小二爷颇为感慨说，学好不容易，学坏更难啊。

过了晌午，曲久按时走进王家大院。他原先本是乔记烧锅的账房先生，如今四处游飞，没有正经事由儿。小时候王恭去住姥姥家，曲久给他开蒙，无论是男盗女娼与忠男烈女、坑蒙拐骗偷与仁义礼智信，还是春药秘方与三民主义、嫖妓经验与读书心得，汤汤水水一锅大杂烩统统灌输给了王恭。这锅大杂烩深深影响着王恭的成长，使他最终成为怪胎。因此，曲久令王恭永志不忘。

如今被社会各界尊称"手儿爷"的王恭，想起上官有金大闹成衣局的时候曲久竟然充当腿子，于是对这个无利不早起的家伙的兴趣愈来愈浓。王恭最愿意接触坏人。他认为接触坏人多了，人越变越精。如果说曲久是大坏人，那太高抬他啦。曲久只能算是小坏人。王恭心里明白，接触小坏人比接触大坏人更为实用。小坏人往往是小人，坏招儿多损招儿多，通俗易懂。大坏人往往是枭雄，一出手便白骨成堆，那是帝王将相的事情。

曲久三十多岁，油头粉面乍看像个"丝儿里"。丝儿里是天津俚

122

语，形容不男不女的人。曲久身穿细布大褂走进客厅朝着王恭鞠躬行礼，属于狗熊穿大褂的性质。王恭想起当年曲久给自己讲"女人光着屁股烙大饼吃"的故事，不由得笑了，就请曲久落座。

曲久站着跟王恭说话。小二爷您宣我来有什么吩咐啊我随时伺候着呢。

王恭问曲久此时在哪里高就。曲久说没事儿闲着呢。王恭说他闲着多难受啊。曲久说小二爷您支使我吧，您拿我当一块砖头，就和泥砌在城墙上，您拿我当一块木头，就用我做个板凳儿坐在屁股底下。

王恭高兴了。他摇了摇头说，你不是砖头也不是木头，干脆你天天陪着我玩吧。有空儿呢我跟你学点儿玩意儿。

曲久卑微地笑着说，在下不才，小二爷能跟我学什么呢？

王恭郑重了脸色说，我跟你学什么？学坏呀！学坏之后才能干大事儿啊。

曲久一怔，然后嘿嘿笑着说，学坏多难啊，您应当一心只读圣贤书哇。

王恭突然压低声问曲久，你知道谁是我亲爹吗？

曲久摇了摇头说，我只知道您是您亲爹的儿子。

行。小坏人的脑筋转得挺快。小坏人的脑筋没有转得慢的。脑筋转得慢的都是流芳千古的大好人，譬如说卧冰求鱼的王祥。

从此，曲久成了王家大院的当差，跟随着小二爷形影不离。

8

麻德田住在英租界，做生意也在英租界。远在九一八事变之前他倒卖军火，主要是傍着人家雍剑秋先生。雍剑秋留洋英美，会说三国语言，是德国克虏伯军工厂中国总代理商。此公上面联通军机大臣，下边联系八方军阀，从手枪到大炮，没有他玩不转的。九一八事变之后麻德田离开雍先生另谋生路。麻某人改做什么生意呢？恐怕无人知晓。

王恭来到英租界爱丁堡道的麻宅拜访，是一九三六年春天的事情。曲久随从，主仆两人都是西服革履，走在清静的英租界大街上显得人模狗样的。这英租界跟华界相比，就是不一样。怪不得前清的王公大臣、北洋的督军巡抚，一窝蜂拥到这里定居呢。

这是王恭有生以来首次走进麻德田的小洋楼。麻宅与达官显贵的广厦豪宅相比，当然是小巫。一个行伍出身的外省人能够独自居住这样一座小洋楼，绝非简单人物啊。

麻德田请王恭楼上谈话。曲久留在楼下客厅里候着，一双贼眼滴溜乱转，东瞅西瞧。在曲久心目之中，麻德田的住宅真是阔绰。

曲久足足等了两个钟头，王恭终于从二楼走下来。麻德田身穿睡袍送客，颇有几分日本人的派头。

麻德田派了一辆黑色卧车送王恭返回华界。坐在车上曲久嘴唇发痒，对车夫说麻先生小汽车真是不错。车夫冷着面孔说这辆汽车不是麻先生的。曲久猛然想起"避尊者讳"的古训，立即闭嘴。一路上王恭坐在后排默默无语。车到北大关，王恭拍了拍车夫肩膀，说停车。车停稳了，王恭推门下车。曲久只得随着。

王恭朝着北门里大街走去。曲久跟在后面连声说小二爷您怎么不让小汽车送到家门口啊。

王恭倏地沉下脸色。你以为我也是"六月十八的财主"啊？乍穿新鞋高抬脚。即使我让小汽车停在家门口，它照样儿不还是人家的？曲久你这人挺精明，归齐还是眼界太小。你看人家麻德田先生，那才是人物呢。

曲久接受批评点头称是，说我怎么看麻德田的打扮像日本人呢？

王恭停住脚步看了看曲久，说麻先生是见过大世面的人物，无论东洋西洋，那是真洋。"六月十八的财主"，那是真土。

走到府署街口，王恭没有拐弯儿回家，说去"一间楼"喝几盅老酒。曲久看出他内心并不平静，就随着。

"一间楼"酒馆只有两间门面，楼下一间楼上一间。一模一样的酒菜，楼下便宜，楼上昂贵。这家酒馆门楼左右挂着木制对联，引人注目。

上联是：忍得苦中苦，有意上楼成为座上客；

下联是：败尽甜中甜，无奈下楼沦为客下座。

横批是：一念之间。

这正是"一间楼"的与众不同之处。天津城里的骚客文人时有光顾，对人生的"一念之间"感慨良多。

大步走进"一间楼"酒馆，王恭噔噔走上二楼。曲久依然随着，心里想楼下一碟酒菜，五毛，楼上一碟酒菜，一块。这楼上是孙二娘开店——宰人啊。然而王恭心甘情愿挨宰，大义凛然二楼落座。

他伸出残缺的左手招呼跑堂的小六子，说先烫两壶高粱酒，六样儿酒菜统统端来。小六子满脸堆笑立即动弹起来。

这楼上的价钱，可比楼下贵得多啊。曲久试探着说。王恭听罢笑了笑，说你想做人上人，就得舍得花钱啊。人上人呢都是想办法去赚钱，人下人呢都是想办法去省钱。这一赚一省，可大不一样啊。

曲久听着，心里明白了几分。小二爷今天拜见了麻德田就好比唐僧从西天取回真经，人一下就变了。他变成什么样儿的人了呢？曲久喝酒吃菜，留心观察着。十八岁的王恭究竟有多大酒量，曲久一无所知。俗话说红脸汉子爽，白脸汉子阴。王恭喝了两壶酒，脸色既不红也不白，面不更色。曲久一时难以判断，只得一味劝酒。

端起酒盅，王恭眯起一双小眼睛，目光炯炯盯着曲久，你说一个男人怎么就能办成大事儿呢？

曲久心里越发明白。小二爷您不是说这辈子不工不农不商不学不兵，万事不做吗？今天怎么心气儿变啦。

王恭恼了，啪的一声放下筷子，我他妈的问你一个男人怎么就能办成大事儿！你甭跟我玩这套哩咯啷……

曲久年长王恭十几岁，心里却很怵这位小二爷。他连忙端起酒盅敬酒，说一个男人要想办成大事儿，就不能心太软。

嘿嘿嘿……王恭笑了。曲久也看不出小二爷对自己的回答是否满意。

那你说一个男人怎么就能心不软呢？王恭双眼充满血丝，突然追问。

曲久回答得毫不犹豫：尽力多做坏事儿，心就变狠啦；尽力多做好事儿，心就变软啦。

王恭把手里的酒盅搁在桌上，闭目养神。曲久一时不知所措，只得故作镇定。

王恭突然站起身来说，我先出去撒泡尿……说着噔噔下楼去了。

曲久站起身来伸出筷子夹了一块酱牛肉，放在嘴里，然后一扬脖儿干了一盅。趁着王恭不在他猛吃猛喝，活像一只偷吃瓜果的小动物。之后曲久又一连抽了三颗烟卷儿，觉得够本儿了。

"一间楼"酒馆的客人们渐渐少了，还是不见王恭回来。曲久心里说，这泡尿已经流到太平洋里去啦，小二爷怎么还不回来啊？

酒馆的小六子走到桌前，说您该结账啦。曲久表情茫然。小六子说，小二爷走的时候吩咐了，说一个钟头之后找你结账，现在正好九点半。小二爷还让我告诉你，这就叫心不软。

曲久知道小二爷把自己给涮了，只得乖乖掏钱结账。

他出了一间楼酒馆跑回王家大院，看见小二爷屋里已然黑了灯。王恭一定是躺在屋里偷着乐呢。曲久心里明明白白，明儿一早你最好还是别问他今儿晚上的事儿。你若问他，这位小二爷跟你装傻充愣说喝高了，横竖也想不起来昨儿晚上到底是怎么档子事儿啦。

第二天上午，果然不出曲久所料，王恭跟没事儿人似的，嘴里却哼着京戏：昨夜里吃醉酒把大事误了……嘴里含着牙签儿走进王瑰三的屋里请安去了。

当天夜里，王瑰三旧病复发，再度中风。请来著名中医王介臣，说半身不遂这种病，犯一次重一次。在此之前王瑰三能够拄着拐棍儿自己行走，这次落了床，拐棍儿是拄不上了。孟氏哭哭啼啼的，活像受了委屈的小媳妇。乔氏对丈夫的旧病复发心生疑窦，站在王瑰三床前，大声质问孟氏。孟大妮急了，说乔氏是恶人先告状。原来王瑰三病情多年稳定，那天王恭一头闯进来说是请安，也不知道他说了什么话，王瑰三登时脸色黟青嘴唇发抖，当天夜里旧病复发。

乔莞儿听了孟氏一番话，顿时词穷。她也不知道儿子请安的时候究竟说了什么，反正王瑰三再度中风卧床不起。乔氏走出丈夫的居室，直接去问儿子。

王恭屋里的陈设一律洋式，一看主人就是狗少。此时的王恭身子卧在沙发里，两只臭脚丫子摆在茶几上，摇头晃脑听着百代公司的唱片《霸王别姬》。

乔莞儿嗔怪儿子，说梅兰芳出了那么多张唱片，你怎么单挑这不吉利的玩意儿听呢？

王恭对母亲倒是颇为孝顺，连忙起身说，您的意思是我听《拿苍蝇》听《老妈进京》就大吉大利啦？

娘老子又惊又气说，儿子你懂得这么多粉戏啊，是谁教给你的？

儿子十分坦然说，您说这种东西还用别人教我啊？一辈辈不都是无师自通嘛。

乔莞儿吧嗒沉下脸子，张口逼问儿子给爹请安的时候究竟说了什么，弄得王瑰三当天夜里旧病复发。王恭搔了搔头皮，满脸困惑不解的表情。

乔氏大声说，你甭跟亲娘老子装洋蒜，赶紧实话实说吧。

王恭想了想，然后低头挽起裤子，指着自己小腿大声说，妈妈您看我这地方的皮肤，天津话是不是叫蛇皮？

乔莞儿听了儿子的话，心头一惊，猛地坐在沙发里，呼吸急促浑身颤抖，似乎是在发疟子。

母亲不言不语，儿子也不言不语，母与子就这样不言不语定定坐着。足有一支香烟的工夫，乔氏恢复了平静，缓缓站起身来说，既然你知道自己身上长着蛇皮，为娘我也就没话可说了。从今往后你的事情就自己做主吧，用不着跟我商量。

王恭笑了笑说，其实我要的就是您这句话。虽然我身上长着蛇皮，可无论什么时候儿子也不能咬娘啊。

乔莞儿走出儿子的房间，沿着游廊朝前走着，心里没抓没挠的。她叹了一口气，心里还是没抓没挠的。

就这样又过了几天，乔莞儿总觉得王家大院少了点儿东西，绞尽脑汁她终于想起来了，敢情这两天没见桂花的身影。

王恭正在院里的树下训练黄雀儿。天津俗话说，人为财死鸟为食亡。这只黄雀儿为了几粒小米，以实际行动印证着天津俗语的真谛。王恭训鸟儿，曲久一旁伺候着王恭。

乔氏走到树下问王恭，桂花那丫头呢。王恭转过身来恭恭敬敬回答母亲：桂花让我给卖啦。

一旁伺候的曲久听了这话，也吓了一跳。

孟氏听到这个残酷的消息，立即走上前来。郭吟秋正在屋里临帖，手持毛笔奔到院里。

乔氏心惊肉跳问道，你把桂花卖啦？你把桂花卖到哪儿去啦？

王恭扬起残缺的左手，弯起大拇指挠了挠鼻尖儿，然后漫不经心说，我听人贩子说桂花被送到关外妓院里当窑姐儿去啦，八成是在锦州一带。桂花今年二十五了，这样呢也算是修成正果啦。

乔莞儿听罢眼前发黑，当场昏倒在儿子面前。王家大院的用人们扑将上来，掐人中，喷凉水，盘腿捶腰，好一通折腾，乔氏终于缓过气儿来，睁开眼睛注视着儿子，无奈地连连叹气。

128

妈妈您不是说啦，我自己的事情由我自己做主。我把自己的丫头卖了，这也不为过错吧。王恭说话的表情竟然显出几分无辜。

乔氏摇了摇头说，桂花从七岁伺候你，没有功劳也有苦劳啊。

孟氏久经沧桑，此时居然被王恭的"蔫土匪行为"吓得不敢言语，慌忙退回屋里凑到王瑰三耳旁哆哆嗦嗦说，王恭敢情把桂花卖到关外窑子里去啦。

王瑰三已然不能言语，顺着眼角淌出一滴清泪。

曲久站在院里心里揣摩着。小二爷心不软，硬是把从小伺候他的大丫头给卖啦。天津卫娃娃不是瓷的。

郭吟秋握着笔管回到屋里。苍天在上，我区区一介寒士怎么会弄出这么个孽障来呢？

9

七七事变之前，王瑰三沉疴日重，孟氏昼夜照料唯恐夫君命不久永。这时候王恭又来向王瑰三请安，孟氏暗捏一把冷汗，心中料定这孽障的腰子里没憋着好尿。

王手儿成衣局的生意平平。王恭却比以前懂得礼貌了，站在床前称呼孟氏为"长妈"。这就使得孟大妮越发警惕起来。

王瑰三躺在床上，语言极少。他目光定定注视着王恭，咧开嘴角笑了笑。王恭受到王瑰三笑容的震撼，似乎懂了生命力的顽强。

长妈，您回避一会儿吧，自己到院里转悠一圈儿。

孟氏坚决地摇了摇头，站在丈夫床前仿佛是个卫士。王恭突然指着躺在床上的王瑰三，然后大声问孟氏，他把你送给日本人，你怎么还对这老家伙忠心耿耿呢？我活了二十年还没见过你这种没血性的女人！

孟大妮极其镇定，面不更色说，小山勉之死了，我不远千里回到王家，就好比一只老鸽子飞向旧巢。女人的事情只有女人明白。我孟氏有血性也好没血性也好，是用不着你来评说的。

王恭挑起左手的大拇指说，好！长妈您要是早生三百年就是流芳千古的烈妇啊！

孟氏不动声色说，你有什么事儿就说吧，老头子躺在床上听得清清楚楚的。

那好吧，我就把心里话跟您说一说吧。王恭俯身床前，慢条斯理说，实话告诉您吧，我特别想做一个孝子，希望您能给我这个机会。我想您一定愿意给我这个机会的。

王瑰三含混不清地说，有屁快放。

好，我放。您想一想吧，天津卫这地方，华界也好租界也好，凡是死人出大殡的，说是大办丧事尽享哀荣，其实死人什么也看不见。所以我说天津卫这地方几百年也没出一个真孝子，全他妈的是假的。我呢就想做天津卫几百年来的这个真正孝子。

孟氏越听越糊涂，提高警惕听着。

王恭用商量的口吻说，我给您老人家出一场活殡吧？我请魏小辫儿的白事局主办这场豪华丧事，绕着四面城转一圈儿，最后才去西营门。保证轰动天津卫。您亲眼看着自己出大殡，这才叫尽享哀荣呢。

孟氏插嘴打断王恭，说你这样折腾病人是想要他的命啊。

王恭对孟氏的唠叨并不理睬，继续对王瑰三说，天津卫这地方除了当年的花子举人刘道元，还没有第二个出活殡的。我的意思您都听明白了吧。

王瑰三似笑非笑，朝着王恭含混不清说，好吧小孽障，我就依了你啦。

王瑰三的表态同意，令孟氏感到非常意外。老头子，这出活殡不是闹着玩儿的，你这病身子可不禁折腾啊。

王瑰三一板一眼说，出、活、殡、好。

孟大妮泪流满面。

王恭第二天就派曲久出门，到英租界张庄大桥去请号称天津卫"白事大王"的魏子臣，外号魏小辫儿。魏小辫儿可不是简单人物。天津华洋两界的重大丧事，由他主办就有那么几宗。"魏氏白事局"轰动天津是因为它最早使用了灵车，在此之前天津这地方无论官方还是民间，出殡一律使用古老的"大杠"，孝子扶灵，最多由八人抬棺。公元一九二八年六月三日前民国大总统黎元洪先生在天津租界病故，开创灵车送葬之先河。稍后辞世的曹锟先生使用的是自家灵车，大出丧的路上如同一座行走的宫殿，令人叹为观止。尤其是定居天津英租界的庆亲王的大福晋归天，这场皇族丧事魏小辫儿办得更是功德圆满，号称天津头一份。魏氏的白事生意处于阴阳两界之间堪称特殊行业，既服务于人也侍候了鬼，两头儿落好。

郭吟秋极力反对给王瑰三出活殡。他以为自己说话颇有斤两，便跑到王恭面前力谏，说天津卫这地方尽管大办丧事讲究排场，但出活殡这种标新立异的事情还是不办为好。

耐着性子听罢郭吟秋叨叨，王恭笑容可掬告诉这位表舅，十天之内从王家大院搬走，永不叙用。郭吟秋毕竟是读过书的半吊子文人，即使死也要死个明白。他问王恭，我要是不反对给王瑰三出活殡你就不会驱逐我吧？王恭摇头否认说，我原本就打算把你从王家大院里轰出去。

面对这个人间罕见的孽障，郭吟秋颇有自酿苦酒的感慨。

王恭在自己书房里与魏小辫儿签订合同，黄道吉日当场敲定。为了表明自己的信用，他给了魏小辫儿五百块钱，这开了天津卫办白事预付订金的先例——颇有预约死亡的味道。

事情宜早不宜迟。第三天一棵两人合搂粗的大柏树由八个小伙子抬着，嘿哟嘿哟走进北门里大街。沿途的人们看出这是寿材，无不驻足咂舌观看，知道这一定是大户人家的白事。

王家大院里开始制作棺材，天津话叫"摔材"。孟氏将王瑰三从床上扶起，隔着窗户看着院里的景致。王瑰三神色茫然含混不清说，大妮我要是死了谁养活你啊。

孟氏安慰丈夫说，这次不是孝顺儿子给你出活殡吗？你又不是真死。你真的死了我坐在马路边儿缝穷也能养活自己。

华历四月初四，王宅大出殡。王瑰三身后垫着锦团，半躺在柏木棺材里。棺材摆在灵车上。由于出活殡不用盖棺，这个"六月十八的财主"举目四顾，视野很是开阔。他朝着孟氏、乔氏挥了挥手，面含微笑。四匹白马拉动灵车，吹鼓手齐奏，送殡的队伍缓缓上路。

前面是十位骑着自行车的黑衣巡警开道。虎型与仙鹤童子在前；之后是轱辘车上的"开路鬼"；紧跟着是两尊大神：方弼、方相；铭旌之后是全套执事：旗、锣、伞、扇，总共三十六人；跨蟒鞭背箭笼的童子，戴着黑红相间的帽子；一棚和尚经十三人，一棚尼姑经八人，一棚道士经十五人；三堂吹手；官轿一乘，鲜花桌一抬，松圈一堂……出殡的队伍铺排开来，首尾不见。王恭走在竹竿高挑四角落地的白纱孝棚里，成为引人注目的人物。尤其是专程从北京请来的撒纸钱儿高手"一撮毛"，撒出的纸钱儿高达十几米，花样繁多，沿途引爆一阵阵喝彩。

大出殡的队伍吹吹打打绕了四面城，然后前往西营门坟地。"六月十八的财主"不是世家，没有祖庙祖坟，只能进入义地。王恭办的是"小回灵"，即到达坟地执事、僧尼道、吹鼓手全部撤回，只留杠夫抬着棺材进入墓地。

四个壮汉正擦着汗水，抽烟喝水歇息着。墓穴已经打成了。

王恭走到棺前，笑眯眯问尚在人间的死者王瑰三，这风风光光的大出殡，您老人家看得清清楚楚，这就叫尽享哀荣吧？

王瑰三含笑点头，似乎有话要说。王恭挥了挥手，命令众人退得远远的。然后他俯身将耳朵凑到王瑰三面前，恭听着。

他听到王瑰三一字一句说：你小子要是发誓给孟氏一笔养老金，今天你就送我走吧。

王恭哈哈大笑，伸出残缺的左手挑起大拇指说，您真是个明白人！

还没等我跟您老人家开口，您自己就认头啦。好吧，我发誓啦！给孟大妮一笔养老金。这样您心里踏实了吧？

王瑰三缓缓躺倒在棺材里，似乎是在闭目养神。王恭接着说，您要是没话可说了，我倒有几句话跟您说。上次我给您请安，告诉您我知道谁是我亲爹了，您扛不住了，当天夜里旧病复发。今天我告诉您吧，您这辈子一丁点儿真本事也没有，只会把自己老婆送给别人。你先是把孟氏献给日本人，发了横财；后来呢又把乔氏也就是我母亲献给麻德田，换来了军衣庄的生意。天津卫出了您这个没羞没臊的男人，也不愧是大码头啦。

王瑰三睁开眼睛说，你这个小孽障快快叫人钉棺材吧。

王恭亲自从灵车上扛来棺盖，嘿哟一声扣在棺材上。他招唤杠房的伙计们，抡起铁锤叮叮咣咣钉严了棺盖。棺材里静寂无声。八个伙计将棺材放进墓穴，王恭填了第一锹黄土。扔了铁锹他跪在坟前号啕大哭。

您这个没羞没臊的老家伙总算死啦！您活着爱戴绿帽子，您死了可千万别上天堂啊！上了天堂人家可就拿你炖了甲鱼汤啊！

坟前墓碑上刻着：六月十八的财主王瑰三之墓。

杠夫们从未见过这种别开生面的丧葬，不由得面面相觑。

10

王瑰三就这样归天了。

平静了几天，王恭接连办了几件大事。卖了"王手儿成衣局"，然后又卖了王家大院房产。他好像要跟过去的生活一刀两断。

郭吟秋被轰了出去，与乔莞儿含泪告别，说是后会有期。乔氏摇了摇头说，表哥从今以后你要是再来找我，王恭他一定饶不了你。咱俩今生今世永不相见啦。

郭吟秋心头充满困惑，说王恭不是咱俩的亲生儿子吗？煎熬多年全家三口终于团圆了，王恭这孽障怎么倒把我轰出家门啦？

乔莞儿佯作糊涂，扭着中年的屁股转身而去。

王恭没有食言，给了孟氏一大笔养老金，派马车送她离开王家大院，回到侯台子老家颐养天年。孟氏坐在马车上看着王恭说，我知道王瑰三不是你亲爹，可你到底是谁的亲生儿子呢？

您回到老家没事儿，就慢慢去猜吧。什么时候猜出来了就给我捎个口信儿，我必有奖赏。什么时候您死了没人发丧，我奉送棺材。

孟氏笑了，说你这个小孽障也学会说几句人话啦。

王家大院空空荡荡。乔莞儿携带着细软坐进小汽车，王恭说千万别落下什么东西，这宅院已经是人家的啦。乔莞儿说没落下什么东西。王恭走进自己房里，看见供案上蹲着娃娃大哥，就伸手抱在怀里，说哥哥咱们搬家啦搬到英租界的爱丁堡道去住啦。

抱着娃娃大哥坐在汽车里。王恭板着面孔对乔氏说，咱家人口太少，我们哥俩儿也算是亲人啊。

乔氏听罢，嘤嘤哭了起来。

小汽车驶离华界，沿着海河向着下游的外国租界驶去。日租界法租界，最后驶入英租界。绕过英商赛马场驶到爱丁堡道麻德田住宅门前，小汽车停了下来。

麻德田走出爬满青藤的小院，站在边道上迎接乔氏和王恭。乔莞儿走出小汽车，眼含热泪望着麻德田。麻德田走上前来拉住乔氏的手说，我做梦也没想到咱们会有今天的团聚啊。

乔莞儿指着站在身后的王恭说，要是没有咱们的儿子，也就没有今天咱家三口儿的大团圆啊。

王恭毫无表情地看着这两只旧梦重温的老鸳鸯，拎着皮箱径直走进麻宅的小院，掏出手绢坐在藤萝架下擦着脸上的汗水。一袭紫色旗袍的乔莞儿风韵犹存，挽着西服革履的麻德田缓缓走进小院。王恭心里说，这真叫两口子，刚一见面就黏糊上啦。

桂花满面春风从小洋楼跑了出来，朝着乔氏叫了一声太太。

乔氏惊讶得尖声叫着。桂花，你不是被卖到关外妓院里去啦?!

王恭扔了手绢站起来说，那是我声东击西的计谋。桂花从七岁伺候我，我凭什么把她卖啦？我要让她伺候我一辈子。

麻德田哈哈笑着说，桂花管理家政是一把好手，王恭你就让她担当这里的大管家吧。

王恭并不买账，说这里是麻家小洋楼，桂花当不当大管家跟我有屁关系啊。

乔氏嗔怪儿子，说这是你亲爹。麻家小洋楼就是你的家。挽起裤角看一看你们爷儿俩腿上的蛇皮，再看看那两只小肉眼儿，就是一个模子刻出来的。我说王恭啊你搬进英租界啦就应当认祖归宗改姓更名啦。

麻德田连连摆手说，认祖归宗改姓更名的事情以后再议。现在全家先吃团圆饭吧。桂花已然弄了一桌子好菜，咱们快去尝尝她的手艺吧。

饭桌上，王恭要求从明天开始就跟着麻德田学习做生意。麻德田笑了笑，问王恭是否知道他做什么生意。

王恭夹了一块鸡肉说，您顶天儿也就是大批倒腾白面儿吧。

麻德田一怔，立即端起酒杯。乔莞儿拉住麻德田的胳膊嗲声嗲气问道，你真的倒卖白面儿啊？这可是大买卖啊！

麻德田独自干了一杯，嘿嘿笑着并不表明态度。

第二天曲久觍着脸找到英租界麻宅，要求继续给王恭当腿子。王恭无可奈何笑了笑，没有将他拒之门外。

春景天，麻德田告诉王恭少安毋躁，耐心等待。生意嘛总是有他做的。王恭百无聊赖，带着曲久信步出了家门，乘坐胶皮前往南市三不管玩耍。三不管这地方名声不好，吃喝嫖赌抽，坑蒙拐骗偷，无所不有。这里绝非清平世界，良家子弟避而远之。

王恭来到这里，先喝了一碗茶汤，然后就去听撂地的相声。三不管的撂地相声，由于没有女宾在场往往是荤活臭底，黄色内容低级趣味。

王恭听得哈哈大笑十分过瘾，颇有小孩儿过年的感觉。曲久自然陪着王恭大笑，因为他是腿子。

听完相声，王恭说去跤场看摔跤。他朝跤场方向走着，发现几个小混混儿嘀嘀咕咕似乎心怀不轨。王恭知道，前一阵子王恶霸、袁文会为日本人招华工，运往日本开采石矿。可是华工招不齐。于是这几天就改成抓华工。谁抓着一个，袁文会赏谁两块大洋。

这时候小混混儿们朝着王恭走来。王恭心里倏地明白了，当机立断大步迎上前去。曲久东瞅西看跟在王恭后面。

几个小混混儿看着飞鸟自投樊笼，不禁又惊又喜。王恭走到他们面前，突然朝身后一努嘴说，就是他，曲久。

小混混儿们怔了怔，随即放过王恭，扑上前去抓住曲久大声问道，敢情你是曲久啊？

曲久不明就里，茫然点头。我们是老白干儿。几个小混混儿嚷嚷着拖起曲久就走。曲久毫无思想准备，大声叫唤起来。

你们随便抓人啊，王恭大少爷您快说句话呀，告诉他们我是良家子弟，我是良家子弟！

王恭闭口不语，默默看着曲久被拖到一辆马车前面，一团破布塞进嘴里然后装进麻袋，曲久在麻袋里无声地挣扎着。王恭当然不敢久留，叫了一胶皮匆匆离开南市三不管。坐在胶皮里他心有余悸，浑身被冷汗浸得透湿。想起曲久悲惨的下场，王恭为自己寻找着理由。哼，就是曲久这家伙从小教我学坏。教我骂街教我偷看春宫画片教我蹲在茅房里憋老头儿……我身上的坏毛病没有一样不是曲久教给我的。要不是曲久教我学坏，如今我早就大学毕业出国留洋啦。我×的！

王恭乘坐着胶皮平平安安返回英租界麻宅，心情也渐渐平复下来。哼唱着京戏他走进家门。客厅里的乔氏看见儿子独自归来，就问他曲久呢。

王恭撇了撇嘴说，敢情曲久不愿意给我这良家子弟当腿子。您猜他投奔谁去啦？他投奔了南市的大混混儿袁文会。

乔氏十分惋惜地说，曲久怎么这样傻呢？三十好几啦怎么连好人坏人也分辨不清呢。

王恭叹了口气，伸出残缺的左手挠了挠鼻尖儿，做出无可奈何的样子。

厨房里桂花正在烧鱼。她满脸笑纹问王恭，你八成是把曲久给卖了吧？

王恭沉着面孔说，曲久要是浑身长毛，他比猴儿还灵呢。我卖得了他吗？是他自愿投奔袁文会去啦，还要东渡日本留学呢。

麻德田外出做生意，一连好几天没有回家。

乔氏坐在客厅里嗑瓜子儿。王恭来到母亲身旁，突然哭了起来。

咱全家大团圆，我跟你爹也都挺硬朗的，你这是哭谁啊？乔氏不知儿子悲从何来。

我哭我自己没有出息，我哭我自己没有作为，我哭我自己二十岁啦不能自强自立，我哭我自己……

乔氏打断儿子的絮叨。我怎么听着跟说相声的一样呢？你有话就明说，用不着绕那么大圈子，有这工夫去趟北京都回来啦。

王恭说，那我就开门见山吧。您说咱家三口大团圆，可咱娘儿俩毕竟是末后上的梁山啊？我亲爹麻德田行伍出身，独来独往惯了，指不定什么时候他乍开翅膀一飞，咱娘儿俩可就找不着北啦。那才叫欲哭无泪呢。

由于麻德田接连几天没有回家，王恭的一番话对乔氏产生了影响。是啊，麻德田兵鬼儿出身，到时候一咬牙一跺脚，那就真的找不着号儿啦。乔氏思忖着，问儿子究竟有什么打算。

人无远虑，必有近忧。王恭开始给母亲讲课。他说手里的钞票是纸印的，说毛就毛；无论哪朝哪代，站着的产业都倒不了。什么是站着的产业？房产啊。然后他告诉母亲，总督路上有一座小洋楼，主家急着用

137

钱要价不高。这座小洋楼买了卖，坐地就能小赚一笔。

乔氏感到欣慰。有言道大丈夫不赚傻钱。其实麻德田从事的就是这种买了卖、卖了买的投机生意。看到父与子如此一脉相承，乔氏深感晚年有望。

桂花一旁激励，男人没主意受一辈子穷，女人没主意坐一屁股脓。小二爷就是要单枪匹马独闯天下。不过那座楼的行市一定要弄明白了，可别一脑袋扎进去拔出不来。

王恭颇为自信，说自己又不是三岁小毛孩子。

乔氏点头同意，拿出娘儿俩的全部积蓄让王恭去兑楼。

第二天王恭就没影儿了。乔氏慌了。晚上麻德田急冲冲走进家门，说他银行里的存款全部被王恭划走啦。

乔氏安慰丈夫，说王恭兑楼去啦。麻德田啪地一拍桌子，你妇道人家懂个屁，这小孽障携款跑啦。

打开王恭的房间，乔氏看到空空荡荡的景象。该带走的东西王恭都带走了，只剩下礼盒里的那颗大号手榴弹。

乔氏一屁股坐在地上哇哇大哭起来。麻德田毕竟兵痞出身，大声叫来桂花审问。桂花泪水涟涟，坚持说自己对王恭携款外逃的计谋一无所知。

麻德田高声叫骂起来，主要是骂自己有眼无珠引狼入室，竟然让小孽障给涮了。末了，他拿起那尊已经长了胡须的娃娃大哥狠狠摔在地上。

七七事变的第二年，王恭给家里寄来一封信。字迹歪歪扭扭，活像虫子满纸乱爬。王恭家信的内容是这样的：

父母大人在上：儿来沪从事投机生意，不觉两年时光。然而每每同人共桌用餐，儿动辄勺筷齐出，刀叉并举，抢吃抢喝，从未饿饭。晚来歇息，鼾声先起，决不相让于邻人。可谓

138

吃得饱睡得着，天津娃娃在这里被称为北方大佬。北方大佬请父母大人放心勿念，什么时候我把赔进去的本钱全都捞回来啦，我就回家跟你们团聚。

麻德田与乔莞儿读罢小孽障的平安家信，一时哭笑不得。

乔氏问丈夫，你说全中国有谁能帮助咱们调教这个小孽障？

老兵痞思忖着，然后态度诚恳地说，国民党调教不了他，日本人也调教不了他，我估计要是共产党坐了江山，兴许能整治整治这个瘌手儿小孽障。

乔氏说，你说的共产党不就是八路军吗？

对。八路军跟共产党是一码事儿。

乔氏充满希冀地说，要是共产党真的能够整治这个小孽障，我就天天祷告共产党得天下坐江山。

太平洋战争爆发那年，日军强行占领天津英租界，称为"极管区"。麻德田唯恐犯了私藏军火罪，连夜将那颗大号手榴弹埋在院里树下。年近三十岁的桂花站在树下嘤嘤哭着，赤裸裸表达着对王恭的怀念之情。

第三天有人悄悄捎来口信儿，麻德田和乔莞儿终于听到有关王恭的消息了。

这个啼笑皆非的消息令人目瞪口呆：小孽障王恭在南边主动参加了共产党。

麻德田一屁股坐在门槛上。

天津制造

1

九一八事变之后，方学门丧父。家中景况变得艰难起来。他必须自谋生活，就离开河北省交河县农村的老家，来到天津。那时候天津市是河北省的省会，大地方。方学门越发觉得自己是个小人物。他坐的是硬板儿火车，显得心事重重。火车走的是津浦铁路，向北。方学门在天津西站下车，拎着包袱一路步行来到三条石大街。

三条石号称华北机器工业摇篮。永茂灯具厂坐落在三条石大街的小马路上。晨曦里，方学门脸上挂着几分怯意，猛然嗅到一股铁锈味道。这种工业作坊的味道显然与农村泥土的芬芳截然不同，令他感到陌生。走进小马路，浓烈的铁锈味道扑面而来，方学门对这种味道毫不怀疑，认为铁工厂就应当是这种滋味。

这样想着，方学门大步朝着胡同深处走去。天气已经冷了，他袖着手走了十几步，抬头看到一个消瘦男人躺在地上，面孔惨白。方学门以为遇到醉鬼，走上前去看了看。他突然发出一声尖叫，扔下包袱返身狂奔而去——人们以为三条石大街上跑过一匹惊马。

躺在胡同里的消瘦男人已经死了。

方学门十八岁，中等身材白净子，读过三年初小，不但识字而且会打算盘。这个五官端正的小伙子是来投奔表舅田宝印的。表舅田宝印是永茂灯具厂的工厂主，三条石一带著名的大胖子。

那年月胖子很少，田宝印这种大胖子更是稀少。

三条石地处天津北开地区，距离天津发祥地三岔河口的小直沽不远，火光熊熊的小铁匠炉是这里一道耀眼的风景，三条石大街两侧的手工业作坊，将近百家。这一带远离天津的外国租界，历来是中国人的天下。据说三条石大街中央那三条青石便是李鸿章大人担任直隶总督期间下令铺设的，天长日久人来车往，轧出两道深深的车辙，留下一行艰辛的足印。有一首歌谣这样描写当时三条石工人的血泪生活：

　　三条石，靠运河，棒子面，大粗箩，想抽烟，有锯末，要喝水，有臭河，冬天挨冻夏烤火，春秋累得打哆嗦……

看来三条石工人的生活，挺惨的。其实这就叫阶级压迫。不过方学门并不懂得这类字眼。方学门只知道天津是中国北方第一商埠，华洋杂处，水旱大码头。他投奔表舅田宝印学生意，心里充满对未来的憧憬。

清末民初以来，从农村老家来到天津三条石的小伙子，分两类。一类是来当学徒的，出大力流大汗学作一门手艺，三年出师满徒成为"手艺人"。另一类是来学生意的，跑里跑外填单子算账，一学也是三年，学成之后进入工厂账房，成为管理人员。

方学门属于后者，他是来学生意的。如果不出重大意外，三年学成他将成为三条石永茂灯具厂的"白领"。生活的道路就在脚下。三年漫长的时光对方学门来说应当是个考验。

然而他走进三条石首先遇到的竟然是一个躺在地上的死人，如此"开门红"似乎不太吉利。方学门几乎吓得尿了裤子，根本不敢打听死者的身份。晨曦的惊吓之中他的包袱也跑丢了，因此没了换洗的衣裳和鞋袜。表舅田宝印告诉他，三条石这地方死人的事情是经常发生的，死了也就死了。天津三条石就这样给方学门上了第一课。

他因此对三条石耿耿于怀。

方学门开始在账房里跟着施先生学生意。施先生名叫施书义，高个儿驼背近视眼，说话拖泥带水。施书义的最大优点是节省粮食，晚晌喝了酒就不吃饭了，眯着惺忪醉眼哼唱着小嗓儿，主要是梅派青衣唱段，《贵妃醉酒》什么的。每逢这种时候方学门就想起躺在清晨胡同里的那个死去的消瘦男人。

永茂灯具厂的主要产品是桅灯。那年月很多地方没有通电，无论民用军用，桅灯都是主要的照明工具。因此永茂的产品还是很有市场的，经济效益也不错。否则"桅灯大王"田宝印也娶不起小老婆啊。田宝印的小老婆名叫隋喜花，她只比方学门大两岁，说话满嘴天津口音，不好听。据说隋喜花在娘家的时候很穷，盘腿坐在炕上以糊纸盒为生。她能够成为田宝印的小老婆，完全是哥哥隋德金热心促成的。隋德金是永茂灯具厂的大工匠，脑筋灵活。据说每逢关键时刻，面对棘手的技术难关他总是能够想方设法加以解决，属于永茂灯具厂不可或缺的技术骨干。尤其是那台被称为"小捣子"的宝贝机器，无论出了什么毛病，隋德金手到病除。因此田宝印视隋德金为工厂柱石，以高薪待之。事情的次序是这样的：田宝印娶隋喜花做小老婆，然后隋喜花又将自己的哥哥隋德金介绍到永茂灯具厂，成为独一无二的技术大王，掌管机器的生杀大权。

世界上没有无缘无故的爱，也没有无缘无故的恨。资本家与工人妹妹联姻，这属于超阶级的爱。在阶级矛盾极为尖锐的三条石地区，桅灯大王娶了糊纸盒的姑娘，这桩超越阶级的婚姻能否天长地久应当说还是个问号。

浓眉大眼的方学门学起生意来任劳任怨，每天傍晚的主要任务是为施书义出门打酒——二两老白干儿。酒菜是一小碟儿炒花生米。

方学门每天都要贪污一颗花生米。他往往是在三条石大街与普乐胡

142

同拐角处将那颗花生米塞进嘴里，细细咀嚼怀着回味无穷的心情。有一天黄昏时分飘着小雨，方学门打酒归来走到三条石大街与普乐胡同的拐角，正要偷吃那颗花生米，扭脸看见普乐胡同深处站着两个人，纠纠缠缠的样子。女的哭哭啼啼的，淋湿的衣服贴在她身上，凹凸可见，显得十分丰腴。男的瘦小枯干，握紧拳头咚咚捶着细雨之中的大墙，显得十分悲戚。

女的是隋喜花，男的是隋德金。方学门不敢理会雨中兄妹的纠葛，嚼着花生米偷偷跑回永茂灯具厂。

施书义似乎对方学门的偷窃花生米的行为一无所知。学生意的日子就这样一天天过去了。

临近中秋节的一天，大胖子田宝印突然接到一张订单，坐落在东门里的傅家大院要求永茂灯具厂三天之内送去一百只桅灯。田宝印感到惊讶，因为在此之前永茂的桅灯是通过华胜洋行销往全国的。这次傅家大院逾越总代理商向永茂灯具厂直接订货，田宝印当然高兴不已。他将订单交给施书义，好生一番叮嘱。施书义办事滴水不漏，为了防止意外他决定先到傅家大院拜访，一屁股将这笔生意坐实。

小伙计方学门有幸跟随施书义先生一道前往坐落在南门里大街的傅家大院。

秋高气爽的天气，正是瓜果梨桃上市的好季节。施书义眯着双眼走上河北大街，身形很像一头枯瘦的骆驼。方学门跟在骆驼后面，东瞅西瞧，觉得处处都是风景。河北大街是天津华界的繁华地带，卖桐油的卖铁锚的卖缆绳的卖篙杆的，颇有漕运遗风。由此向北一直通往平津大道，向南呢途经著名的北大关就是天津老城里。

方学门随着施书义走到估衣街口，人群拥挤道路堵塞了。施书义回头告诉方学门，跪哭团来了。

跪哭团？方学门听不懂施书义的话，连忙踮起脚尖儿朝前望去。

施书义又说，跪哭团的学生们也是保家卫国啊。

方学门好奇心盛，使劲儿挤上前去。他看见一群学生，身穿白色丧服手擎白色纸幡，一派大办丧事的样子。一只只纸幡上都写着四个大字：抵制日货。

这就是跪哭团啊。中华民族内忧外患，已经到了面临灭亡的最危险时刻，以天津爱国学生组成的跪哭团成员，人人丧服加身，长街跪哭，旨在唤醒昏睡不醒的国人，振作精神抵制外夷。

这时候方学门看见跪哭团的指挥者居然是个剪着短发的女学生，她披麻戴孝走在前列，大声演讲。真可谓字字血声声泪。

方学门听懂了。这个女学生说，日本弹丸之国狼子野心，亡我之心由来已久，中华民族必须挺起脊梁，爱国民众团结一心抵制外侮。工农商学兵责无旁贷，联合起来抵制日货。

就在女学生演讲的同时，跪哭团成员呼啦一声跪在隆东洋货店门口儿，齐声哭号起来。

天津卫的父老乡亲们，国家兴亡人人有责啊！倘若国家要是亡啦，咱们可就当了亡国奴啦。国家要是亡了商人赚钱还有什么用啊？

跪哭团哭得情真意切，泪洒长街。围观的人们不禁激动起来。

方学门受到感动，扭脸大声对身后的人们说，咱们就是要抵制日货。身后的人们纷纷鼓励说，你上去演讲吧你上去演讲吧。

方学门心头一热，大步走上前去。围观的人们大声给他鼓掌。他一时不知所措，呆呆望着身穿丧服的女学生。

女学生挥舞着手中纸幡大声鼓励方学门发表演讲。方学门肚里没词儿，吭哧了一会儿只憋出一句话来：小日本儿不是个东西！

隆东洋货店的经理终于走了出来，朝着跪在门前的跪哭团成员躬身作揖，说敝店保证明日关门盘点，停售日货以表爱国之心。

方学门心头的爱国激情腾地被点燃了，顿时热泪盈眶。

施书义站在一旁嘿嘿笑着。

2

傅家大院门口蹲着两尊石狮，显得很有气势。施书义指着高台阶告诉方学门，门口蹲着石头狮子的宅院，说明祖辈曾经获得过功名，这叫世家。

这是一座五进式的深宅大院。门房儿操着纯正的天津话问明事由，引着施书义和方学门晋见大管家。沿着游廊朝前走去，终于进了跨院儿的一间厢房。门房儿说你们等着吧，大管家一会儿就来。

门房儿走了。跨院儿的厢房里，施书义坐着，方学门站着，就这样等待着傅家大管家的到来。

施书义蜷着身子坐在椅子上，懒洋洋吸烟。方学门知道他手里夹着的烟卷儿是日货，心生恨意。

站在厢房门口东瞅西瞧，方学门心里想着大街上的景致。跪哭团的女学生真是了不起啊，讲起爱国大道理一套一套的，老百姓听得明明白白清清楚楚。

这时施书义突然说，人家跪哭团的那个女学生让你发表演讲，嘿嘿，你怎么只说了一句话就没词儿了呢？

方学门表情很窘。

施书义又说，你来到天津卫学生意，胆子可不能太小啊。胆子太小你是什么也学不成的。

方学门连连点头，心里还在想着跪哭团的那位女学生。她身穿孝服手持纸幡走上大街抵制日货，即使穆桂英转世也比不上当今女学生的胆量啊。

一个西服革履的小伙子大步走进跨院，满面微笑朝方学门打招呼。方学门一时不知来者何人。施书义走出厢房连声应答。

施书义万万也没有想到这位西服革履的小伙子就是傅家大院的大管

家。天津人心目之中深宅阔院的大管家应当是长袍马褂的老先生。面对风华正茂西服革履的新派大管家，施书义感到很不适应，一时不知如何是好。

西服革履的小伙子自称名叫马乔，长得很帅。方学门听到这个洋里洋气的名字，心情为之一振。马乔询问施书义此番前来有何贵干。施书义拿出一百只桅灯的订单，询问这次怎么没有通过华胜洋行订货。马乔看了看订单，然后笑着告诉施书义傅家大院以前购物都是通过华胜洋行的，近来得知华胜洋行热衷行销日货，民愤极大，因此傅家大院的主人立即决定终止从华胜洋行购物，以示爱国之心。

施书义默然。朝气蓬勃的马乔又说，这一百盏桅灯是傅家大院出资捐给"抵制日货百人演讲团"的。届时由天津各界人士组成的"抵制日货百人演讲团"将人人手持桅灯宣传爱国道理，掀起抵制日货的新高潮。

方学门脱口而出，说傅家大院的主人真是开明士绅啊。

马乔问方学门识不识字。方学门说在老家念了三年初小。马乔说既然识文认字你应当知晓傅修迪先生啊。方学门并不知晓这个名字，只得朝着马乔摇了摇头。马乔非常失望地耸了耸肩膀。

马乔的这个动作很像外国人。

施书义起身告辞，声称一百盏桅灯明天下午四点钟准时送到傅家大院。马乔说径直送到中营小学吧，届时百人演讲团将在学校操场誓师，然后奔赴天津的四城八乡宣传爱国道理。

出了傅家大院，方学门几次回头张望，心中恋恋不舍。这座外表显得古香古色内里充满维新风气的深宅大院，已经成为令方学门心驰神往的圣地。傅修迪先生是谁啊？一路上他几次询问，施书义均不予理睬。

临近鼓楼，施书义看见一家小酒馆就迈不动步子了，很像一头累垮的骆驼。方学门知道这是天赐良机，立即说施先生今天我请您喝酒。施书义嘿嘿笑着说，别看你是田宝印的亲戚，你早就应当这样孝敬我啦。

方学门跑去为施书义打来一壶烧酒，四两。酒壶是锡制的，泛着青光。不知为什么方学门想起了明器。

施书义真是酒徒，捏着酒壶站在大街上喝了起来。他一边饮酒一边指着广东会馆的大门告诉方学门，孙文和黄兴曾经先后在这里演讲，后来果然推翻了清朝。方学门听得津津有味。他虽然来自河北农村，心里还是很有志向的。

四两白酒仿佛是钥匙，打开了施书义的话匣子。你知道傅修迪先生吗？你要是不知道傅修迪先生，我看你根本就不配做天津人。施书义满面红光大声说着，颇有几分醉态。方学门认真听着，字字句句记在心里。傅家大院的主人傅修迪先生是中华热血人士，当年袁世凯派出曹汝霖、陆征祥代表北洋政府与日本签订了奇耻大辱的"二十一条"，消息传来傅修迪先生义愤填膺，随即在鼓楼前引火自焚，以示强烈抗议。傅修迪先生的舍生取义，一时震动津沽大地。

傅修迪先生的长子傅国铧当时只有十岁，随即跑进厨房偷来菜刀，切断食指蘸着鲜血在一块白缎上写下"抗日爱国"四个大字，然后当场昏厥过去。傅氏父子的爱国之举，激发了天津各界的爱国热潮，纷纷走上街游行，抗议日本帝国主义侵占中国胶东半岛。

傅氏父子的事迹使得方学门热血沸腾，这远远胜过童年时代听到的岳飞抗金故事。岳飞是南宋的民族英雄，时光久远。方学门恨不能立刻叩拜近在咫尺的天津爱国志士，以表崇敬之情。施书义告诉方学门，傅修迪先生的灵位已经供奉在先贤祠，后人们是不会忘记的。他的长子傅国铧如今风华正茂，主持着傅家大院的日常事务。傅国铧的胞妹傅晓彤是河北女子高等师范的高才生，天津市有名的才女。

方学门听得如醉如痴，心中已将傅氏兄妹暗暗树为自己的榜样。

随着施书义回到三条石的永茂灯具厂，方学门立即感到空气非常紧张。一问才知道那台宝贝机器"小捣子"出了毛病，急得田宝印如热锅上的蚂蚁，连声说要是崔家济不死就好啦。听了这话方学门心里想，那天大清早我在胡同里见到的那具死尸敢情名叫崔家济啊。

147

大工匠隋德金倒还显得镇定，不慌不忙修理着机器。小工厂就是这样，只要宝贝机器一趴窝，全完。

隋德金为了抢修机器，说必须挑灯夜战。施书义笑着说《三国演义》里张飞战成都就是挑灯夜战的。好在永茂灯具厂不缺灯火，一下子就点亮了十盏。隋喜花有些心疼，说八盏足够。田宝印听了，就让方学门弄灭了两盏。

八盏桅灯照耀着隋德金的光头。天色已晚，机器还是不见修好。田宝印沉不住气了，派方学门去饭馆炒了四个好菜，犒劳隋德金。隋德金面无表情，不慌不忙，一派大工匠风度。

子夜时分，机器终于修理好了。田宝印大喜，亲手给隋德金点燃一支绿炮台牌烟卷儿。

瘦猴儿似的隋德金悠悠吸着烟卷儿，歇着。

小徒弟们连夜加班，为傅家大院装配一百只桅灯。桅灯的铁芯是在机器上冲压而成的，为了省电田宝印命令关闭马达，叫来两个小徒弟轮番交替摇动大轮，歇驴不歇磨。就这样机器在人力的驱动下，咣咣咣工作起来。两个小徒弟憋屈得脸色发紫胳膊发胀，累得上气不接下气，活像两个机器人儿。

这俩小徒弟一个名叫小筋头儿，一个名叫来顺儿。

隋德金坐在账房里，悠悠喝酒慢慢吃菜，大功臣似的。

方学门注视着这个场面，认为隋德金这样的大工匠，倚仗着技术上有两手绝活，吃香喝辣，活得既舒适又体面。不知道为什么，方学门猛然想起那天清晨躺在胡同里的死人崔家济。

崔家济究竟是什么人呢？

3

中共天津市委地下组织的秘密电台，坐落在天津法国租界天主教堂附近的一幢小楼里。秘密电台的报务员卜鸿光的公开身份是汇丰洋行职员，能讲一口流利的英语。他早年毕业于清华大学机械系，操着江浙一带的口音，一派温文尔雅的样子。她的革命同志江星兰，出身天津名门望族，投身革命之后即与家庭决裂，江星兰是她的化名。

江星兰虽然操着天津口音，人却长得非常漂亮。然而漂亮也白漂亮，革命工作要求她只能与卜鸿光做名义夫妻。晚上，两人分别在两间屋里睡觉。一个井水，一个河水。

这种名义夫妻的生活，不亚于战场火线，对卜鸿光和江星兰这一对才子佳人来说，真的是一场严峻考验。卜鸿光必须做到秋毫无犯。江星兰呢不能流露丝毫风情。

这种一日三省的扭曲生活，非常残酷。卜鸿光几乎要坚持不下去了——他不是难以坚持这种禁欲生活，而是难以做到日复一日的革命道德自审。江星兰的日子似乎好过一点儿，只要她坚持不断地淘洗着自身的女人味道，时光也就流逝过去了。

这时候，发报机坏了。

文雅而潇洒的卜鸿光并不慌张。他早就知道这个零件容易出毛病，手头留了备件。看来清华大学的机械系他没有白念。二楼的卧室里他拉上窗帘打开发报机，不到十分钟就更换了备件，故障迎刃而解。江星兰站在一旁，看在眼里，爱在心头。她心中暗暗说道，这是一个对革命工作充满高度责任感的同志啊。

晚饭，江星兰给卜鸿光做了一碗银鱼汤。这在天津地方的菜谱来说无疑属于美味佳肴。

卜鸿光对江星兰的良苦用心一无所知。他若有所思，很快就将一碗银鱼汤喝得精光。江星兰问他味道如何。

卜鸿光抬头看了看她，说汤很热。

江星兰只得苦笑了。卜鸿光注视着江星兰。江星兰误解了这种目光，十分羞涩地笑了笑。卜鸿光眉头紧锁，叹了一口气。

江星兰认为卜鸿光有了心事，就主动启发对方，说无论遇到什么困难都应当依靠组织解决。

卜鸿光又叹了一口气，说备件用光了如果发报机再出故障，无疑会面临着停机的危险。

江星兰听了这番话，知道自己误解了对方。她内心感到几分失落，在此之前她以为卜鸿光爱上了自己。

那就给上级组织打报告吧。我们手头必须要有发报机的备件啊。江星兰说着，转身去拿纸和笔。

口头向组织上报告吧。我们不要轻易留下字迹。卜鸿光告诉江星兰，明天中午是例行的接头时间，法租界梨栈账房的纪复先生是自己人。

第二天中午，江星兰前往法租界梨栈，找到账房的纪复先生。纪复先生只有二十几岁，看上去像个离校不久的学生。接头暗语是"梨栈里为什么要卖苹果？"暗语对应无误，江星兰说明来意。纪复先生告诉她，下一个接头日就能听到回音了。

江星兰回到家里向卜鸿光做了汇报。卜鸿光指示江星兰耐心等待。距离下一个例行接头日还有七天时间。

第六天的夜里，江星兰腹痛难当，躺在床上呻吟不止。睡在隔壁的卜鸿光被她的痛苦呻吟惊醒，立即披衣叩门，低声询问。

江星兰满头大汗开了门，随即倒在他的怀里，疼得昏了过去。卜鸿光慌了，咬紧牙关抱起江星兰下楼，大声叫醒了车夫。

卜鸿光将江星兰送到法租界的圣保罗医院。圣保罗医院属于教会医院。大胡子法国大夫为江星兰检查身体，诊断为急腹症，必须住院治疗。

凡与女人身体有关的事情，卜鸿光统统是门外汉。既然是急腹症那就住院治疗吧，卜鸿光俯身对躺在病床上的江星兰说。江星兰疼得大汗淋漓，伸手搂住卜鸿光的脖子压低声音说，明天我还要到梨栈账房去接头啊。江星兰表现出来的高度革命责任感以及浓烈的女人气息，一下子感动了卜鸿光。

护士嬷嬷给卜鸿光太太打了止痛针。卜鸿光太太渐渐安静下来。

你安心养病吧明天身体就好啦。卜鸿光安慰着革命同志江星兰。

明天怎么办呢？江星兰脉脉含情注视着名义丈夫。

卜鸿光想了想，说明天总会有办法的。

上次前去接头是我，今天继续接头就不能换人了。你知道这是组织上的规定啊。

卜鸿光默默无言，只得点了点头。

第二天上午，江星兰挣扎着从病床上爬起，在病员服外面披了一件御寒的大衣，走出病房。护士嬷嬷惊了，连忙报告大胡子法国大夫。大胡子大夫立即跑来，操着生硬的华语告诫卜鸿光太太，治疗期间绝对不许外出。

江星兰救援似的看着名义丈夫卜鸿光。

卜鸿光操着流利的英语告诉大胡子法国大夫，说我太太必须出去，一小时之内保证回到医院。

大胡子法国大夫十分愤怒地告诉卜鸿光，你们这样做是要付出极大代价的。

革命者是无所畏惧的。卜鸿光说了声对不起，然后挽着名义妻子江星兰走出圣保罗医院。

大胡子法国大夫注视着这对夫妻的背影，大声说不可思议。

江星兰按时赶到法租界梨栈门前。她面色惨白，浑身淌着虚汗。

根据地下工作的原则，卜鸿光是不宜露面的，他坐在梨栈附近的一家咖啡馆里，等待着。

大约过了十分钟，江星兰气喘吁吁走进咖啡馆。她脸色惨白呼吸急促，十分艰难地走到卜鸿光的桌前，一时说不出话来。

这是公众场合，卜鸿光必须镇定自若。他请江星兰落座，然后轻描淡写问她情况怎么样。

江星兰双手颤抖着端起他的咖啡，咕咚喝了一口，说纪复先生没能搞到备件。

为什么？卜鸿光低声问道。

地下党的采购员死了。江星兰说出这句话，捂着小腹疼痛得昏了过去。

4

一百只桅灯打包装箱，施书义委派方学门押车送货，前往中营小学。方学门很激动，颇有天降大任的感觉。大胖子田宝印高一声低一声叮嘱着方学门，交货之后千万不要忘了收账。

一辆排子车，拉着一百盏桅灯，总共五大箱。箱子上写着"天津制造"的字样。出了三条石大街，小筋头儿拉着排子车走在前面，来顺儿在后边推。方学门手里拎着一只布袋儿，里面是送货单。他一路小跑儿紧紧跟随着。这三个小伙子的岁数加在一起，也不到六十。因此这是一辆充满朝气的排子车。路过北大关的时候，方学门居然跑到排子车前面，大声喊喝着，打开道路。

马路边的鲜花庄门前站着几个学生。方学门自从那天见到跪哭团心里即对爱国学生产生了敬畏之情。他鼓起勇气朝着鲜花庄投去一瞥，觉得其中有个女学生很是面熟。

她就是跪哭团的领袖吧？方学门回头望去，心里竟然惆怅起来。他平生首次体味到这种难以名状的情绪，脚步也就乱了起来。

中营小学是前清举人严范孙先生创办的完全小学，名声很好。排子车驶近操场的时候，引起一阵欢呼。此起彼伏的欢呼声浪令方学门一时不知所措，手里拎着布袋儿茫然朝前走去。一个自称校董的先生迎上前来，招呼学生们卸车。学生们以为方学门是傅国铧先生派来的代表，就轮番与他握手，纷纷说感谢捐灯。

深秋的天气里，方学门的人生道路在一阵阵热烈的握手中，就这样被改变了。他忘记了自己是永茂灯具厂的伙计，也忘记自己的主要任务是送货收款。他看到的只是操场上列队待发的社会各界人士。尤其是那百名持灯的学生，五十名男生，五十名女生，清一色的学生装，洋溢着不可遏止的青春气息和爱国热情。

小筋头儿和来顺儿，也显得兴奋异常。两人被校董派去购买煤油，拉着排子车走了。

方学门的脑海一派空白，唯一的念头就是要做一件实实在在的事情。这时候校董派他去礼堂扛来一杆大旗。

方学门仿佛喝了酒，双脚也仿佛踩在浮冰上。他费了很长时间终于找到礼堂。其实礼堂近在咫尺。走进礼堂之后，他费了很长时间终于找到那杆大旗。

他激动得难以自持。

举着旗杆来到操场上，方学门看到那一百盏桅灯已经亮了。此时天色渐黑，灯光尚未显示出它的威力。几个小伙子拿来一幅白色旗帜挂在方学门的旗杆上。白色旗帜上写着四个遒劲的墨字：还我东北。

天色这时候黑了下来。百盏桅灯组成的游行方队迈开步伐，喊着口号离开中营小学，走向社会。方学门举着"还我东北"的大旗，走在桅灯方队的后面。出了校门，他操着浓重的河北家乡口音连续不停呼喊着口号：不许欺侮中国人！不许侵占中国土地！

小筋头儿和来顺儿看到方学门融进了游行队伍，急了，一边追赶着一边喊叫着。方学门你回来！方学门你回来！

方学门不回头。方学门随着游行队伍大步朝前走去。

游行队伍由南向北走去。临近北大关的鲜花庄，前面突然有人举出一盏巨大的白色灯笼，引起一阵响动。走近了，方学门看到这只巨大的白色灯笼上写着"丧权辱国"四个黑字，又是跪哭团的女学生，大声诉说着东三省沦陷的悲愤。这只白色灯笼点燃了方学门的爱国激情。这种爱国激情使他沉浸在如痴如醉的情绪里，不能自拔——频频回头注视着演讲的女学生。

这时候方学门并不知道这位街头演讲的女学生就是傅晓彤。

方学门随着游行的队伍朝前走着，只觉得周身热血奔涌不息。他甚至觉得，如果此时这样死去也不枉今生了。他懵懵懂懂品味着神圣二字的含义。

这样活着真好啊。方学门大声对身旁的学生们说。

深夜时分，方学门徒步赶回三条石的永茂灯具厂。工厂的大门已经锁了。他攀上墙头，活像一只灵猫，纵身跳进厂里，然后趴在地上观察着动静。

他又想起那个清晨躺在胡同里的死人——崔家济。

这时候远远一个白晃晃的身影一闪，进了账房。空气里飘来香水的气味。方学门心里想，表舅的小老婆隋喜花平时并不住在厂里啊，这香水的气味从何而来呢？

方学门不敢停留，蹑手蹑脚回到自己的屋里，睡了。

第二天一大早，躺在被窝里的方学门被一只大手拎着耳朵拖了起来，很疼。他号叫着，睁开惺忪的眼睛。

这不是做梦。表舅田宝印拎着他的耳朵说，裤衩呢？你快穿上裤衩！

方学门裸着身子说没有裤衩。

大胖子田宝印大声吩咐坐在账房里的施书义：施先生拿一条裤衩给他！

方学门穿上一条肥大的裤衩，被表舅拎到工厂的院子里。两个伙计立即扑上前来，一条麻绳将方学门捆紧，吊在那棵歪脖树上。

方学门被吊在空中，气喘吁吁问道：为什么要捆我？

小筋头与来顺儿面面相觑：是啊，为什么要捆他……

资本家田宝印抖动着浑身肥肉走到树下，大声说，为什么要捆你？你参加市民游行啊！那游行是你能参加的吗？来啊，先给我抽他二十鞭子……

方学门突然喊叫起来："游行有理！爱国无罪！"

田宝印表情慌张，指挥伙计们说，关上大门！关上大门！千万别让外人听见……

方学门看到田宝印怕了，越发长了精神：打倒小日本儿！还我东北大好河山！

田宝印急忙扒下方学门的裤衩，缠成一个布团，堵住他的嘴。

方学门一下子就成了赤裸裸的爱国志士。

当天晚上，醉眼惺忪的施书义来到树下，割断了捆在方学门身上的绳子。他压低声音对自己的伙计说，方学门你心高志大，小小工厂是留不住你啊。跑吧跑吧，兴许日后你能成大气候。

伤痕累累的方学门扑在施书义脚下，磕头表示感谢，趁着夜色转身溜出永茂灯具厂，跑了。

5

傅家大院的大管家马乔，毕业于北洋大学采矿系。他与毕业于河北女子高等师范的傅晓彤是中学时代的同学。大学时代马乔又结识了傅晓彤胞兄傅国铧，双方一见如故。

就这样，马乔大学毕业之后没去采矿，来到傅家大院担任大管家。担任了这个职务，他跟傅晓彤的接触多了，渐渐产生爱情。马乔具有浓重的西方现代思想，一个风高月黑的夜晚他开门见山向傅晓彤表达了自己内心的情感。傅晓彤毕竟是知识女性，她在接受马乔爱情的同时，毫不羞涩地承认自己早在中学时代就爱上了马乔。

这很好。马乔先生与傅晓彤小姐终于成为天造地设的新式恋人。尽管如此，傅晓彤仍然恪守内心深处的那个秘密——她已经参加中共天津地下党的活动。热血女青年傅晓彤对组织保持着绝对忠诚。她对自己投身革命的行为守口如瓶，面对恋人也不例外。

这天晚上，傅家大院到了关闭大门的时间。天津的大户人家，早上什么时间开启大门，晚上什么时间关闭大门，生活起居都有一定之规。马乔对工作从来都是认真负责的，到了晚上关闭大门的时间，他必然要亲自巡视一番，做到一丝不苟。

就在傅家大院的大门隆隆关闭之时，马乔看到一个身影窜到门前，大声说求见傅国铧先生。

马乔命令杂役点亮门灯，然后注视着这位不速之客。他觉得站在门外身穿长衫的这个小伙子有几分眼熟，一时想不起在什么地方打过交道。

小伙子自我介绍名叫方学门，是永茂灯具厂学生意的伙计，前几天跟随账房先生施书义来过傅家大院。方学门说出对傅国铧先生名声的景仰，今天晚上匆匆前来投奔。

马乔的记忆力不太好。经小伙子自我介绍，他终于想起这个永茂灯具厂的小伙计。身为新青年，马乔对方学门这样的年轻人并无恶感。他招了招手请方学门进来，然后引领着走向偏院。

身穿蓝布长衫的方学门心情非常激动。他认为自己能够顺利走进傅家大院这座书香门第，是因为穿了这件长衫。

方学门向往文化。

长长的游廊上装了电灯，很亮。方学门看到一位女学生装束的小姐迎面走来，不由啊了一声。

就是她！领着跪哭团宣传抵制日货的女学生就是她！方学门怀着极其崇敬的心情，目不转睛注视着对方。

傅晓彤款款走上前来，笑着问方学门："你认识我啊?"

方学门如鸡啄碎米般点着头，说我在大街上听过您的抵制日货的演讲。

傅晓彤眨着一双大眼睛说，天下兴亡匹夫有责啊。

这句话使方学门热泪盈眶。在此之前他的生活不但缺乏真理，而且缺乏热情。见到傅晓彤他仿佛见到了亲人，大声向她诉说着自己因参加爱国游行而惨遭工厂主毒打的际遇。

傅晓彤听着渐渐激动起来。她说三条石的私营工厂是水深火热的人间地狱，冲出地狱投奔光明，大胆进入崭新的生活。

这时，马乔告诉她方学门已经离开三条石的永茂灯具厂，流落街头。傅晓彤大声说，小方你就留在我们傅家大院吧，这里会有你的事情做的。

方学门异常激动，给傅晓彤深深鞠了一躬。傅晓彤连连摆手，说新青年大可不必遵循旧式礼俗，大家互相平等互相爱护。

方学门听着这番话，觉得自己分明已经进了天堂。

马乔领着方学门进了一个小跨院，住进一间小厢房里。天气并不寒冷，方学门的心情温暖如春。马乔指着炕上崭新的被褥对方学门说，睡吧睡吧明天说话。

方学门疲累了一天，挺身躺在褥子上睡着了。他做了一个美梦。梦里，他娶了一个俊俏的小媳妇，恩恩爱爱过日子。

就在方学门梦里忙着娶媳妇的时候，傅晓彤不声不响走进马乔的房间。这时候已经是晚上十点多钟了，傅家大院静悄悄。

马乔将傅晓彤搂在怀里，非常激动的样子。他向傅晓彤提出接吻的要求。傅晓彤的表情十分严肃。

傅晓彤说，今天晚上我来找你，是因为有一件事情要告诉你。

马乔克制着自己情绪，等待着傅晓彤说话。

傅晓彤告诉自己的恋人，她要出一趟远门，因此将与他分别很长一段时间。

马乔感到惊讶，问她究竟要到多么遥远的地方去。

傅晓彤含着惜别的泪水说，那是个不为人知的地方，距离并不太远，但是要与他分别很久一段时光。

我们究竟要分别多久呢？马乔将自己的恋人搂得更紧，大声询问着。傅晓彤示意他不要声张。

马乔小声说，我们是人格独立的新式恋爱，提倡自由平等，可无论如何你也应当让我知道你的去向啊。

傅晓彤含着眼泪摇了摇头，说你吻我吧。

马乔心中十分惆怅，转身走了。

傅晓彤抬头望着天上明月，自言自语：生命诚可贵，爱情价更高；若为自由故，二者皆可抛。

第二天一大早，傅晓彤悄然离开傅家大院，乘车前往津西名镇杨柳青。她在杨柳青见到了地下党的交通员。交通员不言不语，为她雇了一辆人力车，匆匆前往目的地。

一路行走，傅晓彤发现人力车又将她拉回了天津市区。当天晚上她被送到法国租界一家律师事务所。一个自称老王的地下党领导人在二楼的一间屋子里，与她谈话。

天气并不太冷，老王同志却穿了一件棉袍，久病初愈的样子。老王同志首先称赞她是久经考验的好同志，有热情也有闯劲，更有赴汤蹈火的精神。这次组织上交给她一项艰巨的任务，去给党内一位秘密工作者做妻子。

傅晓彤腾地红了脸，说咱们共产党不是不搞包办婚姻吗？

老王同志笑了，这次派你与卜鸿光同志一起生活，只是以夫妻名义开展工作，并不是一张床上睡觉的真正夫妻。

傅晓彤听了这番话，终于松了一口气，朝着老王同志笑了笑。

老王同志又说，这种有名无实的夫妻生活，对男女双方的要求都很严格，你们必须以革命利益为重，彻底放弃私心杂念。

傅晓彤点了点头，说革命利益高于一切。

老王同志告诉傅晓彤，卜鸿光是个好同志，多年以来兢兢业业，工作尽职尽责。在此之前他的名义妻子叫江星兰。这次你是接替江星兰同志的工作啊。

江星兰同志因公殉职啦。老王同志说到这里，表情透出几分悲伤。

你放弃傅晓彤这个名字吧，化名丁西芸。

6

方学门那天清晨在胡同里见到的死人，名叫崔家济。没人知道，中年男子崔家济生前的真实身份是天津地下党的物资采购员。

崔家济的任务是负责为地下党组织采购电器方面的用品。这项工作不但机密而且专业性强，必须由行家里手承担。崔家济的公开身份是永茂灯具厂的外柜，整天进进出出的。有了这个公开的身份，崔家济为地下党购买电器方面物品，从未引起敌方注意。

由于暗中从事秘密工作，生性敦厚的崔家济变得机警起来。他常年居住在永茂灯具厂。天长日久他在资本家田宝印身上并没有发现异常情况。自从田宝印娶了小老婆隋喜花，外柜崔家济的嗅觉渐渐敏锐起来。这说明他具有很强的敌情观念。

有那么几个晚上，其貌不扬的崔家济在工厂大院里突然嗅到香水味道。这种充满女人气味的香气隐隐飘来，不能不引起崔家济的警觉。这座四处生锈的铁工厂里怎么会有如此浓烈的女人味道呢？

崔家济绞尽脑汁终于有了重大发现——举凡出现女人香水味道的夜晚，几乎都是大胖子田宝印外出的日子。这个重大发现使得崔家济一下子开了天目，轻而易举就看到事物的本质：这个女人总是趁着资本家外出的时机，神不知鬼不觉潜入永茂灯具厂，幽会。

既然如此，那么淫妇与奸夫到底是谁呢？崔家济手里没有证据，他暗暗开始对这桩通奸案件进行深入细致的侦查。

冬天来临的时候，永茂灯具厂的资本家田宝印为厂里的徒工们发了换季费，一人一块钱。发了换季费，大胖子田宝印前往天津西站坐上火车到安徽蚌埠办事去了。

当天吃罢晚饭，永茂灯具厂的徒弟们仨一群伍一伙，聚集在工厂院子里，活像一群小牲口。他们议论的话题是：既然手里有了一块钱，那么是让自己舒服一时呢还是让自己舒服一冬呢。

所谓舒服一冬，当然是说去估衣街的摊子上买一条旧棉裤，暖暖和和地穿在身上。所谓舒服一时，就是拿这一块钱去逛窑子嫖娼，但漫漫严寒里可就没了棉裤，哆嗦一冬。

人人面临严峻的选择。经过一场仁者不见仁智者不见智的大讨论，绝大多数的人还是放弃棉裤，选择舒服一时。其中包括小筋头儿和来顺儿。不知是谁一声号令，选择舒服一时的人们活像一群马，说说笑笑走出了永茂灯具厂大门。由于资本家田宝印的外出，这里呈现一派"阎王不在，小鬼当家"的热烈景象。

账房先生施书义喝得酩酊大醉，躺在账房长椅上睡着了。

小牲口们走了，永茂灯具厂里清静下来，冬日，天黑得早。崔家济躺在床上，想起明天是秘密接头的日子。组织上需要他购买电器方面的物品，每次都是在例行接头的时候通知他。明天上午十点钟是例行接头的时间，地点在金丰茶园二楼。

蒙眬之间，崔家济猛然嗅到一股香水味道。睁开眼睛他看到东墙上的窗户没关，气味正是从那里飘进来的。他披衣起身，悄悄走到院子里，嗅着。

手里缺乏证据，但崔家济认定这一阵阵顺风飘来的香水味道与隋德金有关。因为隋德金是单身男子，长年累月宿在厂里。

他蹑手蹑脚走到隋德金住的地方，香水的味道越发浓烈。没错，奸夫淫妇就在这里。崔家济为自己的判断无误而感到兴奋。他发现隋德金住的地方，屋顶上有两扇天窗，就无声地笑了。

悄悄攀上屋顶，黑暗里崔家济蹲在天窗旁边，偷偷听着。果然不出所料，他听到隋德金说话的声音，清清楚楚。

隋德金说，你一定要勾引施书义上床，上了床就让他把永茂灯具厂的账本偷偷拿出来，统统交给你。

崔家济听了隋德金这番话，惊了。

那个女人的声音说，施书义好酒不好色，我勾引他上床可不是那么容易的事情。

隋德金嘿嘿笑着说，男人哪有不好色的？你一定要勾引施书义上床，千千万万不要误了咱两口子的大事情。

那个女人浪声浪气说，男人没有一个好东西。就说你吧，把自己的媳妇献给人家田宝印，还跟我冒充兄妹！

那个女人说完，哧哧笑着。

崔家济静静听着这个女人的声音，觉得耳熟。

这个女人到底是谁呢？崔家济屏住呼吸，思索着。这时候他听到一阵男欢女爱的响动，就侧身离开天窗，抬头望着漆黑的夜空。

我一定要弄清楚那个女人是谁。崔家济打量着周边环境，相中了附近的那株大槐树。我要是藏在大槐树上，进进出出的无论什么人物也逃不过我的眼睛啦。

不消几分钟，崔家济就攀上那株大槐树，活像一只夜间窥视田鼠的猫头鹰。

他伏在树上耐心等待着，并不感觉寒冷，内心充满捕猎者的喜悦。妈的这对狗男女不但通奸，而且谋划独吞永茂灯具厂，真是色胆包天。今天夜里我倒要看看庐山真面目。崔家济内心充满义愤。

子夜时分，隋德金的屋门悄悄打开了，一个身穿红缎子棉袄的女人溜了出来。

潜伏在树上的崔家济一时难以看清那个女人的真实面目。他唯恐前功尽弃，心里着了急。这时候他看到隋德金快步跑到前面，为那女人打开永茂灯具厂的角门。崔家济兴奋起来。既然开了角门，她出了厂门无疑经过普乐胡同，而崔家济只要从树上跃到女儿墙上，必然能够将淫妇的面孔看得清清楚楚。

这样想着，崔家济鼓起勇气纵身一跃，攀上对面的女儿墙。墙外的普乐胡同，有一盏路灯。他伏在墙头上，等待着。

女人快步走到路灯前面。崔家济轻轻咳了一声。女人下意识地抬头看了看。

崔家济终于看清这个女人的面孔，她原来是隋喜花啊！

隋喜花快步远去了。

崔家济惊诧得瞪大眼睛，伏在墙头上呼呼喘着粗气。隋德金与隋喜花兄妹相称，兄妹居然深夜通奸？这可是乱伦啊。

渐渐冷静下来，崔家济猛然想起刚才蹲在天窗前偷听到隋喜花挖苦隋德金，说"你把自己媳妇献给田宝印，还跟我冒充兄妹!"心里一下明白了事情的底细。

隋德金与隋喜花原本是夫妻，隋德金将妻子化名隋喜花献给田宝印，然后乔装兄妹，意在伺机夺取田宝印的永茂灯具厂。这时崔家济意识到，三条石地区不仅存在着残酷的阶级压迫，同时潜伏着攫取财富的阴谋。崔家济坐在女儿墙上点燃一支烟，一边吸烟一边思忖着：我身为地下党的秘密物资采购员，肩负重任绝非寻常百姓。既然今夜窥得这桩奸情，我是否应当立即向组组报告这件事呢？

崔家济一时拿不定主意，缓缓站起身来。他似乎忘记了自己站在墙头上，一脚踏空便从高墙上跌落，嘭的一声重重坠地——躺在昏暗的胡同里。

他落地的时候摔断了颈椎，也就是脖子。他当场昏迷，内脏缓缓出血。之后他曾经清醒过来，想喊，但根本无法发出声音。他想起明天是例行接头的日子，应当将已经买到手的发报机备件交给法租界梨栈的纪复先生。嘴里涌出的鲜血使他意识到自己已经无法完成这个任务了，心里非常难过。

方学门下了火车迎着晨曦挎着包袱走进三条石大街的时候，躺在胡同血泊里的崔家济的气息已经十分微弱。方学门走到崔家济身前的时候，他已经成为一具死尸。

崔家济的意外死亡无疑是地下党组织的极大损失。他们曾经秘密开展调查，最终还是无法弄清崔家济的死因。

7

午间十一点半钟，天津地下党秘密电台报务员卜鸿光提前到达接头地点，坐在维格多利西餐厅一楼的十号餐桌。十号餐桌上摆着一杯热气腾腾的红茶和一张英文的《天津泰晤士报》，这就是接头的暗号。

接头的暗语则是一问一答的句式。

男士说：我是爱你的，我随时都会向你求婚。

女士说：我知道你爱我，但是我不能嫁给你。

接头的暗号规定，红茶是不能喝的，英文报纸也是不能看的。卜鸿光坐在十号桌前，干巴巴期待着自己的第二任名义妻子的出现。

他心里依然思念着病逝不久的第一任名义妻子江星兰。尽管只是名义夫妻，但他深深爱着江星兰。只要想起死去的江星兰，卜鸿光同志就对那种名叫"急性化脓性盲肠炎"的疾病深恶痛绝。尽管江星兰只是他的名义亡妻。

那天，卜鸿光陪着江星兰前往法租界梨栈找纪复先生接头，没有拿到备件同时得知地下党秘密物资采购员已经死了。梨栈附近的一家咖啡馆里，为了革命工作而不顾重病在身的江星兰终于昏倒在卜鸿光怀里。

卜鸿光心急如焚，立即将江星兰送回法租界的圣保罗医院。大胡子法国大夫看到生命垂危的江星兰，指着卜鸿光的鼻子怒吼着：您的太太正在住院治疗，她根本就不应该外出！这样延误病情会造成严重后果的！

大汗淋漓的卜鸿光虽然不懂法语，却能够看出江星兰已经病危。护士嬷嬷将江星兰推进急救室。

半小时之后，大胡子法国大夫从急救室走了出来，告诉卜鸿光他的太太抢救无效已经死亡。

卜鸿光呆呆站在急救室门前。这里立即新添了一尊雕像。护士嬷嬷们将江星兰的遗体从急救室里推出来，送往太平间。卜鸿光拦住停尸车，撩开蒙在江星兰脸上的白布，目光呆滞地注视着自己的亡妻。此时，他忘记了自己与江星兰只是革命同志的关系，完全沉浸在失去爱妻的巨大痛苦之中，不能自拔。

大胡子法国大夫走上前来，操着法语继续指责他。他懵懵懂懂跟随着停尸车向太平间走去。大胡子法国医生终于改用英语，朝着他的背影大声喊道：卜先生您的太太如果及时接受治疗她是不应当死去的！卜先生您应当向神甫表示忏悔，同时请神甫超度卜太太的灵魂前往上帝的天国。

卜鸿光听得懂英语，他停住脚步，回头看着大胡子法国大夫，操着华语缓缓说道：我太太是为理想事业而牺牲的，她虽死犹荣。

大胡子法国大夫听不懂这句华语的深奥含义。

江星兰埋葬在法租界公墓。下葬的那天，天津地下党组织的领导人老王同志化装成掘墓人的模样，亲手为江星兰同志挖了一个四四方方的墓穴。这是党对死者革命生涯的最大肯定。

中国共产党人是无神论者，绝对不会请天主教神甫前来主持革命志士的葬礼。没有鲜花没有安魂曲没有神甫祈祷，江星兰就这样无声无息被安葬了。卜鸿光当场表示化悲痛为力量。老王同志与他紧紧握手，说组织上已经为他在法国花园附近安排了新居，很快就会有一位女同志前来与他组成新的革命家庭。

当然还是名义夫妻。

然而卜鸿光还是思念着江星兰。因此，当他坐在英租界的维格多利餐厅一楼的十号餐桌前等待第二任名义妻子到来的时候，仍然显得无精打采。

　　此时，卜鸿光已经知道自己的第二任名义妻子叫丁西芸，当然这是化名。上级通知他，接头时丁西芸身穿紫色金丝绒长裙，白色披肩白色手套白色皮鞋以及白色耳环。

　　坐在十号餐桌前，卜鸿光想象不出第二任名义妻子究竟什么样子。他只知道她手里应当拿着一册流行于上流社会的十月号《淑女》杂志。

　　这时候，西服革履的马乔走进维格多利餐厅。他信步走到一楼大厅的二十六号餐桌前落座，招手叫来服务生送上一杯咖啡，慢慢呷着。

　　马乔的到来丝毫也没有惊动卜鸿光，却引起了坐在十八号餐桌的那个头戴礼帽身穿长衫的黑脸男子的注意。黑脸男子的真实身份是中共天津地下党短枪队的队员，今天他的任务就是保护卜鸿光与丁西芸这两位同志的接头现场，如遇不测，果断出手。

　　马乔的突然出现，立即引起黑脸汉子的警惕，他下意识地摸了摸藏在怀里的袖珍手枪。

　　马乔一连喝了三杯咖啡，情绪渐渐高涨起来。他改喝葡萄酒。葡萄酒一连喝了两杯，他斟了第三杯，低头沉思着。

　　化名丁西芸的傅晓彤身穿接头服装——紫色金丝绒长裙，白色披肩白色手套白色皮鞋，款款走进维格多利一楼大厅。

　　卜鸿光的目光一亮，惊喜地注视着自己的第二任名义妻子。

　　丁西芸走到十号餐桌前，看到那杯热气腾腾的红茶，还有那张英文《天津泰晤士报》。她扭身坐在卜鸿光桌前，将十月号《淑女》杂志放在桌上。

　　哦，这就是我的名义丈夫，从今往后我就与他生活在一起了。

　　卜鸿光面对美貌无比的丁西芸，极力镇定自己的情绪，说出接头暗语："我是爱你的，我随时都会向你求婚。"

丁西芸看了看桌上的英文的《天津泰晤士报》，对上接头暗语："我知道你爱我，但是我不能嫁给你。"

接头暗语完全吻合。丁西芸（傅晓彤）心里踏实了。卜鸿光心里也踏实了，他招手叫来服务生，结账。丁西芸由于心情紧张，伸手摆弄着白色披肩的花边。卜鸿光站起身来，压低声音告诫自己的第二任名义妻子立即停止这种有失身份的小家碧玉动作，以免引起敌人暗探的注意。

丁西芸十分感激，走上前来挽着名义丈夫的胳膊，小声说谢谢。

就这样，这一对天造地设的才子佳人，当场就成了名义夫妻，两人肩并肩手挽手，走出维格多利大厅。

这时候，坐在十八号餐桌的马乔端起第三杯葡萄酒，无意之间抬头看见傅晓彤挽着卜鸿光走出大厅的背影。他十分惊诧地张着大嘴，放下酒杯追了出去。

负责保卫接头现场的黑脸汉子紧紧跟着马乔，快步走出维格多利的旋转大门。

卜鸿光和丁西芸已经乘坐一辆黑色轿车，离去了。

马乔匆匆跳上一辆挂有六国租界牌照的人力车，朝着黑色轿车的方向疾追而去。

黑脸汉子认为今天的接头已经引起敌人跟踪。

8

方学门被马乔聘为傅家大院的杂役，主要负责养护傅家大院的绿色植物，同时兼管六只大肚鱼缸。这项工作亲近自然富于爱心，对方学门来说还是比较适合的。方学门认为自己能够在傅家大院这样的爱国"圣地"工作，真是三生有幸。

他第二天就去拜谒傅修迪先生的书房。他向这位爱国先贤的遗像三鞠躬，心中充满崇敬之情。他心里暗暗发誓，一定要沿着傅修迪先生开辟的爱国道路，义无反顾地朝前走去。

方学门在傅家大院开始了他的崭新生活。

几天之后，方学门发现马乔情绪低落，意志明显消沉。这位常年西服革履的年轻人突然改穿长衫，并且开始酗酒。

方学门大为惊诧，意气风发的马乔居然沦为贪杯的酒徒，这简直是不可思议的事情。马乔的自甘堕落对胸怀大志的方学门来说分明是沉重的打击——他没了学习的榜样，处于迷失状态。

这段时间里，傅国铧先生早出晚归或者彻夜不归，显得异常繁忙。方学门进入傅家大院充当杂役以来，竟然不曾见到傅家大院主人的身影。

然而马乔毕竟沉沦了。方学门决定找他谈心，尽管自己只有初小文化又是杂役，但还是希望跟马乔成为志同道合的朋友。黄昏时分，方学门走出傅家大院，沿街寻找着马乔。走过一家又一家酒馆，不见马乔踪影。这时候他蓦然明白，马乔不穿西服原来是为了跟市井酒徒打成一片啊。看来马乔果然怀着很重的心事，以酒浇愁。

不行，我必须找到马乔。一个前途远大的热血青年不能这样毁了。从鼓楼向西，大街两边都是小酒馆，方学门东瞅西瞧，耐心寻找着。

一家挂着"兄弟酒馆"招牌的小酒馆里，方学门看到了马乔的身影。只有几天时光啊马乔仿佛变成另外一个人。他身穿褶巴巴的长衫缩着脖子坐在凳子上，一口接一口呷着白酒，不时朝着嘴里扔进一颗花生米，极其颓废的样子。走进酒馆注视着马乔的背影，方学门热泪盈眶。

他绕到马乔面前，叫了一声马乔先生。马乔并不应声，缩着脖子呷酒，啧啧连声咂嘴。

方学门隔着桌子坐在马乔面前，泪流满面。马乔低着头，清点着桌上的花生米。方学门说，马乔先生你不能走这条路，一个男人要是变成酒鬼这辈子算是完了。

马乔点了点头，又呷了一口白酒。

方学门急了，说东三省的大好河山全都丢了你还坐在这里喝酒？国破家亡啊。

马乔抬头看了看方学门，眼睛里终于流下泪水。这时候方学门激动起来，伸手从桌上拿起锡制酒壶，咕咚喝下一大口，然后大声对马乔说，你遇到了什么难处就明说吧，我方学门愿意为朋友两肋插刀。

马乔泪流满面说，傅晓彤她怎么突然就走了呢？前几天我在英租界看见她，打扮成阔太太的模样，跟她男人在一起。昨天我做梦，梦见她身披婚纱跟那男人走进教堂，举行婚礼。我做梦历来都是最灵验的，傅晓彤肯定嫁给了那个男人。

傅晓彤小姐怎么会突然出嫁呢？方学门由于惊愕而一时语塞，不知如何安慰对方。傅国铧先生一定知道他妹妹的事情吧？

马乔摇了摇头，说如今是一个令人感到莫名其妙的时代。

国家兴亡，匹夫有责。方学门压低声音说着，目光紧紧盯着马乔涨红的脸庞。马乔先生我问你，傅晓彤小姐落在别人手里，你心里难过。那么咱们国家的东三省也落在别人手里啦，你难过吗？

马乔表情窘迫，咧动着嘴角，一时说不出话语。

方学门啪地一拍桌子，摆在桌上的几只空空的酒壶蹦跳着。哼！男子汉大丈夫一定要分清大家与小家，你千万不要让眼前的一棵树挡住远处的一大片树林子啊。

马乔听了这番话霍地站起身来，满脸通红地注视着方学门。

方学门也站起身来，期待着马乔的自我振作。

泡在酒馆里的一群市井闲人呼啦一声围了上来，以为这两个男人即将大打出手。

方学门不是酒徒，此时情绪却很冲动。他指着这群市井闲人操着河北口音说，咱们中国的东三省都让日本人抢去啦，你们还聚在这里喝酒聊天，这于心何忍啊？

酒徒们听了方学门这番话，一下子没了兴致。在此之前他们盼望在酒馆里免费看到一场大打出手的武戏。

嘻嘻，原来是个爱国迷啊。酒徒们这样说着纷纷散开了，无意之中将"爱国迷"这个绰号赠给方学门。

方学门感到非常自豪。

马乔伏在桌上，号啕大哭起来。方学门知道自己这番劝说已经起了作用，心中感到欣慰。他起身离开桌子，走出这家酒馆。

天色已晚，马乔又醉在外面，方学门要尽快赶回傅家大院，关闭大门。

走出酒馆十几步，方学门感到身后有人跟踪。他趁着灯火快步朝前走去，突然看到永茂灯具厂的徒弟小筋头儿迎面走来，手里拿着一只麻袋。方学门慌了，回头看见来顺儿，手里也拿着一只麻袋。面对前后夹击的局面，方学门窜向大街对面的胡同口。突然间胡同里走出大胖子田宝印，哈哈笑着。

小筋头儿和来顺儿一前一后，扑上来将方学门擒住，摁在地上捆得结结实实，装进麻袋抬到车上。

9

人力车拉着装在麻袋里的方学门进了永茂灯具厂。资本家田宝印指挥着两个伙计，嘿哟嘿哟将麻袋抬进账房。账房先生施书义已经睡下，听说爱国迷被弄回来了，醉眼惺忪地爬了起来。

大工匠隋德金披着衣裳快步走进账房，眯缝着一双小眼睛看了看蠕动的麻袋，不言不语转身走了。

自从崔家济死亡之后，大工匠隋德金突然变得警觉起来，平时很像一只狡猾的老兔子。

田宝印气喘吁吁走进账房。施书义指着麻袋对田宝印说，这孩子是

169

个爱国迷啊。

资本家显出几分无可奈何的表情，连连摇头。

然后两人动手解开了麻袋，终于露出方学门的本来面目。施书义立即端起一只大碗，请爱国迷喝水。

方学门的脸上丝毫没有惧色，接过大碗咕咚咕咚喝了起来。

田宝印气喘吁吁坐在椅子上，注视着大口喝水的方学门。施书义指着方学门再次强调说，这孩子是个爱国迷啊。

资本家的表情越发复杂起来，欲言又止的样子。方学门喝足了水，已经做好随时挨打的思想准备。

面对已经获得"爱国迷"绰号的方学门，资本家几经权衡终于做出语重心长的样子，开始教诲。

他告诉方学门，你离开农村老家来到天津是为了学生意，年轻人学生意一定要踏踏实实勤勤恳恳，不能心浮气躁好高骛远。九一八事变日本人占了东三省，这是国家大事。各界民众义愤填膺上街游行，游一游就行了，凡事不能入迷啊。凡事入迷，就过分啦。如今你已经成了爱国迷，有了名气。你整天整日在大街上奔走，说不定哪天就给军警抓了去。抓了去就得坐几年大牢，年纪轻轻的你可就毁啦。

资本家不紧不慢教诲着方学门，很像一位私塾先生。爱国迷坐在椅子上，心不在焉地听着。

账房先生嘿嘿笑着，十分欣赏地注视方学门。

田宝印知道自己的这番话完全成了方学门的耳旁风，只得停止教诲，沉下脸色。

既然如此，我只能把你关在后院的小屋里，让你反省反省啦。

方学门十分悲壮地站起来，说国家兴亡匹夫有责，莫说关在小屋里反省，就是五花大绑去砍头，也没有什么值得后悔的。

资本家苦笑着说，上街游行喊上几句口号不难，真正做到救国救民谈何容易啊。

就这样，方学门大义凛然走进工厂后院的小黑屋，坐了禁闭。

田宝印将监管方学门的任务交给施书义，第二天赶往保定府办事去了。这一程子田宝印东奔西走，总是显得很忙。

关押方学门的小黑屋成了动物园，人们聚到门前，伸头探脑观看着。方学门坐在小黑屋里大声演讲。

国家兴亡，匹夫有责。东三省的大好河山被日本人占了，东三省的老百姓都成了亡国奴！难道你们也愿意当亡国奴啊？日本人下一步就要占领咱们华北！我们不能答应……

小筋头儿与来顺儿听了，面面相觑，然后小声嘀咕着，说中国人不能当亡国奴。

大工匠隋德金悄悄走到小黑屋门前，静静听着方学门的演讲，脸上一丝得意的奸笑。一个行之有效的阴谋终于在他心底酿成了。

当天夜里，化名隋喜花的女人又来与丈夫隋德金幽会。隋喜花本名刘桂娟。隋德金告诉她，万事俱备只欠东风。隋喜花（刘桂娟）听说夺厂有望，浪声浪气欢呼起来。

第三天晚上，田宝印从保定府回来了。他脚步匆匆走到工厂后院的小黑屋前，大声叫着方学门的名字。

施书义满脸醉态跑上前来，说方学门已经三天不吃饭啦，绝食。

听到爱国迷绝食，田宝印大惊失色，立即命令施书义开锁，然后大步冲进小黑屋。

施书义告诉田宝印，方学门这三天只绝食，不绝水。田宝印心里踏实了几分，知道方学门性命可保，就让小筋头儿拎来铜壶，往躺在地上昏睡不醒的爱国迷嘴里灌糖水。

方学门渐渐清醒过来，睁开眼睛看着田宝印。田宝印俯身抱起方学门然后大声说，你心里怎么想的就说出来吧。

方学门有气无力说，你放我走吧，我要爱国。

田宝印听罢，突然热泪横流，大声对方学门说，你好好吃饭吧，只要你身体复原，我立即把你送到你愿意去的地方。

躲在门外观看的隋德金看到田宝印的泪水，阴险地笑了——认为终于有了诬告田宝印"通匪通共"的把柄。

夜里，方学门开始进食，喝了一碗大米粥。他有气无力地告诉田宝印，东三省的老百姓已经吃不上大米啦。

田宝印问他是从什么地方知道了这么多事情。方学门笑了笑，说到处都是我们的人。

田宝印听罢一惊，不问了。

三天之后，方学门离开永茂灯具厂。临别之前，大胖子田宝印悄悄塞给他五块大洋，说了声保重。

方学门走了，工友们送出工厂大门，大家一时不知说什么，就默默无言目送着远去的爱国迷。

当天夜里，隋喜花（刘桂娟）潜入工厂账房，解开衣裳亮出两只乳房，哧哧笑着勾引施书义。施书义盯着对方白光闪闪的身子，说我好酒不好色，然后就将这块肥肉撵了出去。

隋喜花（刘桂娟）大败而归。隋德金得知施书义面对女色没有上钩，急得连连跺脚。他决定伺机行事，孤注一掷。

刘桂娟（隋喜花）心急似火，搂住丈夫隋德金的脖子大声问，咱们能从田宝印手里把厂子夺过来吗？

大工匠隋德金扳住媳妇的肩头说，谋事在人，成事在天。

这时候，资本家田宝印整天忙得东奔西走，对身旁这桩渐渐逼近的阴谋居然一无所知。

10

马乔坐在挂有六国租界捐牌的人力车上，跟随前面那辆黑色轿车进入法租界。他远远看到傅晓彤挽着西服革履的男人走进法国花园附近的一条小街，心情愈加凄凉。

他记住了街名：里昂路。

从第二天开始，里昂路上便出现了一位痴情的青年男子。他缓步走着，引颈注视着一幢幢临街楼房的窗子，轻轻呼唤傅晓彤的名字，经久不息。

里昂路不长，门牌不足百号。马乔风雨无阻，眨着一双痴情的大眼睛，望眼欲穿的样子。马乔的出现，引起了法国巡捕的关注，几经了解得知这位青年男子为情所累，也就不再驱赶他了。

然而，马乔的出现引起了地下党组织的愤怒。尤其是那天清晨丁西芸（傅晓彤）出门购物，马乔大声叫着"傅晓彤"追赶上来，地下党组织的愤怒达到高峰。

丁西芸与卜鸿光以夫妻名义组成家庭，搬入里昂路上的一幢小洋楼里居住，设立秘密电台。没承想半路里杀出一个失恋者马乔，日复一日徘徊在里昂路上，深情呼唤着昔日情人傅晓彤，这给地下党秘密电台的安全造成了极大的威胁。

为了确保秘密电台的万无一失，地下党短枪队的黑脸汉子甚至提出果断除掉马乔的方案——制造一起车祸。

上级领导对黑脸汉子"制造车祸"的方案并未表态。马乔还是徘徊在里昂路上，一派痴情不改的样子。痴情男子马乔当然不知道，自己已经成为地下党秘密电台的最大安全隐患。

丁西芸（傅晓彤）唯恐再度撞见马乔，终日缩在家里变成一只度日如年的室内动物。丁西芸毕竟是傅晓彤，为了保证秘密电台的安全，她忍痛割舍了自己的情感生活，站在厚厚的金丝绒窗帘后面哭泣。卜鸿光搂着她的肩膀，安慰着自己的名义妻子。

然而无济于事。因为马乔毕竟是傅晓彤（丁西芸）的心中恋人。丁西芸（傅晓彤）惶惶不可终日的心态，直接影响了报务员卜鸿光同志的情绪。因此，迁入新居的秘密电台的工作一时难以理顺。

地下党短枪队的黑脸汉子心情更是焦急，再次向上级领导提出果断除掉马乔的方案，并且说汽车已经准备好了。

上级领导面对黑脸汉子的激进方案，迟迟不予表态。

一天清晨，方学门突然出现在法租界的里昂路。他东张西望的样子，似乎是在寻找着什么。

黑脸汉子乔装成清道夫的模样，走上前去询问这位不速之客。

方学门向黑脸汉子打听一个名叫马乔的人。黑脸汉子心中一惊，表情却显得从容不迫，冷淡地摇了摇头。

方学门感到失望，沿着里昂路继续朝前走去。法国花园附近，方学门遇到了蓬头垢面的马乔。

你怎么变成了这个样子？看着昔日风度翩翩如今潦倒不堪的青年马乔，方学门几乎不敢相信自己的眼睛。

他告诉马乔，自己在永茂灯具厂绝食三天，终于获得自由。

马乔听了他的叙说，表情茫然，然后自言自语重复着说，我必须找到傅晓彤，我必须找到傅晓彤。

方学门注视着萎靡不振的马乔，心情很是沉痛。前几天你是手不离杯的酒徒，这几天又成了神魂颠倒的痴情郎，这样下去也不是长久之计啊。

马乔眨着眼睛看了看方学门，然后伸长脖子注视着临街楼房的窗户，眼里含着热泪说，如今我才知道我根本离不开傅晓彤啊，晓彤晓彤她是我心中的宝啊。

乔装成清道夫模样的黑脸汉子，远远注视着声泪俱下的马乔与身份不明的方学门。

方学门看着哭泣不止的乔马，心底猛地腾起鄙夷的怒火。你不是教我念过一首外国诗歌吗？生命诚可贵，爱情价更高。若为自由故，二者皆可抛。我万万没有想到今天你变成这个样子。

马乔面有愧色，耸了耸双肩然后摊开双手说，此一时彼一时啊。

面对气节尽失的马乔，爱国迷方学门再也无法控制自己愤怒，他抬起右手狠狠扇了马乔一记耳光，然后指着马乔的鼻子大声说，你是个没出息的熊货，大家要是都变成你这种样子，中国早就亡啦！

马乔捂着火辣辣的左脸，连声呜呜着。方学门撸起袖子，指着刺在胳膊上的两行小字"国家兴亡，匹夫有责"说，你要是再不幡然醒悟，就变成行尸走肉啦！

方学门说完这句话，转身大步而去。

马乔羞愧地注视着方学门的背影。

黑脸汉子手里拎着一把扫帚走了过来，咬牙切齿对马乔说，有人要我转告你，你必须立即离开这里！你要是不立即离开这里，人身安全不保！

痴情的马乔听了清道夫这几句话，大步朝着方学门的方向追去。

马乔一路狂奔，终于在香榭里大街追上方学门。他气喘吁吁叫着爱国迷的名字，似乎已经恢复了昔日风采。方学门听到他的脚步声，转身站在边道上等待着他，脸上浮现出欣慰的笑容。他跑到方学门近前，呼呼喘着粗气，说不出话来。方学门拉着他的手，说咱们走吧。

两人一起朝前走去。

马乔与方学门回到傅家大院。马乔咬紧牙关放弃心中恋人，决心投入抗日救亡的新生活，体现自己人生的更高价值。他与方学门，几天之内就成了志同道合的好友。

傅家大院的主人傅国铧先生一如既往，仍然忙于公司里的生意，早出晚归甚至彻夜不归。这时候，本埠颇有影响的《天津卫报》披露了关于华胜洋行大做日货生意的消息。

爱国迷方学门读罢报纸，非常愤怒。已经走出失恋阴影的马乔，读罢报纸也很愤怒。

方学门和马乔决定行动起来，打击华胜洋行的嚣张气焰。他们成立了一个秘密组织，总共有七名青年参加，取名爱国小组。爱国小组并未与地下党组织发生关系，表面看来很像一个速成班。他们所做的第一件事情就是由马乔执笔以爱国小组的名义给华胜洋行总经理赵东瀛写了一封警告信。信中告诫这位早年毕业于东京帝国大学的总经理立即停止日货生意，并且要求对方三日之内做出答复。

175

三天过去了，华胜洋行总经理赵东瀛先生根本没有理睬爱国小组的来信。

爱国小组愤怒了。最为愤怒是爱国小组的副组长爱国迷方学门。

天津出版的《大公报》披露出华胜洋行通过天津口岸向中国境内倾销日产"绝灭"杀虫药的内幕。爱国小组终于制定了"爆破华胜洋行方案"。他们决心以惊天动地的极端行为，彻底震慑天津市所有行销日货的商务机构，打出中国人的志气。

爱国小组的全体成员在傅家大院的一间屋子里召开特别会议。大家喝了血酒。会后，爱国小组立即行动起来。

马乔负责制造炸弹。这对毕业于北洋大学采矿系的他来说并不是特别困难的事情。爱国迷方学门负责提供安放炸弹的周密方案，这项工作难度极高，很费思量。

一天，方学门在大街上看见了坐在人力车上匆匆而去的永茂灯具厂资本家田宝印，心里一下就有了主意。

11

自从马乔的痴情身影从法租界里昂路上消失，卜鸿光的情绪渐渐稳定下来，他与名义妻子丁西芸（傅晓彤）密切配合，夜以继日地工作着。丁西芸有时站在窗前，长时间注视着楼下的街景，不言不语。她在心中暗暗告诫自己，必须忘记自己的本名傅晓彤，必须全心全意成为卜鸿光同志的名义妻子丁西芸。

法租界的电力供应还是比稳定的。卜鸿光为了以防万一，提出要买一盏桅灯以备夜间照明。这种事情报务员卜鸿光是不能出头的。丁西芸（傅晓彤）打听到天津三条石的永茂灯具厂出产这种东西，就雇了一辆人力车，前去购买。

人力车驶进三条石大街，铁锈的味道扑面而来。嗅着这种生疏的味道，丁西芸掏出手帕捂着嘴巴。车夫放缓脚步，向大街边上的一个小伙子打听永茂灯具厂坐落在什么地方。

小伙子是方学门。他抬头看见坐在人力车上的傅晓彤（丁西芸），不由得啊地叫了起来。丁西芸（傅晓彤）坐在车上看到方学门，下意识地哦了一声。

方学门站在车前问，你还认识我吗傅晓彤小姐？

傅晓彤镇定下来，朝着方学门摇了摇头，说我根本就不认识你。

车夫拉着人力车向永茂灯具厂跑去。

方学门失望地注视着远去的人力车。唉，当初上街演讲的女学生领袖，风华正茂意气风发，如今嫁人成了珠光宝气的太太，脸说变就变。这样想着，方学门赌起气来，干脆坐在三条石大街的恒利铁工厂门前，等待着傅晓彤。

丁西芸（傅晓彤）买了桅灯，坐着人力车返回。方学门突然走到三条石大街中央，拦住了傅晓彤。

傅晓彤毕竟从事了秘密工作，颇有几分定力。她坐在车上探起身子问方学门有什么事情。方学门笑了笑，说有一句话告诉傅小姐。

傅晓彤虽然你变心嫁了别人，可是我要告诉实情，马乔先生至今还深深爱着你。你是负心女，他是痴情郎。

傅晓彤听了这番话，定定坐在车上一语不发。她闭上双眼但泪水还是淌了出来。她朝着车夫挥了挥手，说了声走。

人力车跑远了。方学门叹了一口气，转身朝着永茂灯具厂走去。

方学门走进工厂大门，径直走向大工匠隋德金住的地方。小筋头儿迎上前来，告诉他田宝印去了胜芳。他笑了笑说不找田宝印。这时候隋德金从屋里迎了出来。

隋德金的表情显出几分紧张，当头就问方学门有什么事情。方学门毕竟在社会上见了世面，说有话屋里谈吧。

隋德金横身挡在门前，说有什么事情就在这里说吧。

方学门笑了。方学门并不知道此时刘桂娟（隋喜花）藏在屋里。

隋德金似乎是在驱赶方学门，连声说有什么事情你快讲吧。

我知道你是大工匠，技术高超。我手里有个活儿，请你用两天时间给我做出来。方学门说着，递给隋德金一张草图。

隋德金十分警惕地接过草图，看了看，然后板着脸说，我一向不做外边的活计。

大工匠都是你这种脾气，不会轻易接活儿。我非常敬佩你的技术，今天是专程来找你的。这个活儿的工钱由你确定。两块大洋行吗？

隋德金心里一惊。关于草图他还是能够看懂的，制作一只小小铁环和一只小小的铁钩，居然就给两块大洋啊。

隋德金动了心，又看了看草图说，这个活儿你什么时候要啊？

方学门说明天但最迟不能超过后天，然后伸出右手将两块银圆递给隋德金。

隋德金怔了一下，然后接过草图。

你是三条石闻名的大工匠，我相信你能够把这个活儿干好。

方学门告辞。隋德金望着他的背影走出永茂灯具厂大门，转身跑进屋里。藏在屋里的刘桂娟（隋喜花）爱财如命，扑上来接过丈夫手里的两块银圆，激动异常。

方学门这小子一定是疯啦，一出手就是两块大洋！我已经好几年没见过银圆啦。这真是天上掉下大馅饼啊！

隋德金毕竟是男人，面对银圆还是比较冷静的。他看着手里的草图，一语不发。

刘桂娟（隋喜花）凑上前来，问丈夫能不能看懂这张图纸。

隋德金低头寻思着。这位大工匠当然不会知道画在草图上的小小铁环和铁钩恰恰是引爆炸弹的连接装置，必须精密配合。由于这是引爆炸弹的关键部件，方学门才乐意出高价请大工匠亲手制造。三条石小工匠们的技术往往是靠不住的。

方学门心满意足回到傅家大院。既然请到大工匠制造关键装置，他也就无忧无虑了。当天晚上见到马乔的时候，方学门又听到一个好消息，炸弹已经制造好了。

万事俱备，只久东风了。

第三天上午，隋德金派小筋头儿将一只纸盒子送到傅家大院，当面交给方学门。方学门急不可待，当着小筋头儿的面打开了纸盒子，看到制作精良的引爆装置。方学门由衷地笑了。

小筋头儿不以为然，告诉方学门其实隋德金的手艺并不怎么样，花拳绣腿而已。方学门觉得小筋头儿满腹牢骚是因为跑路送货而没能得到应有的酬劳。他从伙房里拿了两个糖面座儿，打发小筋头儿回去了。

既然有了引爆装置，方学门连夜开始工作，精心为炸弹进行整体包装。方学门独自设计的炸弹包装方案，引起马乔的大声喝彩。

方学门没有告诉马乔，自己在三条石大街遇到了身为人妇的傅晓彤。

三天三夜没怎么睡觉，方学门终于在傅家大院的一间小屋里完成了炸弹的整体包装。这时候，傅家大院的主人傅国铧先生，已经连续四天没有回家了，说是商务繁忙。

爱国小组的同人们，终于迎来了神圣的时刻。他们秘密聚集在傅家大院的偏院里，开会。开会之前，大家参观了炸弹，对方学门为炸弹设计的整体包装，赞不绝口。

方学门说，三条石大工匠制造的引爆连接装置，技术高超，保证万无一失。

马乔主持会议，爱国小组全体成员一致同意九月十八日为爆炸时间，以志国耻。

谁去担当贡献生命的爆破手呢？会议上发生了异常激烈的争论。爱国小组的七个成员，人人争着献出自己年轻的生命，一时争得面红耳赤，几乎反目。

主持会议的马乔急了，说抓阄儿。

大家面面相觑，认为只有采取抓阄儿这个古老的方式，最公平。

于是，抓阄儿。

12

目不识丁的隋德金，自然不会写字。当他决定给宪兵队写信诬告田宝印"通匪通共"的时候，突然发现身边难以找到会写字的人。刘桂娟（隋喜花）有个堂弟识文断字，可惜前几年吸食白粉，死了。这时候三条石铁工厂的大工匠隋德金终于感到文化的巨大力量——你面对一张白纸写不出半个黑字。

北马路上有邮局。邮局门前有一张桌子，桌上摆着《康熙字典》和《尺牍》。桌旁坐着白胡子老头儿，代写书信。据说白胡子老头儿是前清的秀才。

隋德金在邮局门前徘徊着，神色不定。白胡子儿老头世事洞明，抬头问他是不是有难言之隐。隋德金凑到桌前，压低声音说出自家住址，然后往白胡子老头儿手里塞了一块银圆，转身就走。

黄昏时分，白胡子老头儿按照地址找到隋德金的家里。刘桂娟（隋喜花）给老先生端茶点烟，十分热情。

摆上桌子铺开纸笔，白胡子老头儿请隋德金口授书信。隋德金张口就说，宪兵队长大人台鉴。

白胡子老头儿放下手里的毛笔，问隋德金是不是要往宪兵队的地下室里送人。

隋德金随即点了点头。白胡子老头儿动手收拾纸笔，然后从怀里掏出一块银圆摆在桌上，起身告辞。

刘桂娟（隋喜花）拉住老先生的胳膊，央求着。

白胡子老头儿连连朝着隋家夫妇作揖，说已经在广济寺向佛祖发了誓言，这辈子不做伤天害理的事情。

白胡子老头儿咳嗽着走了。

隋德金恼羞成怒，抬手打了刘桂娟一个耳光。刘桂娟捂着脸嘤嘤哭了起来，说你滥竽充数是什么大工匠，人家田宝印从来不动手打老婆。

就在隋喜花（刘桂娟）捂着脸蛋儿伤心哭泣的同时，爱国小组通过抓阄儿的方式产生了舍身成仁的最终人选——马乔。

马乔激动得热泪盈眶，大声说距离九一八只有四天时间了。大家的心情一下子悲壮起来。

方学门提议爱国小组同人合影留念，并且在九月十七日晚上设宴为马乔壮士饯行。大家鼓掌一致通过了这两项提议。

马乔说，除了与爱国小组同人合影他还要单独拍照，为的是给后世人们留下自己的影像。

方学门听了这话激动地哭了，说要是我抓中了那个阄儿该有多好啊。

爱国小组来到旭街上的鼎章照相馆。照相馆的老板是中国人。爱国小组合了影，大家的感情都很悲壮。轮到马乔单独拍照了，他披了一件黑色袍子，微笑着但浑身还是散发着杀气。

爱国小组全体成员为马乔杀身成仁的精神热烈鼓掌。

九月十七日夜里，爱国小组在傅家大院为马乔设宴饯行。席间马乔只喝了一杯白酒，说必须保持清醒头脑。方学门心情十分复杂，放开肚皮喝了起来。他惊讶地发现自己酒量极大，喝了一瓶白酒居然头脑清醒，毫无醉意。

九月十八日终于来临了。爱国志士马乔先生换上一身黑色西服，系黑色领带穿黑色鞋，特意戴了一架黑框眼镜。上午九点钟，爱国小组站在傅家大院的假山前面，朝着马乔轻声唱起"风萧萧兮易水寒，壮士一去兮不复还"的送别歌谣。

马乔面带微笑朝着大家鞠了一躬，说谢谢诸位给了我这次舍身成仁的机会。

面色惨白的马乔将一封信交给方学门，请他转交傅晓彤。马乔在信中只写了一句话：晓彤，我心已死。

马乔拎起方学门精心设计的写有"天津制造"字样的包装盒子，起身前往一贯销售日货并且以耻为荣的天津华胜洋行。

华胜洋行附近有一座茶楼。爱国小组全体成员站在茶楼窗前，目送着马乔走进华胜洋行的大门。他们等待的是一声惊天动地的轰响。

马乔进了华胜洋行大门径直朝着二楼的会客室走去。一位练习生模样的年轻人迎上前来，用英语问先生有何贵干。马乔伸出左手指着拎在右手的盒子，声称是大中华公司的广告推销员，今天前来拜见赵东瀛总经理。

练习生告诉他，赵东瀛总经理此时正在与傅国铧先生洽谈一笔大生意，任何人不得打搅。

傅国铧居然与臭名昭著的亲日派赵东瀛做生意？马乔难以相信这个消息，拉住练习生连声追问。

练习生说不会有错的，就是傅家大院的主人傅国铧先生。

傅国铧居然与臭名昭著的亲日派赵东瀛做生意？马乔坐在候见室里，仍然觉得这是一件不可思议的事情。

马乔怀里抱着装有桅灯样品的盒子，等待着。这是一只特殊制作的纸盒子。盒子分两层，下层装有威力巨大的炸药。上层装着一只桅灯，号称样品。就在炸药与桅灯之间，是大工匠隋德金亲手制作的引爆连接装置。也就是说只要拿出装在样品盒子里的桅灯，炸药就拉响了。赵东瀛和马乔必将同时粉身碎骨，就连华胜洋行的大楼也将轰然坍塌。

临近正午时分，练习生走进候见室告诉马乔，说赵东瀛总经理与傅国铧先生的商务洽谈已经结束。马乔拎着盒子走出候见室，远远看到傅国铧正在离去的背影。想起当年为了反对"二十一条"而引火自焚的傅修迪先贤，马乔的心情悲哀起来。

练习生请马乔走进赵东瀛总经理的办公室。马乔知道最后的时刻已经到来，极其镇定地叩门，然后走了进去。

他操着极其娴熟的英语向赵东瀛总经理问好。精瘦的赵东瀛颇为惊异地问他中国人为什么要讲英语。

马乔回答说，他担心赵东瀛讲日语，就抢先使用了英语。

赵东瀛笑了，提出双方都讲中国话。然后赵东瀛指着写有英文

"Made in Tianjin"字样的盒子问他有何见教。

他拎着盒子走到宽大的写字台前，声称自己是大中华公司的推销员，今天带来天津制造的新型桅灯，谋求打开销往日本的渠道。

天津制造的桅灯打算销往日本？赵东瀛哈哈大笑说，你这是异想天开吧，天津制造的产品怎么能够销往日本呢？

赵总经理请您不要妄自菲薄。我们制作的新型桅灯并不比任何洋货差，尤其不比日货差。

马乔说着，将盒子放在写字台上。他极其镇定地打开盒子，说请赵总经理看一看我们的样品。

赵东瀛站起身来，等待着。马乔微笑着将所谓新型桅灯从盒子里提了出来——他知道十秒之内炸弹就会爆响的。

赵东瀛看到马乔从盒子里分明拿一只普通的老式桅灯，禁不住哈哈大笑，说这哪里是天津制造的新型产品啊，这是当年从日本学来的老式桅灯，足有三十年的历史。

桅灯摆在写字台上，十分尴尬地接受着赵东瀛的奚落。

马乔脸色铁青，朝着盒底瞥了一眼。他看到了脱落的铁环儿。妈的！他在心底大骂伪劣的引爆连接装置，而脸上表情依然不卑不亢。

功亏一篑。

他灵机一动向赵东瀛解释，今天是我拿错了盒子，我们公司出产的新型桅灯一定不会让你感到失望的。

马乔向赵东瀛告辞。赵东瀛哈哈大笑，说成年人以后不要搞这种儿童游戏。

马乔拎着盒子走出华胜洋行大门，朝着不远处的茶楼走去。

爱国小组全体成员大惊失色，迎出茶楼。方学门跑在最前面。

乔马咬牙切齿说，没炸，他妈的隋德金是个冒牌的大工匠！

方学门打开盒子看到毫无作用的引爆连接装置，气得一屁股坐在地上，哇哇哭了起来。经过实践他终于明白，三条石里的大工匠也有滥竽充数的冒牌货啊。

一个爱国小组的成员垂头丧气说，没炸，我们很像是演出了一场街头活报剧。

马乔沉着脸说，赵东瀛挖苦我们是儿童游戏。

13

隋德金找不到会写字的人，只得只身前往宪兵队总部，口头举报田宝印"通匪通共"。宪兵队听说后，连夜将田宝印抓捕归案。

田宝印被捕。他认为自己是被叛徒出卖了。田宝印被捕之后，隋德金和刘桂娟（隋喜花）占山为王，立即成了永茂灯具厂的当然主人。

小筋头儿和来顺儿被隋德金任命为贴身伙计，打洗脚水倒痰盂，烫酒沏茶摇扇子，一天到晚不得休闲。

小筋头儿和来顺儿私下议论，说田宝印胆小怕事怎么能够"通匪通共"呢，这是诬告。

永茂灯具厂里几乎无人相信田宝印这人"通匪通共"。

宪兵队总部的地下室里，大胖子田宝印接受审讯。主审官采取"兵不厌诈"的战术，当头就问田宝印今年往解放区运送了多少物资。

田宝印虽然胖，但属于外绵内刚的汉子，他笑说既然你们知道我往解放区运送物资，我也就不隐瞒了。不过你们休想从我嘴里得到任何口供。

主审官认为胖子说大话，立即下令严刑拷打：什么红烙铁啊压杠子啊，还有灌辣椒水什么的……

统统没用。田宝印几度昏死几度醒来，居然破口大骂。主审官是天津人，从来没有见过这种一身硬骨头的胖子。

田宝印被捕的消息很快就传到方学门耳朵里，爱国迷惊了。天啊，田宝印是共产党的地下物资采购员？

方学门连连摇头说，如果他是共产党他为什么反对我参加爱国游行呢？

方学门坚决不相信田宝印是共产党。

马乔说，知人知面不知心，假若田宝印不是地下党的秘密物资采购员，宪兵队为什么单单抓他去受刑呢？

方学门认为这一切都是不可思议的。

关在大牢里的田宝印瘦成一把骨头，完全变成另外一个人，张宝印李宝印什么的。瘦成这个样子田宝印还是不开口。弄得主审官对自己产生怀疑，以为抓错了人。一个风雨之夜，田宝印趁看守不备，起身一头撞在狱墙上，脑浆迸裂而死。宪兵队没了活口，主审官恼羞成怒，立即命令宪兵队长率队前往三条石永茂灯具厂，继续搜捕知情人。

宪兵队长站在院子里，朝着工人们大声发问：你们这里除了田宝印，谁还最清楚厂里的事情啊？

鸦雀无声。宪兵队长命令士兵举枪瞄准，做出准备射击的姿势。

慢着！施书义醉眼惺忪走出人群，抬手指着大工匠说，厂子里的事情隋德金最清楚。

小筋头儿觉得账房先生施书义说得有理，也跟屁虫似的说，是啊是啊厂里的事情隋德金最清楚。

来顺儿也跟着嚷嚷起来，指着隋德金说厂里的事情他最清楚。

宪兵队长一挥手，就将隋德金带走了。

刘桂娟（隋喜花）坐在地上哭号，操着天津口音高声喊冤。第三天隋德金死在宪兵队。真正的丈夫死了，她也终于成了真正的寡妇。

开春的时候，地下党组织的秘密电台由于叛徒出卖，惨遭敌人破坏。便衣特务冲进房间的时候，卜鸿光已经将发报机砸得稀烂，并且高呼中国共产党万岁。他指着丁西芸（傅晓彤）大声对敌人说，她不是我的妻子，她是我家的女用人。我的妻子江星兰几年前已经死了。

傅晓彤（丁西芸）听了这番话，号啕大哭。

从此，没有听到有关爱国小组的任何消息，包括方学门。极有可能他们已经离开天津到别的地方去了，尽管他们都是天津制造出来的青年人。

除了死去的人，大家还都活着。

185

人生如赌

1

清末民初的天津卫，它是一座国际知名的大都市。说起国际知名的原因，主要还是由于"庚子之乱"，义和团聚众攻打坐落在紫竹林的英法租界，烧教堂杀洋人，这对西方社会震撼极大。于是列强纷纷派遣舰队疾驶中国的大沽口，武力干涉。近代的天津与天津人随之出名。一八六〇年的开埠以至庚子之后"九国租界"的出现，天津华界进入半殖民时代。英、法、俄、日、德、意、美、奥、比这九个国家在天津设立的租界，则完全是一派殖民时代的景象。

我要讲的就是天津殖民时代的故事。为了叙述过程中轻而易举获得亲切感，我将小说里的主人公虚拟为我的祖父。我的祖父当然姓萧，他的名字叫萧梓久。是的，叙述还没有正式开始，我心中的亲切感已经油然而生。如此这般，我也就为自己找到了祖宗。

庚子那年我祖父尚未出世，庚子是西历一九〇〇年。在此之前的一八九九年，篮球已经从天津传入中国。我祖父参加教会学校的篮球队当然是多年之后的事情。我祖父出生的时候已经一九一二年。八国联军入侵中国的硝烟散尽，但大清王朝在这场巨大的战争赌博里，输得很惨。被迫开埠的天津，开埠之后就不是从前的天津了。九河下梢，华洋杂处，中国鸭子外国鸡，使这座北方商埠成为一座不伦不类不今不古的大码头。

外国租界里有教会学校。我祖父考入坐落在法租界第二十二号路上的圣保罗学校。他开化很晚，若与现在的孩子们相比，他这种样子就显得傻了。然而无论多大年岁，只要你进入学校就是学生。我祖父进入圣保罗学校成为学生，我在这个故事的叙述中也只能对他直呼其名——萧梓久。

萧梓久同学其实是很幸运的。以前他生活在天津附近静海县的一座寺院里。他是小时候被这座寺院和尚抱养的，估计是个来路不明的弃婴。因此，没人知道他的出处。他人生的最初十六年住在庙里，生活素静但并未落发为僧。寺院里素静的生活使他心静如水，这对他的自学成才生活极为有利。同时他又具备了急风暴雨般的思维速度——天上呼啦啦飞过一群鸽子，他立即就能告诉你这群鸽子里有多少只白色的多少只灰色的多少只黑色的。这位在庙里长大的孤儿六岁就学会中国象棋，十岁那年，与本寺和尚对弈已然没了他的对手。没了对手怎么办呢？他只能等待前来挂单的游僧。

十二岁那年，庙里终于来了一位赤脚游僧。萧梓久与这位赤脚游僧弈棋，十盘十和。赤脚游僧告诉萧梓久说，中国象棋的最高境界不是赢棋更不是输棋，而是和棋。后来，萧梓久向这位赤脚游僧学了两年，一下子成为有学问的人。赤脚游僧向寺院里的住持建议，说到了十六岁就让这孩子离开寺院吧。果然，十六岁那年住持允许他融入社会。寺院住持出家前俗世姓萧，因此就给他取名萧梓久。就这样他离开自幼成长的庙宇，前往天津卫求学。

他以俗世姓名萧梓久进入天津圣保罗学校读书，一入学便是初中生。他入学的时候默默无闻，然而期末考试成绩一公布，他门门功课能够挤进前三名，当然是全班的前三名而不是全校的前三名。尽管如此，萧梓久仍然属于那种毫不显眼的人物，更没有人知道他的特殊身世。学

187

校当局也将他划入普通学生的名册。

萧梓久在圣保罗学校的初中生涯，用"胸怀大志而郁郁不得志"这句话来形容，还是比较贴切的。既然胸怀大志而郁郁不得志，那么他初中毕业自然不会留在圣保罗学校念高中。是的，他离开圣保罗中学考入坐落在天津华界的私立育梁学校高中部。育梁学校在天津卫是所名校，曾经与南开和扶轮齐名。

萧梓久在育梁学校读高中，仍然属于芸芸众生之列。他读书不算用功，但绝不懈怠。尤其是英语这门课程，他是从不放松的，因此口语不错。他呱呱呱讲出一番英语，英国人是绝对能够听懂的。

就这样，穷苦学生萧梓久熬到高中毕业的年头。这时候，正是公元一九三一年。这一年的九一八事变，使得日本人占领了东三省。萧梓久当然知道此事，他没有上街参加游行，他认为自己的主要任务是读书。

萧梓久就读的育梁学校，校董是天津著名银行家魏查理先生，社会名流。魏先生说一口地道天津话，却信奉天主教。为了鼓励学生们好好念书，魏查理先生设立了"金质奖章"，已经连续评选了八年。也就是说一年一度的全校会考总成绩第一名，即可获得魏查理先生亲自颁发的金质奖章。金质奖章的获得者，毕业之后直接进入魏查理先生的太平洋银行工作，这是多么体面而优厚的待遇啊。

萧梓久的同班男生高链琦，跟萧梓久关系不错。高链琦时年十八岁，已经订婚，未来的岳父是一家陶器店的老板，生意很好。高链琦为了获得"金质奖章"并且进入太平洋银行工作，一年四季苦苦读书，孜孜不倦，期待着自己美梦成真。

一九三一年的高中会考，对高链琦来说是个考验，因为会考之后他便高中毕业了。如果这次不获得会考状元的金质奖章，他就再也没有机会了。高链琦夜以继日，决心牢牢把握住这最后的机会。

当时大街上流行着一首童谣，很能说明问题："读书乐，读书苦，乐乐苦苦人生路；读书苦，读书乐，苦苦乐乐奔前途……"

萧梓久则不然。他并没有陶器店老板女儿这门婚事，因此也没有高链琦那样巨大的心理压力。面对令人心惊肉跳的全年会考，萧梓久只是认真对待而已。有时，他还偷偷溜进学校旁边的侯记食品店，喝上一瓶汽水。育梁学校的校规很严，不许学生随便购买学校外面的食品。萧梓久属于大错不犯小错不断之类的学生。偷偷去喝汽水就是明证。

会考之后，学校沉寂了几天。萧梓久趁机喝了几瓶汽水。很快就要张榜公布会考成绩了，气氛蓦然紧张起来，尤其是高链琦等待张榜期间，已然熬得形销骨立，脸色煞白。这种形象使别人误以为他吸食了白粉。

育梁学校张榜的日子终于到来。一大早儿，学校门前便显出与往日大不相同的异常景象。望子成龙的家长们，早早就聚集在学校门前——嘈杂的人群里发酵着美好的期待。

学生们尤其男学生们则聚集在学校大门西侧的侯记食品店门前。他们聚集在这里并不是想花钱购买零食，因为除了这里他们实在难以找到落脚之处。此时的萧梓久与同学们挤在一起，他的身旁就是高链琦。这时，萧梓久突然感到情况异常。他清清楚楚看到，三五成群的男人，有高有矮有胖有瘦，一拨接一拨，连续不断走进侯记食品店，显得形迹可疑。

光天化日之下，大家其实都看到了这一拨拨男人走进侯记食品店，但并没有引起任何人的警觉。只有萧梓久发现了问题。那一拨拨形迹可疑的男人走进侯记食品店之后就没了踪影。于是侯记食品店便成了一只巨大的容器。一个个大活人进了侯记食品店仿佛就变为一滴滴水珠，迅速被蒸发了。

萧梓久心头倏地一紧。在他的心目之中，侯记食品店一下就成了一个神秘莫测的地方——黑洞。

萧梓久的脸色蓦地变得煞白。他不由自主朝着侯记食品店走去。人流一拥，将他推向侯记食品店的大门口。一个头戴巴拿马草帽的汉子压低声音说了句什么话，大意是催促他加快步伐，否则就晚了。

高链琦则被人流推向相反方向，他眼巴巴看着萧梓久的身影拥进侯记食品店，没了踪影。

人流猛然变得很稠，一拥一拥。人的命运也形似一股胶水，四处粘贴着，随着人流而蠕动。这时候萧梓久发现自己已经进入侯记食品店大堂，远远脱离了同学们聚集的地方，更看不见好友高链琦的身影。他感到身前身后身左身右，全是一群陌生的面孔。这群陌生的面孔拥着他进了侯记食品店的后院。

我祖父在殖民时代成为著名赌徒的序幕，就这样猛然拉开了。

2

我倘若不是从祖父留在人间的《萧梓久自传》里读到当时的场景，我不会相信当年的天津居然存在地下赌场，我更不会相信育梁学校旁边的侯记食品店地下室里居然存在那样惊心动魄的赌局。

事情是这样的。

萧梓久挤在人流里，他实在难以主宰自己的双脚。他被身后的人流拥进侯记食品店的深处。这时候他发现店铺虽小，却狭长，颇有纵深的感觉。稠乎乎的人流，好似一锅热粥，拥进侯记食品店的后院。

头戴巴拿马草帽的男子小声嚷嚷着，使劲往里挤往里挤！今天赌榜的大庄家在地下室里呢。

赌榜？萧梓久被人流推搡着，蒙头蒙脑沿着后院楼梯拥进地下室。他蓦然感到一股强烈的燥热迎面扑来，自己分明变成一滴水珠，正在被蒸发着。

果然别有洞天。地下室很大，仿佛是一只巨大的胃，毫无限制地吸纳着人流。一盏十分刺眼的白炽灯高高悬在头顶，照耀人们激动的面孔。

一个黑脸汉子大声喊叫着，样子显出几分霸气。事后，萧梓久得知这个黑脸汉子的名字叫袁二金。

袁二金虎着面孔，大声告诫大伙说，谁也不要大声喧哗，谁要是引来警察抓赌，就连老婆孩子也得跟着吃官司。

地下室里顿时安静下来。萧梓久终于明白了，自己被人流卷入了地下赌场，即将成为赌徒。

袁二金站在一只高凳上，大声宣布说，今天赌局的赌注，押的是育梁学校会考状元的姓氏笔画。赢者，押一赢十，就是押一块银圆赢十块银圆；输者，押一输十，也就是押一块银圆输十块银圆。现在开始的是第一轮押注，押的是笔画。你要是认定今年会考状元姓王，三横一竖你就押四画，你要是认定今年会考状元姓李，十八子你就押七画呗！

头戴巴拿马草帽的赌徒说，袁二金你真啰唆，你说的这一套我们没有不懂的！

袁二金不慌不忙，说虽然咱们这赌局年年开张，可年年都有小雏儿加入，因此必须把押赌的规则交代得一清二楚，这就叫公平合理。

萧梓久突然大声发问，你说这是第一轮押赌，那第二轮呢？

袁二金朝着萧梓久投来一瞥，看出这是一个新近入局的陌生面孔，就笑了。

第二轮押注的规矩其实跟往年一样。第一轮你不是押笔画了吗？无论是三画还是五画，反正你押的是数目字儿。第二轮押注，押的是姓氏笔画的首笔是什么？俗话说张王李赵遍地刘，你可以押首笔横起，也可以押首笔竖起，还是押首笔点起，更可以押首笔是折起，点、横、折、撇、捺，这首画的第一笔你押什么都行，就看你的运气啦。不过，这第二轮押注的码子更大！你要是赢了，押一赢一百，你要是输了，押一输一百。大伙都听明白了吧？

人们纷纷朝着袁二金点头，说听明白了。

头戴巴拿马草帽的男子急了，说这一套我十年前就明白啦。

191

萧梓久这才知道，这个地下赌局已经有了十年的历史。

黑脸袁二脸色一沉，面露杀气说：既然大伙都明白，就不要办糊涂事儿。赌得起就赌，赌不起的现在就给我滚蛋！无论赌赢赌输都是命里注定，谁要是敢在这儿跟我滚赌，可别忘了这儿不是人间，这儿是阎王殿！

萧梓久下意识地朝着袁二金点了点头。这时候他仍然没有意识到自己身上所蕴藏的赌性正在被袁二金的话语渐渐点燃。他只感到周围的空气非常炽热，内心感到焦渴。

赌徒们十分自觉地排着长队，准备下注押赌。萧梓久排在头戴巴拿马草帽的男子后面。一个身穿长衫的男子，排在萧梓久后面。

小伙子你还是个学生吧？念书的学生也来押赌，他妈的这年头真是没有好人啦。身穿长衫的男子大发感慨。

头戴巴拿马草帽的男子扭头反驳说，他妈的这年头根本就没有好人。

袁二金站在高凳上，狞笑着。他说这年头只有一个好人，你们知道这个好人姓什么吗？姓钱。

地下室里的赌徒们发出哄堂大笑。

萧梓久面对这样的火爆场面，仿佛一个蒙童。他左顾右盼，环视着四周。这时候他发现，聚集在地下室里的赌徒，什么模样儿的都有，身份也各不相同。这是一个令他感到万分陌生的世界，可是这个世界里的人们，又令他感到似曾相识。

萧梓久摸了摸自己兜里的那几张钞票。

我在多年之后读到《萧梓久自传》，书里是这样描述当时赌徒们投赌押注的场面的。

袁二金宣布开始投注，场面便寂静下来。偌大的地下室宛若严肃的课堂。赌徒们排着长队，显得十分规矩。人人手里都拿着一张赌票，有人已经填写了押赌的数字，一派成竹在胸的表情；有人则犹豫不决，皱眉思忖着。

长队的尽头是一张方桌，两个记账先生模样的男人坐在桌前，收银计账，为赌徒们办理着押赌的手续。赌徒们押赌之后，便迅速离开地下赌场，跑到育梁学校门前等待看榜去了。

地下室里，排在萧梓久身后的那位身穿长衫的男子手里拿着一本《百家姓》，飞快地翻着，满脸犹豫表情。长长的赌徒队伍朝前蠕动着。身穿长衫的男子，一时拿不定主意。

萧梓久心里很同情身穿长衫的男子，便小声询问对方贵姓。身穿长衫的男子看了看萧梓久，回答说姓朱，朱元璋的朱。然后，身穿长衫的男子颇为感慨地告诉萧梓久，今天他要孤注一掷，将全家财产统统押上。

今年育梁学校会考状元的姓氏究竟是几画呢？这时候萧梓久猛然想起，自己原本是站在学校门前等待看榜的，没想到居然被这股神秘的人流裹挟着进了地下赌局。既来之，则安之。萧梓久受到内心深处的赌性驱使，只是一个瞬间，他便从一个等待看榜的学生变成一个等待押注的赌徒。多年之后，萧梓久对自己的这次骤然转变并不感到意外。他认为人人心里都埋藏着极大的赌性，只不过有的人一生也没有遇到蓦然迸发的机会罢了。

头戴巴拿马草帽的男子终于排到了高凳前，抬起头来与袁二金对视着。站在高凳上的袁二金低头看见头戴巴拿马草帽的男子，立即装模作样抱拳行礼，称对方为"苏大夫"。

人们立即认出头戴巴拿马草帽的男子——天津骨科名医苏铁之先生。

苏铁之大夫表情谦逊地朝着袁二金摆了摆手，说久违了。袁二金走下高凳，朝着苏铁之拱手行礼，以示敬意。

袁二金亲自陪同苏铁之大夫走到方桌前，请这位骨科名医优等押赌。苏铁之摘下头上的巴拿马草帽，表情一下子感慨起来。

苏铁之说，光阴似箭，我已经三年没来这里押赌啦。

袁二金说，是啊，您已经三年没来这里押赌了。您这是三年不飞，一飞冲天；三年不鸣，一鸣惊人啊。苏大夫您请吧。

苏铁之空洞地笑了笑——这是赌徒的典型笑容。

身穿长衫的男子挤到桌前，十分镇定地说我押一百块大洋，六画。

袁二金接过一百块大洋的银票，说，张王李赵遍地刘，今年会考的状元要是姓猪八戒的猪，朱三韭你可就输精光啊！

身穿长衫的赌徒名叫朱三韭。朱三韭冷着面孔，死盯着袁二金说，我前年输去年输，今年还输啊？

朱三韭从袁二金手里接过写好的赌票，十分自信地说我是朱元璋的后代，朱是六画，我就押六画。洪武爷一定会保佑我的！

萧梓久听到了朱三韭的这一番话语。

终于轮到萧梓久押赌了。坐在方桌后面的记账先生撩起老花镜看了看这个学生，说你年纪轻轻的就进了赌场，真不简单啊。

萧梓久从怀里掏出十元钞票，告诉记账先生，说我押两轮。

袁二金审视着萧梓久，说以前我怎么没见过你呢？

萧梓久笑了笑说，以前我也没见过你啊。

袁二金看到面前的这个学生娃娃押两轮，脸上掠过一丝喜色。长江后浪推前浪，赌场自有后来人。袁二金伸手接过钞票，亲自操笔为萧梓久填写赌票。

排队等候填写赌票的赌徒们小声嘀咕着。喂，我听说学校里的内线放出绝密消息，说今年会考状元的姓氏出自中国南方，要么姓洪，要么姓韦，要么姓汤。

人们议论纷纷，说这是假情报，年年都有假情报四处扩散，诱人上当受骗。

萧梓久第一轮押了十一画，五元钱。

袁二金注视着萧梓久，十一画儿？这第一轮你若是赢了，连本带利可就变成五十块大洋啦。这五十块大洋够你娶个媳妇的啦!

场内赌徒们发出一阵哄笑:赢了能娶媳妇,输了可就连裤子也赔进去啦!

萧梓久第二轮押的首笔横起,还是五元钱。此时他已经将全身所有的十元钱都押上了。他知道,如果在第二轮押赌获胜,五块大洋就变成五百大洋。

萧梓久手里拿着赌票,转身挤出好像一锅稠粥似的地下室。只有他自己心里清楚,他押的十一画儿,横起,就是一个"萧"字。他并不认为自己能够获得今年的会考状元,尽管自己今年读书暗中十分努力,但他相信运气,他认为有时候运气是能够改变一个人的命运的。因此他押了自己的姓:萧。

祖宗会保佑我的。萧梓久这样想着,心里感到踏实。

袁二金呆呆注视着萧梓久渐渐远去的背影,问有人认识这小子吗?

地下室里无人应声。

记账先生十分轻蔑地说:这是个生胚子,雏儿。

3

我祖父走出侯记食品店,颇有"洞里才半日,世上已千年"的隔膜感。他懵懵懂懂注视着学校大门,手里还拿着那张赌票。

高链琦大步走上前来,一眼看到萧梓久手里的赌票,表情惊诧。萧梓久的头脑随即清醒起来,连忙将赌票塞进衣兜儿。

高链琦告诉萧梓久,学校马上就要发榜啦。

这时候,一辆黑色小汽车吱的一声,停在学校门前的马路边上。人们平时很少见到小汽车,呼啦一声围拢上去。小汽车里,走出本市第一美女魏曼蓝。

萧梓久引颈观望着,心头一颤。他认为魏曼蓝果然貌若天仙,这样美丽的小姐被称为本市第一美女，并不过分。

魏曼蓝在两个保镖的护送下，走进育梁学校的大门。

高链琦注视着魏曼蓝的背影，小声说今天是发榜的日子又不是选美的日子，魏小姐跑到育梁学校来干什么啊？此时此刻无人知晓魏曼蓝此行的目的。她的父亲魏查理是育梁学校的校董。今天魏曼蓝代表父亲专程前来参加会考发榜仪式，以示郑重。

魏曼蓝的闪亮登场，使得一九三四年的育梁学校门前再度掀起一个小高潮。然而怀里揣着赌票的萧梓久心里清楚，今天真正的高潮只能发生在侯记食品店的地下赌场里。

我祖父此时并不知道，育梁学校的校长顾培昌与教导主任钱端友先生正在学校二楼的会客里接待魏曼蓝小姐。顾培昌校长恭敬地请魏曼蓝小姐在沙发上落座。自幼接受西洋教育且性格外向的魏曼蓝并不领情，她径直走到窗前，远远朝着学校的操场望去。

会客室里，教导主任钱端友先生试探着问道，不知魏小姐光临本校，有何见教啊？

魏曼蓝转身笑了笑，说我父亲是你们育梁学校的主要赞助人，他告诉我今天是贵校会考发榜的大好日子。我是专程前来看榜的。其实我也只是想看一看热闹……

校长顾培昌认为，每逢会考发榜的日子，学校门前总是热闹非凡的，这说明教育事业在我国已然深入人心。

魏曼蓝生性活泼，表示她非常希望本年度会考状元是个女生。

学校女佣阿践端着瓷盘走进会客室，为贵客奉上一盏热茶。

顾培昌校长说，育梁学校的应届毕业生里颇有几名出类拔萃的学生，王平章啊李卓然啊还有何元庆以及陈玳玮同学，都具有很强的实力。他们几个人均可称为今年会考状元的有力竞争者啊！

女佣阿践将一盏热茶送到魏曼蓝面前，然后退下。

钱端友告诉魏曼蓝，今年会考的成绩单此时还密封在保险柜里，半小时之后就会揭晓了。

我的祖父此时站在育梁学校门前的大树下，蓦然感到自己已经被分裂成两个人。一个是等待会考成绩的学生萧梓久，一个是等待押注结局的赌徒萧梓久。尽管这是两件截然不同的事情，然而结果却是写在同一张榜上。

学校的女佣阿践走出会客室，立即加快步伐朝着校长办公室走去。她早已探明，全校只在这里有一部电话。

女佣阿践推门走进校长办公室，抄起电话迅速拨了三个号码，电话随即就通了。

阿践喂了一声，话筒里响起一个男人浑厚而迫切的声音。阿践对自己丈夫的声音当然十分熟悉。她为了让丈夫赌场发财而甘愿来到育梁学校卧底，充当女佣，就是为了获取有关会考状元的情报。女佣阿践低声对电话里的男人说出四个极有可能获得会考状元的姓氏：王、李、何、陈。

阿践说完，立即放下电话。这时校长大步走进。阿践故作镇定，手持抹布擦拭着校长的办公桌。

此时我祖父并不知道高链琦是害人精。他在高链琦的几次追问下，不得不对高链琦讲出实情。他说他是被人流裹着进入地下赌场的，那里是一间很大的地下室。他在地下室的赌局里押上了自己五年以来勤工俭学的全部积蓄——十块银圆。

正午十二点钟，学校终于打开大门。人们高声喊叫着"张榜啦张榜啦"。此时人群里已经混杂了大量赌徒。赌徒们对育梁学校本年度会考成绩的期待，甚至远远超过了前来看榜的学生家长。拥挤的人群里出现了杨白丁的身影。这个杨白丁是学校女佣阿践的丈夫。他接到妻子电话之后，当即决定孤注一掷，将全部家当押在"王、李、何、陈"四个姓氏上。

我祖父此时对地下赌局的风云变幻一无所知。他站在学校大门前，一心二用，等待张榜。

四个校工大声吆喝着，前面开路，身穿长袍马褂的教导主任钱端友先生手里拿着一卷儿黄纸——人们知道这就是今年的会考成绩榜。

人们拥上前去——无论是学生家长还是赌徒。萧梓久脸色苍白地挤在人群里，挣扎着。

教导主任钱端友先生在两个校工的协助下，将一张黄纸写成的大榜贴在学校的大门上。

脸色苍白的杨白丁挤上前去，急不可待，大声问，第一名姓什么？第一名姓什么呀？

钱端友先生不知道杨白丁就是女佣阿践的丈夫，更不知道附近存在一个地下赌局。因此，钱端友先生十分不解地看了看杨白丁。

朱三韭也奋力挤到榜前，伸长脖子看着。

一个个赌徒挤在人群里，纷纷询问"几画儿？"

钱端友先生越发不解。几画儿？难道你们都是来这儿查字典的？钱端友先生被两个校工搀扶着，颤颤巍巍站在高凳上大声宣布本年度会考第一名的名字：

萧——梓——久！

人群一片静寂。片刻，混杂在人群里的赌徒们开始骚乱，咒骂声声哄然四起。

杨白丁心里计算着。萧？十一画儿。他妈的，原来不是王李何陈啊！我的身家性命，今年全都输光啦！

杨白丁大声喊叫着，转身冲出人群。

朱三韭表情呆滞，看上去仿佛一尊石像。他妈的，今年的会考状元怎么会姓萧呢？

乱了。人群发出一阵阵尖叫。

高链琦挤到萧梓久面前，目光里充满了难以掩饰的敌意。

萧梓久我问你，你这样的学生居然获取了会考状元？天啊！今年的会考状元怎么会是你呢？这真是不可思议，不可思议。

萧梓久尴尬地笑了笑，说我真是没有想到今年能够考取全校第一名，我现在仍然不相信我获得了今年的会考状元。

高链琦脸色很像一块煮熟的猪肝。

几个同学挤上前来，大声说萧梓久祝贺你。

萧梓久满脸通红，不知如何是好。

一大群同学拥上前来，合着节拍大声喊着：萧梓久，祝贺你！萧梓久，祝贺你！

教导主任钱端友先生站在高凳上大声说，请获得今年会考第一名的萧梓久同学现在就到顾培昌校长的办公室去，有贵客接见。

教导主任钱端友先生四处寻找着：萧梓久同学呢？人家魏曼蓝小姐可在校长办公室里等着他呢！

这时候，萧梓久却被一股人流裹挟着，满脸大汗。此时，我的极具数学天赋的祖父心里非常清楚，他已经列出一张清单：第一轮押五元，一赔十，获胜之后得五十元；第二轮押五元，一赔百，获得之后得五百元；两轮获胜总计五百五十元。总计五百五十元，这对于一个年轻人来说确实是一笔不小的数目。

高链琦大声呼喊：萧梓久！萧梓久！

4

顾培昌校长的办公室里，萧梓久受到魏查理校董的特派代表——魏曼蓝小姐的热情接见。萧梓久显出几分羞涩。这是一个穷学生在富家小姐面前的通常表情。魏曼蓝很大方，伸手对这位新科状元表示祝贺。

这次握手使得我祖父懂得了什么叫大家闺秀。魏曼蓝小姐的手，果然绵软，胜似羊脂玉。

魏曼蓝显然是受西式教育长大的，显得很开放。她见面就问萧梓久获得会考状元之后有何感想。萧梓久一时语塞，便以"更加上进"一句回答了这位千金小姐。魏曼蓝通知他，明天家父将出席育梁学校举办的颁奖大会，届时魏查理先生将亲手向新科状元颁发镀金奖章。

萧梓久朝着魏曼蓝小姐深深鞠了一躬，表示谢意。这时候，我祖父的心里充满矛盾。他在获得会考状元的同时，还赢得了地下赌局的五百五十元赌金。然而，去不去地下赌局领取那五百五十元的获胜赌金呢？我祖父心里思忖着。不消片刻我祖父便拿定主意。他认为那五百五十元是列祖列宗的赐予——我押了自己的姓氏"萧"，我果然胜出。这是一笔天经地义的银圆，应当稳入自己囊中。

萧梓久离开校长办公室。这时候他负荷着两个身份，一个是本年度会考的新科状元，一个是本年度"赌榜"的大赢家。

我祖父的命运就是在这样极端矛盾的冲突中，开始走向不可知的未来。

萧梓久在学校的操场上见到了脸色惨白的高链琦。萧梓久朝着这位名落孙山的同学笑了笑，然而他的笑容显得很不自然，这可能与赌博有关。萧梓久的这个带有自我批判色彩的笑容，恰恰伤害了内心极其脆弱的高链琦。高链琦向萧梓久报以微笑，萧梓久并不知道这是魔鬼的微笑。

育梁学校门前的人群已经散去。人们都知道了今年会考状元名叫萧梓久。这个名字传播出去，立即成为家喻户晓的人物。

萧梓久走出学校大门，并不知道高链琦不远不近跟踪在身后。新科状元萧梓久在一股强烈的欲望驱使下转身走进侯记食品店。食品店老板侯七注视着这个白面书生，压低声音说你今天金榜题名赌场大胜，这可是双料冠军啊。

萧梓久敷衍地笑了笑，走进侯记食品店的后院，沿着楼梯走进地下赌场。

我祖父永远也不会忘记这个场面。地下室里挤满赌徒，居然悄无声息，使人觉得这里存放着一群人工制作的蜡像。

苏铁之大夫坐在一张宽大的藤椅上，嘴上衔着一支粗大的吕宋雪茄。这位天津骨科名医的视线很低，久久注视着萧梓久的双腿。萧梓久当然不懂苏铁之目光的含义，径直走到袁二金面前，从怀里掏出赌票，双手递给这位地下赌场的经理。

身穿长衫的汉子朱三韭挤上前来说，今天有一千多人下注，十九个人赢了第一轮，两轮全胜的只有你一人。你小子初入赌局就大获全胜，真是大福大贵啊。

萧梓久自谦地笑着，说其实我只是押了自己的名字而已。

袁二金大声说，这就是大福大贵。

记账先生拨拉着算盘珠子，报出萧梓久两轮获胜的总数：五百五十元。

五百五十块银圆在民国年间算是一笔不小的数目。

地下室的人群里发了一声声赞叹。萧梓久从声声赞叹里品味出几分不祥的感觉。他的脸色渐渐变得惨白起来。这时候我的祖父十分镇定地对记账先生说，请您把这五百五十块银圆写成一张支票，最好是英租界的汇丰银行。我懂得英语。

苏铁之大夫吸着吕宋雪茄说，你年纪不大，懂得倒不少。古语说，福兮祸所伏，祸兮福所倚。我的话你明白吗？

萧梓久朝着苏铁之点了点头，然后从记账先生手里接过支票，看到日本横滨正金银行的字样。他并不坚持"汇丰银行"，拿起日本银行的支票揣进怀里，转身就走。

我祖父恨不能立即离开这个地方，永不再来。

朱三韭的神经似乎出现错乱，大声喊着，好小子，那五百五十块钱真够你娶两房媳妇的啦。

萧梓久听到这句话，怀里仿佛揣着一只兔子，走出地下室便奔跑起来。他心里想着，明天上午十点钟，育梁学校举行年度颁奖大会，届时著名银行家魏查理先生将亲手为我佩戴会考状元的镀金奖章……

5

育梁学校公布本年度会考状元之前的一个小时，天津英租界宋公馆的二楼会客室里，赫然摆开赌局。

会客室里，东南西北摆放着四只硕大的沙发，面面相对。四只硕大的沙发里分别塞入四只尊贵的屁股——三公一母。三位男宾是：身穿长袍马褂的前清遗老呼近贤；身着长衫的陆军次长之子曹四公子；西服革履的英国律师汉斯先生。唯一的女宾则是天津法国租界著名交际花温丽莎小姐。

这是四位超级赌徒。举凡超级赌徒在这种时刻大多不言不语。沉默是金。既然超级赌徒下了注，无论输赢只能听天由命。这正是超级赌徒的超凡脱俗的境界。

女仆悄悄走进会客室，送上四盏清茶。女仆当然知道，茶几中央摆放的四只镀金的小盒子里，已然投放了四位超级赌徒的"码子"，这堪称年度超级豪赌。

会客室里无声无息，仿佛坐着四尊石雕。汉斯先生毕竟是外国人，他终于坚持不住，低声操着生硬的华语向女仆询问。女仆摇了摇头，表示一无所知，然后端起茶盘，转身欲走。

温丽莎突然发作，满脸神经兮兮的表情。我是不喝茶的，即使英国茶我也不喝。我是喝咖啡的，我从来都是喝咖啡的，这是无人不晓的事情！

三位男宾无动于衷，越发成了三具石雕。

那位女仆面无表情，随即端来一杯热气腾腾的咖啡，轻轻摆在茶几上。说了声温小姐请吧。

著名银行家魏查理手里夹着青烟袅袅的雪茄，满面微笑走进会客室。他十分绅士地朝着温丽莎小姐躬身致意，然后侧身说了声请——那位宋司令哈哈笑着出场了，大步走到四位超级赌徒面前。

这位宋司令是宋公馆的主人。人称宋司令，其实下野赋闲多年，早不是什么司令了，多年住在英租界别墅里充当"寓公"。

身穿长袍马褂的前清遗老呼近贤，起身朝着宋司令拱了拱手，询问育梁学校今年会考状元的消息。宋司令果然武夫出身，两掌合拢啪啪连击两声——他的副官闻声走进会客室，双手呈上一只黑色公文包。

温丽莎目光蓦地一亮。呼近贤也像一只嗜血的蚊子受到人肉的吸引，趋身向前。英国律师汉斯兴奋地脱口而出"叶——似"。只有曹四公子闭目养神，好像真的成了石雕。

宋司令一屁股坐在茶几旁边，随手打开黑色公文包说，你们既然选举我老宋当证人，那我就做主啦。

曹四公子睁开眼睛，看了温丽莎一眼。温丽莎脸色倏地变白，下意识点燃一支女士雪茄，神经兮兮等待赌局结果。

宋司令从黑色公文包里拿出一只黑色皮夹子，打开黑色皮夹子，露出一张叠成长方形的黄纸。人们的目光齐刷刷投向这张黄纸，超级赌徒们知道这张黄纸里写着今年育梁学校会考状元的尊姓大名。

赌博现场的空气猛然紧张起来。宋司令毕竟曾经是司令，当年战场上杀人如麻，如今担当赌局公证人，显然游刃有余。他抻出黄纸看了一眼，然后毫不犹豫大声说，育梁学校门前已经张榜公布，今年会考状元出来啦！

四位超级赌徒，屏住呼吸等待着。

宋司令大声说道，这位会考状元姓萧，他的名字叫——萧、梓、久！

宋司令念出我祖父的名字，好像是在军事法庭宣读处决逃犯的名单。

身材高大的宋司令读罢这页黄纸，伸手将它压在茶几上，转动身躯询问魏查理，字典里这萧字几画儿呀？

魏查理手持粗大雪茄，思忖着说，萧字，应当十一画儿吧。

全场一派寂静。

宋司令环视着四位超级赌徒，笑眯眯问道，请问诸位有谁押中啦？

汉斯先生首先打开自己的镀金小盒子，满脸沮丧表情。我押的四画儿，我认为今年会考状元应当姓王。王，这在你们中国属于非常普遍的一个姓氏。

宋司令哈哈大笑说，可是，我们中国历朝历代的皇帝，没有一个姓王的。

呼近贤将大辫子朝脑后一甩，嘿嘿一笑说，中国南北朝的时候，齐朝和梁朝的皇帝全都姓萧，你们知道《昭明文选》吗？那本书就是太子萧显编纂的。

温丽莎对呼近贤搬出来这堆故纸毫无兴趣，站起身来说，宋齐梁陈有两朝皇帝姓萧。这萧姓并不偏僻，我想今天肯定有人押中了这个姓氏。

曹四公子说，很难。今天学校门前谁要是押中这个姓氏，我定要见识见识此人的。

英国律师汉斯看了看手表说，依照赌局规则，今天谁押的笔画距离十一画儿最接近，谁就小胜。好啦好啦，咱们结账吧。

曹四公子说，我押的是桂姓，十画儿，最为接近。

呼近贤问道，姓桂？海军总司令桂永清的桂？

曹四公子笑了笑说没错，就是桂永清的桂。

副官大步走进，躬身伏在宋司令耳前，低声报告着什么。

宋司令哈哈大笑，说地下赌局里有人押中今年会考状元的姓氏，不但押中姓氏，而且还押中了首画儿——横。

曹四公子抢先发问，这个人是谁呀？

温丽莎与呼近贤异口同声问道，这个人到底是谁？

汉斯操着生硬的中国话，这个人到底是干什么的？

宋司令笑了笑说，这个人也姓萧。

魏查理放下手里雪茄，表情惊异，这个人也姓萧？真是怪事儿。

曹四公子站起身来大声说，诸位请结账吧，我现在就去寻找那个姓萧的赌徒。这家伙一出道就是大赌徒，我估计他不出几年就会成为一代赌王的。

温丽莎与汉斯，面面相觑。

6

萧梓久怀里揣着那张五百五十元的日本横滨正金银行支票，快步走在大街上。

我祖父有生以来从未拥有如此数额的巨款，他心情波动，脑海里空空荡荡。

萧梓久身后，悄悄跟上两个鬼鬼祟祟的男人。这两个男人是地下赌局老板袁二金的杀手，他们今天的任务就是抢回萧梓久的银行支票。袁二金身为黑社会头目，只认钱不认人，他怎能容忍这样一个青年学生从他手里赢去五百五十元呢？他绝对不能容忍。

我祖父的性命危在旦夕，但是他浑然不知。他手里的五百五十元银行支票，相当于如今的数万元人民币。

两个杀手悄悄跟上来，距离萧梓久只有几步。一个杀手从腰间抽出匕首，另一杀手拿出的凶器是一根短棒。

手持匕首的杀手使劲咳了一声。萧梓久闻声站住，回头看着刀光闪闪的凶器。

我祖父看到了匕首脸色变得惨白，下意识地摸了摸揣在怀里的银行支票。

手持短棒的杀手怀着急于求成的心理，一步蹿上前来。他要一棒击碎萧梓久的头颅。

萧梓久不知所措，呆呆注视着脸色狰狞的杀手。这时候，一辆黑色小轿车从身后驶来，停在萧梓久身旁的马路边上。

魏曼蓝小姐摇下车窗玻璃笑吟吟说，我们的会考状元，我可以用车子送你一程吗？萧梓久注视着坐在高级轿车里的魏曼蓝，一时说不出话来。

两个杀手惊慌起来，快步朝前走去，然后拐进一条小巷里，没了踪影。

萧梓久终于说话了。他对魏曼蓝的邀请表示感谢，只是连连摆手。

魏曼蓝无奈地叹了一口气，命令司机开车。这辆黑色轿车疾驶而去。

我祖父望着远去的黑色轿车，吓出一身冷汗。

高链琦远远站在一棵大树后面，观察着萧梓久的去向。

萧梓久双腿软弱无力，瘫坐在边道沿上，艰难地挨过这段心惊肉跳的时光。

天色渐渐黑了。杨白丁疯疯癫癫从大街上跑过，嘴里不停地念叨着：身家性命啊身家性命，我全都押在王、李、何、陈四个姓氏上了！真没想到会考状元姓萧，萧何月下追韩信的萧……

杨白丁的精神已经失常，他喃喃自语，从萧梓久面前跑了过去。

女佣阿践披头散发，哭泣着从后面追来，呼叫着自己的丈夫。

我祖父坐在殖民时代大马路的边道沿上，目睹了这个赌徒家庭的崩溃。

天黑得很彻底了。朱三韭沿着大街走来。他看到萧梓久坐在边道旁的路灯下，立即变得满脸喜色。

身穿长衫的朱三韭请我祖父一起喝酒。我祖父将朱三韭视为援军，随即答应，起身就走。

朱三韭拍着萧梓久的肩膀说，你必须一五一十告诉我，你怎么会押中萧姓呢？南北朝的时候，齐朝和梁朝的皇帝，确实都姓萧。

萧梓久笑了笑，说我姓萧，我押的是自己的姓氏。

朱三韭终于明白了。噢，你敢保证今年会考自己的成绩名列第一。

多年之后我祖父在《萧梓久自传》里说，其实这也是瞎猫碰上死耗子。

当夜，大难不死的萧梓久与萍水相逢的朱三韭开怀畅饮，这个喝惯了墨水的学生，居然喝得酩酊大醉。

第二天酒醒，萧梓久就变成另外一个人了。

这就是在殖民时代里，我祖父离奇曲折命运的开始。

7

第二天酒醒的时候，萧梓久躺在一个陌生的地方。这是天津贫民窟里一间简陋的平房。这间平房的主人是江湖艺人吉友三。

吉友三的女儿名叫吉灵芝。她跟随父亲在南市"三不管"打把式卖艺，打得一手好弹弓。

弹弓并不是一种兵器。它是江湖艺人卖艺的器具。吉灵芝手持弹弓射出的弹丸，百发百中。

我祖父深夜醉倒街头，被吉友三救到家中。事情经过就是这样，它跟通俗小说里描写的一模一样，陌生人就这样相识了。

萧梓久醒来，喝了吉灵芝为他煮的醒酒汤，头脑渐渐清醒起来。他喊了一声糟啦，爬起来就要走。

今天上午十点钟，育梁学校将举行颁奖大会，届时著名银行家魏查理先生将亲手为我佩戴会考状元的镀金奖章。

望着萧梓久不辞而别的背影，江湖艺人吉友三只得轻轻叹了口气。吉灵芝则不言不语，手里摆弄着那只卖艺的弹弓。

我祖父朝着育梁学校跑去。其实，我祖父急急忙忙朝着他的镀金奖章跑去。

大街上。一个报童大声吆喝着。看报啦看报啦，会考状元萧梓久昨天银行门前险遭凶手杀害！一辆黑色轿车疾驶而来，解救了萧梓久的性命啊！

萧梓久听着报童的吆喝，一头雾水。他掏钱买了一份报纸，横看竖看，还是看不明白。我昨天遇到杀手的事情怎么会登上今天的报纸呢？

我祖父当然不会知道这是高链琦暗暗做的手脚。他将这份发行量极大但消息往往极不可靠的报纸夹在腋下，继续朝着学校方向跑去。

育梁学校的大礼堂里，已经爆满。贵宾席里，坐着本市著名银行家魏查理。萧梓久气喘吁吁找到自己的位置，慌里慌张坐在高链琦身旁。高链琦脸色铁青，冷漠地注视着萧梓久，并不言语。

萧梓久此时仍然没有意识到情况异常。他很傻。他身穿的长衫已经被汗水浸透，使人觉得他去了一趟南海龙宫。

顾培昌校长走上讲台，大声宣布开会。会场里蓦然安静下来，仿佛没有一个人。萧梓久内心一颤，远远注视着摆在讲台上的那枚金光闪闪的"状元奖章"。

萧梓久走思，听不见顾培昌校长讲话的声音。他的目光落在台上的贵宾席里，看到了光彩照人的魏曼蓝小姐。

魏曼蓝小姐的出现令萧梓久感到意外。

如果按照通常小说套路的发展，我祖父无疑与魏曼蓝一见钟情，这就是真正的"才子佳人"结构。然而，我祖父的命运并没有沿着这个轨迹发展。

顾培昌校长大声说，现在我们就请今年会考首名萧梓久同学上台领奖。

贵宾席里，魏曼蓝小姐朝着萧梓久投来火热的目光。萧梓久懵懵懂懂，竟然看到前清遗老呼近贤拖着一条大辫子，也坐在贵宾席里。

我祖父哪里知道，坐在贵宾席里的社会贤达们的真正心思并不是前来出席"会考状元"颁奖仪式，而是来见识见识他这个极具天赋的超级赌徒的真面目。

前后左右的同学们，纷纷催促着懵懵懂懂的萧梓久：校长请你上台去领奖呢，校长请你上台去领奖呢。

萧梓久起身朝着台前走去。顾培昌校长朝着今年的会考状元发出会心的微笑。

萧梓久就这样走上讲台，从尊敬的银行家魏查理先生手里接过金光闪闪的"状元奖章"。会场里发出一阵欢呼。萧梓久手捧奖章，连连冲着大家鞠躬致谢。

高链琦冲到台前，指着萧梓久大声喊叫：这面奖章不能发给萧梓久，他是地下赌场的赌徒！他是地下赌场的赌徒！

顾培昌校长表情惊诧，一时不知如何是好。

高链琦气急败坏地喊着：萧梓久是个大赌徒，育梁学校不能把奖章颁发给他这样的坏学生！

萧梓久感到自己站在茫茫黑夜里，死一般寂静。

呼近贤坐在贵宾席里，不由得笑了。嘿嘿，后生可畏啊。超级赌徒呼近贤认为，赌徒萧梓久比会考状元萧梓久看着更有意思。

顾培昌校长手里捧着会考状元的金质奖章，大声宣布休会。萧梓久呆呆站在台上，注视着那枚渐渐远去的金质奖章。

8

《天天新闻》报道了有关萧梓久的消息，称他为"新生代赌徒"。此时，失去金质奖章的萧梓久，已经被逐出育梁学校学生宿舍，栖身一家鸡毛小店"平安客栈"后院的一间小屋里。

街上传来报童的叫卖声，大意是说"会考状元失去金质奖章，原来是个大赌棍"。萧梓久躺在小客栈的床上，混混沌沌，仿佛一只失去知觉的动物。

他心里思念着那枚会考状元的金质奖章。高链琦为什么要在关键时刻置我于死地呢？我明明是被人流裹挟着进了地下室而买了赌票并且意外获胜，高链琦跟我无冤无仇，他为什么说我是大赌棍呢？

高链琦一定是羡慕那枚会考状元的金质奖章，因而加害于我的。会考状元的金质奖章是高链琦朝思暮想的。倘若他得不到它，也不允许别人得到它。这就是高链琦的逻辑。

有人笃笃叩门。萧梓久应了一声。房门开了，客栈掌柜小心翼翼走了进来，说真是有眼不识金镶玉，原来你是接连两轮获胜的赌场天才啊。

萧梓久不明所以，从床上爬起身来注视着客栈掌柜。

客栈掌柜告诉他，刚才有人送来请柬已经设立赌局，请萧梓久先生接受挑战。

萧梓久感到莫名其妙。我为什么要接受什么他们的挑战呢？

客栈掌柜拿出一张《天天新闻》报说，你已然是全市闻名的大赌徒。呼近贤派人送来请柬就是为了跟你决战一场。你知道呼近贤吧？他脑后拖着效忠前清的大辫子，他在天津卫是大名鼎鼎的人物。

客栈掌柜说着，将呼近贤的请柬递上前来。萧梓久伸手接过请柬，看也不看连连摇头，表示不接受这种挑战。

我祖父此时已被舆论认定是天津卫"新生代赌徒"的杰出代表。一个人的身份一旦为社会所认定，那是完全难以改变的。我祖父正是这样的例证。

呼近贤请你聚赌，这可是身价啊。你千万不要敬酒不吃吃罚酒。客栈掌柜说罢，转身走向房门。

萧梓久坐在床前，看着呼近贤的请柬。

我祖父无声地笑了。我怎么一夜之间成名啦？命运真是令人不知所措。堂堂年度会考状元倏地变成著名赌徒，人的身份转变只是眨眼之间。

客栈掌柜走出房门之前，扭身回头朝着萧梓久说，你要是不接受呼近贤的邀请，他会派人追杀你的。

我祖父听罢，面不更色。他自幼在寺院里长大，对于生死的看法毕竟不同凡人。我祖父并非故作镇定。

萧梓久就这样躺在小客栈的房间里，不吃不喝，耐心等待着刺客的到来。只有在这种时候，他才明白自己其实是很看重那枚金质奖章的。那毕竟说明他是今年的会考状元。高链琦的现场举报，使得那枚金质奖章永远离他而去了。

黄昏时分，有人叩门。萧梓久终于体验到视死如归的感觉，躺在床上不动弹，只是懒懒地说了声请进，然后就想象着刺客的模样。

刺客一定是个彪形大汉，手里拿着一支短枪或者一把尖刀。

既然没有得到会考状元的金质奖章，既然已经沦为著名赌徒，那死就死吧。死，就是前往西方极乐世界，那里并不是个坏地方。

房门开了，一个挎着篮子的姑娘大步进来。萧梓久从床上爬起，注视着突然而至的江湖艺人吉灵芝。

吉灵芝眨着一双大眼睛说，我爹让我给你送饭来啦。说着从篮子里端出一盘包子，放在床前的小桌上，转身走了。

晚饭，我祖父吃的猪肉馅包子，感觉味道很好，这是真正的天津风味。我祖父吃得很饱，尽管他不知道吉灵芝前来送饭究竟意味着什么。

萧梓久睡了。他睡得很香甜，还做了一个美滋滋的梦。他梦见自己站在领奖台上，从校长顾培昌手里接过代表着美好人生的金质奖章。

他在梦境里流连忘返，迟迟不愿醒来。但是他必须醒来。两个身穿黑衣的汉子站在他的床前，将这位金质奖章获得者从美梦里拉了回来。

我祖父睁开眼睛，注视着站在面前的两个黑衣男子。看来杀手终于来了。

其中一个黑衣男子指着他的鼻子说：萧梓久，走吧！

我祖父从床上起身，极其镇定地穿好衣裳然后指着另一个黑衣男子的鼻子说，你们，前面带路。

萧梓久就这样，视死如归地走出小客栈。平安客栈门口，已经聚了很多看热闹的人们。萧梓久并没有看到熟悉的面孔。

人们一致认为他是身怀绝技的超级赌徒。

9

地下赌场的袁二金派人跟踪萧梓久，街头刺杀未遂。这件事情很快被曹四公子知道了。曹四公子只是一个公子，但在天津势力极大。他随即召见袁二金。袁二金诚惶诚恐，站在曹四公子面前接受训话。

曹四公子抬手给了袁二金两记耳光。袁二金被打蒙了，捂着脸颊不敢言语。

曹四公子嘿嘿笑着说，有的人可以杀，有的人必须让他活着。萧梓久这样的天才赌徒，天津卫几百年未必出现一个，你居然胆敢派人杀他！你要是杀了他，今后我们跟谁去豪赌呢？

袁二金明白了。萧梓久这种人物，奇货可居。他离开曹公馆立即派出这两名身穿黑衣的得力干将，将萧梓久从小客栈里请出，住进天津市著名的交通饭店，二十四小时有人门外守护。

我祖父弄不明白这到底是怎么回事儿，他住在交通饭店的高级房间里，仍然思念着那枚金光闪闪的金质奖章。

午餐，一位白衣侍者送来一份西餐。萧梓久看着沙律、牛排和面包圈，首先喝了一口啤酒。

味道不错。没有金质奖章的生活，似乎也还美好。这种前景不明的软禁生活，增加了萧梓久的人生阅历。

当天晚上，萧梓久房间里的电话响了。在此之前他还没有使用过房间的电话。他拿起听筒很不习惯地喂了一声。话筒里传出一个女子的声音，清脆悦耳显得十分年轻。萧梓久不知对方是谁，一时不知如何应答。

萧先生，我对你很感兴趣，对你从会考状元变成著名赌徒的经历更感兴趣。电话里的女子显得很有教养，说罢却挂断了电话。

萧梓久思索着，心里似乎有了线索。他认为打来电话的女子应当是魏曼蓝小姐。既然如此大家闺秀都知道他房间的电话号码，似乎可以说明目前的处境并非十分险恶。

那就洗洗睡吧。

第二天起床，白衣男侍送来早餐：牛奶、面包，还有一小块黄油，总之与牛有关。萧梓久吃罢早餐，感到自己渐渐适应了这种被人饲养的生活。这时候，房门被打开了。

这是殖民时代的一个清晨，四个男人大步走进房间，西服革履的装束。他们的目光直视萧梓久，仿佛是在参观动物园里的珍稀动物。萧梓久并不慌张。自从得知自己成为本市著名赌徒，他反而不慌张了，而是张口大声发问。

放肆，谁让你们不经允许就闯进房间的？

为首的男子扯了扯领带。萧梓久从这个动作看出此人只是仆人而已。西服革履的男子笑着，说只是奉命行事请萧梓久跟他们走一趟。

萧梓久正色问道，你们究竟奉了谁的命令？

曹家公馆。为首的男子说出此行的去处。曹家公馆坐落在英租界巴克斯道上。它的主人正是因贿选北洋大总统而闻名近代中国的天津人曹锟。

我祖父不言不语，脱掉学生装束，换上长衫皮鞋，跟随着这四个西服革履的男子，乘车离开地处繁华地带的交通饭店。此时他当然不会知道，今天他充当的只是一场超级赌局的一件活道具而已。

天津英租界的这个上午，一群人聚集在曹家公馆大门前，一个个满脸兴奋的表情，看样子都是闻讯而来的本埠记者。

萧梓久坐在汽车里心里琢磨着。不知什么事情会召来记者云集。萧梓久在曹家公馆大门前下车。记者们举起手里的照相机，卟卟卟不停地朝着新生代赌徒萧梓久不停地拍照。

一位记者发问，请问萧梓久先生今天将如何表现。萧梓久哪里知道自己今天充当什么角色。于是他答非所问，说今天我的胃口很好，早餐吃得很饱。

记者们哄的一声，全都笑了。

我祖父正是踏着这种莫名其妙的笑声，走进曹家公馆的。这时候我祖父的身价，用后来股市术语来说就是再创"新高"。

这座曹家公馆里，门径很多，错综复杂，仿佛一个人的复杂性格。曹家公馆的小花园坐落在后院。萧梓久沿着长廊，朝前走去。前面是一座月亮门。他朝着月亮门走去，四周寂静无声。蓦然觉得四周的空气变得稠稠的，他行走之中感到几分阻力。他停住脚步，回头看了看跟在身后的四个保镖——他们似乎并未感到情况异常。这令萧梓久感到惊讶。他认为自己对环境格外敏感，一定是与早年的寺院生涯有关。

因为，寺院是素静的，寺院与浑浊的尘世完全不同。

我祖父的感觉极其准确，因为一场举世罕见的赌局，已经在小花园里摆开了战场。空气渐渐变得黏稠，与这场赌局的巨额筹码有着直接关系。

曹家公馆小花园里的情景是这样的：

一张红木桌子摆在凉亭下，条案上摆着两只青花瓷盘，它显然出自元代。一只青花瓷盘里写着一个"左"字，另一只瓷盘里写着一个"右"字。

曹四公子站在红木桌子前，将自己的印章投入写着"左"字的青花瓷盘，然后将一只通红的苹果也放在青花瓷盘里。

这是一只令人窒息的苹果。现场一派静寂。

前来观看这场赌局的，居然不下四五十人。他们屏住呼吸，一起将

214

目光投向另一位大赌家——前清保皇党呼近贤。

呼近贤起身，不慌不忙走到红木桌前，随手将自己的印章咣的一声投向写着"右"字的青花瓷盘里。然后，他也将一只通红的苹果放入这只青花瓷盘里。

这又是一只令人窒息的苹果。

人们随即发出极其低微的惊叹，惊叹今日双方投入巨大的赌资。这座城市里的超级赌徒都知道这个规矩，一旦将自己的印章投入并且配以一只苹果，就意味着押注了自己全部家产。这无疑是一场空前绝后的豪赌。

魏查理先生显然是这场赌局的看客。他小声告诉坐在身旁的女儿魏曼蓝，今天赌局的获胜者只有一人，要么姓曹，要么姓呼。

如何分出胜负呢？魏曼蓝低声问父亲。

一会儿萧梓久跨过月亮门，这就要看他迈出的是左脚还是右脚，迈出左脚赌局胜者是曹四公子，反之赢家就是呼近贤了。

魏曼蓝听罢表情紧张起来，伸出目光盯着月亮门的方向。

这场赌局的总监是英国人汉斯，他朝着月亮门方向招了招手，操着生硬的汉语大声说，有请萧梓久先生到场！

人们齐刷刷将目光投向月亮门，睁大眼睛注视萧梓久——这个活道具究竟如何走进月亮门的。

一位手捧照相机的记者，稳稳地将镜头对准曹家公馆的月亮门的门槛。

多年之后，我祖父在他的《萧梓久自传》里写道：曹家公馆的那座月亮门，看上去十分考究，就像我们在王府大宅里看到的那样。然而不知为什么我当时对曹家公馆的那座月亮门产生了几分恐惧心理。

魏曼蓝的目光紧紧盯着月亮门的门槛。萧梓久啊萧梓久，你究竟是迈进左脚呢还是迈进右脚呢？

不知为什么，就在萧梓久跨进月亮门的一瞬间，他猛然产生跳跃心理。正是在这种心理需求驱使下，他竟然双脚并拢跳过月亮门门槛，双脚同时落地。他的双脚同时落地，立即引起一阵惊呼。

萧梓久被人们的惊呼吓住了。他不知道自己彻底改变了曹家公馆这场超级豪赌的结局。

这件活道具双脚同时落地。于是造就了一场没有输赢的赌局，这在上流社会赌场里意味着两个字：晦气。一个超级赌徒如果遇到如此毫无缘由而不分胜负的赌局，除了沮丧还会认为这是不祥之兆。

萧梓久站在月亮门里，望着坐在红木桌前的两位超级赌徒。当他得知自己充当了这场赌局的活道具时，只得无可奈何地说，你俩谁也没有获胜啊？曹四公子满脸怒气，注视着身材瘦高的萧梓久。你怎么知道我们在赌你的两只脚？

萧梓久如实回答，我也不知道自己为什么双脚并拢跳进月亮门的。这可能是天意吧。

呼老先生则是另外一种表情。他站起身来缓缓朝着萧梓久走来，目光显出几分痴迷。

你让我们的这场豪华赌局付诸东流了。我活了六十六年头一遭遇到这种不明不白的赌局。我看你是个很有来历的人物啊。

萧梓久不卑不亢，一派大智若愚的样子。

曹四公子指着萧梓久说，你不是新生代赌徒吗？我本想让你充当这场赌局的活道具，没想到被你冲了我们的赌局。

说着，曹四公子命令手下的几个听差，你们赶紧把这个妨人精给我请出去。

魏曼蓝眨着十分好奇的目光注视着萧梓久，扑哧一声笑了。她觉得萧梓久确实是个不同凡响的人。

我祖父离开曹家公馆，得知交通饭店是回不去了。他只得重返鸡毛小店平安客栈。这时候他意识到自己的价值——已然是社会公认的新生代赌徒了。

萧梓久仍然念念不忘那枚金质奖章。人，就是这样的，举凡得而复失的东西，总是引人思念。因为那枚金质奖章毕竟代表着他的荣誉生活。

萧梓久留恋荣誉生活，然而正是在这种阴差阳错的日子里，他失去了正常生活的权利。他被社会舆论塑造成为名声显赫的赌徒。尽管魏曼蓝小姐对他依然怀有浓重的好奇心理，然而此萧梓久不是彼萧梓久了。

是的，事情起了变化。

10

曹家公馆事件之后，曹四公子倒没遇到倒霉事情，呼老先生却病倒了。这个脑后拖着前清大辫子的超级赌徒，笃信算命先生。他在服了三十六服汤药之后，将全市闻名的"赛神仙"请到舍下，为他占卜占卜。

呼近贤咳嗽得厉害，却不停地吸着水烟袋。"赛神仙"坐在病榻前，注视着昏昏然的呼老先生。

您今年六十六岁吧？赛神仙问罢，脸上布满凝重表情。

年逢六十六，不死也要掉块肉。这是天津卫市井俚语，意思是说六十六岁是人生途中的坎坷年份，不可等闲视之。

呼近贤老先生从赛神仙的脸上看出不祥之兆，心情紧张起来。

赛神仙瞥见摆在桌上的银行支票，特意叮嘱呼近贤老先生，您在六十六岁生日的前一天，必须摆设一个大赌局。这个赌局选择的赌博对手，必须是小您四十八岁的相同生肖的青年男子。只要这场赌局获胜，您老人家就可以直抵八十四岁高寿，朝着九十八岁迈进。

呼近贤听罢大喜。六十六减去四十八，十八岁。他立即着手寻找生肖属牛的十八岁青年男子，然后与其设赌并且获胜，六十六岁的这道关坎就闯过去了。

六十六岁生日渐渐临近，大管家还是没有找到这个人。呼老先生天天发火，好像死期将近了。

我祖父当年即十八岁，生肖属牛。当时他住在平安客栈，一日三餐啃窝头。一天有位身份不明的长者住进平安客栈。此公满头银发散乱地披在肩头，瘦骨嶙峋，很像一块采自深山的石头。我祖父不知道此人正是行走江湖的"铁爪功"高手"筷子李"。"筷子李"训练弟子的方法很简单，就是两根筷子而已。

萧梓久为了打发时光，跟随同屋而居的江湖高手"筷子李"学习"铁爪功"。他天生手掌厚实，显出几分天赋。这天上午，萧梓久手持一双筷子正在苦练基本功，有人登门来送请束。

萧梓久看了看请束内容，哭笑不得。他本来对赌博一窍不通，不明不白就落了个新生代赌王的虚名。此番曹四公子派人送来请束，就是请萧梓久赴维多利亚大酒店，以赌会友。曹四公子颇为大度，表示"赌无定法，赌具悉听尊便"云云。

萧梓久本来就不是什么身怀绝技的赌徒，只得请曹府当差给曹四公子捎话，表明婉拒之意。这个曹府当差冷笑说，萧梓久先生你不要昏了头脑，我家曹四公子的请束也是你能拒绝的吗？

萧梓久苦笑着说，我连扑克牌都不会打，曹四公子要我去赌什么？

曹府当差去了。"筷子李"注视着萧梓久不无羡慕地说，曹四公子派人请你，看来你真是个大人物啊。

萧梓久清瘦的脸上挂着几分苦笑，说这是天大的误会，我哪里是什么大人物，一个落魄学生而已。

"筷子李"宽厚地说，那你就学会一技之长，就说铁爪功。

萧梓久觉得此话有理，可又觉得此艺绝非一日之功，心情仍然不得好转。

我祖父处于人生的两难境地。他已经不是什么念书的学生了，社会舆论一致认为他是超级赌徒。于是他既不是学生也不是赌徒，身份彻底失落了。

当天下午，一个女人来访。她是育梁学校的女佣阿践。她满脸愁苦表情，来意却十分明显，请萧梓久将赌博绝技传授给她丈夫杨百丁，挽救那个精神崩溃的男人。

萧梓久啼笑皆非，一时不知如何回答。

我祖父反复表示，他只是个走出校门的普通学生，没有任何赌博绝技传授给杨白丁，千万不要将他这尊泥胎当成真佛。

突然间，阿践的歇斯底里症发作，一屁股坐在地上大声号叫，面孔抽搐不已。

铁爪功高手"筷子李"目瞪口呆，也没了主意。

两个身穿黑色制服的警察大摇大摆走了进来。高个子警察横眉立目，指着萧梓久大声问，你叫萧梓久你属牛你今年十八周岁吧？

萧梓久点了点头，说是啊。

高个子警察说，好吧那你就跟我们走一趟吧。

萧梓久挣扎着，坚决拒绝接受警察局的邀请。矮个子警察笑了，告诉萧梓久是呼近贤老先生请他茶叙。

呼近贤？萧梓久说曹四公子的请柬他不接受，呼老先生的邀请也要婉言谢绝的。两个黑衣警察二话不说，押着萧梓久走出平安客栈。

当年晚上，萧梓久被关进警察局小黑屋里。小黑屋名副其实，黑得伸手不见五指。萧梓久站在屋里大声喊叫。我到底犯了什么罪？你们为什么要把我关押在这里？

门外，一个看守的声音传进小黑屋里：你别喊啦，谁让你赌场获胜成了名人呢？你押赌如神，连胜两轮，如今成了天津卫的无价之宝了。

萧梓久无话可说。是啊，我在地下赌场押赌，没承想一下就成功了。真不知道这是老天救我还是老天害我。我押了自己姓氏又偏偏是会考第一名。这叫是福不是祸，是祸躲不过。

我祖父这夜并未合眼，他还在想着那枚金质奖章——这已经成了他心中情结。不知为什么，他甚至认为自己今生今世最大渴求就是获得那枚金光闪闪的会考状元奖章。

第二天一大早，小黑屋的门突然打开，两个黑衣警察走进来。萧梓久觉得他们身上的黑色制服比黑夜更黑。

　　萧梓久被带到警察局长办公室。他迎面看到呼近贤像一只老马猴坐在沙发里。警察局长则站在这只老马猴面前，表情透着几分恭敬。萧梓久明白了，这呼近贤老先生在天津卫势力很大，尽管他老人家的真正身份是个超级赌徒。

　　呼近贤指着萧梓久说，明天是我的生日，今天你要跟我玩一场。

　　萧梓久摇头反对说，明天是你的生日那是您的事情，我为什么今天要跟您玩一场呢？我不玩，我也不会玩。

　　呼近贤哈哈大笑说，我今年六十六岁，你是我这辈子见过的最为聪慧的赌徒。你在地下赌场押赌，居然两押两中，这是天外高人啊。今天无论如何你也要跟我玩一场。

　　萧梓久表示不接受呼近贤老先生的邀请。警察局长啪地一拍桌子，扯着嗓子喊叫说，今天你愿意也得赌不愿意也得赌。你要是死心塌地不赌，我就让你在警察局小黑屋里住一辈子。

　　萧梓久看着警察局长，然后转脸注视着呼近贤。您老人家要我跟您赌什么呢？

　　呼近贤哈哈大笑说，年轻人就是明白事理。既然你答应了，那么赌什么不赌什么，今天就由你决定啦。

　　萧梓久知道自己不能去住那间小黑屋子。恭敬不如从命。既然呼近贤执意玩一场，那只得陪老人家玩了，反正人生如赌呗。

　　呼近贤与萧梓久将要大赌一场的消息不胫而走，随即传遍天津卫大街小巷。

11

　　年轻的萧梓久坐在人力车上，沿途观赏着街景。呼近贤命令手下，萧梓久愿意去哪里就去哪里，只要不让他跑掉就是了。

呼老先生提出豪赌的要求，那么究竟以什么为赌题呢？萧梓久坐在车上，四处寻找着"赌题"。

他当然希望自己能够打败呼近贤这个老赌棍，尽管这是个极大的难题。他知道自己并非赌徒，更知道自己那次在地下赌场的押赌获胜，纯粹出自鬼使神差般的意外。如果必须寻找他获胜的原因，只能归为天意。就连袁二金也认为萧梓久的成功是玉皇大帝开眼。

我祖父坐在人力车上围绕天津城东游西逛。袁二金率领一批打手走上街头。萧梓久与呼近贤即将开赌的消息，天津赌界无人不知。袁二金决定借此机会报复这个新生代赌王，以解心头之恨。

这时候萧梓久乘坐的人力车，沿着南门外大街朝着南门脸儿的方向驶去。

天津城厢的南马路上，坐北朝南有一家点心铺，店名"八月香"，为什么起这么个店名呢？因为年届五旬的女主人名叫田桂花，店名取"八月桂花遍地开"之意。田桂花当年曾经在萧梓久居住的寺院附近开设小饭铺，他称田桂花为"桂花姑姑"。桂花姑姑已然多年没有见到萧梓久了。

就这样，我祖父乘坐的人力车驶到南门脸儿然后右拐朝东跑去，他的命运即将发生巨变。

袁二金率领一群打手出现在南马路上，一声喊喝拦住萧梓久乘坐的人力车。

萧梓久望着满脸杀气的袁二金，心里想正是这个赌场无赖将我塑造成为今天这个样子的。

冤家路窄。袁二金走到人力车前，嘿嘿冷笑着。

萧梓久，你快给我滚下来吧。你以为从我手里赢走五百五十块大洋就这样算了吗？今天我要让你明白明白。

停在南马路上的人力车堵塞了交通。萧梓久只得抬腿走下人力车，怯生生面对袁二金的挑战。

那五百五十块大洋是我押赌赢的，这钱我赢得名正言顺。你要想追讨只能想办法从我手里赢回去。

袁二金笑了说，小子！上次让你撞上了大运，若是再赌你可就死到临头了。

两个打手听了袁二金的话，大步走上前来，使劲揪住萧梓久的胳膊。

这时候一辆豪华黑色小汽车疾驶而来，嘎的一声停在人力车前。袁二金看到这辆小汽车，脸上立即露出惊恐的神色。

天津名士呼近贤推门走出黑色小汽车。一鸟入林，百鸟哑音。这位脑后拖着大辫子的前清遗老从天而降，现场变得寂静无声。

袁二金主动走上前去，十分谦卑地躬身叫了一声呼老先生，呼近贤虽然势力很大但不改名士风度。他指了指萧梓久，然后转脸质问袁二金为何拦路欺负人。

袁二金连连摆手表示不敢搅场。我若能够看到您老人家与赌坛新秀萧梓久的这场豪赌，那真是三生有幸洪福齐天。

呼近贤受到如此恭维，心里很是受用，嘿嘿笑着问萧梓久是否找到今天的"赌题"。

萧梓久不卑不亢说，天下万物皆具赌性，天下万物皆为赌题。只是我们有眼无珠罢了。

好！说得好！呼近贤颇为赞赏地跷起大拇指，你果然不同凡响，说话很有哲理。

气喘吁吁赶到现场的《半夜报》记者听到萧梓久如此深刻的言论，不由得大惊失色，强烈要求现场独家采访这位新星式人物。

呼近贤手下的几个保镖伸手拦住《半夜报》记者。呼近贤说，我好不容易把萧梓久这个宝贝弄到手，你们谁也不要破坏今天这场豪赌。

《半夜报》记者大声发问，你们到底要赌什么呢？你们到底要赌什么呢？

这时候，不远处的八月香点心铺飘送来一股香气。

嗅到这股香气，萧梓久立即感觉饿了。

12

八月香点心铺门前，摆着一只铁皮大火炉，大火炉上坐着一只大铁锅。大铁锅里的油越烧越热，冒出淡淡的青烟。一个伙计端来一畚箕汤圆，准备制成油炸元宵。一个男孩子手里端着一只瓷花大碗站在油锅前面，咽下口水等待着油炸元宵出锅。

黑色小汽车停在"八月香"门前。呼近贤坐在车里，望着那只冒着淡淡青烟的大铁锅。

一群记者气喘吁吁赶来，不远不近围拢在这只大铁锅四周。男孩子手里举着大碗扭脸看见来了这么多人，哇地吓哭了。

呼近贤抱起长袍下车走到大铁锅近前，命令手下领走小男孩儿。他脸上堆满核桃皮般的笑纹说，好啊，我今天就拿这锅油炸元宵开赌啦。

小报记者们听罢，面面相觑。

呼近贤转脸打量着萧梓久说，你看这油炸元宵的大铁锅，今天咱俩可以大赌一场吧。

萧梓久走到冒着青烟的油锅前面，苦笑了。他告诉呼近贤，这宗吃食在南方叫汤圆在北方叫元宵。那年八国联军打进中国，洋鬼子们在北京城里见到这种天衣无缝的中国甜食，一时弄不明白它的馅儿是怎么进去的。

后来洋鬼子们才知道这馅儿是滚进去的！呼近贤哈哈大笑，招呼手下搬来桌椅，摆开了露天赌场。

萧梓久注视着呼近贤，一时不知道他葫芦里装的什么药。

一辆辆小汽车相继驶来。魏查理、曹四公子、温丽莎以及汉斯先生，先后出现在八月香点心铺门前，好像闻见肉味儿的野狗。这时候萧梓久意识到，决定自己命运的时刻到了。

一张大桌子摆在大街旁边。呼近贤坐在主位上，前来观战的贵宾们坐在两侧，等待着这场新颖而别致的赌局的开始。

萧梓久坐在一张椅子上，看着突然而至的社会贤达们，表情显出几分迟钝。

几个身穿黑色制服的警察断绝了交通。很快围观者众，远远望着那只冒着青烟的大油锅。

今天这是要跳油锅啊？人们小声议论着。天津卫素有两拨混混儿争夺地盘跳油锅的传统。民国初年有混星子康小八，后来有了袁文会和刘广海。

我祖父在人丛里看到那位淑女身影，她就是著名银行家魏查理的女儿魏曼蓝小姐。

一位西服革履的中年男子走进场子，冲着四周拱手行礼，表示出职业性的礼貌。这是今天赌局的监场到了。这位身材瘦高的监场走到萧梓久面前，伸手指着油锅介绍着今天赌局的规则。

今天的博弈很简单嘛，当场押赌一决胜负，那么究竟押什么赌呢？就押油炸元宵到底是什么馅儿。

前来观战的贵宾们发出一阵哄笑。这位赌局监场正色道，大家都知道除去火眼金睛的孙猴子，天下没人能够隔瓜看瓢。今天，呼近贤老先生跟萧梓久后生玩的就是这个新鲜把戏，这叫隔着皮儿赌馅儿！

曹四公子起身大声说，隔着皮儿赌馅儿？好哇！我们专程赶来就是要大开眼界，请二位高手开局吧。

身材瘦高的监场邀请曹四公子现场充当公证人。曹四公子爽快地答应了。

这时候，萧梓久闭目养神。那样子好像睡着了。监场走到他的面前小声问道，萧梓久先生你要是赢了，呼近贤老先生输一万银圆，你要是输了呢？

萧梓久并不睁眼缓声回答说，我家无片瓦身无分文，今天若是输了只能押上这条性命啦。

你小子不是赢了五百五十元嘛，那笔钱呢？不知是谁高声喊道。

我把那笔钱捐给南大道的养病所了，那里有十几个肺痨病人。萧梓久不慌不忙说出款项的去处。

魏曼蓝小姐远远注视着我当年的祖父。她的目光里充满了异样的感觉。

二十世纪发生在天津的这场令人瞩目的怪异赌局，就这样怪异地开始了。

田桂花走出八月香点心铺，不声不响注视着这个场面。她想起当年萧梓久在寺院里背诵《心经》时的样子：色即是空，空即是色……

13

身材瘦高的监场拿来两份赌约，请参赌双方当场签名画押。前清遗老呼近贤用的毛笔签字画押，萧梓久用的是自来水笔。没人知道这支自来水笔的来历。

八月香点心铺的伙计端着盛满元宵的畚箕，接受身材瘦高的监场的询问。你们这里的元宵总共多少种馅儿？

端着畚箕的伙计憨厚地笑了，说什锦元宵总共有十二种馅儿。

你这只畚箕里的元宵是什么馅儿的？

十二种馅儿的什锦元宵，这畚箕里什么馅儿的元宵都有，枣泥馅儿的，豆沙馅儿的，红果馅儿的，橘味的，菠萝味的，白糖桂花的，蜂蜜桃仁的……

现场鸦雀无声，一问一答，人们听得清清楚楚。

呼近贤起身离开椅子叫了一声好，说既然如此那就放进油锅里炸吧。

得令！开炸，今儿的赌局开场啦。身材瘦高的监场大声宣布。

这时候，我的祖父站起身来，朝着呼近贤缓缓走去。他的目光直视这位脑后拖着大辫子的前清遗老，表情显出几分从容。呼近贤望着走上前来的年轻对手，有些不知所措。

萧梓久从从容容地说，这场赌局我要是赢了，我不要您的一万银圆赌金。

呼近贤感到意外，干巴巴笑了。我押的一万银圆赌金你不要，那你到底想要什么？

萧梓久说，我要是赢了就要回那枚今年会考状元的金质奖章。因为，那枚金质奖章本来就是属于我的。

人丛里，魏曼蓝小姐目光充满深情，她似乎在为这位年轻人的沦落感到几分惋惜。

呼近贤不解地说，那枚金质奖章其实是镀金的根本不值几个钱。我那一万块大洋能抵上几百枚镀金奖章呢。

萧梓久固执地表示，一万银圆在他眼里没有什么价值，他就是要赢回那枚会考状元金质奖章，今生死而无憾。

现场围观的人们再度发出阵阵哄笑。你押的是自己的性命，你死了那枚金质奖章又有什么用处呢？

萧梓久固执地坚持获胜讨回"金质奖章"的要求。呼近贤无奈，只得同意了。

该办的事情都办了。剩下的事情就是下油锅了，当然下油锅的是元宵而不是人。

伙计端起畚箕站在油锅前。为了避嫌谁也不得手触赌物。就这样，一只只白色元宵滚入油锅里，顿时发出一阵烹炸的声响。手里端着大碗的男孩儿仍然挤在人群里等待美好甜食的出锅。

赌博的空气，极其霸道地充满了现场，被围观者纷纷吸入肺里，开

226

始躁动着人们的心灵。

一张桌子摆在大街中央，呼近贤与萧梓久相对而坐，目光对视着。呼近贤十分大度地笑了笑，说萧梓久你虽然押上了自己的性命，即使你输了我也不会让你去死的，我收你为家奴就是了。

萧梓久坚定不移说，我就是要赢回那枚原本属于我的金质奖章。

人丛里挤进来高链琦，此人的目光里充满仇视。多年之后我祖父回首往事，居然对高链琦表示宽谅。我祖父认为当强烈的嫉妒心理主宰一个人心灵时，魔鬼必然加害于人。我们痛恨的应当是灵魂的魔鬼而不是肉体的高链琦。

三十几只白色元宵在油锅里滚动着，表现出物质的痛苦。那伙计手持长长的铁筷，不停地翻炸着锅里的元宵。元宵似乎被赌博的气氛熏制出焦黄的颜色。伙计抄起一只铁质漏勺伸进油锅，一勺勺将炸熟的元宵捞出，然后盛在一只很大的瓷盘里。

身材瘦高的监场端起盛满元宵的瓷盘，轻轻摆在八仙桌上。呼近贤与萧梓久隔桌对视，双方均不言语。身材瘦高的监场将一只白色小瓷碟摆在桌上，抄起一双银筷子从大盘子里随意夹出一只炸成焦黄色的元宵，放在这只白色小瓷碟里。

今天是流水赌。二位请押吧，这只元宵是什么馅儿的？

萧梓久打量着身材瘦高的动作熟练监场，看到赌局器具如此齐备，似乎早有准备。这样想着，他扭脸看了看站在八月香点心铺门前的田桂花姑姑。是啊，姑姑是个居士，常年食素。我的这支自来水笔就是当年告别寺院时姑姑送给我的礼物。

身材瘦高的监场见萧梓久走了神，就重复一遍说，今天是流水赌。请二位押注吧，这只元宵是什么馅儿的？

呼近贤闭目养神，突然睁开眼睛说，我押这只元宵是白糖芝麻馅儿的。

这位前清遗老出手如此迅捷。现场静得没有一丝声响。

身材瘦高的监场转向萧梓久。你押什么馅儿呢？

萧梓久表情茫然，他抬头朝着远处围观的人群看了看，然后他扭脸看了看"八月香"的招牌。

这时候八月香的店主朝前走了一步，不言不语望着坐在赌桌前面的萧梓久。

多年未见田桂花，萧梓久发觉姑姑老了。她的目光里充满悲悯。色即是空，空即是色。

身材瘦高的监场，催促着萧梓久。这是流水赌局，你到底押什么馅儿呢？

萧梓久注视着桂花姑姑，抬头望着身材瘦高的监场说，我押这只元宵是白糖桂花馅儿的。

曹四公子急不可耐走上前来，大声说，验——

身材瘦高的监场举起白色小瓷碟，做出祭天姿态大声说，神目如电！有真无假。说罢将白色小瓷碟重新摆在八仙桌上，抄起小刀子将这只油炸元宵切开，登时变了脸色。

身材瘦高的监场声音颤抖说，这、这只元宵是白糖桂花馅儿的！

嗡——四周人群发出一阵惊叹声。曹四公子伸长脖子盯着白色小瓷碟，连连摇头咂嘴。真他妈的神了，你小子火眼金睛啊！

呼近贤闭目养神，人们等待着前清遗老发难。萧梓久神色茫然，似乎没有想到赌局出现如此结果。

呼近贤终于睁开眼睛，重重叹了一口气。我认赌服输，付给你一万元银票。

身材瘦高的监场大声宣布，上账，萧梓久先生首局获胜！今天是流水赌局……

萧梓久盯着呼近贤说，我说过我赢了也不要您的一万元银票，我要那枚全市会考的金质奖章……

呼近贤颇具名士风度，颇为散淡地摇摇头说，你说的那枚金质奖章

228

不归我管，我只管付你一万块钱，现在接着跟你赌……

我读到的《萧梓久回忆录》真实地记载了当时的情景，流水赌局进入第二轮，呼近贤仍然率先押赌，他押出"红果馅儿"。我年轻的祖父心里念叨着桂花姑姑保佑，第二轮仍然押"白糖桂花馅儿"。他再度获胜。

第三只炸得焦黄的元宵摆在白色小瓷碟里，呼近贤脸上倏地掠过一丝冷笑，他似乎顿悟了，两眼放光。

呼近贤起身围绕八仙桌子转了一圈，然后弯腰注视着萧梓久。

萧梓久闭目养神。

呼近贤突然大声说，萧梓久啊萧梓久，你蒙骗我一次又蒙骗我第二次，这第三次你蒙骗不了我啦！

萧梓久瞪大眼睛注视呼近贤说，这个赌局是您事先安排的吧？天津卫从来没有大热天儿卖元宵的！真难为您想出这么个赌题。

呼近贤变了脸色。萧梓久继续说，您事先安排了赌局，怎么还要反诬我蒙骗您呢？

说着，萧梓久起身朝着站在八月香点心铺门前的女店主说，苍天在上，请您说句公道话吧。

田桂花不慌不忙说，昨天有人登门订货，非要我今天卖油炸元宵不可……

呼近贤名士风度，并不赖账，说，这油炸元宵的赌局是我安排的，可是这元宵馅儿我没作假啊！

田桂花点了点头说，这元宵是什么馅儿，呼老先生并不知情。

哈哈！呼近贤脸色悦然道，既然如此，我全然明白啦，这油锅里的元宵都是白糖桂花馅儿的！

呼近贤派人订货，八月香点心铺连夜赶制元宵。田桂花并不知道呼大辫子的赌博对手是谁。当她看到萧梓久的时候，当即决定将清一色白糖桂花馅儿元宵投入油锅。她名叫田桂花，她坚信心有灵犀，何况萧梓

229

久当年在寺院得到住持的点拨。果然，萧梓久似有神示，他令呼近贤一败涂地。

曹四公子走到桌前，指着萧梓久说，萧梓久！这第三轮你要是还押白糖桂花馅儿的就证明你事先做了手脚！

桂花姑姑走上前来反驳说，我八月香点心铺做的是正派生意，你们拿我的元宵开赌局，怎么还说有人事先做了手脚？你们赶紧散伙，不散伙我叫警察啦！

曹四公子乐了。天津警察局长是我盟兄弟！老板娘你赶紧给我一边待着去。

那第三只油炸元宵摆放在白色小瓷碟里。现场空气重新紧张起来。

呼近贤终于得意地笑了，倒背双手大声说，第三轮我押白糖桂花馅儿的。

身材瘦高的监场指着萧梓久说，现在轮到你押赌啦！你说它是什么馅儿？你说它是什么馅儿的？

这时候魏曼蓝大步走出人群，无意间摆出女学生演讲的姿态说，萧梓久同学，你是今年会考首名，这跟你是否为赌徒没有任何关系，所以我认为你应当得到那枚金质奖章！天津市只有我父亲能够决定金质奖章的归属，我会请他做出公正裁决的！

萧梓久望着挺身而出的魏曼蓝，低声说了句谢谢你，然后抬头望着站在远处的田桂花姑姑，然后缓缓抄起筷子，从白色小瓷碟里夹起这只决定命运的小精灵。

他毕竟练过几天"铁爪功"，手持筷子紧紧夹住这只油炸元宵，眉头紧锁思索着。

曹四公子催促着说，你就不要故弄玄虚啦！你要是再押白糖桂花馅儿的，你就有作假的嫌疑。

这时候魏曼蓝情不自禁走上前来大声说，萧梓久你能赢的！你能赢的！

萧梓久想起了童年的寺院生活，耳畔响起一阵阵诵经声……他手持筷子紧紧夹住这只油炸元宵，然后孤注一掷说，我押这只元宵里，没馅儿！

围观的人们轰地发出一阵声浪。

呼近贤发出一声冷笑说，你押这只油炸元宵没馅儿？萧梓久这次你输定啦。

这个时刻，一声弹弓响起，一只疾速射出的生铁弹丸朝着萧梓久手里紧紧夹着的这只油炸元宵飞来，砰地击穿了这只元宵。于是，萧梓久筷子夹着的元宵便成了一只没馅儿的东西。

来自南市三不管的民间侠女吉灵芝手持弹弓，不动声色站在远处。

吉灵芝的弹弓铁丸极其精准地射中萧梓久筷子夹着的元宵，元宵馅儿便被射飞到九霄云外去了，等于这成了一只没馅儿的元宵。

萧梓久惊魂甫定，瞪大眼睛注视着被弹丸击出空洞的元宵说，你看你看！这只元宵果然没馅儿，这只元宵果然没馅儿……

呼近贤也被吉灵芝精准的弹弓惊呆了，一时无话可说。曹四公子似乎害怕弹弓射来的铁丸击中自己眼睛，本能地抬手遮脸保护着自己脸颊。

萧梓久终于没有输掉自己的性命，他也没有接受呼近贤老先生的银票，因为他认为自己不是赌徒。既然不是赌徒就不会接受获胜的赌金。

两年后，萧梓久与吉灵芝结婚。萧梓久是我的祖父，吉灵芝自然就是我祖母了。因此我身上具有江湖侠女血统。我祖母十年内陆续生了七个孩子，可惜只活了两个。三十年之后，也就是中国粮食奇缺的一九六一年，那个时时想加害于人的高链琦在寒冷的冬天被饿死了。

一九五〇年秋天曹四公子被人民政府收监。他在被捕前夜竟然偷偷找到萧梓久，极其固执地要求萧梓久与他押赌，第一轮赌押他被枪毙那天是单日还是双日，第二轮赌押他被枪毙是上午还是下午。

不知为什么，萧梓久听罢曹四公子的赌题就哭了。曹四公子当场跪地请求萧梓久同意押赌。他连声说这是他人生最后一件大事了。

曹四公子最终被镇压了，他的罪名很多却没有赌博这项。据说被押赴刑场时他心情极好，一路上突然高喊"我赢啦我赢啦!"无论阴历还是阳历，曹四公子被行刑那天都是单日子，而且枪声响起在上午。曹四公子确实赢了而且赢的赌金是一颗子弹费，这笔钱他委托萧梓久交给人民政府了。

魏曼蓝小姐终生未婚（那时小姐还不是妓女的等义语）。魏曼蓝于弥留之际将她父亲魏查理先生遗留给她的一只红木盒子托人转交萧梓久。这只红木盒子里存放的正是那枚一九三一年会考状元的金质奖章。我祖父萧梓久得到了那枚记载着他青春时光的金质奖章。

吉灵芝代表萧梓久接过这只红木盒子说，这是念念不忘啊。

人活着就是要有念念不忘的东西。没了这种念念不忘的东西，就只剩下无穷无尽的时光。

我的祖父萧梓久也没有被称为赌徒，尽管他一次次被高链琦举报。然而，他老人家毕竟赌过而且赌胜了。当然，这跟那枚金质奖章毫无关系。

萧梓久晚年喜欢写作，模仿《史记》体例写有"赌徒列传"，其中对曹四公子评价最高，认为其人赌性深入骨髓，终生财富皆为赌金。呼近贤先生次之，因为他的赌性流于皮相，只是留着一条大辫子的前清遗民而已。

于是，随着故事结束我就拥有这个虚拟的祖父。有时我产生幻觉甚至以为人世间果真存在那枚会考状元金质奖章，而且是24K金的⋯⋯

其实，这枚虚拟的金质奖章也是赌博赢来的，所谓年度会考何尝不是一场青春豪赌呢？尤其是在二十一世纪的中国。

喜 荣 归

第 一 出

半夜坐得久了，初春时节还是觉得脚冷，仿佛穿了一双马口铁鞋。青年教师俞明喜放下一摞作文卷子，起身离开写字台去找寻御寒袜子。他的中等身材被灯光投映到墙壁上，一下被放大为巨人。巨人轻轻拉开壁柜，看到隔板上贴着一张隶书体小纸条：厚线袜子和鞋套在左边第二格里。

心头嘣地一热。吴荣成天凉赤脚不畏寒，却给我备了厚线袜子，这是兄长的体贴啊。俞明喜猫着腰穿好这双紫色厚线袜子，下肢渐渐暖和起来，反而觉得肚子饿了。小步儿踩着榻榻米穿厅过室来到厨房，老鼠似的寻觅着食物。

俞明喜和吴荣成都在私立淑德女中任教，两人合租这套地处华界善邻里的日式公寓，每月租金八元。俞明喜教小代数和三角，吴荣成教国文和地理。性格温和的吴荣成年长俞明喜八岁，三十出头独身未娶，然而在课堂上讲起"氓之痴痴，抱布贸丝"的诗篇，却是神采奕奕，很受女生欢迎。

吴兄，您告假未归，翟白丁校长让我给你代课，半夜饿肚子替你判卷子呢。眉清目秀的俞明喜找不到充饥的东西，并不焦急反而微笑着。

厨房水槽旁边贴着一张小纸条：炒面在磨口瓶里。这又是吴兄的隶书体小字，亲切地引导着俞明喜找到那只蹲在大瓮里的玻璃瓶子，这是半瓶炒得微黄的小麦粉。他越发感到吴兄留下的温暖，弥散在夜半空气里。

大瓮旁边有一只小瓮，小弟弟似的。俞明喜参加了地下学运组织，平时却不留心生活细节。此时萌动好奇心，他掀起小瓮盖子看到里面盛着混浊的液体，一股暧昧的味道冲鼻而来。

吴兄您是国文老师，怎么把厨房弄得跟化学实验室似的，想改行啊？俞明喜自言自语地放下小瓮。可能出于内心孤独，他养成自言自语的习惯。此时，他又忘了华文书店经理老燕的告诫："必须改掉自言自语的习惯，有时候小毛病会泄露组织大机密的。"

洗了洗手冲了一小碗炒面，却意外品出淡淡的杏仁味道。哦，去年夏天淑德女中杏树落果，吴兄攒了几只杏核，敢情做了炒面调料。吴兄不光热爱旅行，也是居家男子。

脚暖了，肠胃也暖了。窗台上放着半盒"艳美人"牌香烟，这是吴兄剩下的。平素不吸烟的俞明喜抻出一支，小顽童似的划亮洋火点燃，笨拙地抽一口烟含在嘴里，不敢往嗓子里送。他终于憋不住气，噗地喷了出来。吴兄的身影便烟雾似的站在眼前。俞明喜不敢再吸，手里举着这根烟卷，好似庙里的香客。

缭绕的青烟里透着吴兄的亲切气氛。俞明喜起身走进厕所。平日里公寓杂役把这里拾掇得很干净，便池的白色瓷釉泛着暗光。紧靠水箱的墙角放着一只印有日文商品标签的小瓶子，其中两个汉字很是醒目：绝灭。

俞明喜记起来了。寡居的嫂子徐凤珍住在堤头贫民区平房里，饱受臭虫侵袭。吴兄不言不语弄来这瓶特效杀虫药"绝灭"，日本货。只施了两次药，臭虫就像宣统皇帝一样退了位，从此嫂子不再遭受臭虫困扰。尽管徐凤珍痛仇小日本儿，对这瓶日本货却称赞不已，说啥时中国

234

能做出这么灵的臭虫药，咱们就强了。吴兄很有同感，说不光是臭虫药，还有军舰大炮。

嫂子徐凤珍明理懂事，知道这东西不好淘换，便把用了半瓶的"绝灭"送还吴荣成。俞明喜至今记得她问吴兄"绝灭"这两个汉字的日文读音。吴荣成礼貌地对徐凤珍说，我也不懂日文，就按汉语叫它"绝灭"吧。嫂子眨着一双杏核眼儿笑了，说你的"绝灭"就是厉害，把臭虫都轰到爪哇国去了。

走出厕所重新坐到台灯前，身心通泰的俞明喜继续批阅作文试卷。吴荣成是级任教师，高一甲班女生的作文能力普遍很强。这次作文题目"论读书"，有五张试卷俞明喜已然判了"甲中"，七张判了"乙上"。伸手取出序号15的丁小夏的作业袋子，看到里面夹着一张十元面额的法币，他笑了。这位女生把钞票错放在作文考卷里，真是太马虎了。

丁小夏的作文，开篇匆匆论了几句读书的益处，使人觉得她要拎着行李去赶火车。之后笔锋骤转，她写出这样一堆文字：

> 你是一册厚重的大书，打开扉页我阅读着，字里行间的伤感弥散在黑暗里，更使得我滑向虚空，不知身居何处。心儿变得扁平，在光影的间隙里疾疾跳动。黑夜动机不明地包容着我，等待梦的解救。然而梦被小虫儿蛀了，残片被小猫儿叼走，挂在风铃旁边，无言地晾干了。我以为你是一片片甲骨文，你却读不懂我的白话文章。

这好像一篇私人日记。俞明喜嬉笑着伸出手指插进头发里，从容地挠着。然而，丁小夏并未因此停笔，她在试卷结尾附言，读罢令俞明喜倒吸一口凉气。

俞先生：您代课辛苦了。十分抱歉，近来我彻夜失眠神情恍惚，这次国文考试肯定烤煳了，假若我作文成绩是丙下，我父亲肯定要打断我的腿的。可是我没有办法振作自己，兹附茶资十元，略表悔过之意。

匪夷所思。国民政府官员腐化堕落金钱拜物，一个女学生也学会钞票开路买通老师，真是斯文扫地。热血青年俞明喜愤怒了，眉心紧锁瞪大眼睛，白皙的脸庞涨得透红。他感觉受到莫大污辱，气呼呼脱掉厚线袜子扔到角落里，使劲跺着脚。脚下日式榻榻米无声承接着他的怒气，表现出东洋式的坚忍。

丁小夏，就你这样儿还能成为国民新青年？明天我就拜访你父亲，看他怎样打断你双腿。俞明喜怒气难消，忍不住再次点燃香烟，一口气吸到肺里，立即被呛得剧烈咳嗽。

这时候，他想起自己是抗日学运组织"民先队"的核心成员，必须克制情绪保持警惕，于是重新落座，再次阅读丁小夏的试卷。

……然而梦被小虫儿蛀了，残片被小猫儿叼走，挂在风铃旁边，无言地晾干。我以为你是一片片甲骨文，你却读不懂我的白话文章。

不知为什么，此时俞明喜从中品出几分少女怀春的味道。他是代课教师，只记得丁小夏比同班女生大几岁，亮眼睛，翘鼻子，圆脸蛋儿，那形象容易令人想起早熟的浆果，散发着过度的芬芳。

平心而论丁小夏还是有文采的，辞藻优美，抒情细腻，有微风拂水的质感，尽管文不对题。他从小心软，往往宽谅别人。此时也不忍痛下狠手，抄起红笔还是给了丁小夏成绩，连同她的十元钞票放回作业袋子。如今十元法币能买八十斤粳米。丁小夏出手阔绰，一定家境殷实，属于吃穿不愁的富家小姐。

咦，以前考试丁小夏也在卷子里给吴荣成夹法币吗？他意识到这种臆断对吴兄人品不恭，就暗暗责怪自己有小人倾向。

心情平复，继续阅卷。吴兄的确教学有方，大多数女生的作文俞明喜判了"乙上"，也判了几份"甲下"。终于判到最后一份试卷，他伸了伸懒腰——祁秋月的名字跃入眼帘，顿时振作起来。这是坐在后排左侧位置的女生，一双清澈明亮的大眼睛。尤其她专注听课的样子，有时含着坚忍，有时透着凝重，有时甚至显得圣洁。坚忍，凝重，圣洁。她一身校服洗得泛白。俞明喜欣赏这样的女孩子，不是浆果是坚果。

祁秋月的作文很好，有论点有论据有论证，把读书论得很透彻。收官结尾，俞明喜读到这样的句子，惊了。

读书，激励我的志向，流淌我的热泪，澎湃我的心灵，唤醒我的灵魂。

俞明喜缓缓站起，伸手抓起那半盒"艳美人"香烟，目光紧紧盯住这行文字，不由屏住呼吸。

激励我的志向，流淌我的热泪，澎湃我的心灵，唤醒我的灵魂。这是"民先队"核心组织"孔夫子"小组单线联络的暗语。上联下联，此问彼答，对仗工整。这样机密的暗语，此时居然出现在祁秋月作文试卷上，不啻眼前划过一道闪电。

莫非祁秋月也是"民先队"核心组织"孔夫子"小组成员？她有急事用暗号跟我联络？俞明喜下意识捻碎手里香烟。如果真是这样，她就是自己人了……这样想着不禁欣喜起来，他不愿孤单，他希望身边有更多的同志。

院子里传来公寓杂役的低声咳嗽声，凌晨天色里拉出一道道光丝，穿窗而入。俞明喜猛地清醒了，警觉地望着窗外。我凭什么认定祁秋月是自己人呢？又犯了小布尔乔亚的主观主义毛病。

这样批评着自己，越发不知如何处理这份卷子。窗外天光渐渐明亮，他想起告假逾期未归的吴荣成。

素常遇到难题，他爱请教吴荣成。今天遇到这件棘手难题，分明属于"民先队"组织的高度机密，不可与外人道。吴兄仁厚，却是外人。内外有别的。

俞明喜不停地掐着太阳穴，思谋着。天光大放，屋外响起公寓杂役清扫庭院的声音。俞明喜动手将祁秋月作文卷子锁进抽屉里，好像把自己隐私收藏起来。上午没课。他快步走进内室拉开被褥，躺下了。

这座日式公寓，完全木质结构，壁橱里都能睡人，这两年俞明喜习惯睡榻榻米了，只是难以适应矮脚"地榻"，便租了中国式写字台。

心里还是想着祁秋月。她作文里出现联络暗语，这或许是巧合吧？这种事情应当及时向华文书店经理老燕报告，可是不到规定接头的日子。既然无法向上级请示，我只能自己想办法了。

祁秋月……心里不断念叨着，渐渐有了两全之策。卯末时分，他进入梦乡。梦里，他在淑德女中操场上遇到丁小夏，对方却自称名叫祁秋月，请他把一封信转交俞明喜先生。他惊讶地说我就俞明喜啊。自称祁秋月的丁小夏反问道，你不是吴荣成先生吗？

倏地醒来，俞明喜觉得睡了半个世纪，洗漱完毕喝了两口水，身穿棉袍夹着书包走出房间，特意走进公寓门房看表，才知道此时是早午八点三刻。

公寓杂役老佟头慌忙放下手里菜刀，转身躲藏着什么。俞明喜看见案板上一条条生猪肉皮，老佟头正在刮掉上面白花花的油脂。

你要做肉皮冻儿啊？俞明喜从生猪肉皮联想到下酒菜儿。老佟头儿则跟他打听吴荣成的归期。一味想着梦里的古怪的情节，他夹着书包径直奔向私立淑德女中。

老佟头拎着扫帚走出门房，低头清扫着水门汀说，不是我盼望吴先生回来，是你缝穷的嫂子总跟我打听呢。

第 二 出

俞明喜坐在教师预备室里，从笔筒里抻出一支蘸水笔，一看是坏的，又挑了一支蘸着墨水，填写淑德女中高一甲班国文考试成绩单。这是个五官端正身材匀称的青年男子，无论站在哪面镜子前面，都会反映出他眉清目秀的脸庞，尤其轻微翘起的嘴唇，总是显出有话要说的样子，使人觉得他性格外向毫无城府。正是凭借这样的最初印象，华文书店经理老燕一步步将俞明喜发展为中华民族解放先锋队（简称"民先队"）的核心组织成员。

一阵轻轻脚步声，翟白丁校长走进教师预备室，颇为欣赏地望着独自埋头工作的俞明喜。青年教师抬头看见校长驾到，起身问好。

俞明喜师范毕业四处求职屡屡碰壁，翟白丁校长招收了他。去年哥哥不幸遇难，翟校长亲自到家里慰问，还捐了五十元法币。他心存感激难以言表，只得发奋教书育才，以报答翟校长知遇之恩。

翟校长小背头发型梳得光亮整洁，身穿赭色蚕丝棉袍，一尘不染的样子。

吴荣成先生还没有返校啊，这次是省亲还是访友？不等俞明喜回答，翟白丁校长走近取暖炉说，倒春寒节气，这里还是要生火的。

翟白丁校长素来爱护师生。俞明喜担心校长责怪校工失职，连忙解释说，我跟吴荣成先生同住日式公寓，已然习惯耐寒了。

自从殷汝耕在冀东自治，日本人控制开滦煤炭，以后寒冬更不好过喽。翟白丁校长不无忧愤地说罢，告辞走了。

听了校长爱国忧民的言论，俞明喜有些兴奋。半公开的学运组织"民先队"的重点工作，就是扩大抗日爱国阵线，吸引广大师生投身抗日救亡斗争。像翟白丁校长这样的正义人士，理应属于团结对象。

继续埋头工作，俞明喜依照学生序号，逐一填写国文考试成绩单。全班二十一名女生，只有祁秋月的作文考试成绩空着。他连继喝了几口热茶。这茶杯是吴兄送的黑陶。为人低调的吴荣成喜欢暗色，无论衣着还是用具，大多是黑色的。

有人咚咚敲门，俞明喜随口应了一声。身穿烟色薄呢大衣的丁小夏推门走进来——亭亭玉立一棵小水葱。他想起丁小夏的十元法币，又想起她自称面临险境的两条玉腿，年轻的国文代课教师笑了。

俞先生，吴先生什么时候回来啊？略施脂粉的丁小夏好像完全忘记行贿的法币和断腿的危险，目光扫视着摆在办公桌上的高一甲班国文考试成绩单。

令尊在北宁株式会社高就吧？俞明喜为人师表端坐身姿，抬头望着擅自不穿学校制服的女学生。

丁小夏小心翼翼点点头，说家父是财会科科长，然后打听自己作文考试成绩。俞明喜从作业袋子里抽出那十元法币，放在书案上。

透着几分小妇人儿气质的丁小夏，瞪大眼睛看了看俞明喜，然后低头搓弄着双手——不知是对俞明喜拒贿感到意外，还是对自己行贿感到羞愧。

望着这个讲穿爱吃的女学生，俞明喜内心颇为感慨。从小父母双亡，哥哥十四岁去比国电灯房做工，后来省吃俭用供我读了师范学校。这个丁小夏一出手就是十元钞票，真是富宅不知寒门苦啊。

你把钱拿回去吧。不知什么缘故，他并没有严责丁小夏，只是无奈地叹了一口气。丁小夏听了，好似小鼠伸爪偷食，嗖地将钞票抓回去。

你这次作文考试写得这么糟糕啊！还精神恍惚？俞明喜把国文考试成绩单朝前推了推说，你不好好读书，将来怎么为国效力呢？

丁小夏伸出目光在成绩单上找到自己名字，兴奋地叫了一声"丙上"，然后疑惑地注视着俞明喜。你退了我钞票，怎么还给我成绩啊？宛若侥幸逃生的小动物，依然不相信哑火的猎枪。

以前……以前考试你也送钞票吗？俞明喜终于发问了。

似乎意识到进入安全区了，这只小动物笑而不答，转身跑了。

回来！青年教师轻轻喊了一声，吓得女学生僵住脚步，缓缓转身，好像身后蹲着一只老虎。

你……你去叫祁秋月，叫她来一下，快去吧。俞明喜催促着丁小夏。

很快，窗外传来女生们说话，叽叽喳喳声仿佛飞来一群小喜鹊。突然间，窗外渐渐寂静下来，小喜鹊们飞走了。

等候祁秋月的到来，俞明喜有些心虚。我从小不擅撒谎，一撒谎就脸红。老燕同志说过对敌人撒谎是斗争策略，对敌人撒谎越成功，说明我们越有智慧。可是……即便祁秋月不是同志，她也不是敌人啊。这样想着，心里紧张起来，便下意识地大口喝着热茶。

教师预备室的门被轻轻叩响，俞明喜不由起身喊了声请进。双扇门被推开了，女生祁秋月走了进来。

祁秋月留着齐耳短发，身穿浅蓝色学生制服，左襟前佩戴"淑德女子中学"圆形校徽，金光闪闪好似一颗小太阳。她中规中矩站定，说了声俞先生好，便双手低垂，等候着老师问话。

俞明喜心里揣测着，还是无法判断她的真实身份，便按照既定对策说，这次作文考试，你参加了吗？

祁秋月沉稳地点点头，表示参加了。

你参加了考试，我怎么没见你卷子呢？俞明喜按照既定策略，开始跟祁秋月对话。此时，他多么希望祁秋月立即说出那两句联络暗语，自己便不用对同志动用心机了。

然而，祁秋月并没有说出联络暗语，而是平静陈述着：昨天作文考试题目是"论读书"，我写满了两页纸呢。

可是，我没有见到你的卷子，你就没有成绩啊。俞明喜继续说着谎话，暗暗揣度着对方。

没有成绩？这不应该啊。祁秋月微微皱眉，投来平静的目光。

倘若别的女生遇到这种委屈，已然哭了。女生祁秋月的从容与镇定，给青年教师俞明喜带来冲击。她超越年龄的稳重与沉着，左右着俞明喜的思路。

她应当就是掌握联络暗语的"民先队"核心成员吧？内心还是企盼祁秋月是自己人，这个愿望搅乱他的心思，露出几分不安神色。

俞先生，劳您再找找我的卷子好吗？我确实参加了考试，参加考试不应当没有成绩的。

俞明喜回避着祁秋月的大眼睛，违心地点点头。此时，他只能点头应答，没有别的办法。

祁秋月微微鞠躬，转身就走。俞明喜盯着她的背影，头脑嗡地热了。他忍耐不住，半自言半自语地说出联络暗语的"上联"：

读书——激励我的志向，流淌我的热泪……

祁秋月猛然停住脚步，徐徐转过身来，目光倏地投向青年教师俞明喜，流露出足以结冰的灼热。

俞明喜的心弦骤然绷紧，焦虑地期待对方说出那句"下联"：读书——澎湃我的心灵，唤醒我的灵魂。

空气就这样凝固着。俞明喜鼓足勇气抬头看着祁秋月。他的期待落空了，并没有听到对方的"下联"。

俞先生……祁秋月怪异地笑了，脸色惨白。这是我作文里的句子，您分明见了我卷子，怎么不给我成绩呢？

一时头脑发蒙的年轻教师不知如何答对，一步迈进难以自圆其说的死胡同。他低头挪动双脚，磕磕绊绊答道，我、我不知道、你作文里有这句话……

祁秋月目光里的灼热骤然熄灭，嘴角惨烈地颤动说，俞先生，传道授业为人师表，您是不能随意撒谎的。

俞明喜意识到自己头脑发热造成失误，一时没有办法挽回，只得撒谎到底说，我、我没有见到你的卷子……

蒙受不公待遇的祁秋月彻底失望了，转身跑出教师预备室。

一股重重的挫败感，夹杂着自责心理，包裹了俞明喜的心。他意识到又犯了上级多次批评的主观主义错误，一味将祁秋月想象成自己人，冒险行事脱口说出联络暗语。既然联络暗语对不上，说明她只是普通女学生。

老师跟学生撒谎，一股强烈的羞耻感卡住喉咙，令他呼吸急促面孔发涨。我必须采取急救措施，平息这件事情，还要主动向组织检讨这次"左"倾冒险行为。

好啊，我明天通知祁秋月作文试卷找到了，成绩甲中，这样就弥补了。心里有了主意，紧张情绪有所缓解。俞明喜走出教师预备室，来到传达室拿取信件。

之后走出淑德女中，俞明喜看到马路对面摆着卖烤山芋的车子。他一路步行奔向电车道，撩起棉袍跨上红牌电车，打了八分钱车票。

黄昏时分，私立淑德女中放了学。翟白丁校长依照惯例，站在学校大门外微笑着送学生们回家。女学生们背着书包鱼贯而出，出了校门分为东西两路，渐渐走远了。

一个乡下打扮的男子远远走来，风尘仆仆的样子。他的黑色粗布棉袄肩头露了棉絮，蓬头垢面地奔向淑德女中。

这时候，卖烤山芋的汉子横过马路，从怀里抽出手枪朝翟白丁校长连发三响。一辆自行车疾驶而来，一眨眼间驮着枪手向东边逃窜了。

一身乡下打扮的男子听到枪声，飞快奔跑过来，大声喊着抓凶手，紧紧追赶那辆载着凶手的自行车。飞驰的自行车向南拐入一条小街。这男子追到街口，被迎面飞来的木棍击中腿骨，重重摔在街头"缝穷"女人的马扎旁边。这女人吓得扔掉手里针线，惊恐地叫了一声吴先生。

被"缝穷"女人称作吴先生的男子不顾疼痛，起身奔回淑德女中，看到翟白丁校长横身倒在大门口血泊里，宛若一道血肉筑成的门槛。

被称作吴先生的男子扑上前来跪在地上，棉裤立即沾满鲜血。他双手抓住死者肩膀失声叫道，翟校长，您醒醒，我是吴荣成！我来晚了……

身穿黑色粗布棉袄棉裤的吴荣成两眼血红，扭脸对围观人们说，马上叫车啊，送翟校长去医院！

"缝穷"女人徐凤珍气喘吁吁赶来，看见躺在血泊里的翟白丁就哭了。老天爷，这是哪个挨千刀的害了翟校长啊！

一群女学生跑了回来，看到敬爱的翟校长惨遭杀害，她们尖声哭喊着，活像一群既不会进攻也不能自卫的绵羊。

第 三 出

下了电车，天光转暗。俞明喜横过马路往南走，找到择仁里那幢结结实实的石头楼，果然挂着北宁株式会社的牌匾。填了会客单，门卫打电话禀报淑德女中俞明喜先生拜访丁恩正科长，便允许进入了。

既然给吴荣成代课，自己就要尽教师责任。俞明喜此行目的一是了解丁小夏精神恍惚连夜失眠的原因；二是敦促丁父认真履行家长职责，勿用武力对待女儿双腿，这社会不需要瘸女孩儿。

丁小夏的父亲丁恩正，任职北宁株式会社财会科科长。俞明喜上了三楼，对方已然迎在楼梯口。他有一双温暖的圆眼睛，中等身材而且谢顶，额头圆润，泛着安详的光泽。俞明喜主动自我介绍，主人操着江浙口音蓝青官话连称久仰久仰，好像早闻大名似的。

财会科科长引着青年教师来到会客室。室内陈设阔气，牛皮沙发，玻璃茶几，一尊落地式座钟，卫士似的立在那里，自负地摇动着钟摆。

落座寒暄几句。俞明喜问贵公司是日本企业吧。丁恩正连连表示商业无国界，日本制药工业还是很发达的。

这让俞明喜想起吴荣成的高效杀虫剂"绝灭"。不待开口交谈，便有蓝衣绿裤的练习生端茶进来，小声请丁科长接电话。丁恩正说了声抱歉，起身去了。

看来丁科长商务繁忙。俞明喜端起茶杯，慢慢品着。渐渐饮光一杯茶水，主人款款归来。这时俞明喜发现丁恩正走路八字步，不由想起京戏里须生，比如群英会的鲁肃，还有乌盆计的刘彦昌。

俞先生也喜欢京戏吧？丁恩正笑眯眯问道，把俞明喜问愣了。我这想着须生，他就问我京戏，一眼看到我心里去了？这人真是高眼。

俞先生从淑德女中来，这一路还太平吧？丁恩正和蔼地打量着来访者。

就是电车上小绺太多，去年腊月掏走我一个月薪水……俞明喜轻轻咳了一声转入正题，谈到国文考试丁小夏作文不切题，询问是否因为身体不适造成学习成绩下滑。

听到女儿学习成绩不佳，丁恩正并不着急，微笑解释自己酷爱梅派青衣经常在家里吊嗓子。女儿受了父亲熏陶，这阵子迷上《白蛇传》，半夜都哼唱白娘子，板是板，眼是眼。

看来丁小夏真是思念许仙了。俞明喜发现丁恩正除了京戏，有物我两忘的趋势，只得直言了。丁科长，您家境宽裕，不可过于溺爱子女，应当在花钱方面约束丁小夏，不要放任自流的。

丁恩正连连点头，极力认同青年教师说，家贫出孝子，逆境造人才，俞先生年轻明理，也是我的良师。子不教，父之过。我要反省以往疏忽，不能让小夏沾染一身富家小姐的毛病。

不知为什么，俞明喜觉得丁恩正犹如一块光亮的石板，你只能在它表面滑行而无法深入其中。继续交谈也是内容空泛而已。既然如此，俞明喜不想说出丁小夏以金贿考的行为，尽管他觉得丁科长不大可能打断女儿的双腿。

我记得小夏的国文教师姓吴，怎么俞先生您……丁恩正好像突然想起什么，拍了拍光亮的脑门问道。

吴先生告假未归，我给他代课呢。俞明喜解释说，所以我对丁小夏的情况不太了解，今天特意拜访，希望引起家长重视。

丁恩正向青年教师连声致谢。俞明喜表示教书育人，理应尽职尽责。

蓝衣绿裤的练习生再次敲门而入，谦恭地说约见的客人到了。俞明喜知趣地起身告辞，说了声讨扰。

北宁株式会社财会科科长跟私立淑德女中青年教师握手道别，笑着问他唱什么角色。俞明喜不知对方何意。丁恩正便补充问他票什么戏。俞明喜好奇地反问，您怎么知道我喜欢京戏呢？

丁恩正并不正面回答，亲切地拍了拍俞明喜肩膀摆出长辈风范说，我邀请你参加我们兰心票房，咱俩票一出《霸王别姬》。

《霸王别姬》？俞明喜越发纳闷说，您怎么知道我学俞派啊？

因为，你就姓俞嘛。丁恩正送俞明喜走到楼梯口。俞明喜发表评论说，项羽是君子，刘邦是小人，君子拿小人是没有办法的，所以在乌江自刎了。

丁恩正目送俞明喜下楼，高高在上说，君子归君子，妇人之仁害死人啊。

同情项羽反感刘邦的俞明喜走出这幢石头楼，信步来到电车道。天色大黑。两个乞丐迎面走来，各自怀里抱着几块烤山芋，一边走一边对话，大意是不花钱的烤山芋，不拿白不拿。

俞明喜在华文书店地下室里跟老燕同志读过《共产党宣言》，知道天下大同才是共产主义社会，各尽所能，各取所需，而且取消货币。此时听到两个乞丐大谈不花钱的烤山芋，顿时觉得怪异。九一八事变日本占领东北，六年来不断增兵关内，逐步推行华北自治，妄图彻底灭亡中国。如此兵荒马乱的年头，哪里有白吃白拿的道理呢。

一辆电车停站。一个学生模样的小伙子哗地撒出一大片传单，人们纷纷伸手去抓。俞明喜故意不去捡。这是地下组织工作纪律，不可以在公众场合随便暴露真实身份。

身边不少人捡着传单，俞明喜看到传单上印着"信仰三民主义！""拥护蒋委员长！"，便知晓那个撒传单学生的来历：不是被 CC 分子的蒙蔽，就是受复兴社特务的教唆，宣传"一个党、一个主义、一个领袖、一个敌人"的口号，以达到反共目的。

一眨眼，又有人挥手撒出写着"打倒日本帝国主义""民族团结，共同抗日"字样的传单。俞明喜看出这传单来自抗日爱国组织"民先队"，还是不伸手去接。就这样把自己混在普通百姓堆儿里，不声不响登上电车。

下了电车，放开脚步赶回善邻里公寓。黑灯影里老佟头无声打着太极拳，动作轻柔舒缓，很像放映着无声电影。俞明喜躲着这场无声电影，瞅见房间里亮着灯光。他踏上门廊脱了鞋，拉开门，一步迈上榻榻米，随即惊叫一声。

你回来啦？吴兄！俞明喜看到吴荣成侧卧榻榻米上，一身短打扮，完全没了昔日文人装束。嫂子徐凤珍跪在吴荣成近前，护士似的给他小腿敷抹黑色药膏。

嫂子您……俞明喜没想到她在这里，更加疑惑地问道，吴兄你怎么受伤啦？

吴荣成的粗布棉裤褪到左腿膝盖部位，裸露的小腿一片青紫。嫂子徐凤珍连忙答道，吴先生一路追赶杀人凶手，被那辆自行车投来的木棍砸伤啦。

杀人凶手？俞明喜一头雾水，望着突然归来却意外受伤的吴荣成。

还是徐凤珍抢先答道，你不知道哇？翟校长被人暗杀啦！尸体在仁爱医院太平间，白事铺魏掌柜捐了一口柏木棺材……

什么？俞明喜不相信这个噩耗，迈步扑到吴荣成近前，瞪大眼睛盯着他。

吴荣成缓缓点头，斩钉截铁的语气，翟校长的血是不会白流的。

翟校长对我有知遇之恩啊！俞明喜转身冲出房间，撒腿跑出善邻里公寓。一路上气愤地思索着，胆敢光天化日之下杀害翟校长，这是什么人干的？

一路灯光昏暗。仁爱医院后院亮着一盏大灯，小太阳似的。前来吊唁的各界人士排着长队，大多陌生面孔。身穿蓝色校服的淑德女中学生，分列两侧守灵，觉民中学一群民先队员现场维护秩序。俞明喜快步走向灵前，只觉得双膝发软，不由跪下了。翟白丁校长的恩德，一桩桩浮现脑海，思来想去悲痛难忍，落泪失声。他想撩开蒙尸布看看翟校长，几个学生上前劝阻，搀扶他到角落里去了。

放眼吊唁现场，他坚信公道自在人心，翟校长的血不会白流的。这样想着便坚强起来，他急忙赶往淑德女中，不知那里情况如何。

路灯照耀着淑德女中大门。他听到渐行渐远的抗日救亡歌曲："上起刺刀来，弟兄们散开，这是我们的国土，坚决不挂免战牌……"

当值校工迎出传达室告诉俞明喜说，前来淑德女中大操场集会的各校学生队伍刚刚散去。学生领袖当场宣布，礼拜六举行全市学生大游行，早上八点钟北路队伍抬着翟校长棺材从大经路造币局出发，南路队伍抬着花圈遗像从南开中学出发，南北两路冲破关卡，中午在金钢桥会合！

这样的全市学生大游行，学联有权决定吗？起码要通过"民先队"核心领导的。俞明喜心存疑虑，急切盼望着组织接头的日子。

学校大操场空空荡荡。一轮明月洒下幽静的光，悄悄镀亮哑言的春夜。

丁小夏满脸焦虑跑来，问看到吴荣成没有。俞明喜摇摇头，不想跟她多说话。丁小夏满含忧虑说，听说吴先生回到学校就受了伤，这可怎么办啊？

说着，丁小夏跑开了。望着远去的女学生，俞明喜突发猜想：莫非丁小夏爱上吴荣成啦？瞧她火烧眉毛的劲头，就跟寻找心上人似的。当今师生恋不受待见，这类事情仍有发生，有的还结了婚……

俞明喜站在淑德女中大门口，低头还能看到残留的血迹。这正是翟白丁校长捐躯的地方啊。一个正直的知识分子就这样就杀害了，而且凶手逍遥法外不知去向。这时候，一个梳着簪式发型的中年妇女走来，询问高一甲班教室在几楼。

我女儿留下纸条就走了，我不识字，只能来学校找她……中年妇女语气焦急。

俞明喜听到"高一甲班"，急问她女儿叫什么名字。

祁，秋，月。中年妇女说出这个名字，从怀里掏出一张纸条。

祁秋月……俞明喜慌忙接过纸条凑向传达室灯光，看到是首白话诗：

　　如果，如果有人被迫撒谎，那是出于无奈吧，就像我们告诉孩子，你永远不会死亡一样。如果，如果有人以撒谎为乐趣，那么我的悲哀，将远远大于死亡！

你女儿真的是祁秋月？俞明喜当即把这首诗跟自己联系起来。

中年妇女点点头说，我想见翟校长，求他派学生们找找秋月，这丫头犟着呢！去年跟她姐闹别扭，跑到同学家躲了两天……

你见不到我们翟校长啦，他没啦……传达室校工凑近说，天冷你快回家吧，女孩子爱使小性儿，兴许这会儿在家吃饭呢！

翟校长没啦？祁母惊愕不已。翟校长可是好人！去年免了我女儿学费……

俞明喜愣在原地不动。祁秋月蒙受作文考试不白之冤，离家出走了。她的白话诗充满孤愤，对有人以撒谎为乐表示极大悲哀。

我不是存心撒谎取乐啊！俞明喜心里有愧，快步追上祁母说，您不要着急，祁秋月不会走远，即使今夜不归，明天肯定回家的。

祁母对他这种超常关切感到意外，转而问道，翟校长到底怎么死的？

俞明喜简单吐出"暗杀"两个字。祁母吓得瞪大眼睛说，这世道好人本来不多，坏人还把好人杀啦？造孽呀！

善良的祁母走远了。俞明喜认为女孩子受了委屈往往躲到没人地方哭泣，应当四处找找。这样寻思着朝海河方向走去，希望能够遇到祁秋月，护送她回家。

海河落了潮。黑夜里望着东去流水，俞明喜想起海河浮尸案。前年初夏，海河里先后浮出三百多具男性尸体，其中便有哥哥俞明祥。据说都是被日军抓去修筑秘密工事的"华工"，完工后统统被杀害了。俞明喜是在太古码头寻到哥哥尸体的，从此嫂子成了寡妇。

想起哥哥的死，俞明喜捡起一块石头发泄地投向对岸，那边是日租界。黑暗里看不清河里溅起水花，他的投掷成了无用之功。这座城市有九国租界，他最痛恨杀人如麻的小日本儿。

第 四 出

翟白丁校长入了殓，停放灵柩三天，继续接受社会各界人士吊唁。吃过晚饭他跟吴兄打了招呼，说是去灵堂。腿伤未愈的吴荣成叫住他，从兜里掏出几只核桃说，翟校长平时最爱吃核桃，这是河北涞源特产，你替我供在灵前吧。

吴兄素常跟翟校长接触极少，可谓秀才交情纸半张。此时献上这份慈悲，几只核桃胜过千里送鹅毛的情谊。

俞明喜走出公寓院子，老佟头及时关了大门。瞅见胡同口蹲着个黑影儿，俞明喜顿时提高警觉。黑影儿低声说出那两句暗语，之后催促他往东走。俞明喜听到暗语毫不犹豫，快步奔东走了。

四周漆黑。传来老燕熟悉的低语。俞明喜心头腾地热了，便跟随亲人似的往远处走去。

绕过一个水坑，俞明喜觉得磨了脚掌，猫腰去摸，知道左脚布鞋开了绽。又过了一座小桥，右脚布鞋底帮分家了。我早应该买双新鞋，一忙就忘了。怪不得女生们偷偷取外号叫我"穷俞"。

老燕身材高挑并不壮实，却显得很有力量，走路飞快让人想起《水浒传》里日行千里的戴宗。俞明喜趿拉两只布鞋跟随着，来到一家偏僻的小工厂，钻进存放铁板的大屋。大屋角落里垒出一间小屋，好像儿子偎在母亲怀里。小屋门缝儿透出微弱灯光。

小屋里走出一个人，不待看清面目匆匆去了。老燕引着俞明喜走进小屋，桌旁坐着陌生中年男子。油灯芯儿不可预测地闪动着，弄得俞明喜不知所措，扭头看着老燕。

小俞同志，今天是你加入中国共产党的日子，今后你就是无产阶级先进分子啦！陌生中年男子起身说道。

太好啦！俞明喜不禁拍手笑着说，前几天我还梦见入党呢，今天成了真！

严肃！脸孔消瘦的老燕表情威严说，我和老艾做你入党介绍人，现在履行仪式，你举手宣誓吧。

哦，原来陌生中年男子叫老艾。这个敦敦实实的汉子高高举起油灯，一下照亮临时挂在墙上的党旗。看到金色的镰刀斧头，俞明喜湿了眼窝。是啊，镰刀和斧头都是利器，我们就要用它把日本鬼子赶出中国，争取中华民族自由解放。

老燕带领俞明喜面对党旗宣誓。青年教师激动难耐，不停地抽泣着，念完了自己的誓言。

放下手里油灯，老艾从墙上摘下党旗，快速卷起藏进角落铁皮柜子里。这时老燕惊异地叫了一声。老艾以为有情况，随手抄起藏在桌下的手枪。

你两只鞋都飞花了，脚板磨破了吧？老燕心疼地叫起来。

俞明喜解释说忘了买鞋。老艾提醒道，我们搞地下工作四处奔跑特别费鞋，你别拿自己当哪吒啊。

说着老艾跟他握了握手，匆匆走了。小屋里只剩下老燕和俞明喜两个人。油灯碗该添油了，灯芯儿渐弱。俞明喜急于报告情况，却被老燕打断了。

今晚淑德女中大操场集会，汇文中学的温铁生过于偏激，究真中学的李锟也不冷静，还有觉民中学的周宗强，当场形成全市学生抬棺大游行的决议，这是无组织无纪律的表现！他们都是民先队核心组织成员，却不请示上级组织就擅自决定。老燕略显激动地说，华北局领导多次批

251

评"左"倾盲动主义错误，强调党组织的任务是巩固加强自身力量，以宣传手段激发广大群众抗日情绪，不要过早跟国民党当局决战。尤其我们这座城市，游行绝对不能冲击日租界……

敢情您当时在场啊！为什么不阻止他们呢？礼拜六上午就抬棺大游行啦！俞明喜焦急地望着领导。

时间紧迫，群情激愤，势在必行，礼拜六大游行难以取消，我们要通过各校民先队骨干把任务传达下去，只要放弃南北两路会师金钢桥的计划，就不会跟守桥设卡的国民党民警发生冲突。至于日本军警和汉奸爪牙，他们的大本营在日租界，眼下还不敢明目张胆进华界抓捕学生。

老燕缓了一口气说，近来不少学生加入民先队，我们不能因此冲昏头脑，重蹈北平学联盲动主义的覆辙啊。

油灯渐渐熄灭了。黑暗吞没了人的轮廓。俞明喜听见自己心跳，反而觉得世界大得无边无际，令人勇敢起来。

黑暗里，老燕不无忧虑地说，根据我们摸到的情况，有个老牌日本浪人潜伏在华界，多年为日本官方义务递送常规情报，包括民先队员名单和联络图，咱们不得不防啊。

老牌日本浪人？这人起码六七十岁了还走得动吗？俞明喜不解地问道。

你要相信人的精神力量，我们组织里有对夫妻，为给组织筹措活动经费，把亲生孩子都卖啦！后来妻子去世了。老燕平静的讲述，不啻惊雷轰然炸耳，震撼着俞明喜年轻的心。

老燕，有那对夫妻做榜样，今后遇到什么困难我都不怕的！俞明喜表达着内心感受，浑身轻微颤抖着。

黑暗里很安静。老燕唰地划亮洋火点燃纸烟，短暂的光亮勾勒出他消瘦的面部轮廓。俞明喜鼓足勇气说，我有一件事情向组织汇报……

老燕狠狠吸一口烟说，是啊，你认为什么人杀害了翟白丁先生？

我……俞明喜思索着说，翟校长要是民主爱国人士，很可能是日本特务或汉奸狗子开的枪，翟校长要是我们自己同志，很可能是国民党特务动的手。

我们地下组织单线联系，我也不知道翟校长真实身份。黑暗里老燕吸着纸烟，一明一灭说，我们的敌人是日本帝国主义，对国民党反动派也要提高警惕。

俞明喜看到黑暗里烟火熄灭了，再次表示有一件事情向组织汇报。老燕径自开辟话题说，我们有同志打入敌人内部，争取尽快查找出幕后黑手……

终于按捺不住，俞明喜打断老燕同志急匆匆说，我犯了主观主义错误！我犯了"左"倾冒险主义错误！

你先不要给自己扣大帽子，仔细讲给我听！黑暗里老燕语气严峻。

俞明喜从头到尾讲述了作文考试引发的事情，之后低头等待老燕的批评。

祁秋月？老燕接连吸了几口烟，伸出手指敲击额头说，我脑子里没这个名字，她应当只是普通女学生。她作文里出现联络暗语，我认为属于巧合。你冒险使用暗语接头，这是非常错误的行为，你必须深刻检讨！

俞明喜连连点头表示深刻检讨。老燕突然问他穿七寸几的布鞋。不及回答，黑暗里老燕说，你试试这双鞋吧。俞明喜接在手里穿在脚上，尺寸略感紧凑。

俞明喜猛地明白了，伸手摸到老燕双脚——他果然只穿着袜子。心头灼热难忍，烧得他眼泪滚烫。老燕把鞋脱给我穿，他要赤脚走回华文书店的。

天不早了，你回去吧。老燕用力推开俞明喜说，共产党员服从命令，我要你马上穿鞋离开这里！

俞明喜只得从命，快步走出小工厂。穿着革命同志的鞋，匆匆赶回自己的住处。夜色里踏过小桥，他抹去泪水心里说，这就是革命同志，

253

老燕比亲哥哥还要亲！

叩响公寓大门。杂役老佟头儿睡眼惺忪卸下门闩说，这兵荒马乱的年头，以后不要回来太晚啊。

他领了老佟头儿的好意，走上门廊脱了鞋，低头看见这是双黑色礼服呢面牛皮底便鞋，挺体面的。伸手拉门走进房间。吴荣成身披破棉袄端坐榻榻米上。

吴兄……您还没休息啊？俞明喜蹲下身来，打量着吴荣成的伤腿。

古铜色脸庞的吴荣成目光炯炯却不乏温和，向俞明喜挥挥手说，你夜半不归，我等你回来呢。

吴荣成有一双超乎常人的大手，小蒲扇似的。他讲课时大手捏着粉笔写板书，远看好似手里捏着绣花针。这已然成了淑德女中的独特景观。

望着从教师的棉袍改穿苦力的短衣的吴荣成，俞明喜觉出几分陌生。对方似乎看穿了他的心思，微笑解释说在涞源县遭遇土匪被剥得精光，跑到县城找慈善堂求得破棉袄破棉裤。一路乞讨赶回学校，可巧遇见凶手当街开枪暗杀翟校长，就放胆追了上去。

徐凤珍从厨房小步走出，手里端着一大碗热汤，家庭主妇似的。

嫂子，您……意外看到嫂子夜半时分在公寓下厨，俞明喜愣住了。

吴先生伤了腿骨，我煮了猪骨头汤，郎中说这样好得快。徐凤珍向小叔子解释着，把一碗骨头汤摆在矮榻上。

毕竟嫂子伺候着另外一个男人，俞明喜有些尴尬。徐凤珍顾不得尴尬，小声催促吴荣成趁热把骨头汤喝了。

徐凤珍询问小瓮里是不是盛着卤水。吴荣成摇了摇头。

返回厨房，徐凤珍端出一盆热水递给小叔子，说泡泡脚睡觉解乏。这时吴荣成把骨头汤递给俞明喜，显然不好意思独享。他狠狠大碗喝了一口，强烈感到嫂子对吴荣成的情意。是啊，年轻女人谁愿意守寡呢，何况遇到人品周正的吴荣成。

嫂子徐凤珍无事可做了，站也不是，坐也不是，终于透出几分尴尬。俞明喜低头不说话，借机观察吴荣成怎样收拾局面。

吴荣成对徐凤珍说，明天你还要上街缝穷，辛苦了。这么晚了我送你回家吧。

徐凤珍急忙摆手谢绝，说你伤了腿不要动弹，我胆儿大不怕走夜路呢。

我送您回家吧嫂子，俞明喜起身说。他确实想让徐凤珍赶紧离开这里。

嫂子看了看小叔子，表情踟蹰。吴荣成当即制止道，我让老佟头儿送你回去吧。说着，他从棉袄里掏出两角面额的法币，低声招唤着老佟。

两角钱成功地雇用了老佟，吴荣成低声叮嘱几句。老佟聋哑人似的呜呜点头，拄着老藤手杖陪着徐凤珍走了。

吴荣成问他饿不饿。俞明喜这才想起没吃晚饭。但是他不能承认空着肚子，因为晚饭时分他在小工厂里宣誓入党呢。

咱们睡吧。吴荣成说着走进里间屋拉开被褥，脱衣躺下了。俞明喜洗脸漱口脱了衣裳，随手关了灯。

翟校长被人杀了，当局必须缉拿到凶手啊。俞明喜钻进被窝儿说。

吴荣成呜了一声，说礼拜六全市抬棺大游行，翟校长死得其所。俞明喜又说，你给土匪剥得精光，一路行乞怎么不给我写封信呢？我去河北接你啊。

不等吴兄回应，俞明喜接触关键话题说，这次国文课考试，我把祁秋月作文卷子忘在抽屉里，已然给她补了成绩……

竟然响起轻微的鼾声，吴荣成好像穿了冰鞋，快速滑入梦乡了。

吴兄多日风餐露宿，疲乏透啦。俞明喜起身拉过自己的棉袍嗅了嗅——这是老燕抽烟熏染的味道，烟味儿强烈极了。

听见大门响了，一定是老佟头儿送罢嫂子回来了，于是放了心，打着哈欠。

肚子饿，睡不着。黑暗里，思忖着。这几天经历的事情太多了，一时难以梳理清楚。听着吴荣成细细的鼾声，俞明喜终于睡过去了。

第 五 出

正午时分，不断有消息在淑德女中饭堂里传播着。女生们神色凝重，偷偷议论着。一是南开中学学生领袖楚子才出事了，说是唤他去学校传达室接电话，再没见回来。二是汇文中学民先队员温铁生上街被几个便衣男子揪进小汽车，飞快地开走了。三是究真中学学运骨干李锟外出张贴标语，下落不明。这三个学生领袖的失踪，引发不安的涟漪，越荡越大。校园盛满了惊悚的湖水。

俞明喜坐在教师预备室里吃午饭，碗里六个猪肉包子。这两天委屈了自己胃口，必须补养一下。他拿出高一甲班国文考试成绩单，在祁秋月作文栏目里填上"甲中"二字，走过去递给吴荣成说，我完成代课任务，现在完璧归赵啦！

吴荣成接过成绩单看了看，说谢谢你给我代课啊辛苦了。俞明喜说你腿伤没好就来讲课，更辛苦呢。

这时候，传达室校工敲门进来，走到吴荣成书案前毕恭毕敬说，这封信是早午送到的。吴荣成接过来信顺手递给校工一颗烟卷，道了辛苦。

校工高兴地把烟卷夹在耳朵上，转向俞明喜说，俞先生，刚才《益世报》来电话催您改稿儿，说要快呢。

俞明喜向校工道声谢，做出漫不经心的样子，心里却缩紧了。说是《益世报》催改稿子，其实是组织接头的通知。

校工知道俞明喜不会把猪肉包子赏给他吃，依然满脸堆笑地走了。

吴荣成一边嚼着烧饼一边批改学生作业说，明喜文思如泉涌，你又写了小品文啊。

我崇拜《益世报》主笔罗隆基先生，爱看他写的社论，就给这家报纸投了稿，信笔涂鸦呗。俞明喜解释着，故意贬低自己。

吃了四个猪肉包子，省下两个他舍不得吃，悄悄掏出手绢要把包子带给老燕。那位貌似风光的华文书店经理，其实经常饿肚子的。革命工作就是辛苦。想起老燕说的那对革命夫妇为组织筹集经费把亲生孩子都卖了，俞明喜便激动不已。我跟老燕是革命同志，同志比亲兄弟还要亲。

天气比前几天暖了。俞明喜穿起烟色薄棉袍跟吴兄打了招呼，说去《益世报》拿稿子。吴荣成抬手把那封信递来，说，你看看吧，奇文共欣赏。

俞明喜接过信封看到右角写着"内详"二字，抽出信瓤看到几行蚕豆大小的墨字："就你敢追击那辆自行车是吧？想当英雄很容易，我们送你去找翟白丁校长，他手捧勋章等着你呢。"

他们这是恐吓！年轻气盛的俞明喜啪地拍着桌子说，吴兄，那么多人围观只有你追赶凶手，你就是英雄！写信的人才是懦夫呢。

心里有事，俞明喜走出教师预备室，出了淑德女中大门，又遇到祁母。他快步迎上说，我找到祁秋月作文卷子给她补了成绩，她回家了吧？

她的作文卷子？祁母显然不懂他的话，悲苦地摇摇头说，这都好几天了，秋月怎么还不回来啊？

俞明喜再度内疚起来。您不是说过，去年跟姐姐生气她就躲到同学家了吗？女孩子就这样儿，兴许今天就回来啦。

您还没吃饭吧？他把手绢里两个包子塞给祁母，转身匆匆走了，恨不得一步迈进华文书店。

进了老城厢二道街，走过小说家刘云若的宅门，前边坐南朝北的铺面就是华文书店。门外挂着"新到《蜀山剑侠传》"广告牌子，这是情况正常的信号。华文书店主要出售武侠艳情类小说，也卖大众实用读物比如尺牍和皇历，为了安全从来不售进步书籍，包括鲁迅的书。

俞明喜进门跟伙计对了眼神儿，径直来到后院，猫腰钻进了地下室。

地下室点着一盏油灯。俞明喜有了情感记忆，见了油灯便想起入党宣誓的情景。老燕和老艾隔桌而坐，表情严肃。

看来情况确实紧急。烟缸里堆满各式各样的烟蒂，俞明喜猜测此前来过一个个同志，抽了烟接受了任务，一个个匆匆离去了。

老燕举起烟袋足足吸了一口，喷出浓烈的烟雾。从烟卷变成烟袋，说明老燕又穷了。粗壮的老艾不吸烟，下意识地躲避着烟雾。

老燕皱着眉头说，时间紧迫，老艾你给小俞讲讲吧。

小俞，确实有几个学生领袖失踪了！老艾下意识地捋起袖子，好像要跟敌人搏斗。不知为什么，俞明喜认为老艾同志是个码头工人。

老艾轻轻拍着桌面说，楚子才读书的南开中学距离"三不管"不远，温铁生读书的汇文中学邻近日租界，他俩失踪肯定是日本便衣队干的。我们在中统的内线报告说……

情况是这样的……老燕认为老艾说话出了格，当即揽过话题说，究真中学的李锟被捕也是汉奸狗子干的。敌人此时出手，就是要削弱全市学运骨干力量，打击广大民众的抗日信念。敌人如此猖狂，反而更加坚定了我们的决心！

老燕继续补充道，我们的内线摸到情况，这次为日本特高科提供学生领袖名单的，仍然是那个老牌日本浪人！此人在天津生活多年，既不联系"红帽衙门"日本宪兵队，也不联系"白帽衙门"日租界警察署，就连日本华北派遣军特务机关长都不知道他是谁。这家伙多年义务提供情况，从不露面，从不留名，从不领取经费，被日本谍报机关称为"大和义士"，据说日本宪兵队菊池大佐每次收到他的情报，都要冲着那封密信脱帽鞠躬，表示深深敬佩。

这家伙肯定擅于伪装，变得比中国人还像中国人！俞明喜气愤极了。

（这次就要谈到灰色人物，基于三个学动骨干失踪，让俞不参加游行，俞主动提出丁邀请去兰心票房，可以接触各色人等，了解更多情况。老燕同意，但要注意安全，千万不要偷鸡不成蚀把米。）

我们必须加强情报工作。老燕收起烟袋低头思索说，曹家公馆附近的兰心票房，各色人等鱼龙混杂，肯定是获取情报的好地方。你不是喜欢京戏吗？就以票友身份混进兰心票房！无论摸到哪方面的情况，对我们来说都是有用的。

我见过丁小夏的父亲丁恩正，他是兰心票房的主人。俞明喜点头接受任务，略显恳求地问道，礼拜六全市学生大游行……

老燕果断下达命令说，大游行你就不要参加了，为了打入兰心票房，你尽力褪掉进步色彩，减少公开场合露面。

杀害翟校长的凶手究竟是……俞明喜起身准备离去，忍不住问道。

老艾毫不犹豫地说，枪手是个外号叫瘦狗的汉奸，当天就逃往北平了。

从书店后门溜出，俞明喜快步走上东马路。一家家店铺的玻璃窗好似一面面镜子。他从镜子里没有发现跟踪者，放心向北走去。经过内联升鞋店，他猛然想起应当把那双布鞋还给老燕同志，便暗暗责怪自己。我是地下党员了，无论公事私事都不可粗心大意。

走近金钢桥。这里正是全市学生大游行南北两路会合的地方。上级领导反复强调游行队伍不要冲击关卡，不要跟守桥国民党军警发生正面冲突，避免学运骨干们被捕入狱。

心里走神儿，无意间走了弯路，意外来到大悲禅院门前。猛然想起离家未归的祁秋月，总觉得自己与这个女生之间有了无形纽带，内心怀有一种不愿推卸甚至故意加载的责任。他在这座津沽名刹山门外徘徊

259

着，进退两难。共产党人是无神论者，国际歌唱道"从来就没有救世主，也不靠神仙皇帝"。可是，不由自主走进寺院。先叩拜护法韦驮，之后逢佛便拜，最后跪在大雄宝殿石阶前，默默祈祷祁秋月平安无事。

拜了佛发了愿，心情轻松几分。怪不得中国老百姓逢凶遇难就来烧香拜佛呢，敢情消除心病。

一路行走来到义和粮栈，他掏出八毛钱买了十斤棒子面，手里却没有盛粮食的家伙什。粮栈老掌柜为人豪爽，据说当年闹过义和团，因此给店铺取名义和粮栈。他拿出写着"义和"二字的小口袋盛了棒子面，递给俞明喜说下次买粮捎回来就是了。

一甲一保地打听着，终于找到锦衣卫桥迤西的这座大杂院。祁家住一间南房，屋里搭了阁楼，屋顶就显得矮了。房间四白落地，拾掇得干干净净，清贫气氛中透着艰忍的力量，支撑着这个家庭的日常生活。

祁母对他的到来感到惊讶，他则对祁秋月仍然未归感到惶恐。递上写着"义和"二字的小口袋，祁母倔强地摆手不收，抹着眼泪说，又让您操心了，秋月这孩子怎么还不回来呢？

这时阁楼上传出响动。祁母说大闺女在恒源纱厂做工，下了夜班睡觉呢。

说话间，已经穿戴整齐的祁家姐姐沿着竖梯下来，冲俞明喜点点头，起身搬来凳子请他落座。果然一奶同胞姊妹，祁家姐姐无论眉眼还是身材，都跟祁秋月相像，只是个头儿略矮。

我叫祁春芬，我是祁秋月的姐姐。吴先生，是不是我妹妹有了消息？祁春芬望着不期而至的青年教师，目光里含有无望的期待。

他摇了摇头，告诉对方自己名叫俞明喜，今后还会来探望的。祁春芬听了这话，颇为不解地眨着大眼睛。

祁母哭出声说，我家秋月从小好强，她要是有个山高水低的，我可怎么办啊？

祁春芬似乎比妹妹更好强，轻声表示自己在恒源纱厂做挡车工，月

260

薪能够养家糊口，请俞先生不要惦记。

我是老师，祁秋月是学生，她负气出走我是有责任的。俞明喜含蓄地表达着内心歉意。

记得秋月的级任教师姓吴，您怎么……看到俞明喜出面承担责任，祁春芬越发不解了。

我替吴先生代过国文课，也教过高一甲班小代数。俞明喜转而问道，恒源纱厂是李纯开办的吧？就是捐建南开大学秀山堂的下野军阀。

一刹那间，祁春芬眼角闪过几缕快意，似柳絮般飘散了。俞先生，你怎么知道我们工厂的来龙去脉啊？

看来祁春芬喜欢工厂。俞明喜目光追逐着她那几缕飘散的快意说，因为我是教书的嘛，所以……他蓦然意识到对方是大姑娘，自己不该多言多语，便住了嘴。

祁母擦干眼泪插言道，谢谢俞先生善心，这辈子有大闺女养老，我认命啦。

娘！秋月就爱使小性儿斗小气儿，过两天就回来！您别尽往窄里想。祁春芬劝慰着母亲，从怀里掏出一张纸条儿递给俞明喜说，我参加女工识字班，这两个字儿念什么？我忘啦……

俞明喜接过纸条儿看到"枷锁"二字。识字班为什么教这两个字呢？他寻思着说，你看，前边这个字念"jiā"，后边那个字念"suǒ"。

担心祁春芬不懂，他具体解释说，你看过京戏玉堂春吗？苏三起解脖上戴的就是枷锁。

噢！祁春芬脸上露出求知的笑容。俞明喜心里咯噔一下，他从这笑容里看到了失踪的祁秋月。

祁春芬接续说，我们识字班老师是南方人，她要我们挣脱套在头上的精神枷锁，自立自强！就教我们认这两个字。

祁母及时起身送客说，俞先生是大忙人，我们就不耽误您了。一旦秋月有信儿，劳您赶紧告诉我！

祁春芬送俞明喜走出大杂院，大声说俞先生回见。俞明喜便去了义和粮栈还了小布袋。

下午学校没课，他要去嫂子家取胡琴。上级派我去兰心票房摸情报，这是对我新的考验。以前哥哥在世喜欢胡琴，哥儿俩在家里唱戏，从来没进过什么票房。哥哥拉弦给弟弟伴奏，珠联璧合。要是哥哥活着多好啊。如今没了哥哥，只剩下胡琴了。

走过嫂子经常出摊缝穷的地方。另一个中年妇女正给拉板车的苦力补袜子。她抬头认出俞明喜是徐凤珍的小叔子，立即精神抖擞说，我看你嫂子心里有人啦，这些天总走神儿呢，给人家裤子缝补丁，大针扎了自己手指头！

这中年妇女说罢哈哈大笑，仿佛听了小蘑菇的相声。拉板车的苦力趁机找乐儿说，守不住就走呗，天下哪有死心的寡妇。

俞明喜受过新式教育，并不赞成封建礼教思想，听了这种风凉话还是觉得别扭。是啊，嫂子确实对吴荣成有了感情，否则也不会又敷药又煮汤的，完全不顾旁人风言风语。

心情不熨帖，还是来嫂子徐凤珍家。这里地名叫堤头。嫂子住在一所小院里，只有三四户人家。走进院门便听见咣咣案板响，嫂子在剁肉馅儿。徐凤珍看见小叔子进门，下意识停住手里菜刀，笑容里含着窘意说，我一会儿就包饺子，晚晌给你送到公寓去。

他知道嫂子是给吴荣成送饺子，自己沾光而已，便故意发坏说，晚晌有事儿在外边啃两个火烧就成，您就甭往公寓跑了。徐凤珍听罢愣了愣，说了声你没口福啊，继续挥刀剁肉馅儿了。

东墙上挂着哥哥的二胡，西墙上挂着哥哥的遗像。寡嫂就守着亡兄遗物过日子啊。他意识到自己的狭隘。嫂子守寡是她的自由，嫂子再嫁也是她的自由，何况她相中的是好男人吴荣成，我身为弟弟应该高兴才对，怎么心里还别扭呢？

反省着，他对嫂子改口说，我最爱吃您包的饺子，晚饭我赶回公寓吃吧。

徐凤珍听了小叔子这句话，开心地笑了笑说，我连吴先生的也送去，羊肉西葫芦馅儿，你们哥俩儿都吃。

俞明喜伸手从墙上摘下那把二胡。徐凤珍找出蓝布缝制的琴衣，小心翼翼装好二胡，不言不语递给小叔子。俞明喜接过胡琴说，嫂子只要你过得好，我哥在天之灵也会高兴的。

徐凤珍当然明白小叔子的意思，咬着嘴唇点点头，扭身去包饺子了。

一时战胜狭隘心理，俞明喜兴奋了。他索性脱去蓝色琴衣，拉过凳子落座，把二胡架在大腿上。他没有哥哥琴艺高超，摸索着拉奏京戏曲牌《夜深沉》，就是《霸王别姬》虞姬舞剑的曲子。

嫂子一边包着饺子一边小声评价道，这段儿太暗了，就跟要停电似的。

俞明喜觉得嫂子说得有理，就改拉"得胜令"。这段京戏牌曲，把嫂子家拉得亮亮堂堂的。

嫂子担心小叔子拉弦不走在这儿把晚饭吃了，她就没有理由去公寓送饺子了，于是她频频催促小叔子赶紧回公寓去。

俞明喜明白徐凤珍的心思，她一定要让吴荣成把羊肉西葫芦馅饺子吃到嘴里。女人心啊，细似针。小叔子及时收弦起立，拍了拍屁股走了。

半路上听见叫卖《大公报》，报童吆喝："日本人指派汉奸枪杀爱国校长，翟白丁先生血染校门冤魂不散！"俞明喜掏出零钱买了报纸心里道，老艾说暗杀翟校长的是汉奸瘦狗，这跟《大公报》说法吻合了。翟校长会不会也是中共党员呢？地下组织单线联系，即使是自己的同志也相逢不相识的。

俞明喜猛地一激灵，当即告诫自己不要过度想象，再犯主观主义的错误。

一路回到公寓，杂役老佟又站在黑影儿练太极拳。想起那天他追到学校给自己送鞋，心里感动了，便主动打招呼。老佟并不应声，好像变成拳谱里的人了。

吴荣成端坐榻榻米，换去短打扮，恢复长装束，重新成为货真价实的国文教师。俞明喜随手将《大公报》递上，问候吴兄的腿伤。

翟校长入殓了……吴荣成接过报纸说，《益世报》和《庸报》也都发了消息，说是汉奸枪手杀了翟校长。

既然真相大白，北平军警应当全力抓捕瘦狗，绳之以法！俞明喜气愤得脱口而出。

你说什么……瘦狗？吴荣成不解地看着俞明喜，显然他不知道这是汉奸凶手的外号。

俞明喜意识到自己失言——瘦狗这外号是老艾告诉自己的。他连忙弥补说，对，走狗！汉奸们都是走狗！

这时候嫂子救了场——她在门外叫着"开门"。俞明喜跑去拽开日式拉门，看见徐凤珍双手捧着摆满白面饺子的圆形秫秸盖板，好像送来一堆银元宝。

嫂子走进厨房煮熟了银元宝，一盘先递给小叔子，一盘再捧给吴先生，还预备了宝坻紫皮大蒜和独流老醋。

我们班的祁秋月走失好几天了……吴荣成盯着热气腾腾的饺子，轻轻叹了一口气说，这是个很有前途的女学生啊，太可惜了。

俞明喜顿时没了食欲。他不能坦白祁秋月离家出走的悲剧是自己酿成的，一时憋得不知如何排遣。心里急躁难当，他起身出门把自己这盘饺子送给公寓杂役老佟，说你吃吧我不饿。

徐凤珍被小叔子的突发行为惊呆了，求援似的看着吴荣成小声问道，我做错了什么吗？

俞明喜难掩沮丧情绪，回屋把空盘子递给嫂子转而对吴荣成说，吴兄慢用啊，翟校长是我大恩人，今夜我去给他守灵。

说罢，他披起衣裳拉门走出房间。身后传来吴兄和蔼沉稳的叮嘱：俞弟，即便遇到不遂心的事儿，也不要难为自己，今儿出门不要忘了穿鞋啊。

俞明喜低头看到脚上穿着自己的这双布鞋，老燕同志的那双布鞋则摆在门廊台阶上——好像两只等待泊岸的小船儿。

第 六 出

天气大热。这座城市依然笼罩在兵荒马乱的气氛里。俞明喜身穿灰色薄布大褂，赶往新的接头地点——三条石秦记铁铺。一路上汗流浃背，他似乎还能嗅到血腥气息。这是日寇暴行的后遗症。

俞明喜在秦记铁铺小仓库里见到老燕。这个性格刚毅的汉子悲愤地说，究真中学民先队员李锟给前线将士运送慰问品，中弹牺牲了！省立女子师范学院遭到轰炸，学运骨干景秀兰负了重伤。

什么！俞明喜听罢，渐渐矮身蹲在地上，双手抱头。一连多日积累的委屈终于迸发，抽泣不止。

自从七月七日北平卢沟桥事变，日军随即大肆攻打天津，向市政府、警察局、火车站、飞机场、造币厂轮番炮击，还出动飞机轰炸南开大学，企图彻底消灭爱国师生。就连大经路择仁里也被夷为废墟。

日军进攻。宋哲元的二十九军爱国官兵拼死反击，一度沿着大和街和福岛街攻入日租界，吓得日本侨民组成"义勇队"，以求自保。然而宋哲元接到上峰撤退命令，国民军只得弃守天津向南去了。

十几万难民无家可归。海河里浮起一具具中国人尸体，几乎拥塞了河道。除去英法租界，天津城郊沦为占领军地盘。日本"红帽衙门"的宪兵摩托队跨过金钢桥驶入大经路。繁华商埠沦为人间地狱，中国人彻底成了亡国奴。原北洋政府总理高凌霨充当汉奸组建天津维护会，亲自担任会长。

枪炮声停歇了。地处老城厢的华文书店突然遭到日本特高科搜查。幸亏老燕外出，书店小伙计被当作抗日分子抓走，当天就打死了。这个使用多年的地下联络点为何暴露了？一贯作风严谨的老燕绞尽脑汁也找不出哪里出了破绽。

俞明喜蹲在地上哭得像个大男孩儿。老燕下意识地抄起一把铁锤说，坚强！组织上有更重要的任务交给你。

他意识到自己失态，起身擦干眼泪说，没有比当亡国奴更悲惨的，你有任务就交给我吧。

平津两城失守，华北大部沦陷，中共北方局下达"隐蔽精干，长期埋伏，积蓄力量，以待时机"的敌占区工作方针，平津两市党员和民先队骨干，主动撤到周边乡村去，拿起武器建立游击区。河北省委已经迁到太原去了！

挥了挥手里铁锤，老燕继续说道，今后，留城的同志全部转入地下秘密工作，我代号鼓楼，老艾代号炮台，你代号铃铛阁！

鼓楼，炮台，铃铛阁。俞明喜牢牢记在心里，使劲儿朝老燕点头。

铃铛阁！老燕叫着俞明喜代号说，平津铁路恢复通车了，这几天北平地下党员和民先队骨干陆续到达天津，经过法国桥进入英租界，在太古码头乘轮船从海路撤向南方。为了完成这次转移革命骨干的任务，我们必须做好充分准备，甚至不惜牺牲个人生命！

俞明喜压低声音问道，这次转移革命骨干起码好几百人吧？

他们分期分批到津，总共一百三十多人。老燕极其慎重地说，不过，你的任务比较简单，负责转移北平知名爱国人士，总共八个人。后天正午十二点029次客车进站，你提前在月台等候。北平交通员右手拿着黑色折扇，扇面写着"静心"两个金字儿，左手拎着两盒点心，一定是北平稻香村的包装纸，红线绳儿捆扎着。

记住接头暗号！你的任务是引导他们走出火车站，通过法国桥直奔太古码头，如果赶不上船班，当场安排住宿，英租界泰来饭店有人接应。老燕掏出两张钞票递给俞明喜说，这二十块钱是组织活动经费，日本鬼子来了法币毛了，不够你自己添吧。好在从火车站到轮船码头不太远，你雇几辆胶皮就行！

从火车站到轮船码头是不太远，可是日本宪兵横眉立目，万一露馅儿就糟了。俞明喜深知责任重大，心里犯了愁。

我的任务是傍晚五点钟那趟车，北平各界救国会成员，一拨三十多人呢。我提前租了英租界工部局大卡车，到时候车上插着英国米字国旗，躲过日本人的耳目！老燕激动地拍着俞明喜肩头道，这是铁定的任务，你回去准备吧。

我不能肩膀上插满英国旗吧？我再扎上靠，那就成了洋鬼子挑滑车，还不把京戏票友们气晕了。俞明喜诙谐地说着，其实是给自己鼓劲儿。他确实没有单独执行过任务。

我总忘了还你那双布鞋，真不好意思。他跟老燕握手告别。老燕乐观地说，等到赶走日本鬼子那天，你送我一双皮鞋吧！

俞明喜走出小仓库，老燕又叫住了他。嗯……自打全市学生大游行以后，很多学生对你冷淡了，是吧？

俞明喜既惊诧又委屈地说，是啊！就连老师们都不爱搭理我了……

老燕站在小仓库暗影里说，你没有参加这次抬棺大游行，我们四处散布你胆小怕事退缩了，故意把你弄成灰色人物，这是组织对你的保护啊！

噢！敢情这样啊……站在小仓库门外阳光里，俞明喜仿佛看见智谋高深的诸葛亮，挺崇拜的。

走出三条石秦记铁铺。大街上一派萧条，只有桅灯厂还在发货。日本占领军强令全市街巷晚间亮灯，以便于捉拿抗日分子。维持会大小汉奸们挨家挨户催办。桅灯成了俏货。

俞明喜有时性情急躁，但是做事认真。既然接受任务，便有了心思。北平同志们后天就到，我得先去老龙头火车站探路踩道。

老龙头火车站，地处意租界与俄租界间隙里，好像上下齿间露出的吞尖儿。苏俄时代俄租界已然归还中国。意大利跟日本则是盟友，日本人在意租界行动，就跟二弟去大哥家吃顿饭似的。

俞明喜来到老龙头火车站，观察地形。出站口对面是行李房。行李房东侧有一条石子小道。他沿着小道走向深处，来到空旷清静的小场院，这是邮局后院。从后院进入邮局，穿堂而过从正门走出。

站在邮局正门台阶上，他看见老艾走进大街对面理发馆。地下工作者在公开场合相遇，彼此都是陌生人。看来同志们都参加了这次转移行动。

一声尖锐的哨子响，两个黑衣警察追拿一个乡下打扮的小伙子，从邮局门前跑过去。小伙子冲进候车室。俞明喜不由连连摇头。你跑进候车室等于小鸟进了笼子，往西跑是栅栏门，往东跑是下九股，哪里都有铁路警察把守。

这次转移北平同志的行动，难度不小。俞明喜把地形路线记在脑子里，心思更重了。他徒步赶往兰心票房了。

一路上，老燕的叮嘱响在耳畔：你已然打进兰心票房，就要立稳脚跟。丁恩正社会背景复杂，你首先要保证不暴露自己，然后摸清他的脉络。那里肯定有我们需要的情报。

是啊，今后我就单兵作战了。俞明喜在大街上买了两个素馅包子。师道尊严，翟白丁校长生前多次叮嘱青年教师们。于是俞明喜躲到老刀牌烟卷广告牌子后面，三口五口吃下两个包子，掏出手绢擦了嘴，沿着边道朝前走去。

几个淑德女中的学生迎面走来，其中就有丁小夏。她们远远看见俞明喜，立即横过马路走到对面去了，分明是在躲避他这尊瘟神。俞明喜内心释然。我已经是胆小怕事的灰色人物了，爱国学生们瞧不起我，理所应当。

今天礼拜六。俞明喜奔向兰心票房。七七事变以前兰心票房里八面来风，七七事变以后兰心票房里来风八面，一切照旧。英法租界的洋行职员，德意租界的报馆记者，比国电灯电车公司的技师，俄国领事馆的厨子……各色人等，你来我往，莫谈国事，进门唱戏，皆为票友。好像从来没发生战争，堪称世外桃源。其实，这里既不世外，也没有桃。

大街上，一个姑娘从济世堂大药房出来，扭摆着腰肢走在前面。她的布衫被汗水溻透了，看着特别辛苦。俞明喜觉得这湿漉漉背影有些眼熟，快步赶上去。

果然是祁春芬。她面容憔悴衣裳破旧，几乎没了初次见面留下的刚强印象，满脸窘迫无助的表情。大街上意外相逢，她立即振作起来，却显得措手不及。打从七七事变日军攻占天津，俞明喜没顾得去祁家探望，但知道祁秋月依然未归。

家里出了事？俞明喜看见祁春芬手里攥着药方子，关切地问道。

祁春芬低头无语。俞明喜急得大声追问。祁春芬猛然抬头说，这不关你的事儿！说罢转身跑了。

俞明喜快步追赶上去。祁春芬穿过小马路终于被俞明喜堵在街角。过午的阳光照耀着这两个年轻人。

你手里拿着药方子，是不是你病了？俞明喜忘记自己是外人，问道。

祁春芬双肩颤抖着哭泣起来。这时候俞明喜清醒了，东瞅西瞧望着行人们，一时不知所措。

一个拾破烂的老太婆热心为俞明喜出主意说，大太阳底下，有话跟你媳妇回家说去！

祁春芬听了双手捂脸，羞得不哭了。俞明喜不由倒退两步，也涨红了脸。

我妈瘫了……祁春芬急于摆脱窘境，主动说了话。日本人打天津，大炮震塌邻居房子，我妈又惊又吓，半身不遂了。这两个月我辞了工，在家伺候我妈……

那就赶紧看病吃药啊！心急如焚的俞明喜的薄布大褂溻透了，搓着双手。

祁春芬似乎被俞明喜的真情实意打动了，飞快地看了他一眼，又低下头去。

你是没钱抓药吧？俞明喜一下明白了。毫不犹豫掏出手绢，从组织活动经费里抻出十元法币递给她说，你马上抓药去，别误了治病！

祁春芬好像照片里的人，静止着。俞明喜急声催促把钞票硬塞到她手里，转身跑开了。

我挪用组织活动经费十元钱，一定尽快补上它。胃里装着两只素馅包子，俞明喜撩起灰色薄布大褂抬腿迈过门槛，走进兰心票房小院。

藤萝架下，光影斑驳。藤椅里坐着福大命大造化大的丁恩正。日本飞机轰炸择仁里，这位梅派青衣正在地下室寻找那瓶法国葡萄酒，侥幸躲过一劫。那幢石头楼被炸去一层，死了几个同事。如今战事过去了，日本人全面统治天津城。传说梅兰芳沪上蓄须明志。丁恩正却照旧票戏，而且越唱越像梅了。

丁恩正手持紫砂壶，嫩白面孔绽开笑容说，俞先生今天你晚了，是鄙人拿钥匙开的大门。

丁恩正是外场人，他拿俞明喜当"里子"使，却称呼他俞先生，不在嘴上失礼。俞明喜近前说，南方人很少喝香片的，您怎么改了章程？

我早是北方人了。江浙口音的丁恩正说着表情忧伤问道，你知道日本飞机轰炸南开大学，最后统计炸死多少学生吗？

俞明喜摇了摇头说不知道，光知道南开校长张伯苓和南开五虎篮球队。

丁恩正改变话题说，曹家老太太八十大寿，可巧赶上礼拜天，人家不请名角儿唱堂会，特意邀请诸位票友献艺，戏码都是福禄寿喜的折子，老太太还点了梆子腔，指名道姓让我反串一段"喜荣归"的崔秀英！

丁恩正提前进入坤角状态，跷起兰花指眉飞色舞道，曹家依照贵宾规矩备了两辆奥斯汀小轿车，专程接送。他们知道咱们票房藏龙卧虎嘛。俞先生你是龙是虎啊？

我不是龙也不是虎，是人。俞明喜随即答道，其实我是属小龙的，民国三年闰二月生的。

好！小龙也是龙哟。丁恩正笑眯眯盯着俞明喜，好像嘴里品味着青果。

俞明喜主动报告说，我在大街上遇见令爱，这兵荒马乱年头，您不要让她到处乱跑啊。

我知道小女患了单相思，喜欢那位国文教师吴先生。女孩子嘛都要经历青春期，随她去随她去吧，过了这段光景自然就淡了。丁正恩散淡地说。

俞明喜暗暗惊讶。丁小夏思恋吴荣成不是新闻，丁恩正对女儿放任自流则是令人意外了。

过两天我请吴荣成先生吃饭，劳你替我转呈请帖好吗？聚贤酒家二楼雅间。丁恩正悠然喝着香茶，活脱脱卧龙岗散淡的人。

身为人父不应干涉女儿感情生活，鄙人只想结识吴先生，交个朋结个友嘛。丁恩正说罢吩咐道，俞先生，劳你准备明天戏箱，都在东厢房里呢。

俞明喜遵命来到东厢房。兰心票房的戏衣有挂着的，有叠着的，有裹在包袱里的，仿佛当铺的仓库。他按照福禄寿喜的戏码，一件件核对着行头。不知为什么突然想起吴荣成，他苦笑了。寡妇徐凤珍对您依恋，女生丁小夏对您思恋，你们一男二女要唱花为媒啊。

从屋角找出一只大包袱，里面裹着十几件黄铜色斜襟大袄，抻出一件试试，衣长过腰。这是哪出戏里的行头？就跟来了一群喽啰似的。

拿高登？不是。连环套？也不是。安天会？更不是。俞明喜到了也

271

没想出这是哪出戏，只得死了心。

第 七 出

曹家公馆的堂会下午就开唱了，票友们粉墨登场，有戴髯口须生唱了段《甘露寺》，有画了粉脸的丑儿念了段《连生店》，还有《天女散花》和《钓金龟》，一折折好戏，各显神通，给寿星老儿增添喜庆。

京戏票友丁恩正登场，反串梆子腔《喜荣归》，一张口"突听得老崔平一声请，在上房来了我崔秀英"，把老寿星乐得颠儿颠儿的。这一乐大发了，被丫鬟搀回内宅安歇。傍晚时分，主家备了酒席酬谢票友们。俞明喜声称家里有事，卸了装洗了脸，径直返回善邻里公寓。

明天正午火车站转移北平知名爱国人士，我要做好充分准备。赶回公寓脱鞋迈进房间，随手掏出请柬递给吴荣成说丁小夏父亲宴请。吴荣成含笑说做了好几年级任教师，头一次遇到请客吃饭的家长。

吴兄，人家可是北宁株式会社财会科科长哇。日本人把择仁里炸了，不知丁恩正搬到哪儿奥飞斯去了。

聚贤酒家呗。吴荣成随口说出请柬上的地点。他的幽默逗得俞明喜哈哈大笑，忙着去厨房找吃的。吴荣成手捧《大公报》说，这几天日本人强化治安，交通要道设关立卡，连小偷都不敢去火车站了……

火车站……俞明听到这三个字，故作镇定地问道，小偷们歇工啊？

法国桥北头儿归法国巡捕管辖，大多都是安南兵。可是法国桥南头儿有日本宪兵巡逻，谁愿意自投罗网啊？吴荣成起身跟进厨房说，今天晚饭有了，你嫂子说送小虾米打卤面来。

小虾米打卤面？俞明喜知道自己又沾了吴荣成的光。打从日本人占领天津卫，便大肆使用"军票"抢购各类物资，弄得物价疯长。其实"军票"跟日元没有汇率关系，日军等于拿废纸当钞票用。这时候老百姓吃上小虾米打卤面，可谓口福了。

俞明喜懂得妇女解放的道理，也认为寡嫂有再婚的权利，听到吴荣成说徐凤珍一会儿送饭来，心里还是疙疙瘩瘩的。心思一窄，他不想吃这顿小虾米打卤面。

我怎么给忘啦！俞明喜故意拍着大腿说，丁先生让我归置曹府堂会的行头，那戏箱我要整理大半宿啊。

说着，他从厨房拿了两个玉米饼子，做出急不可待姿态说，吴兄，这月房租你替我垫上，下月发薪还你。我去兰心票房啦！

迈出房间，站在门廊里穿好布鞋，公寓杂役老佟一旁低声说，放着热面条不吃啃冷饼子，年轻人当心胃口啊。

这老头儿对自己特别关心，不论什么事都看在眼里记在心上。俞明喜说了声谢谢，快步走出善邻里。

嘴里嚼着玉米饼子想起生病的祁母，直奔向锦衣卫桥去了。大经路上，日本宪兵队的摩托车嘟嘟嘟开过来，老百姓们吓得躲到边道上不敢抬头。俞明喜感到形势吃紧，暗暗加了小心。

天黑了。俞明喜身穿灰布大褂走进祁家居住的大杂院。这里地势俗称"三级跳坑"，大街地面比胡同高，胡同地面比院子高，一下雨就往屋里灌水。大多住户为扛河坝的粗人，俞明喜的文化人装束引发小声议论。

祁母半瘫在炕上，行动不便，祁春芬立即点亮油灯。俞明喜看到邻家亮着电灯。油灯比电灯省钱。祁母言语不清，句句经过祁春芬翻译。

我妈说你是好人，拿钱给她抓药，特别感激你。祁春芬停顿了一下说，我妈告诉你我被工厂裁了，天天在家缝麻袋赚钱。

俞明喜伏身握住祁母的手说，您安心养病不要发愁，咱们总会有办法的。

祁母嘴里呜噜着，俞明喜听到"秋月"两个字，听出祁母惦念女儿下落。其实他没有停止打听祁秋月的下落，总是揪着一颗心。

我听说好多学生跑到南边去了，您放心吧。俞明喜安慰着祁母说，四川那边还是国民政府的天下呢。

祁春芬送俞明喜走出大杂院，两人在胡同口站住，不知说什么好。俞明喜问祁春芬吃晚饭没有，不等回答就把一个玉米饼子塞过去说，我还会来看望你母亲的。

祁春芬疑惑问道，俞先生，你为吗这样帮助我们呢？

因为……因为我想帮助你们，因为帮助你们是我的责任。俞明喜如实表达着心情，语气急迫。

我、我还是觉得你平白无故……祁春芬说不下去，扭头跑回胡同里。俞明喜看见她站在大杂院门外黑灯影儿，好像在抹眼泪。

祁春芬哪里知道，我对她妹妹离家不归负有不可推卸的责任啊。俞明喜快步走了。祁春芬又追到胡同口，身影融在黑暗里。

俞明喜摸黑来到兰心票房，掏出钥匙打开小院铁门，一步迈进京戏的世界。

径直进了东厢房，摸着拉绳儿扯亮电灯，一屁股坐在大包袱上，一时失忆，想不起为何跑到这儿来。噢，我不想吃嫂子的小虾米打卤面，就撒谎说去归置戏箱，中途看望了半身不遂的祁母，还跟祁春芬在胡同里说了几句话，最后来到兰心票房。

是啊，难怪都说人生如戏呢，这几天我都在戏里忙活，都快出不来了。明天正午火车站的任务绝对不能儿戏，不怕一万，就怕万一，那是八条人命啊。

假若遇到日本宪兵盘查，我怎样蒙混过关呢？俞明喜顺势躺在一堆幔布里，思索着。

人生如戏？既然这样我接着演呗。他身子腾地弹起，伸手揽过一件黄铜色斜襟大袄，伸胳膊抖袖子穿在身上，起范儿在屋里走了个圆场。

善哉！俞明喜浑身冒着大孩子气，手舞足蹈翻了个"吊毛"，之后从戏箱里抄起一支拂尘，心里闪过一个念头。

嫂子，今天小弟没吃您的小虾米打卤面，但是，明天我要找您借一样东西！俞明喜模仿京戏老生念白，之后啪地打个"旋风脚"，展示沧州老家的童子功。

过了子时，俞明喜打点停当，身困体乏打着哈欠，去西厢房睡觉了。

第二天上午，俞明喜在街边喝了两碗豆腐脑儿吃了四个烧饼，外加两个茶叶蛋。吃饱了，有力气。挎起大包袱，直奔嫂子家。

离开嫂子前往老龙头火车站，远远就感觉气氛不同以往，心里有些紧张，挎着包袱径直走进邮局。

邮局东墙下仍然坐着那位代写书信的白胡子老头儿。他不慌不忙走过去说，我要给老家寄东西，忘了带钱回家去拿，先把包袱存您这儿吧。

白胡子老头儿伸手摁了摁包袱说，只要不是烟土就行，昨天日本宪兵队逮着两个倒腾白面儿的，拉到海河边毙了。

说了声谢谢走出邮局。一辆黑色小汽车不紧不慢驶过去，甲壳虫似的。他看着这辆车停在小广场上，从车里走出三个人，下车就站成"品"字形，观察着什么。他觉得其中身穿驼色西装的人眼熟，便投去目光仔细辨认着。

是丁恩正！俞明喜慌了，下意识转过身去，躲避着这位梅派票友。

丁恩正来火车站干什么？莫非他也是来接人的……暗暗思忖着，俞明喜一时难以判断对方真实目的，便佯装懒散偷眼望着——丁恩正进了候车室。

今儿我要进站接人，躲是躲不过去的。俞明喜稳住心神，随后走进候车室，花一毛钱买了站台票，转身发现丁恩正坐在出站口长椅上。两个身着便服的男子站立两侧，但绝对不是王朝和马汉。

临近正午了。一个铁路职员手持铁皮喇叭大声告知，从北平开来的029次客车晚点十五分钟，请各位稍候。

晚点了。俞明喜感觉时间就像越流越慢的黏稠液体，渐渐凝固不动了。火车晚点，此时也该去站台了。丁恩正好似拦路石，俞明喜不知怎样迈过去。

老艾的身影在候车室门口晃了晃，又消失了。尽管单独行动各自为战，老艾的出现鼓舞了俞明喜，毕竟是自己同志啊。

这时候，有人手持站台票去进站口检票，俞明喜猛然醒悟去站台接人是从进站口检票的，便垂手狠狠掐了掐大腿，抱怨自己关键时刻犯了糊涂。

他掏出站台票走到进站口，检了票，深深呼出一口气，踏上天桥去了三站台。

今天果然不同寻常。三站台已然堆满接站的人群。俞明喜知道北平客人坐九号车厢，便站在三站台西侧，朝着东侧望去。

三站台东西两侧，中间隔着一簇簇人群。俞明喜中等身材，被遮挡了视线，只得踮起脚尖延伸目光。哦，丁恩正也来到三站台，身旁跟着两个随从。

不知为什么，他饿了。早点加了量，正午还是饿了，这是心情紧张造成的吧。他极力镇定情绪，觉得这样就省粮食了。

北平开来的029次客车喷着一团团蒸汽进站了。心儿咚咚疾跳不停地叮嘱着：俞明喜啊俞明喜，这是你首次单独执行重大任务，千万不能出现差错啊。

列车停稳，等待打开车门。俞明喜挤向九号车厢，人群闪开一道缝隙，他瞥见站台东的丁恩正。

九号车厢迟迟没有开门。丁恩正面对的二号车厢却开了门。两个白衣壮汉夹着一个紫衣男子跨出二号车厢——远远望去仿佛一只大白馍夹着一片酱牛肉。丁恩正和两个随从迎上去，三人簇拥着"牛肉夹白馍"快步朝东边下九股方向去了。

九号车厢终于开门了，乘客们拥下车来。俞明喜紧张地寻找着北平交通员。

右手拿着黑色折扇，扇面写着"静心"金字儿，左手拎着两盒北平稻香村的点心，红线绳儿捆扎着……俞明喜心里念叨着，一眼看见人群里的既定目标，逆着人流迎上前去。

他笑了笑伸手去接那两盒来自北平的稻香村点心，顺势把一个万顺成的麻酱烧饼塞进对方手里。这就完成了接头暗号。北平交通员也朝他笑了笑，小声说走吧。俞明喜看到总共八位北平同志，六男二女都是中年模样。

出了火车站，俞明喜环视四周没有发现异常情况，大步走在前面。一行人穿过小广场，从行李房东侧小道进去，来到邮局后院外头。

他小声对北平同志们说声稍候，径直从后院进入邮局。代写书信的白胡子老头儿依然坐在条案前，身旁放着那只包袱。拎起包袱道了声辛苦，俞明喜疾步穿过邮局后院，回到北平同志们面前，蹲身打来包袱皮儿，飞快地把八件黄铜色斜襟大袄依次递给他们。包袱底儿露出一副镶着照片的镜框，还有一条半尺多宽三尺多长的白布带子。

你们赶紧穿在身上！法国桥这边儿有日本宪兵巡逻……俞明喜说着，伸手将蓝布大褂下摆提到腰间，用那条白布带子扎紧，当即就从长衫变成短打扮。

北平交通员不解地问道，你让我们穿这种大袄，这是要出家啊？

对！在家戴发修行叫居士，你们就是我从北平请来的居士，现在去海河边超度我哥哥亡灵，走吧！俞明喜说着，把镶着亡兄遗像的镜框抱在胸前，这是上午从嫂子家取来的。就这样，俞明喜穿堂过厅走出邮局，带领着八个假冒居士向法国桥走去。

白胡子老头儿起身走到邮局柜台交了二角钱，不慌不忙去拨打挂在墙上的公用电话。邮局里没人听到他低沉的语音：喂，"铃铛阁"带着八件礼物去看你啦，这会儿还没过法国桥呢。

一行人来到法国桥头，几个日本宪兵跳下摩托车，伸手拦住腰扎白色孝布怀抱亡兄遗像的俞明喜，凶巴巴说了几句日语，显然是在查问。

低头看见哥哥照片，逢场作戏的俞明喜不禁悲从中来，动情落泪了。北平交通员居然会讲几句日本话，磕磕绊绊告诉日本宪兵，说有人死在海河里，居士们去捞尸地点超度亡灵，以求西方接引。

日本宪兵似乎懂得"居士"的含义。他们对六个男居士逐一搜身，之后反复打量两个女居士，终于放行了。

走过法国桥，一行人来到法租界桥段，俞明喜将早已备好的五元法币塞给身穿短衣短裤制服的安南巡捕，就沿着河坝奔向太古码头了。

来到太古轮船码头，八位北平同志顿时放下久悬不安的心，纷纷露出笑脸。俞明喜收回八件黄铜色大袄说，候船室有人递给你们船票，两点半开船去上海！

北平交通员轻松地说，谢谢你护送我们！那两盒点心就送给你啦。

目送北平同志们进了候船室，顺利完成任务的俞明喜痛快极了，心底喊出一声嘎调：叫——小——番！之后一股脑把东西裹进包袱里，起身开拔。

一群乘客提着行李奔向码头登轮，说是开往烟台的船班。俞明喜无意间发现公寓杂役拎着提包走在人群后面，惊了。咦！你这是去哪儿啊老佟？

老佟听见喊叫，停住脚步眨着眼睛说，山东老家来信，有事儿叫我回去。

那你还回来吗？俞明喜平时并未留意老佟，此时发现他确实老了，脸色晦暗，花白头发，脊背微驼，步履缓慢，早到了告老还乡年纪。

老佟注视着俞明喜，说兴许回来兴许不回来。俞明喜想起老头儿素常对自己的关心，有些伤感。你不要出来做事了，归家养老吧。

开往烟台的船班拉响汽笛，催促老佟登轮。老佟朝着青年教师挥了挥手，说以后出门不要忘了穿鞋啊。俞明喜再度被老头儿感动了，一时无语。

送走老佟，俞明喜左手拎着裹着镜框和白布带子的包袱儿，右手提着点心盒子，赶往嫂子家。上午跟嫂子借用哥哥遗照，撒谎说大悲禅院做道场，给哥哥超生祈福。自从成为地下工作者，他不断地历练，撒谎撒得比较自如了。

嫂子不曾生养，街头缝穷糊口，挺不容易的。走进小院来到嫂子家。徐凤珍正在拆洗一件灰布棉袍。俞明喜觉得这件棉袍眼熟，应当是吴荣成的。嫂子放下手里活计给小叔子斟了碗水。他咕咚咕咚喝了，打开包袱皮儿拿出镶着哥哥遗像的镜框，重新挂在西墙上，然后深深鞠了一躬，之后指着两盒点心说，嫂子你留着吃吧，京八件儿。

徐凤珍轻轻推辞着，说这么好的点心你拿回去跟吴先生吃吧。俞明喜确实饿了，还是劝解嫂子不要省吃省喝委屈自己，光照顾别人了。

看见包袱皮儿里的白布带子，徐凤珍疑惑地问大悲禅院做道场还戴孝啊。俞明喜连忙撒谎说，这是票友们唱"小上坟"用的，你留下缝穷用吧。徐凤珍接过白布抻了抻说，这是上等"十斤白"，结实着呢。

离开嫂子家，俞明喜走出胡同上了大街，感觉身后有人跟踪。他加快脚步，听到背后有人低声叫他"铃铛阁"。

回头看见老艾从大树下闪出，他笑了。老艾当头批评道，完成转移任务你就跑到嫂子家，是亲人感情第一还是革命工作第一？

俞明喜颇为不解地反问道，哎！你不会连自己同志都监视吧？

我的工作就是给自己同志望风！老艾狠狠说道，走！跟我去秦记铁铺。

过老北开摆渡，一人一分钱。上岸穿过几条小胡同，很快到了三条石普乐大街。进了秦记铁铺，小仓库门口站着老燕。

小俞你跟纱厂女工谈恋爱了吧？老燕表情和蔼。俞明喜连连摆手否认。

你一撒谎就脸红。老燕引着他走进小仓库。老艾又望风去了。

真想不到你让北平同志演了这出戏，今天顺利完成了任务，我祝贺你！

敢情上级这么快就知道啦？俞明喜感到意外，不好意思地笑了。

老燕随即转了脸色，颇为郑重地说，我们查明情况，华文书店突然遭到日本人搜查，线索是你穿了我那双布鞋……

什么？你那双布鞋还摆在我公寓门廊上呢。俞明喜好像在听一个故事，瞪大眼睛等待老燕继续讲述。

老艾带着两人走进小仓库，拎着手枪指着俞明喜说，没错！就是你暴露了组织联络点，你不承认今天走不脱的！

俞明喜从未见过这种阵势，被吓住了。他觉得自己在一场噩梦里，盼望快快醒来。

老燕踱步说道，我的那双布鞋里垫了鞋垫。书店小伙计生活节俭，这双鞋垫是他用废旧蓝布书套做的，上面印有华文书店广告，有人把这双鞋垫交给日本宪兵队，它就成了敌人顺藤摸瓜的线索。

大街上店铺招牌广告林立，日本人怎么偏偏搜查华文书店呢？俞明喜仿佛面对一道数学难题，颇为不解。

对！就是你把联络点出卖给日本人，所以暴露了，你快招供吧！老艾挥动着手枪，另外两个人同时捋起袖口，做出准备动武的样子。

俞明喜困惑地望着老燕说，我要是叛变了，根本用不着那双鞋垫嘛！我直接报告日本人就是了。

老燕忍不住笑了，抬手指了指老艾说，我不让你上演这出诈戏，你就是不听，现在被人家问住了吧？你回答小俞吧！

老艾确实被问住了，气哼哼翻了翻白眼，蹲在地上不说话了。那两个捋起袖口的同志也蔫了。老燕低声命令道，你们仨出去吧，注意警戒！

俞明喜并不感到委屈，反而觉得好笑。老燕拍着他肩膀说，你回忆一下，前些天谁有机会接触那双布鞋？

谁？俞明喜思忖着，依次说出三个人：室友吴荣成，公寓杂役老佟，嫂子徐凤珍。

你认为谁的嫌疑最大呢？老燕表情严肃道，这个人有背景，否则不会留意一双鞋垫，即使发现华文书店字样也不会报告日本人的。

俞明喜认为老燕分析得对，还是摇摇头说，我觉得这三人谁都没有嫌疑……

你太善良太正直，今后要学会识别敌我真伪，做一个优秀的地下工作者！老燕略显激动地说，我跟你说过有个老牌日本浪人，早年自费来到中国，长期潜伏天津华界，义务为日本官方搜集情况……

我记得，这家伙被日本宪兵队菊池大佐称为大和义士。俞明喜对答如流。

你记忆力很好。看来我让你混入兰心票房还是对的。老燕索性揭开谜底说，今天接到上级调查结果，这个老牌日本浪人就在你身边！他显然知道你参加了爱国学生运动，那天看到你穿着别人布鞋返回公寓，就密切监视了。他在鞋垫上发现华文书店字样，便判断这是有价值的线索，及时把情报转给日本特高科！

你说这个人……俞明喜核算着老牌日本浪人年岁，突然冲老燕惊叫道，难道是公寓杂役老佟？

老燕深沉地点点头说，上级除奸队决定明天干掉这个老家伙！

过午我在太古码头瞧见他上船走了，说是回烟台老家去！俞明喜急了。

什么？老燕也急了。这家伙真是老狐狸，我们还没动手，他先跑啦。

我平时觉得老头儿挺好的，敢情他是个豺狼！俞明喜有劲儿使不出来，用力挥着拳头。

老燕冷静地叮嘱道，这件事情高度机密，你不能跟任何人讲，包括嫂子徐凤珍和室友吴荣成。我完成转移北平同志任务之后，也要撤离天津的。你的任务是留津潜守，到时候会有人跟你联系的。

听了老燕同志这番话，俞明喜觉得自己成了没娘的孩儿，心里孤单极了。

伸手握别时老燕关切地说，你也该成个家了，有了媳妇就有人照顾你啦。

第 八 出

私立淑德女中聘请早年留学东瀛的老学究担任新校长。这位资深亲日派上任伊始实行怀柔，给教师们加了薪水。俞明喜月薪四十二元了。然而，加了薪水教师们也不买账，联名致函学校董事会，要求竖立翟白丁先生铜像，永志纪念。至于翟校长究竟被哪派势力暗杀，依然云里雾里，没人说得清楚。

日本全面侵占中国。面对华北汉奸政权推行奴化教育，女学生们成熟了许多。她们明显对俞明喜冷淡了，对吴荣成则倍加热情。俞明喜心里明白，自己没有参加那次抬棺大游行，在人格人品方面深遭诟病。反之，那天吴荣成扶柩走在队伍前列，受到好评。女学生丁小夏更是不畏人言，以向吴荣成请教地理课程为名，送来水果和茶叶，公开表示爱慕之情。

吴先生，你地理课讲到鄂西土家族群，肤色体貌与汉人无异，尤其那首《一只凤凰两个头》的土家山歌，特别好听。你肯定去过那里，山山水水都清楚吧？

吴荣成摇头否认，表示只是课本知识而已。丁小夏不依不饶说，你肯定去过鄂西，你就承认你去过鄂西嘛……

俞明喜担心丁小夏发力撒娇有碍观瞻，便起身踱出教师预备室，把地方让给这位富家小姐。

自从公寓杂役老佟突然消失，俞明喜内心自责不已。整天盼望抗战杀敌，没想到老牌日本浪人潜藏身边多年，自己却把老家伙当作好人还送饺子吃，我真是有眼无珠。幸亏上级及时查明老佟底细，否则永远蒙在鼓里。

老佟不辞而别,房东只得另聘杂役。吴荣成对老杂役的离去与新杂役的到来,似乎浑然不觉。两耳不闻事,一心只教书。俞明喜几次想问吴荣成知不知道老佟走了,都忍住了。他牢记老燕同志叮嘱,跟外人不提老佟的事情。于是,在他与吴荣成之间,那个老牌日本浪人无形地蒸发了,好像从来不曾存在似的。生活,变得比死更寂静。

今天是丁恩正请客的日子。上次发帖宴请可巧赶上突然戒严,饭局只得取消。事后得知日本宪兵队在小王庄枪毙四十五个铁路工人,全市交通干道禁止通行,连报童们都不敢上街卖报。

一再拖延,拖得天冷了。丁恩正终于再发请帖,请吴俞两位赏光。此间,俞明喜与丁恩正经常在兰心票房相遇,只票京戏,不涉旁事。俞明喜已然悟出,那天丁恩正率领部下突现老龙头火车站,不是迎接北平来的贵宾而是接收北平落网的逃犯。倘若如此,丁恩正不光是北宁株式会社财会科科长,必然另有真实身份。

老燕同志撤离天津之前,并没有给俞明喜布置具体任务,只要求避免"左"倾盲动主义,伺机发展爱国学生,等待时局好转,恢复"民先队"活动。从此,这位青年教师开始了漫长而乏味的教书匠生涯。

自从地下党组织撤离天津,便再未跟他取得联系。他记住自己代号"铃铛阁",也体验到孤儿的处境,心灵陷入深深的孤寂里。他知道,只有为理想而投身的人,才能理解这种孤寂的痛苦。每逢苦闷难以解脱,他便自责沦为平庸之徒无聊之辈。

这次丁恩正重设饭局,地点还是聚贤酒家二楼雅间。过午时分的教师预备室里,吴荣成约俞明喜傍晚结伴共赴聚贤酒家。他说下午有事,商定分头前往。

俞明喜离开淑德女中,去"祥德斋"买了一包小八件儿。物价大涨,买两包点心的钱只能买一包了。这就是大东亚共荣圈。

提着点心溜溜达达前往祁家。他很久没有快步走路了。快步有什么

283

用呢？没有。那就漫步吧。

走进这座大杂院，几个中年妇女看见俞明喜，大声议论说这小伙子又来了，手里提着点心兴许真是上门姑爷吧。

听见这种议论，俞明喜一步僵在祁家门外，窘得成了红脸关公。祁春芬迎将出来，连声邀请红脸关公进屋。

屋里站着一个身材粗壮的小伙子，满脸憨厚地冲他点头致意。祁春芬介绍这是恒源纱厂保全工李栓。俞明喜对李栓说了声您好。李栓局促地说了声您坐吧，便匆匆走了。弄得祁春芬很难为情。

俞明喜望着瘫痪在床的祁母，打开点心包递到前说，人是铁饭是钢，您多吃东西病就好啦。祁母咧嘴笑了，含混不清地说着什么。

还是由祁春芬当场直译，一大堆都是感恩戴德的话。说着说着，不知为什么祁春芬停止了，表情窘迫。

祁母不能容忍女儿终止翻译，哇哇怪叫着。祁春芬依然保持沉默。祁母急了，使劲挪动身子伸出脑袋向墙壁撞去。俞明喜探身抓住老人肩膀，回头问祁春芬这是为什么。祁春芬只得道出实情说，我妈逼着我把她的话说给你听，我没说她就急了，非要撞墙不活了。

你母亲到底要跟我说什么呢？俞明喜不解地追问。祁春芬猛地扭过脸去，低声急语道，我妈怕你以为李栓是上门儿的，其实李栓不是，我妈说要把我许给你……

祁春芬说完，起身跑到院子里去了。祁母听见女儿转述了她的心愿，咿咿呀呀叫着，对这门婚姻表现出极大热忱。

俞明喜望着半身不遂的祁母，决定主动坦白自己帮助祁家的真实原因，以求得解脱，但话到嘴边又咽了回去。他没有勇气提起那桩考试冤案，没有勇气承认自己造成祁秋月离家出走。俞明喜曾经发誓全力照顾祁家。可是此时祁母要招上门女婿，他蒙了。

快步走出这座令他难堪的大杂院，逃兵似的来到海河边，俞明喜心乱如麻。远望西去的大太阳，他感到自己没有亲人。有嫂子，还随时都

284

要改嫁的。改了嫁就是别人的嫂子了。转念想起祁春芬，她的模样跟祁秋月很像，姊妹同心。假如我跟祁春芬结婚，就等于这辈子跟祁秋月的魂灵相伴，这是难以想象的感受。

天色转暗，俞明喜不再胡思乱想，匆匆赶往聚贤酒家。自从张杨发动兵谏，蒋介石被扣西安，时局变幻莫测。好在西安事变妥善解决，促成国共两党和谈，局势日渐明朗。俞明喜没有忘记老燕同志的话，千变万变，蒋介石"攘外必先安内"的反共政策不会变。

自从经历老佟事件，俞明喜开了窍。他不再是思想单纯的热血青年，为人添了几分定力，处世增了几分眼光。今晚丁恩正请吴荣成吃饭，他知道自己是陪客。丁恩正精神抖擞，吴荣成敦厚淡定，正好上演双龙会。

聚贤酒家离择仁里废墟不远。一群泥瓦匠在盖房子，天晚了也没收工。一个身穿白色制服的侍者迎出聚贤酒家，引着俞明喜进入二楼雅间。一张圆桌三张椅子，中西合璧的陈设。

没人。俞明喜笑了，我跑龙套当然要先上场。丁恩正与吴荣成究竟谁先上场呢？他拿不准猜不着，便从兜儿里掏出一枚五分硬币，轻轻掷到桌面上。蹦蹦跳跳的硬币终于静止了。嗯，硬币说丁恩正先上场。

然而，继而走进雅间的却是吴荣成。他身穿蓝缎薄棉袍。节气未到，这装束过早了，使人以为他是畏寒怕冷的人。或许正是因为这件蓝布棉袍吧，俞明喜觉得来者不是吴荣成，而是吴荣成的同胞兄弟。

两人落座。侍者近前恭问喝什么茶。这时俞明喜看清侍者足有五十多了，显然过了勤行年纪。聚贤酒家为何不用小伙儿侍者呢？俞明喜略感惊诧。

这时候，主人上场了。丁恩正走进雅间拱手道歉说，鄙人俗务缠身来迟，一定罚酒。说着依次与二位客人握手。

吴先生，咱们以前见过面吧？丁恩正主位落座，笑容可掬问道。

可能见过，也可能没见过。吴荣成道，每年校董会恭请家长们莅临指导，丁先生赏过光吗？

丁恩正眨着一双充满血丝的圆眼睛，容易被人联想到古董店遗失两颗朝珠。睡眠不足的他连声招呼烫酒，南人不乏北人豪爽。吴荣成打量着酒瓶转目丁恩正说，我素常滴酒不沾，只能以茶代酒略表谢意。

你素常滴酒不沾，今天不同素常啊。丁恩正打开话匣子，一口蓝青官话道，对酒当歌，人生几何，置身乱世，以酒为乐。素常不饮，今天要喝！

俞明喜听了觉得可乐。丁恩正分明是南方人，说起话来好像北方数来宝。

丁恩正继续说，晚宴我安排好了，饮煎茶，用清酒，喝味增汁，还在日租界樱花料理店订了寿司，一会儿送到。今晚体验东瀛风味！

丁先生喜欢日餐啊？我认为日本清酒没有中国白酒有力道。吴荣成接过主人话题，发表评论。

哈哈！吴先生露了破绽吧。你滴酒不沾怎晓得白酒比清酒有力道？人撒谎要罚酒哟。丁恩正得意地叫道。

从前，我是个酒鬼，无一日不醉。已然十几年滴酒不沾了。吴荣成从容不迫说，倘若今晚丁先生强人所难，吴某只能告退了。

既然如此，今晚我与俞先生对饮，吴先生作壁上观吧。丁恩正招唤侍者给吴荣成端来日式煎茶。

作壁上观。这句成语出自项羽本纪吧？"及楚击秦，诸将皆从壁上观。"吴荣成悠悠念出原文继而解释道，壁是营垒。这句成语是说坐观成败而不肯援手。今晚丁先生以作壁上观形容我，并不恰当啊。

国文教师真是博学强记，随口说出典出何处。俞明喜暗暗佩服吴荣成，主动凑趣道，吴先生并非作壁上观，我与丁先生对饮也并非鸿门宴上。否则，孰刘孰项啊？

在下得罪吴先生啦！丁恩正承认用典不当，自罚一盅清酒说，当今天下大势，请问孰刘孰项？

我记得丁先生是在北宁株式会社任职吧？请问孰华孰日？吴荣成反问。

时下中日交兵，战火不断，我正要请教吴先生对局势的看法呢。丁恩正说着招呼侍者端上日式烤鳗鱼和生切番茄片。

聚贤酒家多年经营鲁菜，今天全然日式。丁恩正这是翻天覆地啊。俞明喜觉得此公不像这里的食客，倒像这里的老板。

年近花甲的侍者静立旁边，注视着客人用餐。吴荣成抄起细脖调味瓶，在生切番茄片上撒了一层细盐，慢慢享用着。俞明喜吃着日式烤鳗鱼，不明白吴兄为何先用番茄开道，而且用盐。

看到俞明喜不解的目光，吴荣成并非卖弄地说，当年哈尔滨的俄国老毛子吃番茄就是用盐调味的。

我听吴先生有东北口音，您赶上日俄战争攻打旅顺口了吧？丁恩正问道。

这时候，从日租界预订的寿司到了。吴荣成放下筷子扭头看着黑色托盘说，这是樱花料理店做的。

丁恩正微笑答道，不是宫岛街那家，是曙街。请吴先生慢慢品尝，我还恭候您的高论呢。

吴荣成打量着多种口味的美食，伸手取了那只顶着鲜亮鱼子的寿司，持在拇指与中指之间，食指微微跷起。老年侍者趋前近身添了日式煎茶。吴荣成下意识闪动肩头，目光投向丁恩正。

既然丁先生关心时局，我就放胆妄言了。吴荣成徐徐将寿司整体送入口中，那手法好像往容器里放置一枚袖珍炸弹。放置完毕缓缓咀嚼，之后闭目静气说，我听到一种言论，称中国为一片桑叶，日本乃一只蚕。蚕食桑叶，自然天道。这是庸人之论。时下中国局势，尚未明朗。九月二十三日蒋介石先生发表"对中国共产党宣言的谈话"，似乎标志着国共合作开始……

啊？俞明喜颇为意外地注视着吴荣成，觉得他不是国文教师了。

287

吴先生见解独到，思想深刻，令人佩服。丁恩正兴趣盎然，示意老年侍者奉上味增汁。

俞明喜反而觉出鸿门宴气氛了，开口阻止吴荣成说，你一介书生与世无争，莫谈国事啊。

吴荣成充耳不闻说，我只是普通国文教师，中国文人素有文以载道传统，修身齐家治国平天下，理当关心国家民族大事。

丁恩正再度请教说，一旦国共实现合作，共产党军队整编为国民革命军，他们也算归宗了吧？

吴荣成一边取食烤鳗鱼一边评论道，兄弟阋墙，自古难免。我倒想请教丁先生，你是亲国还是亲共？是亲华还是亲日？

问今是何世，乃不知有汉，无论魏晋。丁恩正讳莫如深说，我是生意人，不亲国不亲共，不亲华不亲日，只亲钞票。

那你是亲法币呢还是亲银联券？吴荣成从容追问。

丁恩正举起酒盅说，世界上任何两种货币间，必然存在汇率，你问我亲法币还是亲银联券，我亲汇率就是了。

沉默了一会儿，有些像两出戏之间的换场。你们都记得那次全市抬棺大游行吧？丁恩正转变话题说，中共地下党居然发动南北两路学生给CC系分子翟白丁送葬！你们说这是共产党不明死者真实身份呢，还是有意表达国共合作意愿呢？

俞明喜暗暗吃惊，故意做出天真无知的样子。你说翟校长是什么分子，CC系？

吴荣成温和地笑了。敢情翟校长是CC系分子，怪不得报纸上说日本人派汉奸刺杀了他。

丁恩正突然说，日本人刺杀翟白丁是灭口，为了保护已经暴露的谍报员！

谍报员？俞明喜当即想起乘船逃走的老佟，同时揣测着丁恩正的真实身份。CC系？复兴社？肯定不是青红帮……

一个人的真实身份，那是很难说清楚的。吴荣成扬手招呼老年侍者，给他斟满一盅清酒。

看到客人突然有了酒兴，丁恩正兴奋了，静静注视着吴荣成。

不论翟白丁先生什么政治背景，只要他是中国人，我们就要祭奠他。吴荣成说着将手里一盅清酒泼洒地上，然后双手合十。

丁恩正跷起大拇指，连连高声叫好，如同坐在戏园子捧角儿。

俞明喜低头喝着味增汁，心里说老燕同志肯定不知道翟白丁的真实身份，否则他是不会同意全市学生抬棺大游行的。

这顿日式晚餐临近尾声，丁恩正意犹未尽，又唱了那段梆子腔《喜荣归》。他兴致勃勃给吴荣成讲解剧情说，书生赵廷玉考中进士，故意衣衫褴褛回到崔家。岳母嫌贫爱富，不明就里逼他退婚。赵廷玉乔装的乞丐，扮得真像啊。

酷爱京戏的丁恩正，近来经常反串梆子腔，而且总是这出《喜荣归》。俞明喜以为丁恩正转为梆子腔票友了。

主人送客。丁恩正走出聚贤酒家大门拜托道，小女在贵校求学，还望二位多加教诲啊。说着扬手叫了两辆洋车，还让部下付了车钱。

一前一后，两辆人力车停在善邻里胡同。吴荣成下了车回味道，那位丁先生在北平生活很多年吧？天津把人力车叫胶皮，北平才叫洋车呢。

噢！北平把胶皮叫洋车啊。看来人的习惯很难改变的。俞明喜附和说，吴兄对人物细节观察入微哟。

去年我在北平西四牌楼叫一辆胶皮，车夫听了就说您是天津人吧。吴荣成详细解释着，抬手叩了叩公寓院门。新杂役应声开门了。

俞明喜趁机问道，老佟走了，也不知道他什么时候回来。

老佟……你是说那老杂役，他还回来吗？吴荣成走上门廊脱了鞋，进了房间。

洗漱完毕，两人拉开被褥，闭灯安歇了。黑暗里俞明喜问道，丁先生为什么安排日式晚宴招待咱们呢?

他在北宁株式会社供职,这名字像是日本公司。如今喜爱日本料理的人不少,也是殖民地的时尚吧。

俞明喜接着请教道,吴兄,这顿日式晚餐味道纯正吗?比如那盘寿司。

我又不是日式美食家,囫囵吞枣吃不明白。吴荣成睡意蒙眬地说,想吃北平的炸酱面……

不等说出炸酱面的菜码儿,俞明喜便听到吴兄入睡的鼾声了。

躺在榻榻米上难以入眠。俞明喜根据丁恩正透露的点滴消息,梳理思路分析着:如果翟白丁真是 CC 系分子,当他发现身旁的日本谍报员,必然暗暗监视着。日本特高科得知谍报员暴露的消息,便派出汉奸刺杀翟白丁以灭口……对啊,老燕同志说过那个汉奸外号瘦狗,完成任务逃到北平去了。

北平……丁恩正从 029 次客车接收的那个紫衣男子正是从北平押解回来的!他不会是在北平落网的瘦狗吧?如果他是瘦狗,那么丁恩正不是 CC 系就是复兴社,二者必居其一。虽然这两个特务组织历来不睦,但都是国民党鹰犬啊。

再者,丁恩正说日本人杀翟白丁是灭口,那暴露的谍报员是谁呢?是逃走的老佟还是另有其人?

此时,单兵作战的俞明喜面对复杂的敌情,觉得自己好像黑夜汪洋里的一叶孤舟,内心非常想念老燕同志。

第 九 出

《庸报》头版右下角刊出新闻,日前学运分子景姓秀兰者被日本宪兵队逮捕,翌日即遭杀害。看到这条消息,俞明喜躲到校园角落里哭了。他打知道景秀兰被日本飞机炸伤了,看来也是留津潜守,不幸被捕为国捐躯了。

老燕同志什么时候回来？民先队什么时候恢复活动？我跟组织失去联系，只能阅读平津两地报纸了解时局。有些汉奸报纸颠倒黑白混淆视听，令人迷雾难辨。

最难辨认的是女学生丁小夏。她几乎判若两人了。以前她迷恋吴荣成，经常往教师预备室送礼物，好像一只衔着花籽飞来飞去的小鸟儿。这几天小鸟儿改变飞翔方向，栖落在俞明喜桌前谈心了。临近西俗圣诞节，丁小夏专门送来贺卡，上面写满"你是爱国青年的楷模，你是国家未来的栋梁，你是我追随学习的榜样"的热烈语言，还邀他去英租界维多利亚咖啡厅共度平安夜。俞明喜担心这只小鸟儿是猫头鹰孵出来的，只得哼哼哈哈，虚与委蛇。

天气暗冷。俞明喜做着这种假设：倘若丁恩正是国民党方面特工，丁小夏秉承父命潜心观察爱国教师动态。此时，她完成了对吴荣成的考察，自然淡化而出，将重点目标转向我。

当然，这只是假设。俞明喜转念想到，也可能丁小夏只是普通女学生，不过天性活泼喜欢交际而已。

礼拜六下午，吴荣成找老学究校长告假三天，说有事外出。俞明喜问吴兄需不需要代课，吴荣成说校长决定亲自代课。俞明喜叮嘱吴兄天气转冷，外出添加衣裳。

礼拜天。俞明喜在公寓里收拾东西，无意间找出那双布鞋。睹物思人，想起老燕同志，心头暖烘烘的，继而想起从鞋垫里发现线索的老牌日本浪人老佟，不禁咬紧牙关。可惜连老家伙日本名字也不知晓，将来抗战胜利了都没处抓他。

收起老燕的布鞋装进盒子里，存入壁柜。这时候，嫂子拉门进来，小叔子起身相迎，说吴先生出门办事去了。

这我知道。徐凤珍显然是有备而来，她盘腿坐榻榻米上说，那天你给我送了两盒点心，我心里挺热乎的。毕竟你是俞家亲兄弟，我有话就明说了。

我没文化，不懂得妇女解放大道理。如今日本人来了，也没听说反对寡妇改嫁，因此，我想走一步……

俞明喜明白，嫂子的心思明摆着。只是没有捅破这层窗户纸而已。今天把话挑明了，他不光认为嫂子有了出路，自己也解脱了。

徐凤珍接茬儿说，兄弟，你也知道我命苦，这后半辈子我就跟吴荣成共同生活啦。

我也不赞成妇女守寡。我只想问一句，你说跟吴荣成共同生活，是明媒正娶呢还是两人搭伙过日子？

我又不是黄花大闺女了，人家吴荣成怎样对待我都行。徐凤珍语气坚定。

嫂子真是好女人。俞明喜谨慎地建议说，不过，还是明媒正娶的好。

我想把现在的房子卖了，搬个新地方住。寡妇改嫁嘛，总不能住在老地方。什么时候卖房什么时候搬家，我听吴荣成的。我一个缝穷的娘儿们能寻了教书先生，长了身份呢。

好！嫁给吴兄好，你改了嫁还是我嫂子。俞明喜说着起身送徐凤珍出门。她站在门廊里穿鞋，真诚地注视着小叔子。明喜啊，你也该成家立业啦！

是啊！我也该成家立业啦。俞明喜感叹之余，故作漫不经心问道，你记得那天半夜送你回家的杂役老佟吧，这阵子吴兄没跟你提起他吗？

没有啊。徐凤珍不解其意说，我今儿才看见这里换了新杂役，老佟死啦？

送走了即将改嫁的嫂子，俞明喜回到房间，一眼看见吴荣成的被褥，想到这位仁兄即将从这里搬走，心情有些复杂。

走进厨房，他跟吴兄留下的气息交流着。无意间看到那只小瓮，想起里面的生腌猪皮，便好奇地打开盖子，迎着光线察看着。

咦！以前有七八条生腌猪皮，怎么只剩下三条啦？俞明喜笑了。吴兄啊，你何时贪嘴偷偷煮着吃啦？

傍晚外出去了那家熟悉的小饭铺，叫了焖饼和紫菜汤。掌柜说太素了添盘肉皮冻吧，你们吴先生经常买我的生猪皮呢，每次都让把油脂刮干净了拿走。

噢，吴兄从这儿买生猪皮拿回去腌制啊。俞明喜细嚼慢咽吃了这顿晚饭，问掌柜吴先生还喜欢吃什么东西。

米饭啊！吴先生最爱吃小站稻蒸的大米饭，他说话东北口音却不爱吃面食，真各色。小饭铺掌柜低声抱怨说，日本人不让中国人吃大米，吴先生胃口受罪了。

不对啊！吴兄经常念叨北平炸酱面，来到小饭铺反而爱吃大米饭了。这样寻思着俞明喜问道，日本人不让中国人吃大米，那大米……

他们吃啊！你不知道日本人爱吃饭团儿还有寿司，那都是大米做的呢。

我就不爱大米。俞明喜结了账，信步回到善邻里公寓。房间里冷，他找出一条线毯裹着双腿，坐在写字台前批改学生数学作业。

丁小夏的数学作业簿不像女孩子的，字母写得很大，笔道很粗，好像营造公司的绘图员。这个女学生其实挺聪明的，无论三角还是代数，稍稍用功就能考出好成绩。从丁小夏想到祁秋月，俞明喜叹了一口气。

天晚了。青年教师闭灯歇息。嫂子改嫁，吴兄娶妻。这场特殊婚姻我送什么礼品呢？干脆，我送只暖水瓶吧，祝福后半辈子热热乎乎，保持感情温度。

半夜时分，有人拉门冲撞进来。睡梦里俞明喜惊醒跃起，打开电灯发现吴荣成仰面躺在榻榻米上，满脸血污。他的右眼窝儿塌陷了，丝丝流淌着血水。

吴兄！你这是怎么啦？俞明喜跑到厨房端来一盆清水。这时吴荣成已经用手绢捂住右眼，翻身坐起，语气镇定。

俞弟你不要害怕，我走夜路撞上树枝子，一下扎破了眼珠儿。

扎破了眼珠！天啊，我马上送你上医院！意租界有家眼科诊所，大夫是犹太人……俞明喜边说边穿衣服。

小毛病不用上医院。吴荣成走近写字台，左手拿手绢捂着右眼，腾出右手在纸片上写出一连串拉丁文药名说，你从我壁柜里拿钱，去万国大药店买这三种西药，我的事儿先不要告诉徐凤珍！

这药片能行吗……俞明喜觉得扎破眼珠是大毛病，不能这样懈怠。

我学过两年医科，眼珠儿扎破了没有救！即使去马大夫医院也白搭！你快去买药吧……吴荣成有气无力地说着，依然不减男人威严。

好吧！俞明喜这次没有忘记穿鞋，冲出公寓朝着大经路上万国大药房奔跑而去。天晚了，大街上没人。两个巡逻的中国警察拦住他，强行搜身。他手里拿着药方尖声说去买药，警察被他扭曲的面孔吓住了。

万国大药房落了门板灯光昏暗，一个小窗口写着"夜间照常"四个字。俞明喜捅开小窗口送进药方，当班老店员说幸亏我认识拉丁文，你白天来还没人懂呢。

过了一会儿从小窗口递出三个小纸包说三块八。俞明喜问这是什么药。

高效止痛药，强力消炎药，还有击倒型镇静催眠药，这是"虎狼之师"，一般大夫不敢这样开方子呢。小窗口往外递出二毛钱零头。

吴兄念过两年医科？以前没听他说过。俞明喜跑回善邻里，催促新杂役开门。

房间里，吴荣成已经洗净血污，而且用绷带包扎好右眼，伤兵似的端坐榻榻米，极力保持着往昔尊严。心急火燎的俞明喜被这种强硬风度打动了，反而觉得对方更加陌生。

俞明喜斟了一杯水，按照吴荣成吩咐的剂量将八只药片放在他手心里。吴荣成一仰而尽说，你为什么不问我究竟怎样扎瞎了眼睛？

你要是愿意说，肯定会告诉我的。你要是不愿意说，我问你也不会讲的。

吴荣成欣慰地笑了。绷带的遮挡使俞明喜只能看到他二分之一的笑容。

疼吗？俞明喜冲了一碗炒面递过来说，止痛药伤胃，空腹更不好。

喝了炒面，吴荣喜说不要把受伤的事情告诉校长，这样免得人家惦记。俞明喜看出他强忍疼痛，便盼望止痛镇静药力快快发作。

不到十分钟，吴荣成说了声我困了，便缓缓歪倒了。俞明喜填好枕头盖好被子，吴兄已然沉沉入睡了。怪不得卖药的说镇静催眠药是击倒型的，跟孙二娘的蒙汗药差不多。

睡吧，睡实了就不知道疼了。俞明喜闭灯躺下，静静听着黑暗里的鼾声。

晨曦扑窗，俞明喜醒了。他以为自己是被窗外声音惊醒的，便侧耳听着。突然，房间里响起说话声。哦，原来是室友说梦话呢。看来这种镇静催眠剂药力不小，吴兄沉睡不醒。

吴荣成连续说着梦话，一连串怪里怪气的语言，含混不清却不停顿。俞明喜翻身坐起静静听着，不由惊诧地吸着凉气。他分明听到吴兄说的是日语。

沦陷以来，日方实施奴化教育，学校里强制推行日语教学，尤其老学究校长到任，更是不遗余力。什么平假名片假名，俞明喜稀里糊涂懂得不少日语。此时，他从吴荣成的梦呓里听到日语"妈妈，我想念您""我想吃人形烧""关西樱花开放了"这样的句子，其余就听不懂了。

吴兄是国文教师，他从来不懂日本语啊。那次嫂子问他杀虫剂"绝灭"的日文发音，他也说不知道。记得我跟他谈起对日语不要望文生义，比如日文汉字"手纸"是信件的意思，不是擦屁股用的。日文汉字"娘"是女儿的意思，不可弄错辈分。当时吴兄连连点头，说中日文化同源却不同流，日本把中国茶饮提升为茶道，把大米饭精化为寿司。

吴荣成继续说着梦话，好像叫着一个日本歌伎的名字。俞明喜悄悄穿好衣裳，披起棉袍轻轻溜出房间。他站在院子里，心儿咚咚跳着，好似敲响战鼓。记得念师范学校时听过心理学讲座，那位白俄男讲师操着流利汉语说，一个人永远属于童年，长大成人即使常年克制不讲母语，也会在梦境中有所流露，尤其生命脆弱之时，母语会带来安全感。我太太告诉我，我睡觉说梦话都是俄语。

　　吴荣成是日本人？吴荣成是含而不露的日本人？俞明喜内心惊悚不已，依然困惑不解。日本人以高贵种族自诩，吴荣成为何偏偏伪装成中国人呢？

　　一个人突然间变成另一个人，俞明喜不知怎么办了。上午没课，不用去学校。下午有两堂代数。他走出公寓大门，又不知去向何方，只得来到兰心票房。掏出钥匙，发现大门已经开了。

　　丁恩正站在院子里，身穿老绿色绒衣绒裤，正在踢腿练功。自从择仁里石头楼被炸，这位梅派青衣经常来到这里。

　　以前，俞明喜对外不谈及室友。此时不同于彼时，他当头就把昨夜吴荣成负伤的遭遇说了。丁恩正停止晨练惊讶地说，吴先生为人淡泊与世无争，怎么遭受如此厄运呢！他不会被人剜了眼睛吧？

　　一语点醒梦中人。俞明喜暗暗思量，如果吴荣成真是伪装多年的日本人，那么必然有着复杂背景和特殊身份，这种人物难免遭遇凶险，肯定不会是夜行撞树枝扎瞎右眼。

　　这时候，从东厢里走出个男人，也是身穿老绿色绒衣绒裤。俞明喜定睛辨认，此人正是聚贤酒家那位老年侍者。由于对丁恩正的真实身份有所预估，俞明喜面对此人并不惊异。

　　丁恩正指着老年侍者说，他在日本多年，还是中国人吧！伪装得再像依然爱吃煎饼果子大麻花。一个日本人在中国生活多年，他伪装得再像，照旧爱吃寿司生鱼片。一旦确定他是日本人，这事儿就好办了。

　　你说的话……我听不明白呢？俞明喜牢记自己是中共地下党员，假使国共合作了也绝不暴露身份。

老年侍者好像自说自话道，日本人吃寿司的姿态，中国人学不来的。

说得对！从小养成的习惯，很难不露蛛丝马迹的。丁恩正继续踢脚道，所以说童子功，带终生，今生今世莫放松。

梅派青衣又展示了平津数来宝的语言风采。不过，此时俞明喜从中听出丁恩正的弦外之音，渐渐佐证了自己的判断。

心里有事，俞明喜象征性喊了喊嗓子，就告辞了。既然组织不跟我联系，我主动到秦记铁铺附近走两圈。河里没鱼——市上看。

临近正午，俞明喜绕着三条石走了两圈，没人搭腔。他灰心丧气返回淑德女中，坐在教师预备室吃了两个开花馒头。

下午两堂代数课，俞明喜时而思维混乱时而脑海空白，把 X 当作 Y，把等式当作不等式，讲得颠三倒四，同学们交头接耳，以为老师得了大脑炎。

终于熬到下课，女生们一哄而散，只剩下丁小夏身披薄呢大衣面带微笑说，听说西北城角有一座铃铛阁，不知还在不在呢。

俞明喜愣住了。铃铛阁是我的代号啊！他边收拾教案边寻思，这兴许又是巧合，我可不能再犯祁秋月的错误了。

丁小夏目光亮亮注视着青年教师。俞明喜抱着教案走出课堂，丁小夏跟着。他只得停住脚步答道，早先有民谣说，天津卫，三宗宝，鼓楼、炮台、铃铛阁。如今有民谣说，鼓楼破，炮台老，大火烧了铃铛阁。

噢，我要非想看见铃铛阁怎么办呢？丁小夏略展风情说，下午两点我在陆家花园后门等你。

俞明喜点了点头，狐疑地望着走路身姿犹如风摆荷叶的丁小夏的背影。

独自坐在教师预备室里，俞明喜飞快地思索着。丁小夏的父亲肯定不是商界人士，北宁株式会社也只是幌子而已。历数丁小夏诸种表现，除去讲穿爱吃好交际，几乎难以概括这个女学生。不论云里雾里，真相下午两点揭晓。

有人叩门。他认为是丁小夏来了。起身迎将上去，不承想祁春芬走了进来。

俞先生，我、我不愿打扰你，可是我母亲她……祁春芬手帕掩口，语塞了。

你母亲怎么啦？俞明喜以为出了大事，紧张地退了半步。

祁春芬难堪地说，我母亲天天念叨你，非要请你去看看她……

好吧，这两天我抽空去看望她。俞明喜担心错过陆家花园的约会时间，连声许诺。

谢谢你啦。祁春芬知趣地走了，给俞明喜留下一团雪花膏的淡淡香气。

看了看挂钟，俞明喜掐算时间起身赴约。远远看见陆家花园后门，一件米色风衣掩映在蒿草丛间，俞明喜快步走过去，做好各种思想准备。

丁小夏转过身来，米色风衣里露出蓝色校服。她注视着荒芜多年的园林，开门见山说，绰号瘦狗的汉奸枪手在北平落网被押回天津，他承认刺杀了翟校长。

俞明喜没想到丁小夏当头说出这番话，一时不知如何应答。丁小夏不需要应答低声继续说，你知道被翟白丁发现的日本谍报员用什么写情报吗？生腌猪皮！

啊！心头炸开一道闪电。立即想起公寓里那只小瓮腌制的东西，原来日本谍报员是吴荣成，怪不得他说梦话讲日语呢。俞明喜受到强烈刺激，伸手扶住身边小树。

好多年了，生腌猪皮都是装在罐头盒里通过邮局寄给日本特务机关的，收件人是旭街东亚照相馆小田经理。内线说这种特制的生腌猪皮表面看不出异样，必须上锅清蒸半个钟头，日文才渐渐显现，包括原野踏勘记录和战略地形图。这是谍报界一大发明呢。

你怎么知道这些情况？邮局内线……俞明喜以攻为守，依然不暴露身份。

丁小夏笑了笑说，当然是我偷听了父亲电话。父亲曾经让我主动接触吴荣成，当时你还认为我患了单相思呢。

俞明喜适时问道，令尊他……

我父亲也是为国效忠，当然政治信仰各有不同，他信奉三民主义。

你呢？中共地下党员俞明喜步步为营，仍然不敢完全相信这个女学生。

我知道你是谁。丁小夏表情凝重说，其实我跟你不应发生横向关系，这是迫不得已的。

一个灵感闪过脑海，俞明喜猛地转换话题问道，你为什么在作文卷子里夹了十元法币呢？

当时我以为你也是"韩非子"小组的，就夹了钞票试探，结果你不懂这个暗号，我太冒险了。丁小夏说着伸出小手儿跟他握了握，道了珍重转身走了。

俞明喜没想到对方突然告别，下意识追了几步。丁小夏停步回头说，你知道那家伙从邮局寄过多少次生腌猪皮吗？十年了他足够写一本书啦！

哥哥俞明祥、温铁生、李锟、景秀兰……当然也有翟白丁，一个个死难者形象冲撞脑海，俞明喜无法抑制愤怒。那家伙从邮局寄了多少次情报，就等于杀了多少中国人啊！

俞明喜久久不能平静，独自留在陆家花园后门，一仰身躺在蒿草堆里，目光直射云天。

哎哟！那么老佟是老牌日本浪人吗？可能是，也可能不是，可能两人同伙，也可能各自单兵作战……

第 十 出

徐凤珍风风火火跑进公寓，连连催促上医院。吴荣成强忍疼痛正襟危坐，屁股好像焊在榻榻米上。他脸部斜缠右眼的绷带渗出血迹，干涸了。

俞明喜凑前说，紧邻日租界建物街上有家诊所，小岛大夫军医出身专治眼伤。

我的左眼视力不强，全凭右眼呢。吴荣成陈述着，好像面对书记官。

不要紧，我牵着你嘛。俞明喜说着拿出一根老藤手杖。这是当初老佟的遗物，前几天偶然在门房里发现的，他悄悄留作武器。

去吧！徐凤珍几乎哀求着。看到嫂子如此动情，俞明喜心碎了。寡妇即将改嫁，新夫却是伪装多年的日特分子。嫂子真是苦命人。

我去诊所可以，你不要跟着我。吴荣成军曹似的对小兵下达命令。

你嫌弃我啊……徐凤珍稍显委屈说，好吧我不跟着，就让明喜陪你去吧。

不知何时，嫂子做了一件厚厚实实的黑色棉袍，此时给吴荣成穿在身上，下身是夹裤扎角外加棉裤套，暖暖和和，去奉天都不冷。

出了公寓大门，俞明喜拎着老藤手杖，前面引路。其实他悄悄做好三种准备：从药房买了砒霜，吃饭前下毒；从马具店买了皮绳，睡着了勒杀；还有这根沉甸甸的手杖，出其不意击打后脑。不过，这三种方法都难以掩盖凶杀痕迹。老燕同志曾经叮嘱不许暴露身份。一旦涉嫌谋害室友进了警察局就麻烦了。无论怎么说，杀人这活计对他来说都是生手外行。

徐凤珍追到善邻里胡同口，给吴荣成捂了一顶"三块瓦"棉帽子，大声叫了一辆胶皮，嚷嚷再等一辆。吴荣成固执地坚持步行，径直朝前走了。走了几步被路边砖头绊了个趔趄。徐凤珍惊叫，你别逞能让明喜牵着走。

嫂子显然进入吴荣成的贤妻角色。俞明喜不动声色握着杖头前面牵着，吴荣成攥着杖尾后面跟着，一路朝着日租界方向去了。

吴兄不要着急，离日租界越近越安全。俞明喜话里有话说道。他知道自己关键时刻容易心软，便极力调动内心仇恨。想着东北"九一

300

八"，还有上海"八一三"。

吴荣成被厚厚的棉袍裹着被肥大的棉帽捂着，步履迟缓好像从深山押入都市马戏团的黑熊，身形笨拙显得疑虑重重。俞明喜想到这只黑熊藏有豺狼之心，暗暗骂了句脏话。

前往临近日租界的建物街，俞明喜选择从东浮桥过海河。天气冷了，即将进九。河面覆着薄冰，好似覆了一层糯米纸。他引着吴荣成从左侧人行道走上这座名为东浮桥的钢铁大桥。

这时候的俞明喜，不知道十二年之后，解放天津的中共第四野战军将会师东浮桥；也不知道四天之前，复兴社华北分社天津行动组长丁恩正派人扎瞎了吴荣成右眼，以此诱饵吸引前来援救的日特分子；更不知道此时此刻，东浮桥上叫卖红眼银鱼的汉子是国民党蓝衣社特务，时刻监视着吴荣成动态。然而，丁恩正并不晓得吴荣成是志愿者独行侠，永远也不会有同伙的。

苍天有眼。假如从右侧人行道上桥，俞明喜肯定不会遇到那段缺失的桥栏。维修工人拉上一根草绳充当临时桥栏，跑去撒尿了。俞明喜看见草绳，心里打了个冷战。这是哥哥冤魂未散，为我提供杀敌复仇的良机啊。

一步步走向草绳替代的那段桥栏，内心的深仇大恨驱使俞明喜冷静下来。他牵着老藤手杖暗暗掐算距离，就像小时候玩耍"侦探拿贼"游戏那样。

你去死吧，吴兄。俞明喜充满戏谑心理，把吴荣成牵到这段草绳中间位置，猛然回身用力推搡——这位志愿效忠日本天皇的民间特工，一头栽了下去。

吴荣成死死握着老藤手杖，黑色躯体垂直落下，扑通砸破糯米纸似的冰层，没了踪影。

你他妈的就是会游泳，棉袍棉裤棉鞋吸水也会让你沉到河底的！俞明喜心里痛骂着，脸色酱紫，目光冰冷，呼吸急促，浑身颤抖，死死盯着冰封河面，忘了应当立即逃走。

一声女人尖叫，好似一只大脚踩了母鸡脖子。俞明喜扭头看见徐凤珍冲上前来——原来她一直远远跟在后面。

徐凤珍跳脚大骂。你这挨千刀的！你为吗推他下河啊？你淹死他啦……

嫂子一头撞过来。俞明喜仰身跌倒在桥栏前。他从未见过嫂子如此撒泼，头脑倏地清醒了。人群聚拢围观着。一声警哨响起，两个黑衣警察拨开人群挤进来。徐凤珍指着小叔子说，他推人下河！他推人下河！

警察一听这是人命大案，押着俞明喜直接送到水阁大街天津警察局。俞明喜挣扎回头看了嫂子一眼，知道这件事情是永远跟她说不清楚的。

被推进小黑屋关起来，俞明喜并不惊慌。今天除掉潜藏多年的日特分子，我付出多大代价都值得。这样想着颇感欣慰，靠坐墙边睡着了。

不知过了多久，俞明喜被拖了出去。瘦脸警官手里拎着皮鞭，问他是压杠子还是喝辣椒水。他闭口不语。瘦脸警官拿过笔录说，你嫂子告你谋害她未婚夫，你快招供吧。

这番话提醒了俞明喜，他想以小叔子不容嫂子改嫁为由，承认自己推吴荣成下河。转念想到自己是中共地下党员，绝不能给组织带来任何麻烦。索性概不认账，反而指责徐凤珍刁妇诬告好人。

瘦脸警官挥起皮鞭说，你不吃顿皮鞭炖肉不会实招啊！说着两个警察把他摁在地上扒去棉袍，牢牢捆在立柱上。

你们打人逼供犯律条，我要告你们私设公堂拷打良民。俞明喜把舌头磨成刀子，大力施展语锋刺向对方。

教书匠就是能说，我们攒钱买你的嘴！两个警察轮番挥鞭抽俞明喜。打一鞭，叫一声，俞明喜疼得想死，就是不改嘴。

遍体鳞伤。两个警察把他扔回小黑屋说，打你打得累坏身子，赶紧叫家属送钱来，让我们哥儿俩滋补滋补。

我没家属！累死你们活该！俞明喜使足气力喊着。这两个警察嘀嘀咕咕说，这小子挺硬，跟前几天那共产党差不多。

听到警察拿自己跟那共产党相比，俞明喜心里说老子就是共产党，说出来吓死你们！

他疼得昏过去了。醒来又被拖出小黑屋，明亮光线刺得睁不开眼睛，却听到熟悉女声说话，抽泣着要求具保放人。他朦胧意识到这是祁春芬的声音。

你们光凭那个有着利益关系的女人口头诉状，就随意抓人打人残害人，我是律师我要控告你们！这是操着广东口音国语的男声，据理力争着。

寡妇嫂子状告小叔子，掉河里那主儿兴许是奸夫！这是瘦脸警官声音说，好吧好吧，具保放人！不许离开天津卫。

光线更强了。他感觉被抬出警察局，晒到阳光下了。一路颠簸浑身生疼，他又昏过去。再次醒来，睁眼望着熏得微黄的屋顶，外面传来小孩儿嬉闹声。祁春芬端着小碗一勺勺喂水说，这是白糖水，喝了败火。

我知道你想问我来龙去脉。病人说话伤气，你听我说吧。一个姓丁的女学生跑来报信儿，叫我去警察局保你。我去了不顶用，请了律师蔺先生，他在工人俱乐部教过我们识字。他交涉了两次就把你保出来了。这间屋子是我新赁的，也在这座大杂院里。南屋里躺着我妈，北屋里躺着你，我一天伺候俩人儿！

谢谢你救了我……俞明喜觉得祁春芬心直口快，忙里忙外挺辛苦的。

你得感谢那个姓丁的女学生，人家要不跑来告诉我，你兴许死在小黑屋里啦。祁春芬说着把小木盆放在床前说，你要尿尿就说话，我出去。

俞明喜红了脸摇了摇头说，那个女学生叫丁小夏，不知她从哪儿得到我进了警察局的消息。

哦，就是这个丁小夏，她特意让我转告你，说她离开天津走啦。

好啊。俞明喜当然明白丁小夏的意思，只是内心存有疑虑。丁恩正肯定是国民党方面的，他女儿会不会是双面人物呢？

伤筋动骨一百天。俞明喜只伤了皮肉，用了金家窑苏先生的药，一个月就试着下地行走。他突然想起徐凤珍。祁春芬伤感地说，你嫂子疯癫了，整天大街上乱跑，嘴里不停地叫着什么吴先生。

俞明喜黯然神伤。嫂子不明底细痴迷日特分子，这辈子算是毁了。他忍着伤痛挪到南屋看望祁母，发现老人家病体衰微宛若残灯，看来命不久永。

你、你不娶春芬，我、我死也闭不上眼……祁母顽强地说出这句话，不拖泥不带水，让俞明喜听得清清楚楚。

俞明喜心里犹豫了。我是中共地下党员，生活大事应当向上级报告的。可是组织在哪里呢？

祁春芬吓得小声说，我妈说话这么清楚，兴许是回光返照吧？

老燕同志撤离天津时特意嘱咐我该成家了，还说娶了媳妇就有人照顾我了。俞明喜想到这里心里踏实了，注视着即将撒手人寰的祁母，俯下身子凑到老人耳边说，您放心吧，我娶春芬！我一定娶春芬！

祁春芬一旁低声抽泣。祁母心满意足地点了点头。俞明喜扑通跪在地上，祁春芬也随着跪下了。

祁母清晰地吐出最后一句话：你两人，多般配啊……便缓缓闭上眼睛。

办完丧事，过了"七期"。兵荒马乱年头，俞明喜跟祁春芬在大杂院里散了喜糖，接受着邻居们的吉利话儿，就算是婚礼了。当晚小夫妻睡到那间北屋里。祁春芬表示服丧期间不能合房，便分别躺在两床被窝儿里，形同壁垒。关灯睡觉俞明喜听到妻子轻声问道，你真的没把那人推到河里？

他不愿新婚之夜就撒谎，沉默不语。黑暗里祁春芬表态道，不论你推没推那人，我都跟你一条心！

想起那条奔腾东去的海河，便想起下落不明的祁秋月。俞明喜心里说我要把对祁秋月的愧疚化作对祁春芬的感情，好好待她。

纱厂工人俱乐部替我跟厂方交涉，争取让我回去上班！祁春芬激动了，忍不住去抓丈夫的手。

工人俱乐部？看来天津工人运动并没有停止啊。俞明喜暗暗受到鼓舞，心气儿高涨了。

二月二，龙抬头。吃过蒜汁麻酱煎焖子，祁春芬回厂上班了。俞明喜身体复原，重返淑德女中教书，还是小代数和三角。丁小夏果然走了，教室里没了她的身影。

校园里弥散着吴荣成落水身亡的各种传闻，弄得俞明喜成了重大嫌疑人。不过他心里有底，日本宪兵队是不会来抓自己的，因为他们从来不知道吴荣成就是那个潜伏多年寄送生腌猪皮情报的志愿谍报员。

老学究校长召俞明喜谈话，了解各种传闻里的真相。他只得撒谎，告诉校长吴荣成去日租界治疗眼伤途中失足落水，人没了。

翟校长不在了，吴先生也不在了，这二位生前是否属于对立派人物？老学究校长竟然提出这个切入实质的问题。

人生在世，各有志向吧。俞明喜意味深长地答道，起身告辞了。

没到端午节，祁春芬天天想吃粽子，馋得要死。大杂院妇女们告诉俞明喜兴许媳妇有啦。他又惊又喜，恨不得立即向上级组织报告，内心越发想念老燕同志。

时光如流水。祁春芬生了个大胖小子。出了满月，那位蔺先生竟然上门祝贺。他是执业律师，也是恒源纱厂工人识字班兼职教师。趁着祁春芬在屋外烧水，蔺先生低声说鼓楼问候你，炮台约你这月初八晚间六点钟，秦记铁铺见面。

听到这两个代号，俞明喜上前紧紧握住蔺先生的手，激动得说不出话来。蔺先生极其冷静，操着广东口音国语说，我到警察局保你时，还不知道你真实身份呢，你有个好妻子啊。

不等祁春芬烧开水，蔺先生便告辞了。俞明喜知道从事秘密工作不必客套，也就没有执意挽留。

度日如年。终于熬到约见的日子，晚间六点钟俞明喜准时走进秦记铁铺小仓库。代号炮台的老艾点亮油灯。这灯光再次令俞明喜想起自己入党的情景，泪水充满眼窝儿。

老燕好吗？俞明喜开口就问。老艾明显瘦了，却保持不苟言笑的习惯，跟他握了握手说，老燕在冀中呢。你的情况我都了解，留津潜守表现不错，还除掉一个日本奸细。

请组织给我分派工作，我都要憋屈死啦！俞明喜环视着小仓库，真希望老燕同志突然出现。这时老艾开始传达上级指示，一部分同志返回天津，重新组建民先队，恢复地下活动。同时，从天津调派一部分同志去迁安、滦县、丰润、玉田四县，准备参加冀东抗日大暴动。铃铛阁的任务是去开滦林西煤矿加入节振国的矿工暴动队，起文化鼓动作用。

太好啦，请组织马上给我开介绍信，我缝在鞋里明天就走！俞明喜攥着拳头，活像盼望过年的孩子。

你还没有吸取鞋垫事件教训啊？老艾拿起一把小刀，拉过俞明喜左手冲着小臂一划，一道鲜血立即涌出。

这就是最好的介绍信！老艾从衣兜里掏出一包儿白色药面撒在刀口上，立即止了血。看来老艾早有准备，变戏法似的抻出一条白纱布，包扎了他手臂。

林西方面看见刀疤，你报出代号他们就接纳你了。老艾突然激动起来说，日本宪兵专门搜查缝在鞋里的东西，火车站抓着五个，都毙啦。

告别老艾离开秦记铁铺。明天就去开滦了，他过了摆渡专程去堤头看望嫂子。进门看见徐凤珍坐在炕头，低头缝补着一件对襟短袄。小叔子认出这是吴荣成的遗物，觉得嫂子太可怜了，又没办法搭救他。徐凤珍神志不清，一边缝补一边怪异地笑着，陶醉其中。他给嫂子鞠了一个躬，走了。

回到家里，告诉妻子明天外出办事儿，兴许十天半月回不来。祁春芬露着乳房给孩子喂奶说，你要是跟蔺先生那样为工人们去办事儿，我等你一辈子。

俞明喜听了这话，凑上去亲了亲她的脸蛋儿。他是个不善温存的人，此时猛地将妻儿揽在怀里说，我还没给咱儿子起大号呢。

你是个好人！我妹妹比我有文化，她要是活着肯定也愿意嫁给你的。祁春芬说着，小声哭了。

俞明喜使劲儿抱住妻儿，沉默无语。一家三口相亲相爱紧紧依偎，像黑夜般结实。

善解人意的祁春芬及时扭转气氛说，上马的饺子下马的面，我去找大妗子借一碗白面，明儿包饺子给你送行。

第二天上午，俞明喜吃了一大盘白面饺子。祁春芬说原汤化原食，让他喝了饺子汤。妻子给他带了两件换洗的衣裳，还塞了两块钱，说穷家富路。他走出家门猛然折回，抱住妻子亲了一口。祁春芬害羞地说你不怕邻居看见啊。他又猫腰亲了儿子一口，扭身走了。

老龙头火车站有汉奸警察检查行人，日本宪兵三步一岗五步一哨，一个个就跟萝卜头儿似的。果然搜身也搜鞋袜。俞明喜暗暗庆幸，买了去唐山的火车票。

他知道走京山线唐山大站查得严，决定提前在胥各庄小站下车，宁可步行前往林西煤矿。

火车到了胥各庄，几个从天津来的男人也下了车，都是生意人打扮。俞明喜跟随后面出了站。一个戴礼帽佩墨镜穿大褂的男子迎上前来，把那几人引走了。俞明喜觉得这人眼熟，心头一惊。

他不会是吴荣成吧？俞明喜快步拐过街口，从侧面观察着。他妈的，要么是吴荣成鬼魂现身，要么就是吴荣成没死。

不行！只要这家伙还活着，就会祸害我们。俞明喜看见吴荣成雇来一辆骡马大车，催促那几个人上车。

你在明处，我也不用躲在暗处。今天我跟你唱二进宫啦。俞明喜索性追上大车，纵身跃上车尾。那几个人以为他是同行者，彼此不言语。吴荣成侧身坐在前面车辕上，好像没发现多了一个人。

骡马大车走到天黑，远山朦胧。人们下车，吴荣成摸黑摘下礼帽脱下长衫，换成庄户短打扮。多么熟悉的动作啊！包括浑身散发的气息。俞明喜认定这就是吴荣成。他妈的，天津海河怎么没有淹死这个日本鬼子呢。

307

吴荣成从包袱里掏出高粱饼子，一人一份。俞明喜伸手去接，吴荣成愣了一下。俞明喜趁机与他对视，黑暗里对方毫无反应。

　　上路了。月光下，他看到吴荣成前面引路，手里拄着的竟然还是那根老藤手杖。这日本特务太自大了，一丝一毫不肯改变自己，狂妄地行走在中国土地上。

　　走到半夜，一行人困乏了，有人小声哼哼"大刀向鬼子头上砍去"的歌曲，俞明喜顿时明白了，这些人也是前往冀东根据地的抗日爱国分子。只是跟自己报到的地点不同而已。想到这里，他猛然意识到自己违纪了，没有直接去林西煤矿，却跟随吴荣成来到陌生地方。

　　终于走到天亮，又有骡马大车来接了。俞明喜大步走上前去，挑衅般寻求对视。一副墨镜遮着吴荣成眼睛，他好像对俞明喜的存在浑然不觉，环顾左右招呼人们上车。

　　他妈的，这家伙不敢跟我对视。俞明喜感到气愤的同时也感到失落，仿佛失去决斗对手。血气方刚的青年教师思索着，如何揭穿这个日本特务的画皮。

　　黄昏时分，大车停在山脚下。人们下车鱼贯而行，攀上山腰小村庄。进了一座小院，墙壁上残存"玉田县半山屯"字样，俞明喜看出到了冀东地界。

　　一行人坐在院里喝水。吴荣成领着几个武装人员走进院子。一个黑脸汉子高声说，把那个奸细押起来！

　　两个战士端着大枪抵住俞明喜脊背。俞明喜起身指着吴荣成说，你们弄错了，他才是奸细呢。

　　你这是自投罗网，好大胆子啊。吴荣成抬手摘下墨镜颔首笑道。俞明喜看到对方镶了一只假眼，而且依然身材挺拔，不乏儒雅之气。

　　被关进一间石头小屋，俞明喜觉得好像坐在天津蛐蛐罐里，喘不过气来。他扑向小窗口捶打着，尖声要求面见冀东的领导。

　　黑脸汉子的面孔填进小窗口，凶狠地盯着他。你喊啥呢？吴老师说你是奸细这不会错的！

哪个吴老师？哪个吴老师说我是奸细？俞明喜追问着，力求获取更多情节。

黑脸汉子粗鲁地说，就是我们的文化教员吴瞎子呗！

这个日本特务太嚣张，他还敢姓吴啊！俞明喜气得发蒙，感觉受到奇耻大辱。

你不要学猪叫了，我们派人去请齐宏同志，明天审你！黑脸汉子走了。

第二天一大早儿，院里安静极了。石头小屋窗口光线闪动，悄然露出吴荣成戴墨镜的脸庞。俞弟，别来无恙乎？

俞明喜一夜未眠有些气急败坏，站起身说去你妈的日本鬼子，少跟我之乎者也，玷污我们汉语。

我昨天听见你骂我还姓吴，本人行不更名坐不改姓嘛。吴荣成和言细语说，现在我知道了，你不是普通学运分子，你是共产党。

我是爱国者。俞明喜看出对方戏弄自己，忍气吞声也不暴露真实身份。

你是爱国者，我也是爱国者。你爱你的国家，我也爱我的国家。可是，他们认为你是日本奸细，你很可怜啊。

你才可怜呢。我爱国光荣，你爱国可耻！你的国家杀人放火侵略我的国家，你还以耻为荣。

吴荣成依然不失教师儒雅。我想问你件事儿，你说到底是国民党还是共产党派人剜了我右眼？

你这个问题太幼稚！你记住是中国人剜了你右眼就是了，以后还会剜你左眼。

吴荣成稍稍变了脸色说，这两年同吃同住我没看透你，你竟敢把我推到河里！幸亏老佟那根手杖。

噢！老牌日本浪人……一定是你在学校露了马脚，老佟暗暗保护你，他给特高科报信儿，日本人派汉奸刺杀翟白丁灭了口！我说得对吧？俞明喜忘了身陷囹圄，又成为喜欢逻辑推理的数学教师。

你这个问题也太幼稚！好啦，你等着上边来人审你吧。吴荣成的面孔从小窗口消失了。俞明喜随即听到外面响起一个女声，很是清晰。

你好像是吴荣成先生吧？我是特委的齐宏。

俞明喜听到吴荣成略显诧异的声音：啊！是你呀……

俞明喜扑到小窗前，那声音却渐行渐远，听不到了。这齐宏是什么人？她声音好熟悉啊，就像电台国语播音员。

早饭给了两个高粱面饼子，硬得能砍死人。俞明喜想起岳飞"满江红"里"壮志饥餐胡虏肉"的句子，便使劲儿咀嚼着。又想起祁春芬和儿子——孤苦伶仃的青年教师思念亲人了。

嚼着高粱饼子被带到一间大屋里，一条粗木案子后面坐着一男一女，都穿着黄粗布军装。俞明喜一眼认出这女的就是祁秋月，惊得瞪大眼睛。

你还活着啊！这太好啦！我总算解脱了，你怎么改名齐宏啦！

男的白面书生模样，表情冷漠，中等年纪。他轻轻敲着案子说，今天是我们问你，不是你问我们。

俞明喜固执地说，她以前叫祁秋月是淑德女中学生，我代过她们班的国文课！

齐宏当然不会告诉俞明喜，当初负气离校参加南下抗日宣传团，到了河北固安县，后来到达冀东参加革命工作。

你说说吧，你是怎样跟踪到我们根据地来的。齐宏好似陌生人，单刀直入说。

俞明喜意识到自己的怀旧心理毫无意义，甚至会连累已经改名齐宏的祁秋月，于是从头到尾讲述了一路的经历，然后伸出左臂亮出刀痕说，我的任务也是参加冀东大暴动，来做文化鼓动工作的。

白面书生与齐宏面面相觑，显然不明白这刀痕是什么标志。俞明喜无奈地笑了。这是我去开滦林西煤矿的联络记号，他们当然看不懂的。

既然你的任务是去林西煤矿，为何不去报到反而跑到我们这里来呢？共产党员没有你这种无组织无纪律分子，可以认定你是伪装的日特

310

奸细！

吴荣成才是日特奸细呢！他潜伏天津多年，后来跑到冀东根据地，肯定是来刺探情报的！俞明喜气愤极了，呼地站起来。

一个战士伸过长枪压制他坐下。白面书生指责道，你巧言令色！吴荣成同志的履历我们清楚，他奋不顾身追击暗杀翟白丁的枪手，他勇敢走在全市学生抬棺大游行前列，他还给绥远抗战前线将士捐款……

你不要说啦！十年了，你看看他寄出的情报，就知道他是什么东西了。日本进攻天津就有他画的地图！那一条条生腌猪皮就是铁证……

白面书生与齐宏再次面面相觑，根本不晓得生腌猪皮属于什么菜谱。

齐宏显然是白面书生的副手。她尝试着问道，我们跟天津方面联系了，你可以说出你的上级领导，这样也可以佐证你的身份。

俞明喜坚定地摇了摇头。我遵守地下工作纪律，尽管你们可能也是共产党，我还是不能说出上级领导的名字。

尽管我们可能也是共产党？白面书生笑了笑说，你的意思是说我们都可能是假共产党，只有你是真的？

我肯定是真的！青年教师钻了数学逻辑的牛角尖，怒视白面书生。

齐宏突然诈道，给你下达任务的人，当天晚上就被捕了。说明你很有叛徒奸细嫌疑！

俞明喜愣了，心想老艾真的被捕啦？他被捕我就成了叛徒奸细，这他妈的是什么逻辑！这样想着，他随即咆哮起来。祁秋月！你们都是主观主义者，我不愿意跟你们说话了，你们押我去林西煤矿吧，到那里弄个水落石出！

白面书生冷酷地说，你没有这种机会了，我们决定就地解决你。不过，还可以再给你一个机会，吴荣成同志可能会说服你坦白的。

他不会说服我坦白，我也不会说服他坦白，我们是一对生死冤家！俞明喜继续咆哮着，好像一只发狂的雄猫。

俞明喜被押到一间四壁糊着泥巴的屋子里。卫兵退出，关严两扇门。光线暗了。吴荣成身着土黄色粗布军装，腰间挂着一枚手榴弹，虽然佩戴墨镜，也俨然革命战士形象。

吴荣成端坐桌前略显得意地说，根据地领导是信任我的，下月大暴动就发给我枪支，让我投入战斗。

哎！你是来刺杀冀东首长的吧？俞明喜忽发灵感，判断着吴荣成的阴谋。

俞明喜与这位冀东根据地文化教员隔桌而坐，注视着今生今世的死敌。

他们说你能让我坦白，你说我坦白什么？我不怕遭受组织冤屈，就见不得你这种日特分子得逞，而且是在我们抗日革命根据地。

你死定了，小俞。今天我也是头一次见到祁秋月，可是她信任我不信任你啊！既然他们要我跟你谈话，你就更死定了。

那位白面书生是什么人？死期将近的俞明喜，依然不减好奇之心。

吴荣成也不认识白面书生，自然不知道他是"冀热边特委"情报科长。此时，无论俞明喜还是吴荣成，两人都不知道谈话被监听着——东面墙壁抹了一层薄薄的泥巴，掩盖了一个具有传声功效的窟窿。情报科设计这间房子就是用于监听的，包括甄别来自沦陷区的青年学生。

他们黄昏就会处决你。你赶快说出上级组织吧，这样可能还有生路。

你以为我傻啊？既然他们信任你，我就更不能说了。俞明喜顽皮地笑了说，我说出上级领导名字，你马上传递给天津日本宪兵队，是吧？

既然你如此冥顽不化，我也救不了你啦。

听了这话，俞明喜叹了一口气说，想不到我成了你的阶下囚。

这时，传来一声巨响，正在隔壁监听的齐宏被气浪推出三丈多远，倒在墙边。

那面墙壁被炸开了。两间屋子连成一间。灰尘充满世界，呛得人喘不上气来。那位白面书生——"冀热边特委"情报科长从院里冲进来，拉起他的秘书齐宏。

齐宏指着爆炸现场说，糟啦，一定是俞明喜拉响了吴荣成的手榴弹！

尘埃渐渐落尽，齐宏冲上前去，看到吴荣成被炸成两截，上半身在东，下半身在西，被分尸了。军分区情报科长大声说，幸亏是边区造的土手榴弹！否则咱们全完啦。

我跟他同归于尽……俞明喜腹部被炸开，躺在墙角喘着粗气说。齐宏蹲下身去，伸手抚摸着他英俊的脸庞。

对不起！我们为了揪出吴荣成的证据，可惜晚了一步……齐宏哭了。

不晚……我还没给我儿子取大号呢，这孩子是你亲外甥，你一定给他取个好名字哇。

俞明喜说出最后这句话，水晶似的笑意凝结在脸上。

场外补白一：民国二十九年即一九四零年十一月十四日，一个年轻女子在天津日租界荣街刺杀日本正金银行行长高桥孝一，撤退途中被日本宪兵捕获。严刑拷打拒不招供，执行枪决。她面对枪口淡若清风说，有人说我是国民党军统特工，同时还是共产党除奸队骨干，我是双面人物吗？不是。我叫丁小夏，中共党员。

场外补白二：民国三十一年即一九四二年初春，冀中军区首长伙房厨师在饭菜里投毒，企图暗杀前来视察的延安高层领导，被临时帮厨的女子发现，厨师当场被捕。临时帮厨的女子名叫祁春芬。投毒厨师正是消失多年的老佟头。

场外补白三：老佟头，老牌日本浪人，本名不详，身份无考。他多年潜居中国民间，独来独往，以大日本帝国无名义士自居。

场外补白四：吴荣成，本名山中正树，日本关西人，自幼学习汉语，九岁跟随日本浪人在山东半岛荣成登陆，遂取中国名字吴荣成。他多年踏勘中国东北华北以及华中地区，倾家荡产义务为日本政府提供侵华情报，被称为比中国人更像中国人的日本间谍志愿者。一九三零年定居天津。他搜集的全部资料后来被日本官方汇编出版为《中国人都不了解的中国》。

都是人间城郭

1

甲长是下晚儿来的。他先叫嚷了一声傻篓子，没见动静，又叫嚷了一声傻篓子他爹。这时候那间还没掌灯的南屋里有了响动——傻篓子穿着黑粗布的棉袄走出门来，去出修筑城防的夫。

十八岁的傻篓子不言不语，人显得很瓷实。白天他很少说话的——干活儿。晚上睡了觉却半宿半宿地说梦话，没完没了比说相声的小蘑菇的口齿还伶俐。他爹没辙，就打着哈欠说，为了你太阳跟月亮也得换了个儿，是黑白颠倒呀。

梦话说不成了——傻篓子出伕夜里去修城防，人是不能睡的。黑白颠倒了，傻篓子白天睡了个死，预备着夜里出大力气。

其实是可以免夫的，出几个钱，有人愿意舍命去替。傻篓子他爹开着个小铺眼儿，不富，又是个财迷性子，只得认头让自己的独苗儿傻儿子寒天黑地去西营门外动锹镐了。这兵荒马乱的年头。

这城，已经被人家围了好多天了。那些围城的兵，说是从关外开进来的，要得天下。

甲长说，夜里干活儿傻篓子你可别多言多语说梦话，嘴给身子惹祸。

314

傻篓子他爹在屋里应了声，又不是去战壕里睡觉，他说屁梦话呀。

甲长五短身材，在街上开着个炒锅。人们都叫他罗矬子。他炒出来的干货，香透半条街。

随着甲长往院子外边走，傻篓子脚上只穿了一双烂了底的布袜子，像踩在冰河上。

院子里追出一个声音，说傻篓子慢着走。

院子是四合套的，挺曲折。院子深处立着一棵小树，是槐。一个嫩嫩的小媳妇小步一串儿绕过当院的二道门楼子，又喊了一声傻篓子你这是给谁去送脚丫子呀。

一个男人正蹲在阳沟边上漱口，咕咚咕咚弄得满嘴全是响动。小媳妇从他眼前跑过去的时候，他从嘴里拔出牙刷子说，吃了吗曲嫂子？

小媳妇说没呢我刚坐上锅。之后她气喘吁吁朝盛满了黄昏的胡同举出一双物件儿。

是一双半旧的骆驼鞍式靴头儿。

院子里弥散着熬鱼的味道。腥，像是锅里忘了搁醋——不够口儿。

傻篓子也不说谢谢曲嫂子。他接了鞋蹲下身就往脚上穿。人家的鞋大，豁豁亮亮穿上了，顿时见暖。上了街，傻篓子回头看了一眼胡同里的景物，随着出夫的人流往西边开去了。

天一下子黑了下来。

小媳妇扭摆着小巧的身子往院子里走。越过门槛子迎上来一只黑猫，冲她喵喵叫唤。这猫恋人，一往一返在她腿间蹭来蹭去，很瘦的一身皮毛。

我屋里又没熬鱼，你跟我黏缠吗呀？她合严双腿一夹，那黑猫就蹿远了，但不是去拿耗子。这是一只出了名的馋猫，人人恨。

黑猫就钻进了北屋，那是孙合家的灶上正在熬鱼。弥散在院子里的味道与往日大不相同，似乎是少了些作料儿。

围了城，这鱼也熬不出什么味道了。

蹲在阳沟边上刷牙漱口的男人就是孙合：四十上下年岁，细长身子瓜条脸，一只眼睛明，一只眼睛暗，公鸭嗓子。

这城防修了三个多月了，说是固若金汤，那八路军怕是攻不进来吧？孙合嘴头子上堆着一层牙粉酿出的白沫子，含混不清地说着。也不知道他是说给谁听。

这是孙合多年的习惯了，凡吃鱼吃肉吃虾吃蟹，饭前必要下一番功夫。不论天冷天热，端着茶缸子蹲在阳沟边上：先蘸上牙粉刷牙，力气用得很猛；涮净了牙刷子，再蘸上细盐末，力气便用得很柔和了；之后用弓子刮舌头，最费时辰；末了是清水漱口，润开嗓子。

为了图个满口清爽，吃荤腥儿才能品出个子丑寅卯的味道来。只要有味道，孙合是肯下功夫的，不能委屈了自己的嘴。

北屋门槛子上堆着孙合的一群孩子，正往屋外撵那只馋嘴的黑猫。蹲在阳沟边上的孙合似乎脊梁上也长着一只眼睛，不扭身子就是一声呵斥。关门，出来喝风呀！

五只大小不一的脑袋一齐缩了回去。这时候很远的地方传来一声枪响。

孙合噗地吐出一口水，仄了仄耳朵，很有把握地说，是西边，西营门外边响枪。

他的左眼黑洞洞的，凝固而无光，像一只瞎了火儿的枪口，衬得右眼更亮了，乱眨动。

那八路军兴许攻不进来。

天这么冷，孙合依然光着脑袋抮挲着手，立在当院里找话说。这院子是老爷儿们的大客厅，站惯了也就没了天气，无冬无夏。城里的男人们不聊天儿是活不下去的——话憋在肚子里作病。

孙合的话是药引子，南屋里果然出来角儿了。傻篓子他爹穿了一件蓝色棉袍子凑到院子当央，哈着热气团团着身子，上下不舒展。

傻篓子他爹见孙合的嘴拾掇得这么爽神，知道他晚晌这顿饭又是荤

316

腥儿。他想了想，说这又沟又壕的，那八路军兴许攻不进来。

谁说不是呢。孙合拉开了海聊的架势。

其实是解放军。住在大杂院里的平头百姓不知人家已经换了称号，用的还是老词儿——八路军。

这钱可是越来越不值钱呀，毛得要命。傻篓子爹爱念自己这本经。他开着个小门脸，专卖应时利节的土杂品。这几天没人上门，他也就吹灯拔蜡关了门板儿，候着。

他也说不清到底候着什么。

孙合说这城不那么容易就破。

就是这生意不好做了，兵荒马乱的。你等着看吧，兴许一块大洋买不了一个烧饼。孙合是个捐客，凭口舌腰脚在街面上给人家跑合儿，挣佣钱。他说，人不识字呀能混上饭吃，没有脑子可就混不上饭吃了。

傻篓子爹嗯嗯应着，瞅着孙合的这张脸孔。

孙掌柜，您这只左眼，还有目力吗？傻篓子爹问了句傻话。做了这些年邻居，他一直没弄清孙合是不是失了一只目——独眼。

孙合被这句话给问乐了，一龇牙说，马马虎虎马马虎虎，混饭吃呗。

孙合就聊，傻篓子爹就听，天就更黑了。两个老爷儿们像是没屋子的人，干冻着。

北屋里推开一道门缝，闪出孙合老婆的蓬头垢面的模样：大虎他爹，吃饭啦。

您不上我屋里吃点儿？孙合吐了口黏痰。

请吧您哪，吃完饭我屋里咱接着聊。傻篓子爹是个肉头肉脑的男人，自打死了老婆他就没吃过解馋的东西，一肚子素净。

孙合进屋去品味他的荤腥儿了。这种时辰，他家里最安静，不许有半点儿声响。而那五个高矮不一的孩子围坐在饭桌前边，吃相十分斯文，没有一个敢吧嗒嘴儿的。孙合教子很严，常训斥孩子们说，吃无言

317

睡无语这是圣人训，贵人要有贵样，长大了才能混上个好事由儿，进铁路进邮局进银行，端铁饭碗过好日子。

傻篓子爹双手揣在袖口里蹲在自家门口，候着孙合吃完饭出来接茬儿聊。他生就一双又大又厚的耳朵，专门爱听孙合的天南海北。

屋里没生火，比外边也暖和不了多少。前些天买了五斤煤球，没舍得烧。

这时候傻篓子爹听见孙合在大声吩咐。

给傻篓子家端两条鱼去，大虎。

给曲大少家也端两条去，三柱子。

傻篓子爹心里一热：这孙掌柜是个穷大手，老天津人的做派呀，要里要表的。

之后他听见铲子响了，就咽下一团口水。

远处又传来一声枪响，隐隐约约。

唉，这日子口儿还讲究吃鱼，也只有咱天津卫呀。九河下梢，吃尽穿绝。

傻篓子爹自言自语，冻出了两行清鼻涕。

曲家屋里的小孩子哇哇哭了起来。

2

那小媳妇水红的裤子水红的袄，手腕子嫩得赛过白藕。她是曲达元的填房，过门刚刚半年。曲达元的前妻害痨病死了，留下个没摘奶的孩子。娘家心疼孩子怕受别人的委屈，就让她嫁了过来顶替死去的大姐。俗话说这叫姐俩寻了一个人。

她一步迈进门便做了娘，整天弄着个小孩子脚手不拾闲。邻居们还是依照曲达元前妻留下的称呼，叫她曲嫂子。她好像在替姐姐活着。

曲达元人称曲大少，是个游手好闲的懒虫。祖上留下的产业，传到

318

他头上没几年就折腾净了，手里连个屁也攥不住。

丈夫三天两头不着家，蹲棋摊泡茶楼出戏园子进书场，像个水游子。

又三天没着家了。她心里念叨着，在门前往那只小炉子里续煤球接火，闹出半院子的烟。

日子紧巴，煤球就得数着个儿地烧，比鸡蛋还金贵。水缸里的水也快用净了，明天就得花钱雇人去挑。拉水车的小伙子名叫大用子，这几天一直没见踪影，八成是给保安旅抓去修城防了。

等明儿个叫傻篓子给挑吧。水缸满了就替他补一补那双烂袜子，一还一报。

他曲嫂子你接火呀。傻篓子爹蹲在自家门前瞅着，对她说，黑下要是把炉子端到屋里，可得在意着煤气熏着。

她问，你吃啦？

吃啦！孙掌柜的鱼。他说。

这时候甲长进了院子，身影又短又矬。

这时候孙合屋里有了大响动——哗啦一声掀翻了饭桌子，是孙合在嚷叫，说你这是喂猫呀，熬的这是吗鱼呀味儿不正让人怎么吃！

孙合的老婆争辩，这兵荒马乱的，小杂货铺关了张，没搁鱼作料儿是瞎话，就是缺了酱豆腐汤儿和面酱。你逼我抹脖子上吊呀！

没能耐就别熬鱼，我×你祖宗！孙合骂她。

这年头你×我祖宗我也没处给你找坟头去。

孙合又摔了一个茶碗，江西瓷的。

甲长听了一会儿，冲屋里说，文火熬鱼，孙掌柜您怎么变成了武吃呀？味儿正不正的，等太平了您再慢慢品吧！今儿个不是日子。

孙合闻声出了屋，罗掌柜罗甲长，您屋里坐吧，大虎他妈妈沏茶呀，搁那小叶儿。

小叶儿留着您自己慢慢品吧，我是公事。

319

好，您公事您公事。孙合站在当院里，捏着根洋火儿慢慢剔牙，像瞎了一只眼的宋江。

孙合饭后是要剔牙的，但有荤腥儿的时候他从不剔牙，图希个余味在口，慢慢品着解闷儿。今儿个的鱼味儿不正，得剔出去。

傻篓子爹问他，没吃呀？我看你剔牙呢。

嘻！半饱儿就觉着味儿不对，这是老天灭我呀，劫数。罗甲长您又敛份子钱呀？

罗甲长嘿嘿着，孙掌柜这日子口儿您还能坐在家里吃上鱼，够谱儿啦！

鞋底子大鲫鱼，是赵家冰窖的六少爷死乞白赖非送给我的，说改改口儿。这日子使黄货也换不来二斤鱼呀！谁敢去凿凌眼喂八路军的枪子儿。

傻篓子爹说，莫谈国事吧孙掌柜。

罗甲长正式说话了，矬声矬语。

都别掌大灯，要是非掌灯不可就得使棉被捂严实了窗户，这叫灯火管制上边说的。

傻篓子爹嘟哝。我就一床棉被，捂到窗户上去我就站着睡觉吧，窗户纸当成炕席。

孙合对罗甲长点了点头，嘿，固若金汤呀。

更得固若金汤。甲长从棉袍大襟底下掏出一个札子，瞅着说，每条胡同口上都得安一个铁栅栏门儿，还有铁蒺藜缠在上头。一家出一万块钱，图个太太平平。

孙合的老婆出了屋，只穿了件夹袄全凭那身肥肉膘子挡寒。她说，一万块钱能挡住兵？

您就买个便宜吧，比吃鱼可强多了。

孙合说拿钱吧别让人家罗甲长候着呀，咱们得赶紧固若金汤哪。他的右眼一闪亮，左眼便也随着没滋没味地乱眨。

320

傻篓子爹脱了鞋，从鞋垫儿底下抻出一张票子，挺有油性的。他递给甲长说，只当花一万块钱买了个药丸子吃。吗药丸子？定心丸呗。

甲长说，是哪，吃鱼也不治牙疼。

孙合的老婆立在门前没词儿。她兜里一个大子儿也没有，锅里的鱼还是找曲达元媳妇借钱买的哪，哪儿是赵家冰窖送的。本地有句俗语，说是借钱吃海货，不算不会过。爱吃荤腥儿的女人，在爷儿们眼里就是贤惠。

她冲甲长张了张全是鱼味的嘴，没词儿。

那只黑猫趁机钻进孙家屋里，开斋去了。

孙合顾不上看那猫，对自己老婆说，你告诉甲长咱手头没零钱，明儿一早拿整张的票子换开，给罗掌柜送去不就得了嘛。

他老婆明白了，是呀甲长，现时没零钱。

孩子们在屋里嚷叫起来了，爸爸呀！猫把鱼都吃啦，你让留着明儿个吃的那一碟子。

孙合揉了揉混浊的左眼说，那就是我给猫留着的，正好正好。

是啊，有荤腥儿早下肚别留着了，说不准哪一天黑下八路军就要攻城破关地往里开。罗甲长捧着札子去叩曲达元的风门子，之后就进了屋。他叫了声二姐呀你歇着哪。

她娘家是开鞋铺的，罗甲长叫她二姐是沿用了在娘家当闺女时的称呼。这一程子她活得有些恍惚。丈夫在家她觉得自己当了媳妇，丈夫不在家她又觉得自己仍抱着鞋楦子当闺女呢。

你那位曲大少还没回窝呀？真是不顾家。

小媳妇正躺在炕上偎着一岁多的孩子，慌忙起身扣严了大襟，把雪白的奶子装进怀里，说罗掌柜坐罗掌柜坐。她胸口的白光刺了甲长的眼睛。

你哪来的奶水喂孩子呀？还没开过怀儿。

让他喔喔，哄着孩子睡呗。

罗矬子一身热沙土的气息，闻着很躁。他一屁股坐在炕沿上，又马上站起了身。

硌着您啦？曲达元媳妇脸上赔着笑。炕上铺着两床缎子棉被——红官儿绿娘子。她伸手从那床红缎子被窝里摸出了个物件，是焐炕的热壶。差一点儿让您给坐碎了，她对他说。

甲长脸色泛出了酸气，说曲大少一弄就是几天不着家，你每天黑下还给他焐好了被窝儿呀？白搁工夫。

她笑笑说，焐得了预备着呗，说不定他吗时候就回来，最爽神。

嘿，曲大少是几时回来几时舒坦呀，有福之人不用忙，无福之人跑断肠。罗甲长边说边打量着裱糊得雪洞一般的屋子。炕下边摆着一只木头箍的红漆尿盆儿，门后边的墙上挂着一根死长虫似的皮鞭子，案子上蹲着一把油光泛亮的宜兴紫砂壶，炕上盘腿坐着一个水灵灵白嫩嫩俊巴巴的小媳妇。

罗甲长坐不住了，起身从怀里往外掏东西。一包白瓜子，一包黑瓜子，一包大仁果，一包小松子，最后他掏出一包炒白果。

您那炒锅还开着呢？真是卖了缺宝儿了。

你要是心里不忍，就给一千块钱吧。

您这是赔本赚吆喝呀，怪不合适的。

他用目光在她身上揉摸了一遭，见她没觉知，就说，你到吗时候也离不开这些零嘴儿。嗑吧嗑吧，过年的时候给我绱一双棉靴头儿吧。

那床红被窝里一拱一拱露出个脑袋。

罗甲长急了，对这只黑猫说，你倒挺美，吃饱了上这儿睡来了，趁着曲大少不在家。

她低着头说，被窝呗，人睡猫睡都是个睡。

甲长往外走，小声说，这个曲大少，操！

小媳妇恼了，甲长您怎么口出不逊呢？孩子他爹也没碍您的事儿呀。

322

孙合还站在当院里聊着呢，说的是泥人张贱卖海张五。罗甲长这才想起忘了找曲家小媳妇敛那一万块安铁栅栏的钱。

3

天越黑就觉着越冷——大街两边的店铺冻死了似的，不喘气了。往日里正是夜市火爆的时分，人们打着灯笼买，摊主打着灯笼卖。傻篓子随着出夫的队伍往西边开去，他想起自己的四个娘的尸骨都埋在西营门外，就想亲娘活着时候的模样。

爹命硬，娶一个克一个，留不住。傻篓子是他爹第二个老婆生的，三岁那年发热病吃多了凉药，变得由里到外全傻了。他在爹开的小土杂品铺子里当小伙计，拉着辆排子车给买主送货。他爹正谋划着给他说个媳妇。他说不要。

瞅见护城河也就瞅见战壕了，还有洋灰打成的碉堡。那河结了冰，黑下看着泛亮，像城里的一条大街。真正的城墙前清的时候已经被洋人逼着拆了，傻篓子家还有一块城砖呢，垫在泔水筲底下长了青苔。

现今的城大了，护城河扩到开洼里，远处是坟茔，住着男鬼和女鬼。

傻篓子想起来了，刚才路上见到了曲达元，从二道街溜达出来，正奔南门脸儿。曲大少光着脑袋，怀里揣着个物件，鼓鼓囊囊往前走。

傻篓子便不由自主咳了一声，很响。

他有个毛病，见了曲大少就犯咳嗽。

忙着赶路的曲大少闻声抬头看了他一眼，没停脚步也没言语。

没人知道，傻篓子有个好鼻子，他爹都不知道。傻篓子能闻见曲达元的味道。无论什么时候，那个终日在外闲逛的曲大少一步迈进院子门槛儿，傻篓子就该咳嗽了，也不多咳，一两声。那意思是说，我早就知道你回来了。

都说傻篓子的亲妈在娘家做闺女的时候养过一条大黄狗。这畜生聪明伶俐赛过清朝的翰林。傻篓子小时候发热病许多次躺在姥姥家炕头上喊它叫狗舅。那大黄狗就尽情尽义舔他的鼻子，没完没了。

傻篓子搂着大黄狗说——香。

夫们开始干活儿了，往壕沿上垒那装满了冻土的草袋子，牛腰一般粗。

我娘的坟让这战壕给掘了吧？我认识坟前那块碑。傻篓子犯了寻思，心里惦着娘。

往壕沿上垒草袋子的一瞬间，他心里打了个闪儿。我们货底子里也有这路草袋子呀，我爹怎么盘在手里不卖给国军呢？爹比我还傻。

想着想着肩膀上就重重吃了一枪托子，生疼。那些抱着大枪的兵们一个个缩成肉蛋，只有打人的时候身子才猛地一伸展。

傻篓子想说你别打我我娘的坟在这，你同着她这么打我她看见了心疼。话却冻结在嗓子眼儿里了，喝一碗热水才能化开。

城防都是夜里修的，天亮夫们就往城里返。傻篓子不盼天亮也不盼天黑，只盼能找到娘的坟头把尸骨拾回去，带进城。娘死了还住在这两军交战的地界上，太不仁义。他想。

天蒙蒙亮的时候，夫们往城里返。傻篓子蹲在壕里拉了一泡屎，误了时光，就落在出伏人们的尾巴上。他冻得用双掌护着鼻子。

夫们一个挨一个团团着身子走着，半僵的腿一步接一步往前挪动。从一片乱葬岗子当间踩过去，傻篓子左一眼右一眼看着坟前那些石碑。走出乱葬岗子，他有些留恋，回头看了一眼，脚下步子随着就乱了。他穿的棉靴头儿原本就大了一寸半，步子一甩右脚这只便离开了袜子，飞了出去。

别人的鞋穿在傻篓子脚上，注定了不牢靠。鞋跟袜子亲不到一起，好像有仇。

这双棉靴头儿是曲达元弃下来的。曲大少生就一双东奔西跑不着家的大脚。

棉靴头儿居然飞出五六尺，栽在冻土上。

傻篓子提了提裤腰，抹了一把鼻涕，茶呆呆瞪着那只跑了的棉鞋。

我怎么就穿不住你呢？跑了。

得把它拾回来，穿在脚上。傻篓子朝前凑上一步，猫腰伸手……又闻见曲达元的味道了，他心里说。他又凑上一步，去抓去摸那股越来越浓的味道。他耸耸冻得透红的鼻子。

总觉着曲达元的味道跟别人的不一样。

一把刺刀闪着吃肉的寒光，将傻篓子跟那只棉靴头儿隔在两旁。

你瞎啦！路两边埋满了地雷，把你炸成拆骨肉你就美啦。大兵晃着刺刀骂他。

这靴头儿是曲嫂子借给我的，得还人家。

娶嫂子？娶兄弟媳妇也不让你拾鞋！

傻篓子赤着右脚往城里走。曲达元的那只靴头儿挺安稳地躺在布满地雷的开洼里——没法子跟人回家了。

进了南门里，身后跑过去一辆洋车。车夫好像认识他，喊了一声傻篓子。

傻篓子瞅见洋车上坐着个戴礼帽的买卖人。

洋车拐进了二道街，奔东去了。

肚子觉出饿了，傻篓子很想吃两个炸糕喝一碗杏仁茶。他知道南市永元德的味道好，孙合是那儿的熟客。

走进胡同，傻篓子赤裸的右脚上的脚趾已经冻掉了。他的腿早就麻木了，没觉出脚上丢了些零碎儿。

直奔曲家屋里，他从左脚上脱下那只棉靴头儿，举着说，曲嫂子这只还给你吧那只我丢在地雷上了，先欠着账。

曲家小媳妇正对着镜台梳头，傻篓子觉得屋子里坐着两个曲嫂子，一模一样都是水红裤子水红袄，粉扑扑的脸蛋儿。这时候镜里镜外的两个曲嫂子同声说，剩下的这只棉鞋你挂到院里树杈上去吧。

给我跑一趟水铺，沏壶茶来。

再买一把引火用的苇子。

那只刚刚起床的黑猫蹿上来嗅着傻篓子那已经伤残了的右脚。

傻篓子一声接一声哭号起来。

哭声惊扰了他爹的回笼觉，起身披着棉袍子朝当院里嘟囔着。

我还没死呢，你就跑回来哭丧。我问你那城防修得结实吗？真的固若金汤……

<h1 style="text-align:center">4</h1>

老娘儿们比老爷儿们起得早，睁开眼珠子头一件寻思的事儿就是吃食。孙合的老婆揉着眼角的眵目糊盘算着今儿个怎么混到天黑。炕上睡着一个爹五个崽子，睁开眼就得找她要有滋有味的吃食。

孙合这一家人的日子混得真叫跌宕：做三天阔佬，当十天穷鬼，一龙一蛇。

孙合的老婆摸摸索索筹备东西了，一件又一件披到大襟底下。心里说，是啊大丈夫不挣有数儿的钱，可你也不能没个准稿子呀！没吃的啦全家坐在房上去喝西北风。

只要有吃有喝，孙合决不去跑街，每天抱着茶壶饮嗓子，一嘴马派老生唱不完。

兴许这就是天津卫老爷儿们过的日子。

她出了院子门，胡同里就听见了水车响，是挑水的大用子来了，厚厚道道一个小伙子。

她数落大用子，今儿个你发癔症？有这么早就给人家挑水的吗？人都在被窝儿里呢。

大用子挺为难，说是怕人家给掐了水流儿，早挑满了缸早放心。说不定什么时候攻城呢。

那你先给我家水缸挑满了吧，别闹醒了那爷儿几个。回头我给你钱呀大用子。

她拿腿就往下边走。下边是城里人对当年租界地的称呼。那边地势低。往下边走去日本租界地的半道上，有一家老西儿开的小当铺。脚底下的道早走熟了。

她怀里揣着个铜碗，挺沉。手巾里还包着一把蜻蜓牌的推子，日本货。

当铺高台阶，当铺高柜台。

到了当铺门前，孙合的老婆心里说不能傻等着，兵荒马乱的谁知道老西儿开板儿不开板。就咚咚咚叩门，底气挺冲的。

没应声。她坐在门墩子上歇着。

今儿个不知犯了什么条例，开头就不顺。

来了一个半大老头儿，瞧着她。

他问她，你不是缝穷的吧？我有活儿。

我当当，她说。

嗐！老掌柜前天夜里服毒啦，关了张。

那人家手里有当票的该怎么办呢？黄啦！

半大老头儿乐了，说人人手里还有法币金圆券呢，不也得活着嘛。

你当当，当吗呀？半大老头儿朝她凑近。

孙合老婆无奈，就亮出了物件。那人见了便皱眉头，说这物件跟废铜烂铁差不多呀。

我这东西废铜烂铁？嘿，它固若金汤。她对他说。她心里明白这个人是专门吃这一行的，故意起身就走。那个人就随着。

那把推子你留下吧，我给你这个数儿。说着那半大老头儿出了一巴掌，嘿嘿乐着。

幸亏您不是个六指儿。孙合老婆爽快地递过去物件，接了钱。

您知道谁用过这把推子吗？

就是袁大总统用过的推子，不也是推子吗？它也不会是从宫里传出来的，旗人留辫子用不着这推子。半大老头儿话茬儿挺硬。

她说，那就只能隐姓埋名啦，回见您哪。

路上，孙合老婆心里念叨着。

谁用过这把推子？三辈人啦！北大关的洋钱孙哪。她瞧不起那个半大老头儿的没见识。

孙合祖上三代在北大关的银号钱庄里混事由儿。看银子的成色，给洋钱过数，身怀几手绝活。传到孙合这一辈，接着干。有一次孙合从钱庄里出来，抬头看天上的云彩，让三楼上落下来的一滴烟囱油进了左眼，坏了眼力神儿。那时他年轻气盛，就改行在大街上给人家跑合儿。祖上传下来的几手绝活儿，他早就学到了精处，可素常跟谁也不提自己是洋钱孙的后人。有人提起当年洋钱孙胳膊上码一摞银圆哗哗过数辨真假的绝技，他总是故作惊讶。这银圆要是假的大拇指一弹就剔出来啦，太神了太神了。

孙合的老婆怀里有了小钱儿，往家奔。天还早，那爷儿几个不到十点钟是不起炕的。

道上有一家馃子铺，正炸得热闹。她上前捏了根儿苇子，挑着一串套环馃子，挺威风。快到家门口了，她又掏出那只当不出去的铜碗，买了一碗热气腾腾的大乌豆端在手里，腰里就只剩下一千块钱了。好体面的一把日本蜻蜓牌推子差不多全变了吃食，一眨眼的工夫。

论花钱，孙合的老婆比谁胆子都大。

院子里显得懵懵懂懂的，醒不过盹儿来。孙合的老婆进了屋，说了声起吧，提拎着茶壶就奔了水铺。水铺的水还没开，她抓这个工夫到四姥姥糖摊儿上赊了三颗大婴孩牌烟卷，嘴上点着一颗，一边耳朵上夹着一颗。

甲长罗烓子托着一大块枣儿切糕走过来。孙合的老婆连忙躲进了水

328

铺。她心里又愁上了，还欠着那安铁栅栏门的一万块钱哪。

水铺的主家说，这仗非打不可啦。

吃饭过日子呗，她对水铺主家说。

拎着茶壶进了家，屋里的一大五小还在被窝子里偎着呢。她拍西瓜一般依次拍醒了五个脑袋，说这都几点啦你们还挺尸。

她在炕沿下边摆了个木头尿盆儿，递去一茶缸子水，五个孩子脑袋趴在炕沿儿上，一个挨一个漱口，咕噜咕噜山响。之后五个孩子都趴在散乱的热被窝里，一人手里一个套环馃子，吃了起来。三柱子吃得最快，翻个身又睡了。

起吧大虎他爸。三柱子！你又挺尸呀。

孙合醒了，不言不语躺在被窝里抽烟。

他抽得不勤，寥寥的，一天三五颗。

老婆坐在炕沿上，小语儿跟爷们说话。

她只字不提刚才去了当铺，只说好几条胡同可都安上铁栅栏门了，还埋了挡车的石础子。

孙合坐起身说，那我就出去一趟吧。

出去一趟就是出去跑街，拢成一笔买卖，从中抽得佣金，回家的道上就买这买那，大兜子小兜子往家里提拎。进了门就是煎炒烹炸，过几天红红火火的日子。吃干净了，孙合就又该出去一趟了。过的就是这种三起两落的日子。

老婆把他出去跑街的那身行头找出来了。这身衣服轻易是不穿的。紫羔的皮袍穿在身上，只露出半截子呢子裤和一双礼服呢面儿的棉靴头儿，看上去挺四致的，又富贵。

给我点儿零钱，我出门雇辆洋车。

老婆听了，脸一暗，说兵荒马乱的步撵儿更太平，洋车也未必好雇。

孙合迈着四方步出了屋，回头问，晌午吃吗呀？改改口儿吧。

随你。老婆嘴上这么说，心里却想，这日子口儿出去挣钱，哪还有买卖做呀！八成得空着手回来。

她寻思着，晌午熬一锅棒子面粥吧，凑合凑合得了。让孩子们睡吧，起来三跑两蹿的一会儿就得闹饿。

傻篓子正拎着木筲去倒泔水，站住身，一连咳嗽了两声，仿佛在给曲嫂子报信儿。

曲大少一步三摇进了院子大门。

傻篓子不言不语嗅着他身上的味儿。

吃了吗傻篓子？曲大少问他。

5

华明理发所镜子里照出的那个人，坐下的时候一身无精打采，头发乱得像个刚闹了黄鼠狼的鸡窝，胡子拉碴的。一番拾掇，站起来的时候就浑身放光亮堂堂了。

推头师傅宝坻口音，说这位爷您可是富贵相呀，将来不得了哟。

怎么个不得了法儿？镜子里的人是曲大少，他抚着刮得干干净净的下巴问推头的师傅。

出门小卧车，洋楼好几座，大人物。

我借你的吉言。曲大少离开理发椅子，一屁股坐在墙边的长凳上，懒得走。

他在等一个人，王十二哥。

王十二哥是曲达元念中学时候的同窗好友，打外埠来。他与他几年没见面了，前几天托人捎了个信儿，今儿个早上九点钟在华明理发所里会面，推头刮脸做全活儿，王十二哥请客。

饭馆茶楼澡堂子是昔日好友见面叙旧的好地方，天津卫老爷儿们都这样。王十二哥也是天津卫娘娘宫的娃娃，怎么几年不见面变得这么各

330

色了，选了理发所这么个窄巴地方见面。还落个他请客。曲大少觉得这事挺眼儿。

脑袋已经让师傅拾掇得利利索索了，那位请客的主儿还没露面。天津卫老爷儿们哪有这样的？八成是这位王十二哥在外埠混了几年，混得没了身上的天津味儿。

看来得我自己掏这拾掇脑袋的钱了，二千五。曲大少看了看墙上的老挂钟，过了俩钟头了，心里说我这是等雨还是等雷呀。他站起身递给推头师傅两张票子，说了声回见您哪。

大街上曲大少叫住了一辆洋车。他懒得走路。拉车的叫了一声，曲大少呀。他抬起眼皮一瞧，是大用子。

你不是拉水车的吗？怎么改了洋车？

大用子说刘四他爸爸死了，歇了车，我这两天借他的车出来挣几个钱，反正存着力气也没用呗。

他就拉着曲大少回家。拐进胡同，曲大少还是懒得下车，硬是让大用子给他拉到了院子门前。曲大少这才慢条斯理下了车，掏钱。

免了吧曲大少，今儿个我拉了个大头，赚出一天的吃喝了。

别免，你就只当我也是个大头，狠吃吧。

大用子接了钱说，您这不是打我脸吗？

曲大少一步三摇进了院子。

这时候傻篓子犯了咳嗽，两三声。

大用子提起车把，声音追着曲大少的脊梁说，曲大少这日子还说不准是怎么过呢。

没听见曲大少哼哼。曲大少只要一进院子，那一身大少爷的派头就更足了。

他人长得倒是挺受看的：高身量，四方脸盘挺白净，一双大眼睛，大口福的嘴。

昨天他在开明电影园子后身的胡同里找批字的神洞子算了算。开场白曲大少是懒得听的，嫌耳朵太累。他只记住了一句话，有贵人相助，四岁扎根，逢四交运，老了能得儿子的济。

他问，我吗时候死呀？

神洞子微微一笑，说死生有命富贵在天。

曲大少不信神洞子这一套如烟似雾的玩意儿，他来这儿批八字是为了解解闷开开心。

临出门神洞子嘟哝了一句，好像是说腊月里少出门在家里待着吧。曲大少一边走一边小声念叨，这话你跟没棉裤穿的人去说吧，别把蛋给冻了。但曲大少还是记住了逢四交运这句话。今年他正好二十四岁，属牛。

曲大少到了自家门前，显出几分疑惑。

素常可不是这样。虽说曲家没了什么家当，可遗风还在，老爷儿们的一出一进遵着一套铁打的规矩，成了老娘儿们的章程。

平时里曲大少要是出门去，媳妇拾掇得一身利索，甜甜的模样，从屋里一直送他出了院子大门，望着爷们出了胡同上了街，才敢往屋里返。曲大少打外边回来，一进院子媳妇便闻风而动了，迎出屋子在当院里用一把鸡毛掸子给爷们掸去裤角鞋面上的浮土，之后一手挑开门帘子敬着他进屋，大语儿都不敢出。曲大少前妻活着的时候就是这样，如今这位填房跟她那死去的姐姐仿佛一个模子刻出来的，一板一眼服侍着爷们，不走样儿。

可今儿个硬是没见她迎出来。

曲大少这就要犯大少爷脾气。

拉开风门子，他可是有几年没亲手拉开风门子进屋了。这门他摸着挺生疏。心里说，她是要咽气呀挺在炕上来？

门帘子挑开了，媳妇终于迎了上来，晚了三春。曲大少根本不瞅她，一步迈了进去。

曲家住的是东房，三间。中间这间开门进人，像是个堂屋，左手里那间两口子睡觉，右手那间待客，有太师椅八仙桌子大躺柜，挺宽绰。

进了堂屋又是另一套铁打的章程，一招一式由媳妇服侍着他，像一出唱了几十年的老戏，熟套子了。可是今天媳妇显得有些迟钝，像是被谁拍了迷魂药儿。

她小语儿说，有客。曲大少照旧鸣了一声，无论有客没客，进了屋他这声都得鸣出来。

媳妇似乎明白了，有客没客自己的爷们进了门还是都得照着老章程办。于是没等爷们鸣出第二声来，就猫腰从墙角抄起那只木头箍的红漆尿盆儿，端着候在爷们身前。

噗！一口痰吐在尿盆儿里，迸出一个脆声。她欠身伸出手从条案上抄起一只茶碗递到爷们右手上。曲大少接过茶碗，水不多不少，咕咚咕咚漱了口，媳妇一动不动端着尿盆儿接着。这只红漆尿盆儿让这女人拾掇的，比傻篓子家做饭的锅都干净。

曲大少拿腿进了左手那间睡觉的屋。屋里一条大木炕，铺着一红一绿两床被窝，干净得扎人眼珠子。

媳妇小声说，有客呢。

曲大少扬手就给了她一个嘴巴，力量不重。她脸蛋子受了爷们巴掌的滋补，霎时艳若牡丹，红扑扑显得挺受看。

她明白，还是得照老章程办，办到底。她就一前一后替爷们从身上除去了棉袍，又从堂屋里端来了尿盆儿。曲大少站在屋子当央，媳妇放下了门帘子。曲大少叼上了一支烟卷儿，媳妇的洋火就递到眼前了，点着了烟卷儿。

媳妇蹲下身，十分麻利地松开了爷们的腰带，抖落开裤子的前门，伸手拿住爷们的东西，另一只手端来尿盆儿，接着。

曲大少站着，闭上双眼，扬着头打了个寒噤，叼在嘴上的烟卷儿斜冲着天，长长地撒了一泡尿，像是沉浸在什么享受之中，魂儿久久回不到身上来。

有客，在那屋里坐着呢。她放下尿盆儿说。

谁呀？曲大少这才呼出一口气，像个抽足了鸦片的大烟鬼，容光焕发了。这时候媳妇递上一块湿手巾，不冷不热正适宜他擦脸擦手。

在素常曲大少就该上炕了，伸腿一躺，轻易可就不起来了。抽烟喝茶看还珠楼主的武侠小说，听那台日本电匣子里播出的京戏、相声和八竿子打不着的广告。他的生活全在炕上展开，吃饭的时候也是盘腿儿一坐，由媳妇端上来。只有拉屎的时候他才从炕上下来，公厕在西边那条胡同里，叫官茅房，官家办的意思。

今儿个有客，曲大少就不能直接上炕了。

他瞅了一眼睡在炕上的孩子，又问媳妇。

这客人是谁呀？口气挺烦的。

没等媳妇回答，那间屋里便传来一个声音，不高不低带着些天津口音。

达元兄别来无恙？

曲大少迈步站到堂屋，那个人也从右手那间屋里走进堂屋，冲他微微笑着。

哟，王十二哥！曲大少一抱拳，迎上去。

王十二哥还是冲着他微微地笑。

曲大少的傲劲儿全没了，大声吩咐自己的女人，一句接一句没完没了。

洗俩青萝卜泡一壶茶，黑瓜子白瓜子，嗯快晌午了，你去饭馆叫几个菜来，喝那瓶老白干，不吃馒头咱们烙饼吧。

他落了座问，王十二哥你怎么把我诓到理发所，自个儿倒打暗上来了，唱的是哪一出？

我唱的是罗成叫关呀。

曲大少不解，望着王十二哥。王十二哥比过去壮实了，脸上糙黑糙黑的。

这几年你在哪儿发财呢？准还顺遂吧。

王十二哥说，外庄，放在津浦路一线，给柜上收货发货，不成器不成器。

之后王十二哥自惭地一笑，说我这个老天津卫人，反倒在本乡本土让一个拉洋车的给涮了，多花钱还误了时辰，没赶到华明理发所。

曲大少哈哈笑了，玩鹰的让鹰啄了眼，咱这儿拉车的准是拿你当成了外埠来的土财主！

怪只怪我改了口音没了天津味儿。王十二哥呷了一口茶，说这世道挺乱呀。

曲大少说乱乱乱全他妈的乱了。

王十二哥慢声低语，对他说，我这次来就是要跟你合计合计，咱们得一块儿混出个前程呀。

好！大丈夫就得混出个大事由儿。曲大少嘎巴咬了一口青萝卜说，萝卜就热茶，气得大夫满街爬。王十二哥你吃，这是葛沽的卫青！

甲长走进院子，小声叫喊。

一家出一个老爷们儿，在院子里刨壕，今儿个就刨！我说他曲嫂子在家吗？你家没老爷儿们我雇个人替你家刨呀。

曲大少坐屋里听见了这话，霍地起身要往外走，上了火。我家没老爷儿们？你雇个人让我当王八呀！妈的矬子杀人不用刀。

王十二哥伸手捺住曲大少，急声问他，来的人是谁，有情况吗？

曲大少听了这话觉得很耳生，反问王十二哥说，吗叫有情况吗？你在外埠混事由儿真是改了味儿，尽用新鲜词。情况是吗词儿？

王十二哥脸上肌肉发紧，不是舒坦模样。

6

官沟街临着南马路，有城墙的时候它算是城外了。前清的官府在此掘沟，通海河，就得名官沟街了。从东南城角到南门外的鱼市，东西的街，两边都是住户，挺密实。西头有个白傻子铁工厂。说是工厂，其实是大作坊。

孙合步攒儿，从东往西走，不紧不慢。街面上是看出吃紧了，没了往日那股天津卫的泼劲儿，半死不活喘着气儿。

这城是非得让人家攻破了不可呀！孙合心里寻思着改朝换代，《推背图》上说得明白极了，到了天下大乱的时候了。

曲大少，孙合想起曲大少。他那小媳妇则做了填房，嫩得赛水葱，要是让人家弄了可是赔本的事呀。有哭的就有乐的，走一步说一步吧。

路上，遇到熟人，就打招呼唤他叫孙爷。这时孙合停住身子，伸手拿住帽檐儿，似摘不摘的样子，算是礼了。他连声回着说，您爷、爷、爷、爷……接着往前走。

住户是论保甲的，有保有甲。保长都是有些头脸的人，甲长就全凭热心肠了。想到甲长孙合就想到了罗矬子和那一万块钱。

这日子口儿我到哪儿能抓挠上一笔钱呢？

街南的几个胡同口都安上了铁栅栏门，上边还胡乱缠了些铁蒺藜，预备着扎破人的肉皮。孙合知道，这几条胡同属开汽车行的谢五爷那一保的。再往街北那几个胡同口里看，空空荡荡没见有什么铁栅栏门。

孙合迈腿进了街北的粮店胡同，里边住着开木器行的老杨掌柜，是这一保的保长。

老杨掌柜是这一带出了名的爬灰公公。开在罗斯福路上的木器行，他交给儿子去经管，自己整天待在宅院里守着儿媳妇过日子，顺便还当着个保长。这老杨掌柜的事儿，孙合在街面上听得多了。

老杨掌柜住在一套四合院里，挺冷静。

孙合叩响门上的铁环，心里说，这个老不正经的真是金屋藏娇呀。

一个三十多岁的女人开了门，一双弯弯的眼睛，不笑也溢出几分笑模样。孙合眼力不济，也就不去细看。他说，敢问老杨掌柜……

女人长得很圆润，声音也招人喜欢。您是……她问他。

洋钱孙的后人，孙合。他闭上左眼答道。

孙合的爹当年与老杨掌柜有交往，孙家屋里摆的木器，都是从老杨记木器行买的。

那女人扭摆着腰肢引孙合进了正屋，老杨掌柜正歪在太师椅上抽水烟袋呢。

孙合心里说，您老艳福不浅哪，弄了这么个肉肉乎乎的儿媳妇。

老杨掌柜抬起头，说话底气很盛。坐坐，这不是大侄子吗？说着老杨掌柜吩咐儿媳妇沏茶。

孙合坐下，收紧了小肚子故意吁吁地喘了起来，像是一路小跑赶到这里来的。

老杨掌柜说，你年纪不大也有喘病呀？给你，含上个青果化化痰。

孙合心里说，爷，我全凭这张嘴挣饭吃呢。青果？您这是要给我嗓子眼儿安个塞子呀。

他瞟了一眼青果，说我这一路紧跑慢跑是给您老送信儿来啦！我是听常去口外贩牲口的马二爷说的，他大舅子住在奉天府，真事儿呀！

老杨掌柜越听越糊涂。你慢慢说大侄子。

我慢慢说吧，这胡同口的铁栅栏门，您老得赶紧安上呀，千万别慎着了。

老杨掌柜这才松了口气，笑着说，我以为吗事儿呢，让你急得五官挪位。这铁栅栏门的钱各甲倒是敛齐了，还没说准找谁来做。

孙合急着说您得赶紧安上呀，说不准哪一天黑下就攻城。之后他环视了一眼四外，压低声音说，听说这八路军呀，是一支实心眼的军队，他们攻进来见着胡同口安了铁栅栏门，就知道这条胡同里的住户们用铁栅栏门把自己关在里头了，没打算出来掺和这事儿那事儿的，就不往胡同里攻，开过去打那些没安铁栅栏门的胡同。攻奉天的时候就这样呀！老杨掌柜您听明白了吗？大侄子我是怕您这宅院吃了亏呀。

孙合话音刚落，那位长得肉肉乎乎的儿媳妇坐在屋角条案前嘤嘤哭了起来。

爹，您快把铁栅栏门安上吧，我怕。

这位小媳妇哭起来楚楚动人，能碎了老爷儿们的心。老杨掌柜恨不能把这个小媳妇含在嘴里护着，连声说，咱安，咱这就安！

孙合叹了一口气，对他说，事到如今只能由我舍脸去找铁工厂的白掌柜了，让他搁下别人的活儿，先给您这一保做铁栅栏门。哎，您这一保统共多少条胡同？

八条活胡同，两条死的。

二八一十六加二，统共十八个铁栅栏门。孙合算计着便站起身说，我这就去。

老杨掌柜喊住他，拿着钱吧，这是各甲挨门挨户敛上来的，不够，我给添齐了。

孙合一路小跑到了白傻子铁工厂。

白掌柜正坐在铁台子旁边一个人喝闷酒儿呢。

白掌柜您忙着呢？孙合高声说道。

忙？这日子口儿还能有活儿干吗。

我给您揽点儿活儿吧，可没太大的嫌头。

白掌柜眼睛一亮，冲他问，真的？

孙合抿了一口酒，白掌柜赶紧给他满上。

哎！我孙合是从心眼里惦着你呀。有十八个铁栅栏门，让你做！你要是价钱不高，后头还有二十三十的都归你做。

白掌柜扑腾一下给他跪下了，带哭腔地说，我原本打算下晚儿去茅房上吊的，这不，我连绳子都预备好啦。

孙合一笑，说好死不如赖活着呀。他从怀里掏出一沓票子，冲白掌柜说这是定钱。他又说，今个下晚儿您就别去上吊了，赶紧给我吆喝伙计们做铁栅栏门，明天都得给我安上。

338

这时候，老杨掌柜正坐在太师椅上把心肝儿一般的儿媳妇搂在怀里，又嘬又啃。儿媳妇按住他的手说，明儿个我跟几个林里的姐儿们去居士林念佛，您赶紧叫他们安铁栅栏门。

老杨掌柜嘿嘿乐了，摸着儿媳妇的脸蛋说，孙合这小子没撅屁股我就知道他拉吗屎，跑合儿跑到我宅子里啦？我是看他穷得快没饭吃了，故意装傻赏他几个小钱儿挣！别以为我老糊涂了，小猴儿没有老猴儿灵呀。他还毛嫩哪。

儿媳妇哧哧笑着问，您就甘心让他把钱给嫌了去？充大头呗。

老杨掌柜呷了口茶水说，广结善缘，都是林友啊。说着又把儿媳妇搂在怀里，要结善缘。

7

残了脚，傻篓子出不了夫了。他爹的小土杂品铺子也歇了业。就是开张一天也进不来俩仨买主儿。傻篓子残脚上包着棉花坐在炕上打盹儿。他爹像一头拉磨的驴，愁得在屋里转悠。

还存着一屋子草袋子呢，怎么办呀。

当初进货的时候，老客瞅着他这一间小铺面问，您进这么多草袋子，是打算垒河坝修城防吧？傻篓子爹跟这个老客是多年交情了，就冲他嘿嘿一乐，说老弟你真有眼力，看到我心里去了。

他早就看准了这一步棋。等风声紧了，这一屋子草袋子卖给官面儿修城防，净赚一笔大钱。傻篓子爹谨小慎微这么多年没一口吞进这么多货来，胆子壮了又壮。

当年傻篓子的爷爷就是倒腾草袋子发的财。那年天津大水，全淹了。商号货栈都急红了眼，花钱在大门口二门口上垒埝，保着自己的货底子。傻篓子的爷爷是个有心数的小买卖人，早就算计出涝年那草袋子的用处。备下一院子，垒得小山一样。水刚进城，他就撑着小船儿串街，吆喊草袋子装黄土，垒起埝来全不怵。大街两侧的大店堂小铺眼儿都向小船伸手。这一天里傻篓子的爷爷就发了。

这一回不是发大水垒埝，这一回是修城防挡兵。这城防比河埝可大得多呀！傻篓子爹囤起满满一屋草袋子，候着时机。

心里提防，这事儿他瞒着孙合，这捐客的嘴，能喷得满世界都知道这条发财的道儿。故而傻篓子爹把草袋子全存在自己妹子的后院里。

他妹子住在药王庙胡同，临着保安队队部。他跟妹子妹夫许了愿，等草袋子出了手，给他们留一成利，算是占房子的钱。

就是拿不准吗时候出手。他犯了嘀咕。

拿不准，傻篓子爹就盘腿坐在炕上。使纸牌给自己算了一卦。他猛地一拍大腿，说今儿个得出去试一试，有运有运，从东南来。

听说东南城角儿那正垒街头工事呢。大兵领着民夫干活儿。东南城角儿是块要地，当年二十九军的大刀队在那儿跟日本兵干过一仗，砍得东洋人的脑袋落满马路，像西瓜地。只怨那老蒋下令撤兵，气得二十九军的大兵三三五五抱着大刀片儿跳了海河。傻篓子爹寻思着，胆子也让二十九军大刀队给鼓了起来。他叫了一声傻篓子，爷儿俩就出了院子直奔药王庙胡同。

临近晌午了，傻篓子拉着一辆装满了草袋子的排子车奔了南马路。他爹在后头推着。

傻篓子的右脚残了，又套了脓，那辆车也被他拉得东摆西扭像喝醉了酒。虽说脚上穿了一双他爹的破棉鞋，但他还是想念着那只丢在开洼野地里的棉靴头儿。天底下就那双棉靴头儿最暖和，也可心。曲嫂子为吗叫我把剩下的那只棉靴头儿挂在树梢上呢？像小孩子丢在大街上的老虎鞋，挂在树上等着人认领。

在后头推车的傻篓子他爹心里还是犯嘀咕。咱这辈子也没跟官家做过买卖，张口找大兵们要个吗价钱呢？不能高又不能低，难了。

从南门东上坡儿的时候，傻篓子他爹一眼瞥见孙合——正衣帽齐整站在馃子铺门口儿，给那两位下象棋的老头儿支嘴儿呢。

跳马，我跟你说跳马！噢，这儿还丢着车呢。孙合目不斜视，心思全在棋盘上。

孙合手里提拎着半个猪屁股。这地方的肉炖着吃可香，瞧那条猪肘子粗的。傻篓子爹心里说千万别给孙合瞧见呀，就紧跑了两步，推得傻篓子脚底下直发飘。

你这是去送死呀！身后传来孙合的嚷叫。傻篓子他爹吓了一跳，抚着脑门子上的冷汗回头看，敢情孙合是冲着棋盘嚷叫的，不关这一车草袋子的事儿。

可傻篓子他爹还是觉出这句话不吉利。

孙合扭身站定，远远望着那一车草袋子远去的背影，用的是那一只亮晶晶的右眼。

这是修城防不是垒大埝，大兵可比大水厉害多了。孙合自言自语，拎着半个猪屁股往家走，腰里又有了钱他走道还是迈着四方步。

傻篓子拉着车到了东南城角儿，觉出了车沉。他停下车回头看，才知道爹已经落下二十多步远了，他就呆呆地等着。

他爹终于赶上来了。傻篓子看到爹脸色发白双唇颤抖，很害怕的样子。

街头工事垒了一大半儿了，人们正歇着。一个军官模样的人走了过来，大声吆喝。

车上拉的吗呀？不当不正地停在这儿。

傻篓子他爹凑上前去，哆哆嗦嗦说，老总，知道您这儿用草袋子，我就给送来了。您要是用着合适，我铺子里还有哪。

这个军官围着车转悠了一圈儿，对傻篓子他爹说，行呀，快卸到边儿上去吧。

傻篓子他爹心里一喜，就手忙脚乱地卸车。

老总，我铺子还有三千多哪，您都要呀？

341

都要都要。那军官有些不耐烦了。

傻篓子他爹站在那儿，不知说吗才好。

老总，您看这价、价钱怎么商量呀？

价钱？吗价钱呀？军官说着转身就走。

这草袋子得有个价钱呀。傻篓子他爹撵上去几步，追着军官说。

啪！那军官回手给了傻篓子他爹一个嘴巴，还不解气，又抬起皮靴子踹了一脚。

哪来的奸商？想发国难财呀？还给你价钱，一律充公。守这天津卫，有钱出钱，有人出人，你呢，有草袋子就出了草袋子呗。军官说。

傻篓子他爹眼前发黑，双腿一软就坐在地上了。天爷！我怎么这么傻呀，自己往火炕里跳。这时候上来一群人把一车草袋子卸光了。

他对傻儿子说，拉上车咱们快走哇。刚迈步又觉着不妥，回身给那军官鞠了个躬。

站住。军官说了话。你年岁大了，拉着车回去吧，让你这个伙计留下，算个夫。

老总您别价，他是我儿子，他傻。

傻？傻子干活儿才肯出傻力气，你滚吧！傻篓子他爹立在那儿，显得老了二十岁。

草袋子白送，又赔进去个傻儿子。傻篓子他爹独自拉着排子车往回走，心里那个堵哇。

妈的，这是个吗世道呀，人要是倒霉，喝口凉水都塞牙。就欠让你们喂了八路军枪子儿。他拉着排子车从上平安电影园子那个路口拐进去，奔南。傻篓子他爹心里胡乱寻思着，忘了自己该往哪儿去。冷风，吹着他那双招风耳。

路过恶霸张八开的那个饭馆，已经是南市的心儿了，傻篓子他爹才觉出走错了道，赶紧拨头往回折。路过豆子地，胡同里胡同外都冷冷清清的，没人。这胡同里住的尽是些南方口音的窑姐儿，都没了生意可做。傻篓子他爹心里宽绰了几分，天塌下来又不是光砸我一个人，先砸高个儿的。

在南门东上坡儿他遇见了大用子。

大用子拉着一辆洋车，逆着他走。错车的时候大用子唤住了问他，您也改行拉车啦？

他很烦，就说，你拉座，我拉货。

大用子停住车，小声说，那个被我给涮了的大头哇，敢情是曲大少的客人，这一会儿正坐在曲家屋里喝酒哪，我得躲一躲。

你老实巴交的孩子，怎么也涮人呢？说罢傻篓子他爹拉着车往前走，心里说，这就是个教人学坏的世道。不坏呀，你就得饿死。

还了排子车，他一路哼哼着进了院子，像是闹牙疼了。进了屋他呆住了。傻篓子正半个屁股坐在炕沿上喝茶呢。

你怎么回来啦？

那、那个老总叫我上水铺给他沏一壶茶去，我提拎着茶壶就跑回来了，反正他也不认识咱家。傻篓子破了例，大白天说了这么多的话。

听了这话，傻篓子他爹先是害怕，转念一想，铁打的营盘流水的兵，说不定下午他们就开到别处去了，用不着怕。于是他便拿了个茶碗，也从那只赚来的茶壶里斟了一碗热茶，喝。

味儿不错，不是小叶儿是高末儿。他边说边喝，一会儿就喝空了壶。他又想起那个军官。

这只大茶壶是那个军官的。妈的！

他解开裤腰带，凑足一泡尿。哗——他朝壶里十分过瘾地撒了一泡尿，一脸舒坦相。

他对傻儿子说，往后呀，它就是咱爷儿俩的尿壶了，省了买夜壶的钱。妈的！

你小子胆子比我可大多啦，敢跑，还捎回个茶壶来！爹不如你。他喜滋滋说着，仿佛是儿子中了状元等着招驸马呢。

打了盆水，他蹲在炕沿儿前给傻儿子擦洗那只套了脓的残脚。心里说这是活受罪呀。

8

开明市场迤西，有个人称六国饭店的地方。说是六国饭店，其实就是沿着墙根儿摆开的一长溜地摊，专卖折箩。折箩是大饭店剩菜剩饭剩汤的总称，干箩一筐地全汇到这里，分门别类，叫卖。来六国饭店的都是些凑合饱混着肚子的穷人。穷人多，生意也就兴隆，通四海。

两个妇道人家在这里遇见了。端着瓷盆的是孙合的老婆，挎着提盒的是曲达元的媳妇。

来了您哪，同时打招呼又都同时龇牙一笑，脸上都挂着几分不自在。到六国饭店这地方来，总是碍着面子的，不大好看。

我呀，来给猫买点儿猫鱼儿。

是啊，我想寻摸个馒头做面酱引子。

孙合的老婆心眼活泛，说我先去解个手吧咱们回头见。她端着瓷盆奔了西边，给曲达元的媳妇腾出了地方。

曲达元媳妇赶紧往摊子上凑，快买了快走。

折箩也是分出三六九等的。有菜汤子烩烂饭，也有吃剩下的燕窝鱼翅，有盛在大桶里使马勺舀着卖的，也有漂漂亮亮摆在盘子里有名有姓的大菜。

这种大菜都是惠中饭店那样的大饭桌上撤下来的。吃主没动几筷子，挺囫囵地就离了桌子到了六国饭店的地摊上。它的身价依旧带着富贵气。

卖折箩的使马勺敲着桶沿儿吆喝着。

吃去吧！热乎，味儿好！

吆喝着往大桶里的烂饭上撒下一把白花花的碱面儿。这碱面儿遮住了烂饭的酸味儿。

曲达元媳妇来到卖大菜的摊子前。一条大鱼摆在一只大盘子里，盘子边儿上贴着个小纸条，写糖醋鱼三个字。这条糖醋鱼汁醇色正，根本看不出是折箩。它在大饭馆的桌子上已经被吃去了几筷子，没翻个儿。卖折箩的把它翻了身摆在盘子里，好体面的一道名菜呀。

还有一盘四喜丸子，都是择出来的囫囵丸子，有汤有水煨在那里，像是刚出锅的。

吃得起这种折箩的穷人，不多。

曲达元媳妇相中了糖醋鱼和四喜丸子，跟卖主杀了杀价。交了钱她拎着提盒就走，怕叫熟人瞧见。奔北走，她还要去那个名叫文化斋的小饭馆，正儿八经炒上两个酒菜。真真假假一起端上饭桌，就有山有水有声有色了。

这时候孙合的老婆来到卖折箩的摊前，买了一盆儿有菜有汁的米饭，端着就走。吃这种折箩的人，是穷掉了底儿的。

卖折箩的接着吆喝。吃去吧！过几天连折箩都吃不上啦，大饭店没了生意我也关张啦。

曲达元的媳妇进了家，在堂屋里搬上桌子，请客人入席。曲大少陪着王十二哥落座，问她，哪儿炒的菜？媳妇回答，玉华台饭庄。说着她烫热了酒，斟上。王十二哥您就将就着用点儿吧，粗茶淡饭的。她笑着说，有几分羞涩。

王十二哥动了动筷子，说味儿好味儿好。心里却说，这都什么时候了还讲吃讲喝的。

曲大少夹了一筷子糖醋鱼，立即品出味道绝佳，连声说咱们这儿的玉华台，数一数二的大饭庄。掌勺的大老李，当年是陆军总长家里的厨子。王十二哥说久违了咱们天津卫的手艺。

接连干杯。曲大少说，王十二哥你方才一番话，都说到我耳朵里去了。我他妈的也不愿意过这种日子，是得改变改变！大丈夫宁死阵前不死阵后，我听你的话，往亮堂地方走。

王十二哥说了一声好，举起杯中酒说，这心事你知我知，干！不过……千万要小心。

王十二哥说罢，又夸赞那四喜丸子味道好。

曲达元媳妇心里说，这个王十二还真是个吃家，能品出个高低。那糖醋鱼和四喜丸子都是六国饭店大厨子烧出来的菜，味儿就是好呗。

只要那糖醋鱼别翻身，味道就不会不好。曲达元的媳妇镇定自若侍候着曲大少和王十二，脸不挂相心不跳但她隐隐约约从他们的说话里头听出些味道来。

曲大少有些醉了，王十二哥却面不更色，很有几分城府，稳稳当当喝着老白干。

曲大少说，王十二哥你吃菜呀，把那条鱼翻个身，都吃了它。

王十二哥伸出筷子拦住他，哈哈一笑说，我饱了，别翻个儿啦。吃剩下的你就卖给折箩吧，别浪费。

听见浪费这个字眼儿，曲达元媳妇觉得是个新鲜词儿，从前没听见过。她就越发细细打量这个王十二哥。

她觉得王十二哥这个人心眼儿挺好的。

曲大少是醉了，举起筷子指着她的鼻子说，小贱妇，你又用眼睛勾搭汉子呀？王十二哥是个堂堂正正的人，不受你的勾引！

王十二哥腾地红了脸，拦住他的筷子说，你醉了，胡说八道啦！

她听了丈夫的醉话，心头倏地一颤。

曲大少又说，王十二哥哥，你、你要是看得上这小娘儿们，今儿、今儿、今儿晚上你就……

王十二哥起身给了曲大少一记耳光。我看你是个流氓无产者！王十二哥愤怒之下又说出一句十分耳生的话来。曲大少听不懂。

曲达元媳妇也弄不明白什么叫流氓无产者。她连声说，王十二哥您别生气呀他喝醉了。

她又使劲儿看了王十二哥一眼。

王十二哥急忙挪开目光，不知道自己这双眼珠子往哪儿搁才好。

那间屋里，孩子哇哇哭了起来。

曲大少似乎清醒了一些，见自己的老婆到那间屋里照顾孩子去了，压低嗓音对王十二哥说，你你别看我喝多了我只想叫她服侍服侍你。可我脑子没乱，你跟我说的那件事，我一字不差记在心里了。你就放心勿念吧！

王十二哥干巴巴一笑对他说，哪件事儿？我可什么话都没跟你说什么事都没让你办呀！

9

街角正朝阳，大用子躺在洋车上刚要冲个盹儿。有人叫他。

是孙合，拎着半个猪屁股。大用子惺忪的双眼望着孙合，觉得他年轻了十岁。

孙合说，我买了两袋洋面，你给我拉家去。说着又把那半个猪屁股扔在洋车踏板上。

洋车拉着孙合和两袋洋面半个猪屁股，到了胡同口。孙合在洋车上眯着双眼说，拉进去，拉到院子门口。

我看您老就在这儿下车吧。大用子放下车把说。他心里嘀咕，怕在院子门口遇见曲大少屋里的客人王十二哥，非挨顿揍不可。

拉进去，你怕我不给你车钱呀？你要多少我给多少！孙合坐在车上摆起了谱儿。

大用子一点儿辙儿都没有，心里说，今儿个我怎么撞见你这么个独眼判官了。穷人乍富，刚穿新鞋高抬脚。于是大用子高声说，孙掌柜别说拉您到院子门口儿，拉到炕头上都行。

孙合嘿嘿一乐，我炕上可不缺大儿大女，你到院子门口就得啦。

347

到了院子门口，孙合没下车就先亮开了嗓子喊，大虎他妈妈，叫孩子来扛洋面呀！

这嗓门喊穿了一座院子。

大用子的心提到嗓子眼儿，害怕曲大少屋里那位客人一步迈出来。

他是一大早在老北开拉上那位客人的。看客人的打扮，是个外埠来的人。这日子口儿从外埠来的人少得多了。说不准吗时候八路军攻城，谁也不愿到这是非之地来喂枪子儿。这位客人操着半生不熟的口音儿，仔细听又有几分天津味儿，大用子也闹不清他到底是何方人氏。那人先给了钱，一屁股坐在车上说，你们拉车的很辛苦啊。大用子自从替人拉了这洋车，头一次听见有人跟车夫说这种话，心里就热乎。

那人又说，应该多给你一些钱啊。

大用子心里更热乎，飞跑起来。

那人接着说，你们车夫应当过上好日子，这好日子很快就会临到你们头上啦。

大用子心里说，这话可越说越虚了，不实在不实在，跟说评书一样。

今天还不能给你很多车钱，等着吧，到时候你就会过上好日子的，你相信吗？

大用子一听气炸了肺，敢情是假斯文假慈善呀！咱天津卫老爷儿们可用不着让你哄着玩，快闭住你的嘴吧，别在这儿充大尾巴鹰。

路过一个车厂，大用子停下脚说，先生您老请下来吧，这车气不足，我去换一辆不撒气的车，您稍候一候。

大用子拉的根本就不是这个车厂的车。

他进了胡同一拐弯，走人啦。

那位先生就像傻老婆等汉子——越等越不来，只好另雇了一辆洋车，赶到华明理发所，那位曲大少早就拾掇完脑袋回家了。

这位王十二哥让大用子给涮了，却百思不得其解。心里嘟哝，我这个天津卫长大的娃娃，怎么一回到天津就让本乡本土的爷儿们给涮了呢？他觉得这块地界儿在眼中已经陌生了，摸不着命门。坐在洋车上的时候他还操着不南不北的口音，让车夫给涮了，他才渐渐找回了那一口纯正的天津话，心里也踏实了几分。

孙合随着洋面和猪屁股进了屋，头一句就问老婆，晌午吃吗饭呀？

老婆局促不安，说吃咸饭吧热乎乎的。

孙合一眼看见桌子上摆着的那盆子烂烂乎乎的饭，就知道是从六国饭店打来的折箩。

他一步上前掀翻了桌子，大声说，咱家吗时候吃过这路下三烂玩意儿？快喂猪去吧。

他坐在炕沿上脱鞋，连声说，包饺子吃包饺子吃，包一个肉丸儿的饺子快点儿剁馅儿！

孩子们都龇着牙乐了。

没事儿，吗事儿也没有。该吃的还吃，该喝的还喝。明儿个天上照样儿有太阳。

孙合摇头晃脑哼哼起京戏，一嘴马派味儿。

他老婆一边和面一边说，大虎他爹你真有能耐呀！这日子口儿出去一趟还能抓挠进钱来，赚了多少呀？

孙合说，放心吧够你花一程子的。这一万块钱，你先给那个罗锉子送去，捎一斤白瓜子回来，要现炒的。

她搓着手上的面粉说，甲长说今儿个过晌得在院子里刨壕，刨得了再盖上铺板培上土，打起来叫大伙儿钻进去躲枪子儿。一户出一个老爷儿们，刨。

他伸腿躺在炕上，像只大虾。你看我是干那种粗活的人吗？跟甲长说咱们花钱雇一个人，替咱刨。

老婆小声问，你这一趟出去，到底挣回多少钱来供着你摆大爷的谱儿？

炕上打起了呼噜，孙合睡过去了。

院子里热闹起来，像是谁家死了人。

我的天呀！这是要火烧独门儿啊，我可活不了啦，这就去跳海河呀，你别拦我啊……

是傻篓子他爹的妹子，坐在当院号啕大哭。天冷，她像一只大肉虫子在地上扭动。

傻篓子他爹蹲在门槛子上，呆呆望着她。

别哭了，你又不是孟姜女，也哭不塌天津城呀。起来吧，咱们合计合计想个办法。傻篓子他爹终于说了话，抖动着一双招风耳。

吵醒了孙合。他坐起身问老婆，这是谁哭呀？跟唱秦香莲一样。下炕，他出了屋。

怎么啦姑太太？他揉着那只亮眼睛问。

那女人就用哭腔唱出了心中的委屈。天津卫的老娘儿们，哭就是唱，一波三折往海里流。

原来这眼泪儿是因为那些存放在她家的草袋子才流的。风声紧了，说不定哪一天黑下八路军就得开进来，傻篓子他爹的妹子早觉出大事不好了。这些草袋子要是让枪子儿给打着了，非起了大火不可，她的宅子就烧成灰儿了。眼睁睁这草袋子又卖不出去，她心惊肉跳活不下去了，就到哥哥门上来坐地撒泼。

孙掌柜，您给拿个公道。她像见了救兵。

这事儿可是不好办呀！这草袋子是个祸，白送给别人也没人敢要，躲还躲不及呢。

孙合咂咂着嘴，很是为难。别着急大妹子，先到我屋里吃饺子，商量个办法。

哟！这日子口儿您还讲吃？真是大器。

她从地上爬起来，进了孙合的屋。

曲大少出来送客了，连声说王十二哥你慢走，我上街雇辆车。他媳

350

妇在身后小步随着。王十二哥有空您就来吧，千万别客气。

孙合又蹲在阳沟边上刷牙漱口刮舌头了，丝毫也没觉出天儿冷。嘴里拾掇得清清爽爽的，候着吃那一个肉丸儿的饺子。

10

客人走了，曲大少上了炕，脑袋靠在被套上，伸腿一躺。他这一躺，可就没日子起来了，兴许三天，也兴许五晌。吃喝撒睡，全在炕上办了。酒劲儿已经过去了，曲大少心里挺明白的，寻思着王十二哥跟自己说的那些话儿。

几年不见，这王十二哥可是大变样呀。成了个干大事儿的人了，有胆子。他开头让我去干那件事儿，可喝了酒又说什么事儿也没让我去干。他改了主意啦？干！走一步说一步吧。男子汉胆小怕事可过不上好日子。

于是曲大少又想到了傻篓子，是个帮手。

这时候堂屋里进来人了，说我爸让您尝尝鲜儿，是一个肉丸儿的。来的是孙合的孩子大虎，十四五岁的半大小子。

谢谢你爸你妈，总这么惦着我们。大虎走了。曲达元媳妇把一盘子热气腾腾的饺子端到炕前。他爸你趁热尝几个吧，她对他说。

我不吃一个肉丸儿的饺子，太腻。曲大少翻了个身，脸朝里躺着。又说，你也别吃，黑下睡觉被窝子里全是肥肉肥油的味儿，睡觉做噩梦还倒胃口呢。

是呀，满嘴都是肥油味儿，我最腻味呢。她说着把饺子端到堂屋里，十分麻利地捏起一个饺子，撕开个小口儿，一喂就把肉馅吸进嘴里。之后一口气把没了馅的饺子吹鼓，还摆在盘子里。一会儿，她把肉馅就全喂光了，一盘子没了馅的饺子鼓鼓囊囊摆在堂屋桌子上，白灿灿的像个小景致。她无声地笑了。

他爸，明儿个是孩子他爷爷的忌日，咱使这盘饺子上供吧？老爷子活着的时候最爱吃一个肉丸儿的饺子，我听我姐姐活着的时候回娘家提过这事儿。

屋里炕上嗯了一声，说宫白羽的武侠小说真他妈的太神啦，从辽东来的这帮子高手……

她进屋说，我听说八路军也是从那过来的。

妇道人家懂个屁，莫谈国事。你去把傻篓子给我招唤咱屋来，快去。

傻篓子来了，残脚还显得有些瘸。

这一程子你没去听戏呀傻篓子？曲大少斜靠在炕头被套上问。

哪儿还有唱戏的，都关了门啦。

傻篓子我跟你说个事儿，到时候你随着我就是了，咱们利利索索办完了就往回走，用不着害怕。孩子他妈，给傻篓子拿两千块钱让他花去。

我想让曲嫂子给我做一双棉鞋。傻篓子说。

行呀！将来我还要帮着给你说个媳妇呢。

曲达元拿起一颗烟卷儿，媳妇赶紧从堂屋里奔过来，划着洋火给他点着了。

说媳妇我也要说个曲嫂子这样的。

曲达元望着傻篓子哈哈一笑，这不难办！

这时候孙合屋里摆满了一个肉丸儿的饺子，像个卖扁食的小饭铺。孙合吃着饺子对大虎说，出了锅，给傻篓子屋里也端一碗去。

甲长罗辁子又进了院子，冲着孙合的北屋说，孙掌柜您不吃就是不吃，这一吃起来可就是武的呀！包得满世界全是一个肉丸儿饺子。明儿个不过啦？

孙合盘腿坐在炕上，大嗓门嚷着说，罗掌柜屋里坐，尝几个饺子呀。咱是粗茶淡饭保平安，明儿个也是九九归一呗。

罗甲长立在院子当央说，刨壕刨壕，今儿个就刨壕，枪响了就都猫进去。咱胡同口的铁栅栏门一早儿就安上啦，这下子太平多了。

孙合嘿嘿一乐说，我那十几扇铁栅栏门也安上啦，要不哪儿来的一个肉丸儿饺子吃。

傻篓子他爹的妹子吃饱一个肉丸儿的饺子，又坐当院里哭上了。

罗甲长呀！我那一屋子草袋子白送给您啦，求求您就收下吧。

你也想让我火烧独门儿呀？罗甲长急了。

打着响嗝的孙合出了屋，他一眼明一眼暗地说，这事儿，又得我替你们办啦！

那女人止住哭声说，孙掌柜您是大好人，天津卫除了李善人就数您心眼儿好啦。

话别这么说，你不是总去城角儿的居士林听讲经吗？这叫广结善缘，都是林友哪。孙合念叨着便进了傻篓子家。

傻篓子他爹正吃着孙合送给他的那一碗饺子，边嚼边说，干脆找几个人把草袋子扔到开洼里去吧，我的买卖关门不干了，认赔。

他妹子说，你也傻啦？开洼现在是战场，你去喂枪子儿呀吃饱了撑的！这女人又接着说，孙掌柜我跟您就熟不讲理啦，这草袋子我全送给您了，您看着办吧。

傻篓子爹说，妹子你怎么就做了主呢？那一屋子草袋子是我的不是你的。

孙合一板脸说，草袋子送给我，而后让我花钱雇人去扔呀？大妹子你这是难为我子丝儿呀。

子丝儿是商铺里的切口，姓孙者。

傻篓子爹说，孙掌柜你要是愿意帮这个忙，那草袋子就算是咱俩人的，二一添作五。

那得我看了草袋子再说，它是个祸呀。

院子里就要刨壕，罗甲长督着。一户出一个老爷儿们，这洋镐洋锹

353

我都给借来啦！甲长嚷叫着，只出来一个傻篓子。

罗甲长进了曲达元的屋。那小媳妇正坐在堂屋洗小孩儿的衣裳呢。他猫腰把手伸进盆里，轻声问，水凉吧？说着一把抓住她那只白里透粉的小手，死劲攥着。

她挣脱开，高声说，罗甲长您坐呀。

罗甲长无奈，进了里屋，冲炕上说，曲大少您该动弹动弹啦，一户一个老爷儿们，刨壕。

曲大少纹丝不动，说了声甲长你坐吧。

炕角摆着一只粉红的二人枕，罗甲长看得心里痒痒起来。曲大少真他妈的有艳福。

这时曲大少坐起身，无精打采地说，刨壕？我雇一个人吧，替。

这日子口儿上哪儿雇人去？爷，您老动弹动弹吧别坐月子喽。罗甲长说完就往外走。

堂屋里他又猫下腰去抓盆里那只醉人的小手。手还未到，曲达元媳妇突然伸手抓住他的裤裆，不言语。罗甲长美得喘上粗气了。她声儿很轻地说，雇不来人，你替他刨，我就叫你替他刨壕。说着小手又暗暗使劲儿。

罗甲长低声说我替我替，心里却想，这小媳妇平日里挺端正的，敢情是个黄爱玉呀。

她飞了他一眼，伸手一搡，可怜的罗甲长便没了享受。她大声冲里屋说，孩子他爸，你躺着吧，罗甲长大仁大义要替你刨哪。

屋里炕上嗯了一声，说替吧让他替吧，这辽东来的一大群高手敢情是二十年前的仇家呀。

罗甲长踉踉跄跄出了屋，叫嚷着快刨壕快刨壕早刨早太平哪。他抄起洋镐使足了邪劲。

曲大少躺在炕上睡着了，鼾声如攻城的炮响，吓人呼啦的。还在埋头洗衣裳的小媳妇心里正寻思自己这只小手的价钱，挺金贵的。三抓五揉搓，就让罗甲长自情自愿当了雇工。

11

下晚儿，孙合又蹲在阳沟边上拾掇他那只嘴——刷牙漱口刮舌头。院子里飘着炖肉的香味儿。那只瘦猫在房上喵喵叫。

院子里的壕已经刨成了，盖上铺板，上边培了厚厚的土，留出个壕口，预备着人们钻进钻出。傻篓子他爹猫腰钻进去试了试，爬出来说，里头太憋闷了，喘不上气来。

曲大少出了屋，站在院子里过一过新鲜空气。院子当央多了条壕，就没了老爷们儿站脚的地方。曲大少抬头看见树枝上挂着一只鞋，亮了亮嗓子问，这是谁的棉靴头儿呀？

见没人搭理，他又说，孙掌柜你炖肉的锅里还得放点儿冰糖，我闻着欠口儿哪。

孙合出屋应承，说没地方买冰糖呀，杂货铺都关了张。这日子口儿咱也没办法讲究啦，像乡下人炖肉一样，没滋没味儿。歇着您哪，话说多了伤气。说完进屋吃腥荤去了。

曲大少伸了个懒腰，远远望着傻篓子家门上贴的那副对联儿。这是去年过年的时候贴的。孙合给出的词儿：

上联：生意兴隆做生意总做生意

下联：财源茂盛开财源常开财源

横批：全在其中

他又伸了个懒腰，小声说，躺得太累了，我去干点儿吗事儿呢？真愁得慌。

还不定哪天黑下大炮就响了。

大炮一响就改朝换代呗，国民党是完了。

咕咕咕咕。曲大少听见声响抬头看，房檐落了一只鸽子，是瓦灰。

它东张西望，在房檐上走走停停，一副心神不定的样子。

曲大少乐了。养鸽子玩蛐蛐喂金鱼，他都是行家里手。这一两年他觉得玩这玩那都太累人，就不玩了。见到这只下晚儿找不着家的鸽子，他就打定主意把它给炒了，夜里下酒儿。

酒壮小人胆。说不定哪天黑下八路军就得攻进来。曲大少自打送走王十二哥，每天黑下候着攻城的大炮响。大炮一响，他就到同德兴货栈后院去。一墙之隔是保安队的队部。

说妥了，他朝天上发信号，指明地界儿。

那鸽子心事重重，朝曲大少伸头探脑。

孩儿他妈妈，快拿抄网来！梯子，梯子呢？

哎，梯子在二奶奶院里立着呢。

你快去扛梯子，我守着鸽子。曲大少盯着房檐对鸽子说，这日子口儿连我都不出去逛荡了，你还敢出来打游飞？找死呀！

等他媳妇趔趔趄趄扛着梯子赶来，曲大少正跳着脚冲天上骂街哪。

你跟着瞎搅和吗？灾星！等我有了空闲非宰了你不可，馋猫。

那只鸽子被黑猫给扑飞了。没了他的菜。

这时候当院里的人多了起来，显得挺乱。

孙合领着三个孩子，对傻篓子他爹说，别去雇人了雇人还得花钱，我这仨孩子就能顶上一个大人，咱们走吧。

傻篓子他爹顾虑重重地说，孙掌柜你说咱们是五五还是四六？早点儿把话说明了吧。

孙合哈哈一笑，说你怎么把话说远啦？老街旧邻的我能跟你五五吗？我四，你六。其实我子丝儿要这些草袋子也是多余，又不能熬着吃。我这是帮你解难别一把火烧了你妹子的宅子。说着孙合打了个响嗝，吓了傻篓子他爹一跳，以为是什么地方传来一声闷炮响。

孙掌柜咱们把草袋子挪到吗地方去？

你就瞧好吧！保准不让你花那存栈的冤钱。

356

说着这几个人出了院子，去挪草袋子了。

曲大少又躺到炕上去等大炮响了。不让掌灯，他看不成武侠小说，就唤媳妇上炕来，让她捶腰捶腿，给他解乏。

媳妇小声说，冷呀，我得出去点一炉子火，端进来暖和暖和。曲大少打了个哈欠说，过些天咱们就能过上好日子啦。

她想了想说，咱现在的日子也挺好哇。

妇道人家懂个屁，好日子你见过吗？我爷爷活着的时候，唉，别提了别提了，你娘家是个开鞋铺的，吗也没见过呀，就一屋子楦子呗。

黑暗中她咧了咧嘴，无声一笑。

孙合随着傻篓子他爹进了药王庙胡同。

进了那座独院，傻篓子他爹就招唤自己的妹子。那女人一见这阵势就明白了，乐得拍着巴掌说，孙掌柜您可积了大德了，可给我去了一块心病呀。

孙合揉了揉那只无光的眼，说大妹子你别折我的寿，圣人讲仁者爱人，我这只是尽个力儿，咱们快搬草袋子吧。

一屋子草袋子七手八脚便搬空了。

装上那辆排子车，傻篓子他爹问孙合说，挪到哪儿去？这黑灯瞎火的。

你驾辕，大虎跟二邦子拉套，小三推，你们随着我走吧！好地方。孙合深一脚浅一脚在前边领道儿。

该安铁栅栏门的地方都安上铁栅栏了。过了升平落子馆奔北。庚申胡同里有一座男女茅房，大伙凑钱建的，挺宽敞。前几天一个小媳妇跟别人通奸，让爷们给堵到炕上了。小媳妇没脸见人就在女茅房里上了吊。

女鬼最吓人，从此这女茅房没人再进关了张，男茅房里人也寥寥。人们都宁愿过了电车道往老城里的丁公祠去拉屎。

孙合相中了女茅房，当存草袋子的货栈。

傻篓子他爹喘了一口大气。我说孙掌柜您这唱的是哪一出呀？让死鬼给咱守着货底子。

这话说得好，死鬼守着保准一根草棍儿都丢不了，她还不找你要佣钱。孙合小声说。

就往女茅房里搬草袋子，全忘了害怕。孙合小声对傻篓子他爹说，我是怕人不怕鬼，这引火的东西要是让这条胡同里的人知道了，非揍咱们一顿不可呀。

傻篓子他爹的两条腿开始打颤儿，颤着颤着就尿湿了裤裆。

活儿干得挺顺当，孙合领着大伙往胡同外走，这是一条死胡同，不知为什么胡同口还没安上铁栅栏门。孙合心里说，这钱又等着我来挣呢，换一顿腥荤吃。

临出胡同，一个黑洞洞的门里露出个老头儿的脑袋，问孙合你们干吗呀一帮一伙的？

孙合停住脚，压低声音说，快进去吧您哪，今儿个黑下八路军就攻城。

吓得老头儿啊了一声缩了回去。

往回走，傻篓子他爹嘟哝着说，我怎么就想不到这女茅房呢？孙掌柜你将来了不得呀！

孙合一板一眼说，言重了，咱天津卫的老爷儿们不都是这样吗？混日子呗。之后他停了脚步，正正经经咳了一声说，活儿也干完了，我可不是贪财的人，那草袋子我要多了也没用。你要是非谢我不可，咱们别四六分账了，二八吧，我二你八。

傻篓子他爹双唇发抖，连声说孙掌柜你是个大丈夫，跟你比我非得跳海河去。

别跳，好死不如赖活着。孙合对他说。

走着，孙合又想起了那个上吊的女鬼。这小娘儿们也不是个凡人，兵荒马乱的日子，她还能有这么大的闲心整天跟野汉子通奸。出了事儿她就痛痛快快死了。真是阎王爷弄小鬼儿，舒坦一会儿是一会儿。孙合心里回忆不出那个小媳妇活着时候的模样，却挺佩服这烈性女人。

妈的，这小媳妇犯了事敢死。

在一家小酒铺门前孙合停住身子，大声说，活儿干得挺顺当，应了谋事在人成事在天那句老话儿。我请客，咱哥儿俩喝上几盅。

傻篓子爹说，让您破费啦孙掌柜。

孙合叩开小酒铺的门。卖酒的主家很惊讶地迎出来说，这兵荒马乱的日子，孙掌柜您还有心思喝酒呀？

酒色财气，到吗时候也绝不了它。孙合清了清嗓子，对自己的三个孩子说，你们仨也坐下，见识见识日后怎么当个老爷儿们。

傻篓子爹依然心事重重的模样。

事儿都办得啦，你怎么还愁眉不展的？别愁，天津卫到吗时候都是天津卫！前清，民国，日本人，又民国，海河还是往东流吧？依我之见，哪一方哪一派也改不了天津卫的老底子。四面城墙是拆没了，可南门脸儿呀北大关呀东南城角儿呀，不还是挂在咱们嘴头子上吗？普天之下，就咱这地界儿最养人。活着吧您哪，再来一盘儿咸果仁儿。孙合十分豁达地说着。

傻篓子爹听罢，又问他，那您说这天津卫的老底子是吗呀？

孙合咕咚灌下一口老白干。老底子是吗？这就靠自己慢慢品了，早晚能品出个味道来。

三个孩子眨巴着眼珠子听着爹的高论。

12

天黑得早，又不许可掌灯，就更显出阴冷了。她在门前点着炉子，煤球也就用尽了。天津人过日子，都是三斤五斤地买煤球，零揪儿。打油打醋也是小瓶子小碗儿。过一天说一天。

烟冒尽了，炉火也该壮上来了。曲达元媳妇使劲儿端起炉子，进了堂屋。

烙饼吃。棒子面的心儿，白面四外一裹，摺成一张饼放在炽炉上，香味儿就出来了。

看着是一张张白面饼，里层儿却全是棒子面。天津人的手段，这饼的名字叫银裹金儿。

这时候她望着炽炉上的饼，觉得这日子过得真是没滋没味的。转念一寻思又说不清怎样才能过得有滋有味。就守着这么个油瓶子倒了都懒得去扶的爷们过日子吧，这是命。

王十二哥这些天又跑到哪儿去了？一直没露面，兴许又出了城。不知为什么她自从见了王十二哥就觉出他不是个寻常的男人。

王十二哥是个干大事由儿的老爷们儿。

天津卫这种老爷们儿可不多，尽是小秧子。

饼都烙得了。她听见里间屋有响动。不知孩子他爹在折腾什么。他是很少折腾出响动的，整天躺在炕上，懒出一屋子雅静来。

她吃力地提拎着木筲去院门外边的阴沟倒泔水。

影绰绰的，胡同口撞进几个人来。他们推开铁栅栏就往里走，气势挺大的。

是兵。她心里一紧，觉出有事情。

这些兵嘴里骂骂咧咧地越走越近。

是来抓丁的吧？怎么没见罗甲长的人影呢？她心里说了声不好，拎着空筲往家里跑。

进了屋她就惊呆了。

爷们坐在条案前的太师椅上，一脸正气。他手里拿着一块玉石的镇纸，啪地往桌子上一拍，高声大嗓像个刚刚升堂的县太爷。

屋里还掌着一盏煤油灯。这可犯法呀罗甲长说了灯火实行管制。可她不敢说，心里急得似火上了房。

360

他爹，你赶紧躲一躲吧。

曲大少像是根本就听不见她的话。一本正经审案子呢。那只黑猫，被捆在门框上吊着。

我说你是死罪！扑飞了我的鸽子是死罪，那是我夜里下酒儿的一碟菜呀，死呢我也让你死个明白，民国啦什么事儿都有个章程，你有九个魂儿也没用。我就够馋的啦，你比我还馋，我能不治你的罪吗？

他爹，八成是抓兵的来啦！你得躲一躲。

曲大少听了，没往心里去。他慢条斯理地说，抓兵？他们敢乱抓兵！我爷爷活着的时候有一次……

她急了，说是膏药早晚得贴到肉上你还是躲一躲吧。曲大少出神地望着她。

嗯，那就躲一躲。曲大少有生以来头一次顺从了媳妇的话，站起身问她：往哪儿躲？

上房上房！她想起了院子里的梯子，就奔出了屋。

她扶着梯子。爷们黑灯瞎火就往梯子上攀。他嘴里还嘟哝着。抓兵，他们敢！我爷爷活着的时候大街上一提咱老曲家……

她心里说，你就别念这本老皇历啦。慌里慌张她放倒了梯子，站在那里喘着粗气。

那只吊在屋里门框上的黑猫喵喵叫唤着。

她心里说，叫唤吧！都死了才清静呢。

她被自己的这个念头吓了一跳。原本是拿了主意的，跟几位老太太去居士林听经，平常在家里吃斋念佛，认命。

那几个大兵鬼儿进了院子，大嗓门嚷嚷。

屋里有老爷儿们的都给老子出来！

没人应声。只听见孙合老婆在屋里叫唤。这罗甲长干吗去啦？他得来维持维持呀。

我这寡妇带着一群孩子可怎么办啊。

曲达元媳妇心里说，她几时成了寡妇呀？一嘴食火烧得胡说八道。

一个大兵推开孙合家的门。你家男人呢？

老总您屋里坐吧，我男人？那死鬼撇下我们娘儿几个早就走啦！他才三十六啊。

那你就赶紧改嫁吧，别守着啦！

嗯，我改嫁我改嫁，我听老总的劝。

曲达元媳妇远远听见，心里扑哧一笑。

女人家说守寡就守寡，挺容易的事儿。她心里寻思着就轻手轻脚进了屋，放了那只黑猫，之后又一口吹灭了油灯。她一个人立在黑暗里，发呆。这日子到什么时候算是一站呢？

一个军官模样的人进了傻篓子屋。傻篓子躺在暗楼上睡觉呢，可巧没说梦话。屋里死坟地一般，不像有人住的地方。

那军官出了屋说，横竖也得找着个人呀。

曲达元媳妇迎出屋说，老总们辛苦啦。

我看你身上油水挺大，不是寡妇吧？那军官对她说罢，命令一个当兵的进屋去搜。

她张了张嘴，不知说什么好。

当兵的从她屋里拎出一只大茶壶。长官，炕上焐着两条热被窝儿，有男的，没走远。

军官乐着说，把茶壶拎回去沏茶喝。他色眯眯盯着她问，你男人呢？叫他出来我看看。

她的心慌得乱跳，朝房檐上瞥了一眼。

军官一直盯看着她的脸。他也随着她的目光瞥了一眼房檐，又低头看了看那架躺在地上的梯子，心里就明白了。给我上房去搜！

之后他凑了凑对她说，你男人在房上吧？这可是你告诉我的。

一个兵立起梯子上了房。黑暗中这个兵的身形像一只巨大的怪鸟。

长官，这小子在房上睡着了，正他妈的冲着我打哈欠呢！

362

曲大少被当兵的推搡着出现在房脊上。

他打着哈欠问，你怎么知道我在房上？你能掐会算呀？那当兵的觉得可乐，对军官说长官这小子倒像是缺几个心眼儿，傻了吧唧的！

曲大少顺着梯子往下走，大声说民国有民国的王法你们不能胡乱抓兵，我是良家子弟。

军官也觉出可乐，大声说，胡乱抓兵？那我就抓你去当兵，谁叫你自己往枪口上撞呢！

这时节罗甲长跑来了，连声说老总老总老总。

没见着西门庆，你这个武大郎倒跑来了。军官说着给了罗甲长一个嘴巴，声音很脆。

提拎着茶壶带着人，咱们走。军官说完便拍了拍曲大少的肩膀说，女人是祸害，你媳妇往房檐上飞眼儿，就把你给供出来了，明白了吧？走！

曲大少望着媳妇说，小贱妇，现在我懒得揍你，我早就知道你那眼神儿害人招风。

这一伙人就往院子外边走。她拿了一件棉袍给爷们披上，小步颠颠儿随着走，像素常送丈夫出门儿一样。

他爹，你慢着走哇，脚底下黑。

曲大少说，神洞子算卦叫我腊月里少出门，我待在屋里怎么也走倒霉字儿呢？

住嘴！啪的一声，曲大少脸上吃了一巴掌。

她生来头一次看见丈夫挨别人的打。素常都是丈夫打她。但他是个懒虫，往往只打一巴掌就觉得累了，歇了手。

人群远去了。她看不清丈夫脸上吃巴掌时是个什么模样。

罗甲长随着她进了屋。抓走了可就不容易回来啦！守城防的保安旅尽是刚穿上制服的新兵，二姑娘你得想办法把人弄回来啊。他急声急语对她说。

坐在炕沿儿上她不言不语。

他们怎么知道曲大少藏在房上呢？他问。

这事我心里也纳闷。我就只当他这一次又是出去闲逛了，反正这种守活寡的日子我也习惯了，有爷儿们没爷儿们都一样。

看不出你这小娘儿们心肠还挺硬。罗甲长没敢伸手去摸她，快快出了屋。

他站在那个壕口前发呆，心里说这日子真他妈的没劲！老不老少不少男不男女不女的。

黑乎乎的院子里又进来一伙子人，吓得罗甲长起了一身鸡皮疙瘩。定住眼神细看，原来是孙合一伙子人回来了。

带进来半院子酒气。孙合乐呵呵的，傻篓子爹却喝得东倒西歪的舌头发硬。

罗甲长急忙说，坏啦。曲大少给抓了兵，还拎走他家一只大茶壶。

真的？哎呀呀，幸亏我们半道上进了小酒铺，要不也得赶上抓兵。老天有眼啊。孙合站在当院大发感慨。

三个孩子乱声说，爸您真圣明，喝了这顿保命的酒。

傻篓子爹的酒被吓醒了，怔怔说，还拎走一只大茶壶？哎呀！准是来逮傻篓子的，驻在城角儿的那位长官。

这么说曲大少成了傻篓子的替身？孙合叹了口气，领着孩子进了屋。

他老婆缩在炕头上说，为了你刚才我当了一次寡妇。

孙合一笑说，该当寡妇的时候就得当寡妇，别给人家当窑姐就行。

你饿了吧？我给你冲一碗油茶面吧。

孙合沉吟了。说不定这一次曲家小媳妇就得守寡。那枪子儿可不长眼啊。他嘟哝着躺在炕上，又想起了那一批白白就到了手里的草袋子。等行市吧，早晚有开张的时候。

364

13

傻篓子他爹的酒到半夜才醒过来。他下了炕，抖抖索索冲那只大茶壶里撒了一泡尿，心里也就明白过来了。这日子过得真没劲。

看人家孙合，精明强干，三下五除二就把草袋子的事儿给办了，只出了一身汗就白得了那么大利。人家一只眼睛的人比我这两只眼睛都看得宽看得透。人跟人不能比呀。

睡不着觉，他穿上衣裳出了屋。院子里黑得像个大洞。只有曲家屋里有响动，闪着微弱的光。爷们给抓了兵，这小媳妇没了靠山可别想不开要寻短见啊?!

他轻手轻脚到了曲家窗户前，听见哗啦哗啦的声响，伴着人的低语。

他曲嫂子，还没歇着呀？他压低声音问。

屋里没了响动。傻篓子他爹看出这窗户上是捂了一条棉被的，屋里亮着灯呢。

他曲嫂子你可不能想不开呀！曲大少当了兵日后要是升个连长团长的，那可是大炮一响黄金万两的好差事啊。人生在世说不准赶上哪块云彩下雨。傻篓子他爹立在窗前像在念经。

门开了，扑出来一团光。快进来吧好心人！傻篓子他爹眯着双眼一步迈了进去。

敢情是个牌局！四个老娘儿们，东南西北风刮起来，正赌着呢。

摆糊摊儿的四姥姥对曲达元媳妇说，真有人疼你呀半夜来叫门。

曲达元媳妇说，五条你和吗？

孙合老婆望着牌桌不言不语，心里算计着。

还有一位肉肉乎乎的小媳妇，看着面熟。傻篓子他爹终于想起来了，她是开木器行的老杨掌柜的儿媳妇——公公的尤物。

这是什么日子呀你们还有心思打牌？

曲达元媳妇面露窘意。她们仨非要打，三缺一我也没办法，随着呗。她说着又砍出一张幺鸡，像是上了听。

爷们抓了兵，你倒打上牌了，不贤惠不贤惠。傻篓子他爹心里嘟哝着，挺不满意。

老杨掌柜的儿媳妇说，兴许你那曲大少明儿个就能回来，别愁。

我借你的吉言吧，和啦！曲达元媳妇推倒了牌——一条龙，全是万字儿。

傻篓子他爹没心思观阵，出了曲家屋，就往院子外面走。我那草袋子丢不了吧？我得想办法让死物变成活钱儿呀。他出了胡同口。

前面黑乎乎晃动着人影儿。傻篓子爹心里嘀咕，是谁呀黑灯瞎火还出来夜游？别是去偷我的草袋子吧，转念一想，那草袋子已然成了万人嫌的废物，谁愿意偷个祸害国家呀。

那人影儿近了，出了声。你这是上茅房呀？可千万别去那官茅房了，夜里不许可上街啦。

原来是孙合。傻篓子他爹问，你也上茅房呀，在哪儿拉的？

我在庚申胡同咱们存草袋子的那个茅房里拉的，挺痛快。孙合说着提了提裤腰。

咱草袋子没事儿吧？

咱草袋子没事儿！谁敢去死鬼那儿偷东西呀。比进了花旗银行的保险柜还保险，你就把心搁在肚子里吧，没事儿。

孙掌柜你真是个细心人。傻篓子爹心里踏实了，就往广和斗店的方向走。

广和斗店如今是出了名的大粮栈。掌柜的姓吴，人称吴手儿。这广和斗店从前清时候就是吴家的产业，后来给一个大混混儿夺了去。这吴掌柜从小就不好念书，爱练武。十六岁那年他瞒着全家去了广和斗店，进了门就把左手摆在柜台上，让伙计把那个夺了祖产的大混混儿叫出来，说吴家有人来了。

隔着柜台他就一抡菜刀剁下了自己左手的四个手指头。那大混混儿一看就明白了，高喊给这位吴家小爷上药止血。这大混混儿尿了，舍不得自己的手指头，乖乖把斗店还给了吴家。

这位吴家小爷捏起那四根手指头，放进嘴里嘎巴嘎巴嚼烂，咽下肚儿了。说这血肉之躯乃父母所赐，不能擅自弃之。

傻篓子他爹从小就听过吴手儿的故事，佩服得五体投地。他觉得像吴手儿这样的人才算得上是男子汉，不愧是喝御河水长大的天津卫娃娃。

但有一次孙合跟他论到过吴手儿。孙合不以为然，说吴手儿是匹夫之勇，又说真正的天津卫老爷儿们得有两把刀，只一把不成。

傻篓子爹心里说，两把刀？我一把都没有。

孙合说，老娘儿们没刀，才都坐在炕上使剪子。女人就是女人。

拐进胡同，望见广和斗店的后门了。傻篓子爹寻思着，谁能买我的草袋子呢？

从我爷爷那辈起就是凭着草袋子发的家，到了我这儿可不能在草袋子上败了家啊。他一脸愁云走近广和斗店的后门，才看清黑影儿里站着几个人。

您老上这儿干吗来啦？一个人操着一口极油的京片子问他。他定住眼神儿细看，认出了是在三不管那地界儿说相声的于四立。

您认识我？他忐忑地问于四立。

都是我的衣食父母呀，我见了谁认识谁。

傻篓子爹说，我想问问广和斗店要不要草袋子，装上土垒住大门挡乱兵。

于四立低声笑着。我以为您是来找我听相声的。您那些草袋子别卖了，留着装洋面吧。

洋面，哪儿来的洋面呀？

又一个人小声说，半夜里斗店开后门往外运洋面哪！这洋面那是美

367

国人给的救济品。

傻篓子爹心里乐了，真是来早了不如来巧了，这一回让我赶上美国人的洋面了。

于是他拢肩缩脖耐着寒冷，往墙角上一靠身子，闭上双眼想象着自己扛着一袋美国洋面走进院子的情形。那孙合准得迎上来，连声说您真有能耐呀，弄回来这么多白面。他就大声说这是舶来品，美国洋面。

越想越高兴，他美滋滋哼起了荷花女的太平歌词。

于四立一旁说，这位爷，您这一唱我可就更饿了，为了我的肚子您赶紧打住吧。

他就不唱了。您说这洋面比咱中国面更白吧？我这么寻思着。他问于四立。

白！美国人长得就比咱们白。可白归白，要不是肚里没食，我于四立才不吃这外国粮食哪。咱们是提倡国货抵制外夷反对列强，咱们乃大国的臣民是不是？

黑影儿里有人搭腔说，咱们是礼仪之邦，人家美国人大老远送来洋面，咱不能不赏人家脸呀。赶紧吃吧，那八路军说不定哪天黑下就攻城啦。我听说这美国人跟老蒋相好，跟八路军可不相好，犯顶。

傻篓子爹听着，心里说这洋面该吃这洋面该吃。可转念一想又犯了糊涂，就问于四立。

这洋面是按人口赊呢还是白给呀？

嘻！大伙的洋面大伙吃呗，一人扛一袋儿家走。您怎么死脑筋呢？于四立笑嘻嘻说着。

傻篓子爹运足了气力，候着那洋面了。

14

枪响了炮响了，响遍了天地。都说八路军爱在黑下攻城，果然这黑下就攻城了。

牌桌子上哗啦一声，这四家一齐推倒了方城。四姥姥拔腿就跑。孙合老婆号叫着奔回自己的屋。只剩下老杨掌柜的儿媳妇吓得一声高过一声喊爹，可两条腿就是迈不开步子。

　　曲达元媳妇拽住她说，你快回家吧！

　　跌跌撞撞奔进一个人来，连声叫唤着。

　　是老杨掌柜，跑得呼呼急喘。儿媳妇见了公爹，哇的一声哭了起来。

　　老杨掌柜也顾不得自己的身份了，叫了声宝儿别怕，一矬腰身就让儿媳妇趴在自己脊梁上，背起爱物低头就往院子外边奔。

　　嘿！这小媳妇命不错，还真有人疼。曲达元媳妇心里颇有几分感慨。顾不得多想，她抱起孩子就钻了院子里的壕。

　　壕里黑得伸手不见巴掌。有人叫了一声曲嫂子。她吓了一跳，听出是傻篓子的声音。黑暗中傻篓子呼出的热气直扑她的脸。之后她觉出他往自己身上披了一件东西，一捏，知道是一条棉被。她心里说，这小子一点儿也不傻，知道疼我哪。

　　你爸爸呢？她问他。

　　他他出去了，没没回来，黑下。

　　傻篓子沉了一会儿在黑暗中又说，你家曲大少跟我说听他的招唤，说不定哪一天黑下就领着我去同德兴货栈的后院，办一件大事情。

　　她听罢叹了一口气。他说的就是现时呀，这不枪炮正响着嘛，该去办那件大事情了。她对傻篓子说着，想起自己的丈夫。

　　傻篓子也挺感慨地说，时辰到了该去办大事情了，可曲大少他不在呀！他还说事成之后谢我一块现大洋呢。

　　这是命中注定。她白天听四姥姥说有人在西边看见曲大少了。他穿着一身草绿的新军服，正往城防里开呢，足有一连人。

　　死生有命。兴许我也该当一回寡妇了。

　　壕洞有东西两个洞口。东边划亮一根洋火。是孙合一家人，早早就钻了进来躲枪子儿了。

大虎，你爸爸呢？你爸爸没跟咱俩钻进来呀？这个挨千刀的跑出去喂枪子儿啦。孙合老婆发现洞里没有自己的爷们，便扯着嗓子喊。

几个孩子一声高一声低喊饿。孙合老婆一人给了一巴掌，孩子们就饱了。

你打孩子干吗？这八路军攻城，也挡不住孩子们喊饿呀。洞口亮起一个烟火头儿，孙合大声说着话钻了进来。

你到哪儿喂枪子儿去啦？他老婆问。

啪！一个耳光打到女人脸上。孙合怒冲冲说，我喂枪子儿去？我死了你们都得饿死。你知不知道这仗得打一宿？你知道不知道明天一大早就改朝换代了咱们到哪儿挣饭吃去？

孙合老婆挨了打，小声嘟哝着说，改朝换代你也还是跑合儿的呀！有能耐你去打八路军打我算什么英雄。

放屁！这话你要是放在明天说，人家非崩了你不可。

曲达元媳妇听着，猛地想起了那个王十二哥。王十二哥兴许就是替八路军干事儿的。

孙合渐渐息了火气，开始海聊。

听，这是罗斯福路东边儿警备司令部的那门电炮，打雷一样响。大虎他妈妈，咱屋的窗户纸要震破了，得重新糊。你们都饿了吧？吃吧，馒头就炖肉。这肉没炖烂，八路军晚半个时辰攻城，这肉就能炖出味儿来了。啧！

砰的一声，孙合打开了酒瓶子说了话。将就着吧，我在屋里凉拌了个白菜芯儿，没有麻酱了，欠着味道哪。

曲达元媳妇抱着孩子心里暗笑。这些老爷们儿都是馋鬼投胎。吃要有味儿喝要有味儿，死了就没味儿。

他曲嫂子，你也过来吃点儿吧？孙合眼观六路耳听八方，黑洞里就知道曲达元媳妇也钻了进来，大声招唤着她。

人家曲嫂子不爱吃荤！酒瓶子还堵不住你的嘴啊？孙合老婆心疼馒头炖肉，抢着说。

孙掌柜呀，我是爱吃素，可傻篓子爱吃荤。她说着又大声问傻篓子，你饿了吧傻兄弟？

孙合老婆没办法，就让孩子爬过来，递上一个馒头。这馒头上还抹了一层大油。

腥荤儿味道灌满了整个壕洞，挺火爆的。

孙合吃着喝着又说了话。

傻篓子呀，我听说你爸爸去抢洋面让国民党兵给打死了，身上三个枪子儿。还有说相声的于四立，身上也是三个枪子儿。

傻篓子不言不语，吃着馒头。

曲达元媳妇颤着嗓子说，这是真的呀孙掌柜？我怎么看你跟说评书的一个口气呢？

孙合接着说，他这人真是死心眼儿木头脑袋，别犯抢呀！天津卫老爷儿们可不能靠抢过日子，得靠心路赚吃喝。靠心路赚吃喝才能天长地久啊。

他停在哪儿了，尸首？傻篓子问。

在广和斗店后门抢的，扛着袋洋面在街上中了枪子儿，停的地方离保安队部不远，盖着一张席哪。你爸爸老实了一辈子，真可惜呀。

傻篓子往前爬，说话瓮声瓮气。

早干吗去了？你也吃了也喝了才告诉我。孙掌柜你太损了，我×你妈妈。

孙合慌了神，说傻篓子你敢出口不逊。

曲达元媳妇心里一惊，想不到这傻篓子到了坎儿上还真是个老爷儿们，敢发火动脾气张口骂大街。

傻篓子像是喝了玉皇大帝给的仙丹，说话见棱见角没有了点儿傻气。他往壕洞外爬着说，孙掌柜你说我爸爸犯抢呀？我看你还没这个胆子哪。我是我爸爸的大孝子。

曲达元媳妇急了，也随着傻篓子往外爬。她把孩子往孙合老婆怀里一塞，说傻篓子你出去喂枪子儿呀，给我回来！

371

孙合小声说，傻篓子这是怎么啦？平常老实巴交的人，真是改朝换代了改朝换代了。

见曲达元媳妇和傻篓子一前一后爬出了壕洞，孙合在黑暗中扯住老婆的手，小声说。

刚才没响枪的时候，我去了一趟谭掌柜家，就是兴隆布店的那个东家谭四。我卖给他一个主意，他回了我一匹绸缎。我放在咱家躺柜里啦！真是好料子啊。

你卖给谭掌柜一个吗样的主意？

我告诉他八路军爱红，叫他把压在栈里的大红布预备齐了。街面上一太平就开张，保准赚钱。人人都得去扯他的红布，大着胆子卖呗。

他老婆乐了。你怎么知道八路军爱红？

他也乐了。天底下没有我不知道的事。

哼，你就是不知道自己吗时候能胖。

傻篓子前边跑，曲达元媳妇后边追。没觉知便已然上了街。她喊叫，傻兄弟你不要命啦？

远远望见保安队队部了，它对面是一面高高的大墙。她心里打了个激灵。这正是同德兴货栈的后院墙呀！王十二哥跟自己的爷们说的就是这块地界儿。而自己的爷们也正是叫傻篓子给他当帮手到达这块地界儿办那件大事情。

她朦朦胧胧知道是怎么一回事了。

远处天上升起一颗颗亮光乱闪的东西，像过年时候大店铺放的那种烟花。她不知道这种东西名叫信号弹，正给那攻城的八路军指明地点呢。

傻篓子大声喊叫着，我×你妈妈，国民党兵！

他扑向躺在街边上的那具尸首。

我爸爸死啦，曲嫂子我跟你一块儿过日子，你好你心眼儿好！傻篓子大声念叨着。

兴许孩子他爸爸这会儿早死在城防上了。她心里寻思着，觉得自己的爷们命太薄，不能跟王十二哥一块儿交大运了。

人啊，是一步没赶上就步步赶不上了。

15

没了枪炮声。孙合说八路军已然攻进来了。他就领着全家人出了壕洞。天蒙蒙亮，空气中游动着火药味儿的余韵。

他问自己的老婆：再过七八天就该过年了吧？今天是腊月二十几来着？

这日子口儿你还寻思过年的事儿，好大的闲心呀。他老婆领着孩子们进了屋，说总算是太太平平熬过来了，没遇见枪子儿。

孙合说，大虎你别上炕，给我出去看看。

他老婆眨着眼说，你疯啦？这时候让孩子出去找死哇！我看你是灌多了猫尿醉了心。

你少放没味儿的屁。大虎呀你到胡同口可别出去远了，看看大街上吗样，回来告诉我。孙合说罢拍了拍大虎肩头，又说，你是半大小伙子了，也得长一长胆子，日后才能干大事儿。

一会儿大虎就回来了，挺英雄的样子。这孩子内秀，身材模样都长得很随孙合。

大街边上躺了一长溜当兵的。大虎说。

死的？孙合老婆问。

活的。一身黄，狗皮帽子狗皮袄，正歇着呢。他们看见我也没说别的，好像挺累。

孙合说，准是八路军准是八路军。

之后他就背着双手在屋里溜达，想事儿。

他突然问大虎。大虎呀你说八路军好不好？

大虎哼哼哧哧说不出话来。

记着，八路军好！到哪儿都说八路军好。

大虎连连点头说，嗯我记住了。

孙合叫大虎把描红模子的毛笔墨盒找出来。

他又叫老婆糊了两面小纸旗儿。

我说你写。他对大虎说。

不大的工夫，孙合领着大虎二邦子三柱子，爷儿四个就出了院子往胡同外边走。孙合走在前边，一只手举着一面小纸旗儿。

左手那面小旗儿上写着：八路军好！

右手那面小旗儿上写着：同庆天津光复！

孩子们手里一人举着一个白面大馒头。

孙合老婆追到胡同口，拦住这爷儿四个往地上一坐说，你乐意凑热闹就一个人去，拽着孩子们干吗？没有你这样当爹的。

住嘴！我这是领着孩子们去见见大世面。养不教，父之过。《三字经》你懂吗？臭娘儿们。

硬是推开胡同口的铁栅栏门上了街。孙合老婆没办法，就哇哇哭着回了院子。

这时候傻篓子把爹的尸首停在自家屋里，烧纸钱儿。曲达元媳妇抱着孩子陪着傻篓子祭灵，一个劲儿地掉眼泪。孙合老婆见这种情形，就哇哇哭着径直进了傻篓子家，权作哭了灵。

在街上走着，孙合回头跟仨孩子说，都别害怕，看爸爸怎么说话怎么办事，你们都得用心学着，别不懂个眉眼高低。

大虎说，爸你眼神儿不济，这道不好走，我领着你吧。

住嘴！没有我看不见的地方，一只眼我能顶八只眼使。说着孙合就揉了揉那只瞎眼。

离那些兵近了。那些兵一长溜儿都在大街边上的墙根儿半躺着，怀里抱着大枪。

孙合朝一个脑袋上缠着绷带的兵晃了晃手中的小旗儿，高声说了话。

老总们辛苦啦！我们是来劳军的良民。

他又小声指派仨孩子。快去送馒头。

那个兵笑着说，老乡，别叫我们老总叫同志吧。

孙合天津城里生天津城里长，头一次听见有人管他叫老乡，耳朵很生疏。他心里想，这八路军呀大多是庄户人家出身，才管我叫老乡。

一个军官模样的人迎上来，八成是个连长。他也对孙合说，别叫我长官叫同志。

同治？同治是大清国的年号呀！孙合寻思着，连连点着头。

那军官又指着他手中的小旗儿说，不是天津光复是天津解放。

孙合承应说，是天津解放是天津解放。

我们已经不叫八路军了，叫解放军。

是啊是啊解放军解放军。大虎，一会儿回家就把这几个字儿改过来，人家说啦。

孙合觉出这是一支和和气气的队伍。

这样的队伍该得天下。他看见当兵的都躺在冰凉的地上，连忙抓住那军官的手说。

这可不行呀身子骨要紧。

军官说不要紧我们有爬雪山过草地的传统。

雪山和草地这两个地名听到孙合耳朵里是十分陌生的。他只知道估衣街官银号东浮桥老地道。天津卫没有他不认识的地方。

孙合心里一动，揉了揉那只瞎眼。

领着仨孩子，他一路摇晃着小旗儿奔北，去那女鬼上吊的厕所。他心里大声说，这一回又是死物变活物，派上用场了。

爷儿四个一人扛着一捆草袋子往回走。

大虎问他说，爸爸咱这是给谁去送货呀？

孙合不言语。见了当兵的他就让孩子往地上铺草袋子。铺上吧铺上吧，天凉可别作了病。他大声嚷嚷着，忙不迭。

当兵的都纷纷躲闪着，说我们是人民的队伍不拿老百姓一草一木。

孙合急了。他挥着胳膊说，一家人不说两家话，这可是我的一片心啊！

见了那军官，孙合已经学会时兴的名词。

他说，同志，您给做主吧我要慰劳解放军！

军官想了想，大声说，好吧！一人一个草袋子铺在身子底下，我们要多打胜仗感谢人民的支持。说罢，军官端端正正给孙合敬了一个军礼。

孙合一怔，慌忙给军官作了一个揖，算是回礼。他又大声吩咐仨孩子说，快给长官鞠个躬，一人鞠一个。

您到我屋里喝碗茶，暖暖身子吧？

军官笑着说我们有纪律不入民宅。

那咱就回见啦。孙合领着仨孩子进了胡同，往家走。他问大虎说，你没害怕吧？

大虎说，那些草袋子就白送他们啦？

闭嘴！小毛孩子别问大人的事。

进了院子，孙合大声嚷叫。

人家八路军不入民宅。人家现时不叫八路军叫解放军啦！大伙别怕，人家是仁义之师。

话音刚落，那位军官就出现在院子门口。

孙合心里说，来啦？真是不白拿老百姓的一草一木呀！

您的草袋子我们用了，这是给您的钱，请务必收下。

同志，您这是拿我当卖草袋子的呀？我慰劳八路军，不，解放军，心甘情愿啊。

老乡，我们有铁的纪律。您收下吧，其实这钱也是我们从敌人那里缴获的。军官说罢拍了拍大虎的肩头，说了声谢谢就走了。

接在大虎手里的是一只粗布小口袋儿，麻绳扎着口。孙合拿过来，一步迈进了屋。

他对坐在炕头的老婆说，拉锯就掉渣儿呀！

他老婆说，就数你猴儿精。

孙合大发感慨，连说祖上有德祖上有德。

想不到我孙合成了咱天津卫头一个跟八路军做买卖的人。那草袋子一下子就成了军需品！我这辈子可没白活，成就了一桩大生意。

之后孙合关严了窗户关严了门。大虎他妈妈，静静心静静心，我得给菩萨烧一炷香。他慢条斯理对自己的老婆说。

你从吗时候又信了佛啦？有工夫你快数一数那钱吧，看给了多少。他老婆嘟哝着。

这一笔钱我赚得太容易了，必须得给菩萨烧上一炷香，心里才踏实。

南屋里悄无声响。傻篓子正跪在他爹灵前，一个劲儿往火盆里烧纸钱儿。他一边烧一边念叨着说，爸，你快拿钱来吧拿钱来吧。

16

临近正午，一个身着军便装的男人走进了院子。他径直奔向曲家，在门口叫了一声达元兄我来啦。

他腰际扎着一条十分威武的军人皮带，插着一支亮锃锃的手枪，人就更威武了。

拉开门一步迈进屋，他站定。曲达元媳妇抬头一看便叫出了声。

王十二哥！王十二哥呀您来啦。

王十二哥笑着说，天津解放了，我是解放军。他环视左右又问她说，曲达元呢？

她低下头说，给抓了兵去守城防，生死不明呀！你叫他办的那件事儿他也就办不成了。

王十二哥很吃惊，连声说太意外了太意外了。他很伤心的样子，又说，达元兄要是办了那件事，就等于他参加了革命工作，可如今他即便还活着，也成了国民党兵啦！太遗憾了。

她突然大声说，黑下响枪的时候，我帮着傻篓子去给他爹收尸，路过同德兴货栈后墙离保安队部不远的地界呀，我在街心儿点了一把火，烧了一只竹筐和一大堆烂纸呢。

王十二哥笑了，对她说不是点火烧烂纸是往天上打信号，跟同德兴的一个小伙计。

她捂着脸嘤嘤哭了起来。王十二哥真对不住您，您托孩儿他爸办的事情我也没能替他给您办成。当初您要是让我办那件事就好了，国民党又不会抓我去当兵。

王十二哥掏出手巾递给她，叫她擦擦眼泪。他说，你是女人呀！我回去之后城工部的领导就批评了我，说叫曲达元这样的游手好闲分子去打信号枪是很不妥当的，极有泄密的可能。

她问他，你上司没罢你的官吧？

没有。你别难过了，曲达元要是没死，肯定被我们俘虏了。我们优待俘虏。我想不出几天他就会有消息的。若是很长时间没有消息，恐怕事情就不好了。

她听罢低下头说，那我就守寡呗。

王十二哥有些激动。他急声急语说，守寡是旧思想，可你也不要盲目嫁人。我，我还会来看你的，你等着我来看你吧！真的。

她的脸腾地红了，把手巾递给王十二哥。

他说，你换一条手巾给我吧，我得走了。

她就依着他，把自己的手巾递给王十二哥。

上次的糖醋鱼味儿真好，我还想吃呢。

她笑了，笑得挺开心。傻蛋！上次的糖醋鱼是折箩，你没品出来呀？

王十二哥有些发窘，低头说我这个天津卫长大的娃娃怎么总叫天津卫人给蒙了呢？

那只能说你还算不上天津卫的娃娃。她说。

王十二哥恋恋不舍。终于，他说了话。

我、我还没成家呢。看你侍候曲达元的那个样子，真是温顺贤惠出了奇。我要是日后娶媳妇，就娶你这样的天津卫女人。

她抬起头说，我可是鞋铺的闺女，你别光看见鞋面儿看不见鞋里儿。

• 他误解了她的话，十分通达地说，鞋铺的成分不算高，小业主呗。

王十二哥走出屋门。她随着，像昔日里送曲大少出门一样，习惯成了自然。

你别送了，我还会来看你的。你得给我做一条真正的糖醋鱼，不是折箩。

她就立在院子里目送王十二哥。

不知为什么她心里热乎乎的。嗯，这往后的日子，兴许能有滋有味儿的。她寻思着往孙合家的门前走。她想问问孙掌柜，又觉得这话问不出口。

这解放军又枪又炮的使劲儿攻城，我那位孩儿他爸八成得死在城防吧？

正犯着犹豫，门口跌跌撞撞进来一个人。

傻篓子还在给他爹烧纸钱儿，鼻子就失了灵，破天荒没闻出曲大少的味道来。

她一阵眩晕。

曲大少穿着一身单裤单褂子，叫花子一样跑了回来。乍看，像个大烟鬼。

你，你回来啦？她说。

枪炮一响我就溜了号，半道上脱了军服，鞋也跑丢了。我在黄家粪场藏了一宿。

曲大少倒在当院里说累死我啦他妈的。

傻篓子出了屋说，你没死呀曲大少？

这时候孙合屋里正热闹。两口子插上门挂上帘子，屋里一个孩子也没有。

打开小口袋儿给我看看，八路军给的是吗样的钱？孙合老婆急不可

379

待地问。

我早就闻出银子的味儿啦！我是洋钱孙的后代，吗样的钱都见过。现大洋呗还用问。

孙合老婆乐了。晌午饭你想吃吗呀？我今儿个好好犒劳犒劳你。

他伸手把她搂在怀里，我想吃你。

老不正经的，等黑下你吃我吧，别让孩子们看见你松开手！

孙合打开小口袋儿，倒出十几块银圆。银圆白灿灿的，照亮了这间又酸又臭的屋子。

他再现当年在银号里混事由儿时候的绝技。

那银圆，一块挨一块码在二胳膊上。一伸手，那银圆流水似的往掌心淌去。孙合闭目养神。啪啪啪啪……落到掌心的银圆被他那大拇指一弹一弹，一块又一块横飞出来，落在炕上。

他掌心里一块银圆也没落住。当年在银号里过洋钱，遇有赝品才用大拇指弹出去，绝不放过。

他老婆见所有的银圆都被爷们从手里弹出来，惊了。

他爹，这都是假洋钱呀？咱们赔本了。

孙合不睁眼也不言语，又重新将银圆一块挨一块码在二胳膊上。哗——他又流水似的过了一遍，一块银圆也没弹出来，全落在手里了。

他老婆更惊了。他爹，全是真的！

孙合还是不睁眼也不言语，泥佛一般。

你倒是说话呀！死啦？

孙合伸手递过来三块银圆，十分平稳地说，给傻篓子送去，给他爹买棺材。

我问你这些洋钱是真是假？

你叫唤吗呀？说着孙合将胖乎乎的女人拢到自己怀里。他睁着那只瞎眼闭着那只明眼，一板一眼对老婆说了一句话。

我告诉你吧，我告诉你吧，你可给我记住了。孙合十分神秘地说。

这八路军的洋钱呀没假的。